rowohlt
POLARIS

NORA MELLING

Schattenblüte

DIE ERWÄHLTEN

Roman · Rowohlt Polaris

Originalausgabe
Veröffentlicht im Rowohlt Taschenbuch Verlag,
Reinbek bei Hamburg, Oktober 2013

Umschlaggestaltung HAUPTMANN & KOMPANIE
Werbeagentur, Zürich
(Foto: Trigger Images/Elizabeth May;
Peter Donelly/Getty Images)
Satz Fleischmann PostScript, InDesign,
bei Pinkuin Satz und Datentechnik, Berlin
Druck und Bindung CPI – Clausen & Bosse, Leck
Printed in Germany
ISBN 978 3 499 26702 4

1. Thursen

WANN wachst du endlich auf?» Ich streiche Luisa wieder und wieder mit dem Finger durch den weichen Pelz hinter dem Ohr. Doch sie blinzelt nicht einmal. «Verdammt, Haddrice, sie muss doch endlich aufwachen!»

Die Werwölfin betrachtet die schlafende Gestalt vor mir mit zusammengezogenen Brauen. «Vielleicht war sie noch schwerer verletzt, als wir dachten? Immerhin ist sie nicht gestorben. Und ein paarmal war sie doch wach in den letzten Tagen.»

«Ja, sie lebt noch.» Erschöpft lege ich den Kopf zurück an den Baumstamm hinter mir und schließe einen Atemzug lang die Augen. «Ich könnte die umbringen, die ihr das angetan haben.»

Haddrice zuckt die Achseln. «Norrock ist zuerst dran. Seine Sjöll wurde von diesem Haufen Arschlöcher gequält, da kanntest du Luisa noch gar nicht. Wenn du Nicks Bande willst, stell dich hinten an, Thursen.»

Ich lasse das letzte abgekochte Wasser aus dem Topf in eine Schüssel plätschern. «Ich meine das mit dem Töten nicht wörtlich.»

Wenn sie so hinterhältig lächelt, sieht sie in ihrer schwarzen Kleidung und mit den kurzen Haaren noch mehr wie eine Kriegerelfe aus. «Norrock schon. Sjöll war seine große Liebe, und Nicks Jungs haben sie nur zum Spaß gefoltert und erniedrigt. Das mit dem Töten meint unser lieber Leitwolf sehr wohl wörtlich, glaub mir. Und unsere Chancen dafür stehen nicht schlecht. Norrock hat gestern noch ein neues Geschwisterpaar ins Rudel aufgenommen. Zwei echte Kämpfer. Wir werden immer stärker.» Haddrice tritt mit der Stiefelspitze gegen den Plastikkanister, dass die Eisbrocken darin gegen die Wände klappern. «Fast leer. Ich sehe nach, ob die anderen Werwölfe im Lager Wasser für euch haben», sagt sie, verwandelt sich in ihre schwarze Wolfsgestalt und springt zwischen den Bäumen davon. Ein paar Atemzüge später hat sie der Wald mit seinem fahlen Boden und dem Wintergestrüpp verschluckt. Nichts mehr ist von ihr zu sehen, nur kahle Stämme und Stille.

Nein, nicht überall Stille. Nicht ganz. Das Feuer knistert. Und Luisa atmet. Meine Luisa. Ausgestreckt liegt sie auf der alten Decke, die wir für sie auf dem Waldboden ausgebreitet haben. Sie schläft so tief, dass man denken könnte, sie wäre bewusstlos. Doch das ist sie nicht. Ihre rechte Vorderpfote ragt über den Deckenrand hinaus, zuckt und lässt das angetaute feuchte Laub unter ihren Krallen rascheln wie alte, nasse Plastiktüten. Ich wette, im Traum rennt sie gerade. Was mag es sein, Jagd oder Flucht? Ob sie Albträume von dem Überfall hat? Solange sie Wolf ist, kann ich nicht mit ihr reden, sie nicht beruhigen. Ich kann ihr nicht mal sagen, dass sie in Sicherheit ist, jedenfalls für den Moment. Die Schüssel mit dem warmen Wasser stelle ich vorsichtig ab, schiebe die Decke zur Seite und hocke mich neben sie. Ich rieche ihre Wunden. Ich rieche sie genauso selbstverständlich wie die Rinde des Baumes, den Rauch des Lagerfeuers und die Wildschweine irgendwo weit entfernt. Wenn man einmal Werwolf war, so wie ich, dann bleibt die Nase überempfindlich, das kann man nicht einfach abschalten.

«Shorou?», sage ich ihren Wolfsnamen. Sie dreht sich zu mir, stöhnt leise, doch ihre Augen öffnet sie immer noch nicht. Verdammtes Warten! Wenigstens geht es ihr etwas besser als noch vor ein paar Tagen. Ihr Atem ist jetzt tief und gleichmäßig. Das schmerzverzerrte Hecheln, das leise Jaulen am Anfang war die Hölle. Endlich heilen die Rippen, und Blut hustet sie auch nicht mehr. Nur ihr Fell ist immer noch struppig, blutverklebt und voller Löcher, dort, wo die Tritte und Schläge von Nick und seiner Bande ihre Haut haben aufplatzen lassen.

Nick! Ich könnte kotzen, wenn ich nur seinen Namen höre. Nein, ich würde ihn vielleicht nicht töten, aber – egal. Ich kann ja eh nicht losgehen und mit ihm tun, was ich gerne würde, nicht jetzt. Ich kann überhaupt nirgendwo hingehen, denn ich kann Luisa nicht allein lassen.

Noch einmal versuche ich es. «Luisa, komm zu mir zurück. Du musst endlich Mensch werden!»

Sie sieht mich an, nichts als Fragen in ihren Wolfsaugen, und ich grabe meinen Blick in ihren. Verwandle dich! Wenn ich sie beschwören könnte, ich würde es tun. Doch die Macht habe ich nicht, nicht mehr. Nicht seit ich kein Werwolf mehr bin. Mir bleiben nur Worte, die sie als Wölfin nicht versteht. Und so spreche ich einfach weiter. «Komm zu mir! Bitte!»

Ich ziehe die Wasserschale und das Päckchen mit Tupfer und Verbandszeug zu mir heran. Es ist Zeit, ihre Wunden neu zu verbinden, die Wunden in ihrer Menschenhaut. Zeit, die alten Verbände abzulösen und ihr weh zu tun, wieder mal. Wenn es mir weh täte, das wäre hundertmal besser, als sie leiden zu sehen. Doch erst muss sie Mensch werden. Ich weiß, wie es sein wird. Wie es jedes Mal ist, wenn sie in ihre Menschengestalt zurückkommt. Ein Zittern wird über ihr Fell laufen, sie streckt sich. Das Fell um sie verfliegt, als wäre es nur eine Illusion gewesen. Dann liegt das Mädchen vor mir auf der Decke, das fast aussieht wie meine Luisa. Aber nur fast, denn sie hat sich verändert, ist weniger menschlich.

Alles an ihr ist jetzt von einem fast durchscheinenden Grau. Ihre Haare haben die Farbe von Spinnenfäden, die Augen von Herbsthimmel an einem regnerischen Tag. Meine Haut ist winterblass, doch ihre ist noch viel blasser. Sie sieht fast aus wie aus dem Rauch gemacht, der von unserem Lagerfeuer aufsteigt. Ich habe so viele Menschen zu Werwölfen werden sehen, habe die Veränderungen hingenommen. Nie hat es mich geängstigt, so wie bei Luisa.

Ich weiß ganz genau, warum das so ist. Weil sie nicht irgendein Mensch, sondern der wichtigste Mensch in meinem Leben ist. Sie ist der Grund, warum ich überhaupt lebe. Ohne sie ist alles nichts.

Das Wasser neben mir wird langsam kalt, und ich versuche noch einmal, sie zu wecken.

«Luisa! Hör doch, Luisa!», flüsterte ich in ihr Ohr. «Komm zu mir zurück! Bitte, du musst dich jetzt verwandeln.»

2. Luisa

ICH liebe ihn. Ich liebe es, wie seine Hand mit den schlanken Fingern meinen Pelz kämmt. Ich mag den Klang seiner Stimme, so sanft. Er spricht mir ins Ohr, flüstert leise. Sein Tonfall drängt mich. Wozu? Was will er? So viele Laute fallen aus seinem Mund, gleiten über mich hinweg und füllen die Winterluft. Ich blinzele in das Licht der Sonne, das zwischen den Zweigen auf uns herabfällt, gekämmt, wie mein Fell. Er, der mir so wichtig ist, ist ganz nah bei mir. Gut so. Ich rieche genussvoll an seiner Hand, lecke mit meiner Zunge darüber, um den vertrauten warmen Geruch ganz in mich aufzunehmen. Und noch immer spricht er zu mir, umwebt mich mit seiner Stimme und lässt mich nicht aus den Augen. Sie sind braun, seine Augen. Braun wie das Fell eines Rehs. Ich möchte liegen bleiben, ewig so liegen bleiben, ausgestreckt auf dem Waldboden und seine Hände in meinem Fell. Ich möchte den Wald atmen, die harzigen, modrigen Gerüche der lebenden und sterbenden Bäume, die würzigen, scharfen der Tiere. Da ist das ferne Schilf des Sees, leise knisternd unter der Kälte. Der Wald ist in Raureif getaucht.

Ich rege mich nicht, fühle die Hand auf mir und das Vibrieren seiner Stimme in meiner Seele. Ich atme flach, das ist besser so, denn meine Rippen schmerzen wie Fuchsbisse bei jedem Atemzug. Nur meine Ohren wende ich den Geräuschen zu. Da sind die winzigen Herzschläge der Waldmäuse unter dem Laub. Der Singvogel, die Federn aufgeplustert, über uns in den Zweigen. Auch dessen Herz pocht mit aller Macht an gegen die Winterkälte. Und das von ihm, ihm, dessen Schlagen meinen Tag begleitet. Ich könnte es besser hören, wenn er nicht immer noch reden würde, wenn er mich nicht so drängen würde. Und mit einem Mal weiß ich, was er will. Wieder einmal.

Nein, bitte, nein!

Es ist so schwer. So verdammt schwer, was er da verlangt!

Ich winsele, ohne es zu wollen, als ich mich durchringe, die Wolfsgestalt gehenzulassen. Winsele, als mein Pelz von mir abfällt und ich mir mit einmal nackt vorkomme in meiner viel zu dünnen Menschenkleidung. Von einer Sekunde auf die andere scheint sein Duft verweht. Der Wald knistert und knackt weiter, aber die Gerüche bleiben stumm. Gegen meine Wolfsnase ist meine Menschennase taub.

«Shorou!», flüstert er meinen Namen. Ich verstehe endlich,

was er sagt. «Shorou!», sagt er noch mal. Denn er weiß, das ist das Einzige, was mich dazu bringen kann, zurückzukehren in meine zerrissenen schmutzigen Klamotten: Dass ich ihn dann verstehe. Dass ich ihm antworten kann mit meinem Menschenmund. Dass ich seinen Namen sagen kann. «Thursen.»

Er, Thursen, lächelt auf mich herab. Und dann spüre ich seine Lippen, kühl und weich auf meinen. Das beste Gefühl von allen, so vertraut. Vertraut, ja, auch wenn ich mich nicht wirklich erinnere. Dabei müsste ich mich doch erinnern, an solche Küsse, oder nicht? Ich will mich aufstützen, aufrichten, ihm entgegenkommen. Doch als ich es versuche, stöhne ich und gebe auf. Der Schmerz bohrt sich in mich wie ein spitzer Stein, lässt mich meine Rippen spüren und jeden blauen Fleck unter meiner Haut.

«Ist es noch schlimm?», fragt Thursen.

«Ich weiß nicht. Vorher war es viel schlimmer, oder?»

«Zeig mal.» Er hilft mir, mich aufzusetzen und die Jacke auszuziehen.

Vorsichtig drehe ich die Schulter und strecke den Arm, um ihn aus dem Ärmel rutschen zu lassen. «Autsch!», presse ich zwischen den Zähnen hervor. Ich kneife die Augen zusammen und versuche, nicht zu laut zu jammern. Ich weiß, dass es sein muss, dass ich mich verbinden lassen muss, um zu heilen und er mir nur dabei hilft. Trotzdem. Wäre ich Wolf, nur Wolf –

Da hält er inne. «Shorou! Sieh mich an. Bleib bei mir, hörst du?»

Habe ich die Augen noch immer geschlossen? Ich öffne sie und halte mich an seinem Blick fest, damit ich nicht doch wieder zum Wolf werde aus Furcht vor dem Schmerz. Kalt ist es. Kalt, dort, wo ich die Jacke von meiner Menschengestalt abgeschält habe und der Winter auf einmal so nah kommen kann. Ein Schauder überläuft mich. Die Muskeln schmerzen noch mehr, jetzt, wo die Kälte sie verkrampft. Und ich stöhne doch.

Thursens Gesicht spiegelt meinen Schmerz. «Mein Gott, Luisa.»

Luisa? Wer soll das sein? Ich mag es nicht, wenn er mich ansieht und dabei diesen fremden Namen flüstert. Thursen gehört doch zu mir, mir, Shorou! Sein Blick hält meinen. Einen winzigen Moment lang erscheint eine Falte zwischen seinen Augenbrauen. Kann er wissen, was ich denke? Dass ich ihn niemals teilen will mit einer anderen? Denn jetzt sagt er: «Shorou. Shorou, komm. Lass mich das ausziehen.»

Gehorsam versuche ich, die Arme zu heben. Langsam, ganz langsam gelingt es. Er streift mir den Pullover über den Kopf. Und die Kälte beißt jetzt unmittelbar in meine Haut, meine Schultern, meine nackten Arme. Seine Hände fassen nach dem Verband, den er um mich geschlungen hat. Das Verbinden war er, das weiß ich. Er hat es getan mit seinen rauen, aufgesprungenen Händen. Er sollte nicht hier sein, bei mir, in der Kälte des Waldes. Er ist ein Mensch und gehört nicht hierher. Doch ich bin so dankbar, dass er trotz allem da ist, denn wie sollte ich sonst überleben, ohne ihn?

Ich wimmere, als er beginnt, den Verband abzuwickeln. Eine Lage, zwei. Seine Hände arbeiten sicher und ohne zu zögern. Auch die dritte Lage löst sich, Thursen wickelt langsamer. Ab hier ist der schmale Verband mit dunklem Blut getränkt. Altes Blut, Stunden alt, denn jetzt blute ich nicht mehr. Thursen zupft vorsichtig am Streifen, und ich umklammere seine Schulter, beiße die Zähne zusammen, um nicht aufzuschreien. «Nein, hör auf!», bitte ich.

«Es geht auch eh nicht. Hier sitzt der Verband fest. Es tut

mir leid.» Er seufzt. Gibt auf und wickelt den langen Verbandstreifen lose wieder um mich.

Der Verband sitzt fest. Ich weiß, was das heißt. Der Verband ist nicht nur verklebt, sondern mit meiner Haut verwachsen, so wie ein Zaundraht mit den Jahren in einen Baum wächst. Bei mir geht so etwas in Stunden. Ich heile zu schnell, sagt Thursen. Er muss den Stoff aus meiner Haut herausschneiden, anders bekommt er ihn nicht ab.

«Ich hab was, das hilft wenigstens etwas.» Er sieht mich nicht an, als er in seiner Jackentasche sucht und mir dann fast bittend die Handfläche entgegenstreckt, auf der zwei Tabletten liegen. Dankbar nehme ich die Schmerzmittel. Ich schlucke sie mit dem Rest Wasser aus meiner Flasche, die immer neben meinem Lager steht.

«Mir ist kalt.» Ich hätte gerne wieder mein Fell, doch Thursen hilft mir meine Jacke überzuziehen, während wir warten, dass die Tabletten wirken. Ich habe seit meiner Verwandlung zum Werwolf vieles, so vieles vergessen, aber nicht den Schmerz vom letzten Mal, als Thursen den blutverkrusteten Stoff halb aus meiner Haut geschnitten und halb gerissen hat. Ich taste nach Thursens Hand und bin dankbar, dass er sie drückt, ohne zu fragen.

«Komm her», sagt er, öffnet seinen Mantel, zieht mich an sich und legt seine Arme um mich. Wir wickeln uns beide in den Schlafsack, in dem er die Nacht verbringt, nur um bei mir zu sein. Hier, mitten im Nichts. Bestimmt bin ich heute kräftig genug für den Weg ins Wolfslager. Dann kann er dort schlafen, denn er hat kein Fell für die Nacht, und im Lager gibt es Hütten und Höhlen, sagt Haddrice. Ich höre seinem Herz beim Schlagen zu, bis mein Magen sich knurrend meldet.

«Hunger?», fragt Thursen. Als ich nicke, schält er sich aus dem Schlafsack.

«Hier, iss das», sagt er und gibt mir ein Stück Brot, in dem ein kalter gebratener Fleischbrocken steckt. «Haddrice hat es für dich aus dem Lager mitgebracht, da war es noch heiß. Ich weiß, dass es zu wenig ist. Die Wölfe jagen. Bald gibt es mehr. Dann bringt sie dir gleich was und auch frisches Wasser.»

Frische Beute! Ich ahne den Geschmack von würzigem, frisch gejagtem Fleisch auf der Zunge, das ich mit meinen Wolfszähnen von den Knochen reißen werde. Ich bin wirklich hungrig, immer, als Mensch und als Wolf. Thursen sagt, das kommt davon, dass mein Körper so viel Energie für die Heilung verbraucht.

Thursen sieht mir zu, wie ich gierig in das Essen beiße. «Verschluck dich nicht, dann musst du wieder husten.»

Ich kaue hastig und schlucke. «Es tut mir leid, dass ich so schlinge», sage ich und reibe mir mit dem Handrücken den Fleischsaft aus dem Mundwinkel. «Es ist nur –»

Er fährt mit seiner Fingerspitze über meine Wange. «Du bist jetzt ein verletzter Werwolf. Ist schon in Ordnung, ich kenne diesen grimmigen Hunger doch selbst. Ich habe nur an deinen letzten Hustenanfall gedacht.»

Thursen hat recht, husten tut weh. Schlimmer als der Hunger. Ich bemühe mich, mehr zu kauen und kleinere Bissen zu nehmen. Zwischendurch spüle ich mit Schlucken aus der Wasserflasche nach. Und nach und nach beginnt das entsetzlich nagende, leere Gefühl in meinem Magen dann doch zu verschwinden.

«Ist es jetzt für dich auch manchmal so, als wäre die Welt schärfer eingestellt?», fragt er mit einem Mal. «Als würdest du tausend Eindrücke bekommen vom Hier und Jetzt, aber alles andere ringsum, das Gestern und das Morgen, verschwimmt? Mir war manchmal, als würde alles Sein auf den Moment, auf mich hier im Wald zusammenschnurren.»

Noch ein Schluck aus der Flasche, dann kaue ich den letzten Bissen. «Ich weiß nicht. Ich habe bisher mehr darüber nachgedacht, wann ich mich endlich wieder richtig bewegen kann, ohne dass es weh tut.» Und das wird bald sein. Ich merke, wie nach dem Essen die Heilung gierig in mir tobt, schmerzt, brennt und ich trotzdem von Stunde zu Stunde kräftiger werde. Als lebte in mir etwas Fremdes, Bedrohliches, das nicht zu mir gehört. Etwas, das mein Ich frisst, es verschlungen haben muss, denn wer bin ich? Wer ist man, wenn man sich selbst vergessen hat?

Thursen spricht weiter. Seine leise, raue Stimme hüllt mich ein. «Du fühlst ihn, den Wald, stimmt's? Das alles hier. Die Bäume und den Boden und die Tiere und die Luft zwischen den Stämmen. Die Insekten, die unter der Rinde schlafen, und die kleinen Tiere unter dem Laub. Du spürst, dass alles da ist, oder?»

«Ja.» Ja, ich fühle es wie ein leises Kribbeln auf der Haut, fühle, dass ich verbunden bin mit allem Leben um mich. Noch etwas, das fremd ist, fremd und mächtig und auch nicht ich. Noch nicht.

Er legt seinen Arm um mich und zieht mich näher. Sein Atem fließt über meine Wange, als er weiterspricht. «Für mich ist das weg, seit ich wieder Mensch bin. Manchmal, wenn ich schlafe, träume ich, ich könnte es noch.»

Da ist so viel Sehnsucht in seiner Stimme. «Wenn du das so mochtest, warum wolltest du dann nicht, dass ich Werwolf werde? Denn das hast du mir doch erzählt, oder? Dass du eigentlich niemals wolltest, dass ich verwandelt werde.»

«Du solltest vor der Scheiße in deinem Leben nicht davonlaufen. Für dich ist das nichts, sich im Wolfspelz zu verstecken. Du solltest die Kontrolle behalten über dein Leben und es selbst ändern. Das passt besser zu dir.»

«Die Scheiße in meinem Leben? Was meinst du damit? Den Überfall? Oder war da sonst noch etwas?»

«Hmm.»

Was auch immer in meinem früheren Leben passiert ist, so schlimm kann es nicht gewesen sein, denn wenn ich in mich hineinhorche, dann fühle ich nichts. Keine Angst, keinen Kummer, nur Leere. Eine sanfte dunkle Leere, endlos wie ein verwaister Kaninchenbau. «Ich soll die Kontrolle behalten, aber jetzt bist du es, der Kontrolle hat. Du weißt, wie du mich zurückverwandeln kannst, und hast mir versprochen, dass du es tun wirst. Warum machst du es nicht?»

«Jetzt, bevor du gesund bist? Was soll das bringen?»

«Ich bin gesund. Es tut fast gar nicht mehr weh.» Na ja, fast jedenfalls nicht mehr.

«Das sind die Schmerzmittel.»

«Das kannst du nicht wissen. Warum lässt du mich nicht meine eigene Entscheidung treffen? Es ist mein Leben. Was ist, wenn ich gesund bin und dann nicht mehr zurückverwandelt werden will? Gibst du mir dann trotzdem mein Menschenleben wieder?»

«Ich gebe dir nur zurück, was deins ist. Und außerdem wird dir die Kontrolle ohnehin entgleiten, wenn du Werwolf bleibst. Irgendwann entscheidest du nicht mehr, was du gerade sein willst. Dann übernimmt der Wolf in dir. Du erlebst eine kurze Phase der Stärke, der Freiheit, und dann ist es aus. Ein Wolfsleben ist verflucht kurz.»

«Vielleicht gefällt mir das kurze Wolfsleben?»

«Du sollst nicht so früh sterben. Es gibt mehr im Leben als Stärke und Jagd. Außerdem brauche ich dich noch.»

Ich lächle, als er mich auf die Nase küsst. Ich brauche ihn auch, so sehr. Nein, freiwillig würde ich ihn niemals aufgeben. «Was meinst du mit: ‹Der Wolf übernimmt die Kontrolle›?»

«Du wirst dich verändern. Vielleicht hat es sogar schon begonnen.» Er streicht mit der Fingerspitze eine Haarsträhne aus meiner Stirn. «Dein Denken verändert sich, deine Sicht der Dinge. Das Töten, es wird ganz leicht. Deine Wut wird ungezähmt. Du wirst wilder werden und rücksichtsloser. Das ist der Werwolf in dir, der erwacht, mächtiger wird und seinen Platz fordert.»

«War das bei dir auch so?»

«Ja, war es. Mein erstes Wild zu töten war eklig. Schließlich war es ein unschuldiges Tier, voller Angst, voller Leben. Wie konnte ich bloß? Irgendwann aber lernte ich das Jagdfieber kennen und habe mich von dem Raubtier in mir leiten lassen. Seitdem habe ich meinen Opfern mit einem einzigen Biss die Kehle durchtrennt. Ganz schnell, ganz einfach. Es ist, als könntest du im Töten das Leben der Beute trinken. Du bist lebendiger, kräftiger und wacher als jemals zuvor.» Er schließt die Augen, schluckt, wie um das innere Bild zu vertreiben. «Es ist schwer, damit aufzuhören.» Er schweigt, scheint den inneren Kampf noch einmal zu fühlen, denn noch immer hat er die Zähne zusammengebissen.

Ich kann kaum begreifen, was er da sagt. Werde ich wirklich irgendwann Spaß am Töten finden? Es ist eine furchtbare Vorstellung. Das Reh, das eben noch gerannt und über einen Busch gesprungen ist, liegt im Gras und wird niemals wieder aufstehen, und mir soll das gefallen? «Ich töte bestimmt nie mit Freude.»

«Das sagst du jetzt. Warte, bis du stark genug bist, um mit dem Rudel zu jagen.»

Und wenn er recht hat? Ich ahne, wovor er mich warnen will. Da ist etwas in mir, tief unten auf dem Grund meiner Seele, das sich sehnt zu hetzen. Etwas, das langsam erwacht. Schnell fasse ich nach seiner Hand und drücke sie.

«Hol mich vorher zurück. Hol mich jetzt zurück, jetzt gleich.»

Ein Kuss auf meiner Stirn. «Heile erst.»

Meine Erinnerungen schwinden, und der Wolf in mir wird stärker. «Wie lange noch?» Werde ich wenigstens eine Ahnung an mein früheres Ich bewahren können? Oder muss ich mich erst ganz verlieren?

«Ein paar Tage vielleicht.»

Noch ein paar Tage, dann bin ich wieder Mensch. Dann werden vielleicht die alten Erinnerungen über mich hereinbrechen. Was ist, wenn sie wirklich so schlimm sind, wie Thursen angedeutet hat? Werden sie mich verschlingen? Doch er wird auch dann da sein und dafür sorgen, dass ich nicht in ihnen ertrinke. Er weiß, was er tut. Er selbst war Werwolf. Ich war es, die ihn zurückverwandelt hat, sagt er. Noch so ein blinder Fleck auf meiner Vergangenheit. Nur Bilder, Schnipsel, Stücke sind übrig geblieben, mit lauter Lücken dazwischen. Verblassende Bilder, die aneinandergesetzt eine Collage ergeben, aber niemals den Film, der mein Leben abbildet. Und es wird schlimmer, mit jedem Tag, mit jeder Stunde, die ich länger Werwolf bin.

Da ist doch noch etwas anderes, das ihn zögern lässt. Noch etwas außer der zurückkehrenden Erinnerung. Ich sehe es in seinen Augen, in denen jetzt schon das Mitleid wartet. «Die Rückverwandlung, wie wird die sein?», will ich wissen.

«Nicht so schön.»

Nicht so schön? Sein Mund sagt etwas anderes als sein Gesicht. Sei ehrlich, Thursen! «Also schlimm, richtig schlimm?»

«Ja, schlimm. Schlimm und schmerzhaft und grauenvoll. Willst du das wirklich hören?»

«Bereust du es? Dass du zurückverwandelt wurdest, meine ich?»

«Das hast du mich schon mal gefragt.»

Habe ich das? Wieder ein blinder Fleck. «Und was war deine Antwort?»

«Nein. Nein, ich bereue es nicht.»

Woher kommt dann die Sehnsucht in seiner Stimme? «Aber?»

«Wirklich, ich bereue nichts. Es war richtig und wird immer richtig sein, dass du es beendet hast. Nur ... ich wäre so gerne einmal, ein einziges Mal mit dir durch den Wald gelaufen.» Er zieht einen Mundwinkel hoch, lächelt ein gebrochenes Lächeln. «Einmal wäre ich gerne mit dir hinter der Beute hergehetzt, hätte gemeinsam mit dir die Kraft und die Geschmeidigkeit der Wolfskörper gespürt. Leise und tödlich hätten wir uns den Wald zu eigen gemacht.» Er küsst mich, stupst seine Nase an mein Ohrläppchen. «Einmal nur hätte ich gerne gefühlt, wie intensiv dein Geruch auf mich als Wolf wirkt.»

Ich würde ihm gerne seinen Wunsch erfüllen, aber er kann sich nicht verwandeln, nie mehr. Nur weiß ich auch das nicht, weil ich mich erinnere, sondern weil er es mir gesagt hat. So viel musste er mir von uns erzählen. Wäre da nicht dieses Gefühl der Verbundenheit in mir gewesen, stark und unverbrüchlich wie mein Herzschlag, dann hätte das alles von der großen Liebe zwischen uns genauso gut nur seine Erfindung sein können. «Ich wäre gerne schon jetzt wieder Mensch. Dann würde ich nicht ganz vergessen, was ich mal war. Dann kämen endlich die Erinnerungen zurück. Nicht die schwarzen, vor denen du mich warnst, auch die an dich. Ich kann mich noch nicht mal mehr an unseren ersten Kuss erinnern.»

«Dann hast du ja etwas, worauf du dich freuen kannst.»

«Erzähl es mir!»

«Nein.» Er schüttelt den Kopf. «Die Erinnerungen kommen schon wieder. Guck mal, ich habe dir Hafer-Trüffel-Kekse mitgebracht. Solche Kekse hat meine Mutter immer für mich gekauft, als ich klein war. Damals, vor ihrer depressiven Zeit, als es ihr noch gutging. Direkt neben unserem Kinderarzt war eine kleine Bäckerei mit einer braunen Holztür. Jedes Mal, nachdem wir beim Arzt waren, sind wir erst zur Apotheke gegangen, um meine Medizin zu holen, und danach durfte ich mir Kekse in der Bäckerei aussuchen. Ich war fest davon überzeugt, dass es in Wirklichkeit die Kekse waren, die mich wieder gesund werden ließen und nicht die bittere Medizin.»

Ich öffne den Clip an der durchsichtigen Tüte. Die Kekse riechen süß und kernig und voll.

Ich bin mir nicht sicher, aber: «Solche Sachen hast du mir früher nicht erzählt, oder?»

«Nein, habe ich nicht.»

«Warum nicht?» Ich halte ihm die Tüte hin.

Er greift hinein, ohne hinzusehen, seinen Blick immer noch auf mich gerichtet. «Wenn ich dich ansehe, wie du dich veränderst, blasser, farbloser wirst, dann erinnerst du mich so sehr an mich selbst. Ich dachte damals, es gibt keinen Weg zurück. Ich dachte, alles aus meiner Vergangenheit ist für immer weg. Für mich war das nicht so wichtig, ich wollte ja vergessen. Jedenfalls dachte ich das damals.»

«Ich will nicht alles verlieren. Ich habe Angst, dass ich mit meinen Erinnerungen auch mich selbst verliere. Ich weiß nicht mal mehr, wie ich war, als ich noch Mensch war. Dabei ist das erst so kurz her! Wenn das alles für immer weg ist wie eine gelöschte Festplatte, dann hat Nick gewonnen! Dann hat Nick mich zerstört, obwohl ich noch lebe.»

«Du hattest keine andere Wahl. Haddrice hatte recht, du musstest dich in einen Werwolf verwandeln, um zu heilen.

Wärest du Mensch geblieben, hätte Nick dich mit seinem Angriff erst recht zerstört, weil du nämlich verblutet wärest. Dann wärest du jetzt tot. Wäre dir das lieber?»

«Natürlich nicht. Ich habe nur Angst, das ist alles.»

«Das weiß ich. Darum habe ich dir das von mir erzählt. Ich hatte so vieles vergessen, als ich Werwolf war, aber jetzt ist die Erinnerung wieder da. Ich habe wieder den Duft in der Bäckerei in der Nase und weiß, was die Ladentür für ein Geräusch machte, wenn man sie öffnete. Leider gibt es die Bäckerei nicht mehr. Ich habe die Kekse woanders gekauft.» Er betrachtet den Keks, steckt ihn sich in den Mund und kaut.

«Und deine Mutter, erinnerst du dich auch an sie?»

Er nickt, schluckt und erzählt dann weiter. «Ja, und ich weiß auch noch, was für eine Frisur meine Mutter zu dieser Zeit hatte.» Er lächelt in sich hinein. «Es war die Zeit der Dauerwellen, lauter Löckchen hatte sie auf dem Kopf. Ich erinnere mich noch an einen Besuch beim Arzt, meine Mutter trug eine weinrote Steppjacke und Jeans. Ich weiß noch, wie sie lachte, als ich ihr danach gestanden habe, dass ich sie angeschwindelt hatte.»

«Du hast sie angeschwindelt? Was hast du gemacht?»

«Ich war absichtlich krank geworden.»

«Warum das denn?»

«Meine Mutter war lange zu einer Kur weg und endlich nach Hause gekommen. Sie hatte mir so gefehlt. Ein paar Tage war sie noch zu Hause und konnte sich um mich kümmern. Dann musste sie wieder arbeiten, und weil Agnetha länger Unterricht hatte, war ich schon wieder allein, wenn ich von der Schule kam. Ich habe mich die halbe Nacht im nassen T-Shirt ans offene Fenster gestellt, um Halsschmerzen zu bekommen. Ich wollte sie nicht zur Arbeit gehen lassen, ich wollte nicht zur Schule, ich wollte den Tag mit meiner Mutter verbringen, nur wir zwei. Ich wollte mit ihr zum Arzt, und ich wollte, dass sie mir danach diese Kekse kauft.»

«Deine Mutter hat gelacht, sagst du?»

«Ja, und eine zweite Tüte Kekse für meine Schwester gekauft. Dabei mochte Agnetha die gar nicht so gerne, die waren ihr schon immer zu süß.»

«Also hast du ihre Kekse auch noch bekommen.»

«Kann sein. Wahrscheinlich. Agnetha hatte schon immer eine Schwäche für ihren kleinen Bruder.»

Es ist nicht nur Agnetha, die eine Schwäche für ihn hat. «Ist es nicht schön, alles wieder zu wissen?»

Er seufzt und streicht mir die Haare aus der Stirn. «Du bekommst alle Erinnerungen zurück. Alle, weißt du, nicht nur die schönen, frohen, lustigen, auch die schlimmen, schrecklichen, vor denen du dich vielleicht lieber dein Leben lang verkriechen würdest. Die Erinnerung an deinen Bruder.»

Ja, ich hatte einen Bruder. Da sind kleine Erinnerungsfunken in meinem immer dunkler werdenden Gedächtnis, die mir, wie ein Blitzlicht, das Gesicht eines kleinen Jungen zeigen. Er ist gestorben, und ich vermisse ihn, hat Thursen mir erzählt. Das ist bestimmt schlimm, doch es ist nicht alles, was ich vergessen habe. «Ich will meine Erinnerungen zurück. Jetzt sofort. Ich vermisse dich. Ich vermisse die Erinnerungen an dich, an das, was zwischen uns war. Nichts kann so schlimm sein wie Vermissen.»

«Ich werde da sein wie jetzt auch. Keine deiner Erinnerungen ist für immer verloren. Aber du wirst deinen Bruder wieder vermissen. Das hat dich fast zerstört.»

Mein Bruder ist an Krebs gestorben, hat Thursen gesagt. Es ist ein ferner Schmerz, der über mich hinwegwäscht wie ein plötzlicher kalter Wind. Wollte ich damals wirklich auch nicht mehr leben? Ich fröstele, und Thursen zieht mich näher, lässt mich mein Gesicht an seinem Hals verbergen. Thursen und ich, wir sind uns ganz nah. Wird das so bleiben? Werde ich mich auch an das hier zwischen uns erinnern, wenn ich wieder ganz Mensch bin? Oder wird das dann vielleicht der blinde Fleck in meiner Erinnerung werden? «Weißt du auch noch alles aus deiner Zeit als Werwolf?»

Sein Blick gleitet in die Ferne, als würde er einem fremden Lied lauschen. «Was willst du denn hören?»

Kommt es mir nur so vor, oder ist seine Stimme wirklich heiserer als eben noch? Da sitzt nicht mehr der Junge mit den Keksen neben mir. Auf einmal ist er der Werwolf. Der Leitwolf war er, hat er mir gesagt. «Erzähl mir von der Jagd.»

«Alles?» Er sieht mich an mit seinen Augen, dunkel jetzt, wie die Beute, die er gehetzt hat. Wie die Augen der Tiere, die ich fresse, wenn ich Wolf bin.

Was versucht er in meinem Gesicht zu lesen? «Was ist alles?», frage ich.

«Ich habe dir ja schon erzählt, was das Jagen für mich bedeutet hat, als ich noch ein Werwolf war. Menschen essen auch Fleisch, doch sie töten heute nicht mehr selbst. Tiere, Raubtiere, haben immer gejagt und getötet und gefressen. Wir haben das Fleisch unserer Beute gefressen und die Lebenskraft getrunken. Das ist der wahre Kreislauf des Lebens. Es beginnt mit der Erde. Die Erde gibt aus ihrem Innern das Leben, sie lässt die Pflanzen wachsen. Die Pflanzenfresser töten die Pflanzen und verleiben sich ihr Leben ein. Sie tragen es mit sich, bis die Raubtiere kommen und das Leben aus ihnen trinken. Und irgendwann sterben die Raubtiere und geben das geliehene Leben an die Erde zurück. Es endet in der Erde, um von dort wieder von neuem zu beginnen.»

Ich beobachte den kleinen Vogel über uns in den Zweigen, hin und her hopst er und macht sich keine Gedanken über das

Gestern und Morgen. «Also findest du, wir alle haben nur ein geliehenes Leben?»

Er sieht mich an, und ich bin ihm so nah, dass ich die Röte auf Wangen und Nase betrachten kann, die die Kälte auf seine Haut malt.

«Na ja, unser Leben dauert im Verhältnis nicht sehr lange», sagt er, «wenn du mal guckst, wie lange es die Erde schon gibt.» Thursen nimmt seinen Arm von meiner Schulter. «Meinst du, das Schmerzmittel wirkt jetzt?»

«Versuch es einfach.»

«Ich bemühe mich, dir so wenig wie möglich weh zu tun.» Er sucht in seinem Rucksack und holt eine Rasierklinge heraus. Er legt sie vorsichtig in seine hohle Hand und gießt aus einer kleinen Flasche Alkohol darüber. «Ziehst du das selbst aus?»

Ich befreie mich aus meiner Jacke. Betrachte mit Herzklopfen, wie er die notdürftig desinfizierte Klinge zwischen die Fingerspitzen nimmt und sich den übrig gebliebenen Alkohol in den aufgesprungenen Händen verreibt. Noch einmal wickelt er vorsichtig den Verband ab, bis zu der Stelle, an der es nicht mehr weitergeht. Dann ein rasches Brennen.

«Autsch!», zische ich.

Thursen hat einen feinen Schnitt gesetzt und den Stoffstreifen ein Stück weit befreit. Ich will die Zähne zusammenbeißen, mich gegen den Schmerz wappnen, bevor er weitermacht. Doch stattdessen beugt er sich vor und drückt seine Lippen auf meine. Es ist ein eindringlicher, sanfter Kuss. Ich wünschte, ich könnte mich noch an all unsere Küsse erinnern. Ein paar sind noch da. Ich suche in meinem Kopf, finde sanfte Küsse, rasche, flüchtige Küsse, und lange, eindringliche, bei denen mir im ganzen Körper warm wurde. Thursens Küsse. Und da ist noch ein anderer Mund, der mich geküsst hat, irgendwann. Als ich mich gerade erinnern will, wer das war, beißt ein weiterer Schmerz in meine Rippen.

«Gleich vorbei», sagt Thursen. Dieser Kuss ist kürzer, und der nächste Schmerz folgt schneller.

«Nicht!», bitte ich. Doch dann hat er den letzten Zipfel des Verbandes losgeschnitten. Er desinfiziert meine Haut mit einem Spray aus einer kleinen weißen Pumpflasche und holt ein neues, noch ungeöffnetes Verbandspäckchen aus dem Rucksack.

«Ist aus einem Autoverbandskasten», sagt er. «Den hat Mauriks gefunden.»

Er hat eine Stelle meiner wunden Haut entdeckt, die er noch nicht eingesprüht hat und bedeckt auch sie mit einem feinen Nebel. Das Zeug ist so kalt. «Ich bin nicht gerade eine Heldin, oder?», frage ich.

«Du hast Nicks Angriff überstanden, und du hast überlebt. Du hast dich gewehrt, so gut es ging. Das reicht an Tapferkeit für den Rest deines Lebens. Können wir den neuen Verband jetzt anlegen?» Thursen knibbelt die Folie vom Päckchen.

Ich wende unwillkürlich den Kopf, als ich das ferne Geräusch von rennenden Pfoten wahrnehme.

«Haddrice?», fragt Thursen.

Ich nicke. «Aber irgendwas stimmt nicht.» Ihr Angstgeruch weht zu uns herüber. Und dann sehe ich sie, die schwarze Wölfin, langgestreckt auf uns zu galoppieren. Erst unmittelbar vor uns lässt sie die Wolfsgestalt fallen und wird zu der schattenblassen Frau.

«Ihr müsst weg!», keucht sie. «Sie sind gleich hier.»

«Wer?», frage ich, mein Herz hämmert schneller. «Nicks Leute?»

Haddrice schüttelt den Kopf. «Shinanim.»

«Scheißhalbengelspack.» Thursen wirft das Verbandspäckchen beiseite und streift mir wortlos und hastig meine Kleidung über die frisch geöffneten Wunden.

Halbengel? Ist das gut oder schlecht? Das Wort Shinanim hat mir mal was gesagt, bestimmt. Ich wühle verzweifelt in meinem Gedächtnis, aber da ist keine klare Erinnerung mehr. Nur eine diffuse Angst, die sich in den Augen von Thursen und Haddrice widerspiegelt.

«Kein Verband?»

«Keine Zeit.» Thursen wirft das Desinfektionsmittel in den Rucksack. «Erst mal müssen wir verschwinden. Hoffentlich kannst du laufen.»

«Ich weiß nicht», beginne ich. «Ich hab keine Ahnung, ob ich schon so weit bin.»

Haddrice packt mich am Arm. «Du kannst. Du musst!»

Ich ziehe meine Beine an, die sich vom langen Liegen fremd und hölzern anfühlen, als würden sie zu jemand anderem gehören.

«Beeil dich! Steh endlich auf, Shorou!», knurrt sie.

«Los, komm her!» Thursen zögert nicht. Er nimmt meine Hand und zieht mich hoch. Mein Körper brüllt vor alten Schmerzen, als ich mich zusammenkrümme und die Beine unter mich ziehe. Dann drücke ich die Knie durch, und wieder fühlt sich mein blasser, farbenloser Körper fremd an. Als würde ich ihn mit einer schwarzweißen Figur teilen. Doch die Kraft ist zurückgekommen, tatsächlich. Etwas zittrig bin ich, aber ich kann stehen. Dass ich die Arme um Thursens Hals gelegt habe, immer noch, obwohl Haddrice ungeduldig schnaubt, liegt daran, dass ich nicht wage, ihn loszulassen. Nicht in dieser verwirrenden, fremden Welt, in der sich meine alten Erinnerungen auflösen und ich noch kaum neue habe.

«Ich komme ja mit dir», flüstert er mir ins Ohr und streift

meine Wange mit seinen Lippen. Meine unverbundenen Wunden brennen unter dem Shirt, als ich mich zu ihm drehe.

Haddrice schüttelt den Kopf. «Nein, tust du nicht. Versteck dich irgendwo, Thursen. Wir sind als Wölfe schneller ohne dich.»

Thursen nickt, greift mit beiden Händen mein Gesicht und drückt mir einen verzweifelten Kuss auf den Mund.

Haddrice rümpft die Nase, schnuppert, schiebt ihn mit einem Ruck zur Seite und packt mich bei den Schultern. «Verdammt, sie sind gleich da!»

«Lauf mit Haddrice. Ich warne das Rudel!», sagt Thursen. «Komm, Shorou, es wird schon irgendwie gehen.» Thursen lässt mich langsam los. Ja, ich kann stehen. Unsicher, mit meiner Hand in seinen Ärmel gekrallt, aber viel besser als gestern.

«Du weißt, was zu tun ist!» Haddrice bohrt ihren Blick in meinen, bis ein kurzes Zucken ihrer Augenbrauen mir das Zeichen gibt.

Ich lasse es zu. Fell umwächst mich, meine vier Pfoten fühlen die Erde, viel sicherer, als auf zwei Beinen zu stehen. Krallen im schneenassen Laub. Dann springen wir los. Sind Wolfsschwestern. Haddrice rennt vorweg. Kennt sie den Weg? Weit greifen meine Sprünge. Mein Wolfsgehör ist scharf. Ich höre auch Thursens Schritte. Rieche ein letztes Mal seinen schnell verwehenden Duft. Haddrice dreht die Ohren. Was hört sie? Da sind andere Schritte, rennende Schritte, durcheinander, viele, zu schnell, keine Schritte von Menschen. Fremd. Shinanim? Sind das die Halbengel? Nur weg hier. Schnell! Zu viele fremde Stimmen. Der Wald riecht nach Gefahr und Hass. Wir müssen weg.

Wir rennen.

3. Elias

ICH wusste nicht, dass ein besonderer Tag so normal beginnen kann. Ich sitze auf meinem Sessel, das Bein mit der fast schon verheilten Bisswunde ausgestreckt, und betrachte das Bild vom Erzengel Gabriel. Ich habe es als Anerkennung für meinen mutigen Einsatz gegen die Werwölfe erhalten und vielleicht ein wenig auch als Anreiz dafür, dass ich weiterhin bereit bin zu kämpfen. Zu kämpfen wie er. Doch ich bin weiß Gott nicht wie Gabriel. Er ist ein Engel, ganz und gar ein Engel und damit viel stärker und mächtiger, als ich es je sein werde. Bestimmt wurde er nie verwundet, hatte nie Narben. Ist es vermessen, wenn er trotzdem mein Vorbild ist, der Engel mit dem Flammenschwert?

Jemand klopft an meine Zimmertür.

Als ich «Ja?» rufe, öffnet sie sich, und Adrian lehnt im Rahmen mit einem Becher Kaffee für mich.

«Ich dachte, du brauchst etwas Aufmunterung, bevor du dich vor unseren Obersten traust.»

Er sagt das, als müsste er mir Mut machen! «Adrian, sie haben mich ausdrücklich darum gebeten, dass ich komme. Sie brauchen mich, denn es gibt vermutlich Fragen, die nur einer von unserer Gruppe ihnen beantworten kann. Ich bin für unsere Gruppe verantwortlich, also werden sie mich schon angemessen behandeln.»

«Schick genug siehst du jedenfalls aus», spöttelt er mit Blick auf meinen Anzug. Er grinst und stellt den Becher auf meinen Schreibtisch. «Raquel und Felix wollen wissen, wann du losfährst.»

Etwas steif noch stehe ich vom Sessel auf. Wann endlich hört dieser Wolfsbiss auf zu schmerzen? «Jetzt.»

Adrian hebt die Tasse noch mal hoch. «Dann brauchst du die Papiere hier nicht mehr?»

Er zeigt auf den Stapel Ausdrucke, gesichert mit meinem Briefbeschwerer aus grünem Glas. Das oberste Papier ist jetzt leicht gewellt und hat einen braunen runden Kaffeeabdruck vom Boden des Bechers. Das darf doch nicht wahr sein! «Doch, die brauche ich allerdings noch. Das sind die Unterlagen für meinen Vortrag.»

«Tut mir leid. Kannst du sie noch mal ausdrucken?»

«Ja natürlich.» Ein Blick auf die Uhr sagt mir, dass meine Zeitreserve gerade ziemlich zusammenschrumpft.

«Aber?»

«Mein Drucker ist ausgeschaltet und mein Laptop heruntergefahren und eingepackt.»

«Du hast die Daten doch bestimmt sicherheitshalber noch irgendwo gespeichert, nicht nur auf deinem Laptop, oder? Ich kenne dich, Elias.»

«Auf einem USB-Stick. Ja.»

Adrian streckt die Hand aus. «Gib her. Ich drucke die Blätter für dich aus. Du kannst inzwischen deinen Kaffee trinken. Wenn ich fertig bin, bringe ich sie dir zum Auto.»

Ich gebe ihm den Stick und die Mappe für die fertigen Ausdrucke. «Danke. Auch für den Kaffee.» Ich drehe mich nicht um. Das Klappen der Tür sagt mir, dass er weg ist. Ich schaue aus dem Fenster. Da draußen ist nichts als ein kalter grauer Wochentag, mit kahlen Zweigen und schmutzigem Schnee in kleinen übrig gebliebenen Haufen, die zertreten werden und schmelzen. Der Himmel ist farblos grau, denn die Sonne scheitert an den Wolken. Kaum etwas von ihrem Licht erreicht uns. Dabei sollte die Sonne leuchten vom strahlend blauen Himmel, die Vögel sollten singen und die Bäume sich in ihr erstes Grün hüllen. Die Menschen auf den Straßen sollten lachen und singen. Denn wenn es auch kein Jubeltag ist, kein Feiertag, so ist doch dieser Tag etwas ganz Besonderes für mich. Der Erzshinan kommt in unsere Stadt. Der Oberste der Oberen. Die wenigsten von uns haben jemals Gelegenheit, ihn von Angesicht zu Angesicht zu sehen. Ich jedoch werde in wenigen Stunden Vittorio nicht nur sehen, sondern auch mit ihm sprechen.

4. Luisa

ICH folge Haddrice, ihren Angstgeruch in der Nase. Schnell! Die Anderen, Fremden, nähern sich. Sie riechen seltsam, nicht nach Wald und Erde, sondern nach Eifer und Licht und beißend frischen Regenwolken. Wir rennen, doch wir sind zu langsam! Der fremde Geruch wird stärker.

Haddrice wirft sich nach links. Jagt quer durchs Gehölz, zerknackt Ästchen unter ihren Pfoten. Zweige stechen in mein Fell, als ich folge. Atmen schmerzt. Wo sind die Fremden? Ich wende den Kopf. Wo sind sie, die Zweibeiner, die nicht Menschen sind? Jetzt sehe ich sie. Es sind viele. Sie jagen im Rudel wie wir. Der erste hebt die Hände, ruft etwas. Ich höre ihn und verstehe nicht. Wir sind am Wasser. Eis deckt den Fluss. Mürbes, feines Eis. Haddrice stoppt und dreht sich um. Immer noch riecht sie nach Angst. Ich bleibe ebenfalls stehen, die Pfoten im schneeigen Laub. Ducke mich, mein Fell gesträubt. Wenn sie uns wollen, müssen sie kämpfen.

Die Fremden bilden einen Halbkreis vor uns, als wären sie eine Rotte Wildschweine. Vor uns sind sie, hinter uns der Fluss. Eine Falle? Und wenn schon. Haddrice wirft sich herum, wir rennen, hinaus auf das Eis. Die dünne Eisschicht, wie die Haut des Flusses, bricht knisternd unter unseren Pfoten. Schnell noch ein paar Sprünge. Und dann schwimmen wir aufs Wasser hinaus.

Die Fremden sind unmenschlich schnell. Sie haben grelle Augen, doch sie haben kein Winterfell wie wir. Sie können nicht folgen. Ihr Geruch bleibt am Ufer zurück.

Wir sind Wölfe. Fellgewärmt und trotzdem eisig durchpflügen unsere Beine das Wasser. Geradeaus, nur geradeaus, den Fluss aufwärts gegen die Strömung. Wir sehen uns um, und ein paar der Anderen stehen noch da. Manche laufen mit uns parallel am Ufer. Werden weniger, je weiter wir kommen. Gleich geben sie auf.

Das Wasser spült mir kalt ums Maul. Rhythmisch grabe ich die Krallen in die Wellen. Meine Beine rudern flussaufwärts, ich bin hinter Schilf verborgen. Durch die welken Halme sehe ich sie auseinanderlaufen. Ihr Geruch wird schwächer, ihre Rufe verwehen. Endlich. Ich japse nach Luft, schmecke die Havel auf der Zunge. Wasser plätschert, dünnes Eis knirscht. Anstrengend, doch das Wasser schützt uns. Vor mir schwimmt Haddrice. Meine Schmerzen, die eben noch nur knurrten, beißen mich. Bei jeder Bewegung. Schmerz. Schmerz. Der ganze Fluss ist voll Schmerz. Das Wasser ist Schmerz. Ich muss weiter schwimmen, Haddrice hinterher. Atmen ist schwer. Wo ist meine Kraft? Ich winsele, winsele nach Haddrice. Sie wendet die Ohren. Ein kurzer Kläffer, sie hat verstanden.

Wir wenden uns auf das offene Wasser hinaus. Wir sind mutig. Jetzt sind wir wieder sichtbar, doch wie sollen sie folgen, die Fremden? Sie können nicht über das Wasser gehen. Jetzt brüllen sie wieder lauter. Aufgeregt. Wir Wölfe verstehen die Worte nicht. Ich kann gleich nicht mehr. Nur langsam kommt das Ufer näher.

Haddrice schwimmt voraus, läuft über die Eisscherben ans Ufer. Auch ich schaffe es raus aus dem Wasser über das knirschende Eis. Wir durchbrechen den Schilfgürtel. Schütteln das Wasser aus dem Fell und laufen weiter. Der Wald wird uns schützen. Gleich sind wir im Unterholz. Gleich sind wir verschwunden. Nur noch ein paar letzte lange Sätze. Gleich sind wir sicher.

Gleich.

5. Elias

AUF das Treffen mit Vittorio, unserem verehrten Weltoberhaupt, und den anderen führenden Köpfen unseres Ordens habe ich mich lange und konzentriert vorbereitet. Heute muss und wird alles perfekt sein. In Gedanken gehe ich meine Rede noch einmal durch. Ich kenne sie auswendig, die dazu gehörenden Schaubilder sind im Computer abgespeichert und zusätzlich für alle Fälle auf USB-Stick gesichert. Mein Auto ist aufgetankt. Raquel und Felix sind vermutlich draußen, um die Scheiben meines schwarzen BMW Roadster zu enteisen, damit ich gleich losfahren kann. Der Kaffee, den Adrian mir gebracht hat, ist heiß und gut. Ich trinke ein paar Schlucke und prüfe dabei im Spiegel über meiner Kommode, dem ich in dieser Hinsicht mehr vertraue als Adrian, ob mein Anzug sitzt. Es ist ein neuer Anzug, zum ersten Mal einer von der Sorte, wie sie mein Vater trägt, wenn er wichtige Geschäftsgäste empfangen muss. Ich werde nicht auf einen Geschäftspartner treffen. Der Besuch hat nichts mit Geschäft zu tun, doch mein Maßanzug ist vom selben Schneider. Ich sehe das Lächeln meines Vaters vor mir, zufrieden, dass sein Sohn jetzt doch endlich in seine Fußstapfen tritt. Dabei wird das niemals passieren, denn auch wenn wir uns gut verstehen, im Grunde bin ich ihm so unähnlich, wie man es nur sein kann. Ich bin ja nicht mal ganz und gar Mensch. Ich bin ein Shinan, und das bedeutet, in meinen Adern fließt auch das Blut der Engel. Ich bin stolz auf mein Erbe, das von meiner Mutter auf mich kam und mich zu einem Mitglied des geheimen Ordens der Shinanim machte. Wahrscheinlich bin ich sogar stolzer, als es mein Vater auf seinen geschäftlichen Erfolg je sein könnte. Ich trinke noch einen Schluck Kaffee und rücke mit der freien Hand meinen Krawattenknoten gerade. Kurz über dem Hemdkragen schaut eine der Narben hervor, die die Zähne dieses schwarzen Werwolfs, Norrock, hinterlassen haben. Ich kann sie nicht unter der Kleidung verschwinden lassen, wie die fast verheilten Wunden an meinem Bein. Vielleicht will ich das auch gar nicht. Sollen die Shinanim ruhig mit eigenen Augen sehen, wie nah ich den Werwölfen gekommen bin.

Ich ziehe meinen Wintermantel an und nehme den Aktenkoffer. Mein Bein schmerzt beim Gehen, aber ich lebe noch. Ich habe zum zweiten Mal mit den Werwölfen gekämpft, und ich bin entkommen und kann davon berichten. Das ist es, was zählt.

Es ist Zeit, aufzubrechen.

Auf dem Weg zum Ausgang komme ich an dem Zimmer vorbei, in dem Luisa die kurze Zeit, in der sie hier war, gewohnt hat. Die von uns damals aufgebrochene Tür ist repariert worden und sieht wieder aus wie vorher. Nichts erinnert mehr an Luisa. Vielleicht ist es besser so. In der Küche stelle ich noch schnell den leeren Kaffeebecher ab. «Alles Gute», wünscht mir Chiara. Ich wette, sie wäre jetzt gerne an meiner Stelle. In ihrem Zimmer hängt ein signiertes Foto von Vittorio. Ich brauche kein Foto, ich treffe den Erzshinan heute persönlich.

Wir wohnen noch immer im Dachgeschoss des Hauses am Kurfürstendamm, von dem die Menschen denken, dass es leer steht. Ich schließe die Wohnungstür hinter mir, durchquere einen der langen Gänge und fahre mit dem wackligen Fahrstuhl nach unten. Mein Auto steht im Hof.

«Wir haben die Scheiben abgetaut, ganz ohne Chemie», sagt Raquel.

«Sieh mal!» Felix lässt den Engelsfunken in seiner Hand aufleuchten, fährt mit der Handfläche über die Scheibe, und die Hitze verdunstet das letzte bisschen Eis.

«Gut!», lobe ich sie. Wenn wir Shinanim in den kommenden Zeiten für die Sicherheit dieser Stadt sorgen werden, sollen die beiden an vorderster Front stehen. Dann werden sie Gegner haben, die nicht so leicht zu besiegen sind wie das Eis auf der Scheibe. Sie werden jede Waffe brauchen, die sie haben, und mir gefällt, dass sie langsam lernen, ihre Shinanim-Fähigkeiten als Teil ihrer selbst anzunehmen.

Da kommt Adrian mit den Ausdrucken. «Ich weiß, du bist begeistert von den Obersten, doch pass auf, mit wem du dich einlässt», raunt er mir zu. «Glaub nicht alles, was man dir sagt.»

Ich versenke die Mappe in der Aktentasche und stecke den USB-Stick ein. «Mit der Einstellung wirst du es in unserem Orden nicht sehr weit bringen, Adrian. Der Rat besteht aus unseren Leuten, Shinanim wie wir. Nein, die Besten von uns! Ein bisschen Vertrauen musst du schon haben.»

Ich stelle meine Tasche auf den Beifahrersitz und steige ins Auto. Felix hat schon das Tor zur Straße geöffnet. Ich kann losfahren.

6. Thursen

SIE sind weg, meine Wölfinnen. Ich habe Luisa und Haddrice gesagt, ich würde das Rudel warnen. Doch das wäre ja Blödsinn. Die Werwölfe im Lager riechen die Feinde viel schneller, als ich je bei ihnen sein könnte. Ich bin keine große Hilfe, als Mensch.

Also laufe ich nicht zum Lager, sondern dorthin, wo Haddrice die Shinanim gesehen hat. Renne über das schneebedeckte Laub und springe über die abgestorbenen Bäume. Ich verstecke mich nicht, bin nicht mal besonders leise. Wozu auch? Sie sollen mich doch sehen, die verdammten Shinanim. Ich mache mich zum Lockvogel. Hundertmal besser, sie fangen mich als Luisa.

Vom Wasser her höre ich etwas. Ich bleibe stehen und versuche, obwohl ich vom Rennen außer Atem bin, ruhig und lautlos Luft zu holen. Eisig brennend strömt sie in meine Lungen. Ich schließe die Augen und lausche. Nicht zum ersten Mal wünsche ich mir mein Wolfsgehör zurück. Was ist das für ein Geräusch? Plätschern? Wildschweine am Wasser oder doch die Shinanim? Sind das Rufe? Keine Chance, ich kann es nicht hören, ich muss es sehen. So schnell ich kann, renne ich, zwischen den Baumstämmen hindurch, abwärts zum Havelufer. Direkt am Wasser bleibe ich keuchend stehen. Ja, jemand ruft etwas, und ein anderer scheint zu antworten. Ich klettere auf eine Weide, deren Stamm sich über das Ufereis der Havel neigt. Im Sommer springen die badenden Kinder von hier ins Wasser. Die Rinde ist abgewetzt von endlos vielen nackten Füßen. Ein paar schnelle Griffe, dann bin ich so hoch, dass ich über das Schilf und das Buschwerk hinwegsehen kann.

Ein Stück flussaufwärts werden die Rufe lauter, und da sind sie, Haddrice und Luisa, beide Wölfe, im Wasser! Sie schwimmen zügig durch die eisige Havel, und die Shinanim gucken ihnen vom Ufer aus hinterher. Sie haben sie abgehängt! Haddrice schwimmt voraus, sie wendet, durchquert den Fluss, und die beiden erreichen das gegenüberliegende Ufer. Ja! Ja! – Fast hätte ich es laut gesagt. Sie steigen rasch aus dem Wasser, schütteln die Tropfen aus ihrem Fell und laufen weiter, dem Wald entgegen. Sie haben es geschafft!

Doch die Freude bleibt mir im Hals stecken. Am anderen Ufer sind auch schon lauter Shinanim.

Verdammt!

7. Elias

ICH fahre aus der Einfahrt, setze den Blinker und fädele mich in den zäh fließenden Verkehr ein. Meter um Meter kriecht die Autoschlange über den Asphalt des Kurfürstendamms. Bremslichter vor mir leuchten rot. Motoren brummen im Leerlauf, atmen ungeduldig Abgaswolken aus, dann geht es wieder ein paar Meter weiter. Ein Kurierfahrer rast, auf sein Mountainbike geduckt, an mir vorbei. Ich sehe der breiten gelben Tasche, die er auf dem Rücken trägt, nach, versuche ruhig zu bleiben, aber diese quälende Langsamkeit zerrt an meinen Nerven. Warten an der Ampel. Fahren. Wieder eine Ampel, die auf Rot springt, bevor ich die Kreuzung erreicht habe. Und wieder warten. Die Geschäfte haben schon geöffnet, Fußgänger mit Einkaufstüten überqueren die Fahrbahn, endlos wie ein Ameisenschwarm. Selbst die rote Fußgängerampel stoppt sie nicht. Dann ist die Straße endlich wieder frei, und es geht weiter. Ich könnte mich entspannt in meinem Sitz zurücklehnen, aus dem Fenster sehen, Musik hören. Ich bin nicht in Zeitnot. Es gelingt mir trotzdem nicht. Mit leisem Neid betrachte ich den Doppeldecker, der mich rechts auf der Busspur überholt. Busse, Taxis und Fahrräder sind die Einzigen, die am Ku'damm ihre Reifen rollen lassen können.

Ich begegne meinem Blick im Rückspiegel und rufe mich selbst zur Ordnung. Heute geht einer meiner Lebensträume in Erfüllung. Ich bin auf dem Weg zum Flughafen, auf dem Vittorio – Vittorio! – in Kürze landen wird, und ich wurde eingeladen, bei seinem Empfang dabei zu sein.

Ich muss schon wieder stoppen, denn der Golf vor mir hat einen freien Parkplatz gefunden und blockiert beim Einparken die Straße. Hier braucht man wirklich eine Engelsgeduld. Der hinter mir hat sie nicht und hupt. Ich lächle. Ich glaube, nichts ist mir so schwergefallen zu lernen wie Geduld. Noch während des Abiturs hatte ich nicht die Spur davon. Eine Gruppenaufgabe befasste sich mit Kinderarbeit in Entwicklungsländern. Wir waren zu dritt, aber anscheinend war ich der Einzige, der sich die Höchstpunktzahl zum Ziel gesetzt hatte. Unser Vortrag entwickelte sich im Tempo der Kontinentalverschiebung. Bei keinem Treffen gab es nennenswerte Fortschritte. Meine Mitschüler arbeiteten zwar vor sich hin, gingen am Abend aber lieber auf Partys als am Computer zu sitzen. Anfangs begleitete ich sie sogar, in der Hoffnung, mich abzulenken. Aber bald habe ich es nicht mehr ertragen. Ich arbeitete fast die ganze Nacht durch allein an der Aufgabe. Endlich ging es voran. Nach zwei weiteren Nächten war ich fertig mit der Recherche, hatte alle Materialien vorbereitet und sämtliche Schaubilder allein angefertigt. Nur ihre Texte, nach meinen Vorgaben natürlich, haben die anderen beiden aus meiner Gruppe noch selbst geschrieben, gerade rechtzeitig. Die Prüfung lief natürlich gut. Die anderen wollten mich anschließend zum Essen einladen, denn die Punkte, die wir bekommen haben, konnten auch sie gut brauchen. Ich nahm ihre Einladung an, aber sie wussten genauso gut wie ich, dass ich niemals ein guter Teamarbeiter werden würde. Ich habe ihre Aufgabe nicht für die Gruppe, für ein Essen oder Dankbarkeit erledigt. Ich habe es für mich getan, weil ich das langsame Arbeitstempo meiner menschlichen Mitschüler einfach nicht ertragen konnte. Dabei war das sogar schon ein Fortschritt für mich. Immerhin habe ich meine Partner ihre Texte selbst verfassen lassen. Früher, bei anderen Referaten, hatte ich das auch noch mit erledigt.

Ich lasse den blauen Opel vor mir in meine Spur wechseln und halte an der nächsten Ampel, die der Opel gerade noch schafft. Vittorio kreist jetzt vielleicht schon mit seiner Maschine über Berlin.

Mein Navi sagt mir mit freundlicher Frauenstimme, dass ich zum Flughafen Schönefeld rechts abbiegen muss. Wenn wir Vittorio und seine Delegation begrüßt haben, werden wir ins Hauptbüro am Potsdamer Platz fahren, und dort werde ich über meine Begegnung mit den Werwölfen erzählen. Endlich kann ich den Shinanim offiziell berichten, dass es sie wirklich gibt, diese dunklen Sagengestalten. Ich kann erzählen, wie sie sich verwandeln, von den dunklen Schatten, die sie umgeben, wie stark und schnell sie wirklich sind. Ich kann meinen Plan vorstellen, wie wir sie unter Kontrolle halten werden. Ich werde darlegen, wie viele von uns nötig sind, eine Stadt wie Berlin zu beschützen, damit die Menschen trotz dieser Herausforderung sicher sind. Und ich kann erklären, dass meine Gruppe, meine kampferprobte Truppe junger Shinanim, die ich gegründet habe und im Geheimen in unserem Quartier am Kurfürstendamm trainiere, dafür perfekt geeignet ist.

8. Luisa

DA ist der Wald. Schnell weg vom Ufer. Haddrice läuft voraus. Schnee und Laub knistern unter meinen Pfoten. Wieso riecht es nach ihnen? Shinanim, hier?

Auf einmal stehen sie vor uns. Wir stoppen. Zurück, Haddrice? Meine Beine zittern vor Anstrengung. Ich sehe über die Schulter. Doch da sind noch mehr von ihnen. Shinanim, grelläugige, werwolfhassende Shinanim sperren das Ufer ab. Sechs von ihnen. Schneller, als ich schauen kann, schließen sie die Lücken. Kommen. Greifen nach uns mit feurigen Händen. Haddrice kämpft wütend. Ich kann kaum noch, habe keine Kraft mehr. Ich jaule vor Schmerzen und versuche es trotzdem. Beiße, schnappe um mich.

Sie werfen Netze über uns. Wir versuchen uns zu befreien, verstricken uns, knurren, beißen, kämpfen. Sinnlos.

Mit Stangen halten sie uns von sich weg. Binden uns mit

Seilen. Schleppen uns schließlich, als wir hilflos zusammengeschnürt sind, zu seltsamen Kisten.

Was sind das für Dinger? Schmale Kisten aus ausgetrocknetem, fahl riechendem, totem Holz, die geschnitzten Verzierungen voller Staub. Sie schieben mich hinein in eine Kiste und Haddrice in eine zweite. Ich jaule. Ich und nur ich in dieser Kiste, allein. Jemand schlägt die Tür zu. Ein Schloss knirscht. Die Stäbe in der Tür sind schwarz. Als ich sie untersuchen will, wische ich mit meinem Fell etwas von der Schwärze ab, und es ist helles Metall darunter, das wie Silber riecht. Meine Kiste schwebt hoch, der Boden unter mir windet sich, ich höre jemanden rufen, jemanden antworten. Diese Fremden, Shinanim, die wie Menschen reden und es nicht sind. Wieder ein Ruf, und dann tropft Wasser auf mich, von oben, durch Ritzen der Deckenbretter. Kein Havelwasser. Es riecht nach nichts, wie frischer Schnee. Dann ruckt es noch einmal, schwankt, ich höre schurrendes Schieben. Haddrice knurrt langgezogen und laut im Finstern. Ganz nah. Ich antworte ihr. Dann knallen Türen, dumpf, es wird schlagartig dunkel, und etwas wie ein Motor erwacht brummend zum Leben.

9. Elias

DER Himmel ist immer noch grau, aber bisher schneit es nicht. Temperaturen knapp über dem Gefrierpunkt lassen den Schnee zu einer schmutzigen Pampe werden, die rechts und links der Straße aufgetürmt ist. Die Straßen zum Flughafen sind geräumt, aber sie sind von einem schwarzfeuchten Zeug bedeckt, das von den Reifen aufgewirbelt auf den Scheiben trocknet und sie blind macht. Ich betätige zum soundsovielten Male die Scheibenwischanlage, spüle mir die Sicht frei und biege endlich auf das Gelände des Flughafens Schönefeld ein. Dort folge ich dem ausgeschilderten Weg zum Charterterminal. Vittorio, der Erzshinan, fliegt nicht mit einer Linienmaschine. Natürlich nicht.

Als ich Josias' weißen langgestreckten Rolls-Royce erkenne, eingekeilt zwischen zwei Wagen in unauffälliger silberfarbener Lackierung, parke ich mein Auto. An meinem Schlüsselbund pendelt mein Shinanim-Abzeichen, ein verschlungener Knoten. Seit kurzem habe ich ein neues Zeichen, es ist anders geschlungen, und das Metall ist silbern. Ich bin aufgestiegen im Rang seit meinem Kampf. Bei den Shinanim braucht man Leute, die praktische Erfahrung mit Werwölfen haben. Meine ganze Truppe wurde in einem Festakt befördert. Selbst Adrian, der sich nie in die Denkweise der Oberen einfinden wird, mussten sie zähneknirschend eine Beförderung zugestehen.

Fluglärm von den startenden und landenden Maschinen dröhnt in meinen Ohren. Die Shinanim stehen im Gespräch zusammen. Das sind die Räte Franz aus Köln und Ramona aus Dresden, doch wo ist Josias? Wieder rollt die Lärmwelle eines Flugzeuges über uns und radiert jede Sprache aus. Ich grüße mit Handzeichen. Franz erkennt mich und winkt mich zu sich. Ich gehe auf die anderen zu und konzentriere mich darauf, gleichmäßige Schritte zu machen und nicht zu humpeln. Ich hasse es, Schwäche zu zeigen. Wer von meinen Verletzungen erfahren soll, entscheide ich.

In dem Moment, in dem ich die weiße Limousine erreiche, öffnet einer der vier Anzugmänner, vermutlich Sicherheitsleute, die Tür.

Josias steigt aus, fast wie ein Filmstar bei der Oscar-Verleihung, und streckt mir die Hand entgegen. «Elias, endlich», sagt er. Dann wendet er sich zum Rest der Gruppe und verkündet ein wenig zu laut: «Unser Elias, der junge Mann, auf den Vittorio so gespannt ist.»

«Es ist mir eine Ehre, Josias.» Ja, es ist eine Ehre, an seiner Seite Vittorio zu treffen, keine besondere Ehre jedoch, ihm, Josias, die Hand zu schütteln. Auch wenn er das vermutlich gerne glauben würde. Eine zweite Tür öffnet sich, und Helena, die wohl inzwischen so etwas wie seine persönliche Assistentin geworden ist, steigt ebenfalls aus. Ich schüttele alle ihre Hände, Helenas, Franz', Ramonas und auch die der anderen, deren Namen ich mir so schnell nicht merken kann.

«Vittorios Maschine ist im Landeanflug», meldet einer der Anzugmänner.

Josias nickt und winkt mich neben sich. Die übrigen Shinanim reihen sich dahinter ein. Seite an Seite betreten Josias und ich das Flughafengebäude. «Vittorios Maschine ist wirklich eindrucksvoll», sagt Josias, sortiert abgelenkt sein Schlüsselbund und geht an den Sicherheitskräften des Flughafens vorbei, ohne sie eines Blickes zu würdigen. Wir werden nicht angehalten, nicht kontrolliert, nicht einmal dann angesprochen, als wir das Gebäude auf der anderen Seite wieder verlassen und zur Landebahn gehen. Josias bemerkt meinen verwunderten Blick und hebt als Antwort mit listigem Gesicht seinen Shinanim-Schlüsselanhänger. Das Knotenzeichen war es, das uns freien Durchgang bescherte. Ich wusste nicht, dass das Flughafenpersonal mit den Insignien der Engelskinder vertraut ist.

Und da kommt auch schon ein Auto mit Blinklichtern auf dem Dach in unsere Richtung gefahren. Ihm folgt, langsam heranrollend, ein Boeing-Businessjet, groß wie eine Linienmaschine. Das Flugzeug strahlt blendend weiß und trägt keinen Schriftzug, nichts. Das Einzige, was es als Vittorios Maschine kenntlich macht, ist ein Knotenzeichen in feinem Silber auf der Heckflosse.

Ich dachte, mich könnte nichts überraschen. Private Businessmaschinen kenne ich zur Genüge von meinem Vater, manchmal hat er sich auch selbst ein Flugzeug gemietet, wenn wieder ein Konferenztermin drängte und er seine hiesigen Geschäftspartner mit auf die Reise genommen hat. So konnten sie bereits auf dem Weg zum Zielort vertrauliche Dinge besprechen. Doch nie hat mein Vater etwas in annähernd der Größe von Vittorios Jet gebucht. Ich dachte, Josias übertreibt, doch das hier ist tatsächlich um einiges größer, als ich erwartet habe. Ich verstehe jetzt, was gemeint ist, wenn es heißt, dass Vittorio über den Wolken wohnt. Das hier ist kein Flugzeug, das ist ein fliegendes Heim. Wie auf einem Hausboot, nein, wie auf einer fliegenden Yacht kann man damit statt über das Wasser über den blauen Himmel segeln.

Das Flugzeug rollt an seinen Haltepunkt, stoppt, und die brüllenden Motoren schweigen endlich. Lautlos schwingt die Tür an der Seite der Maschine auf wie Kiemen bei einem Riesenfisch. Das Flughafenpersonal fährt die Treppe heran. Josias nickt mir zu, und nebeneinander schreiten wir zum Fuß der Treppe, die anderen Shinanim hinter uns. Zwei Männer in dunklen Anzügen untersuchen die Treppe. Haben sie einen Grund, so misstrauisch zu sein? Wäre Vittorio ein Politiker, könnte man möglicherweise mit einem Attentat auf diesen mächtigen Mann rechnen. Präsidenten werden ermordet, selbst ein Attentat auf den Papst hat es schon gegeben. Doch das waren Menschen. Wer würde es wagen, Vittorio etwas anzutun, Vittorio, der von all dem, was auf Erden wandelt, einem leibhaftigen Engel am nächsten kommt?

10. Luisa

NERVÖS lecke ich meine Lefzen. Immer noch dunkel. Immer noch in diesem Kasten. Die Pfoten eingeschnürt im Netz. Brummen macht meine Ohren taub. Benzin beißt in meiner Nase. Auto, sagt eine vergrabene Erinnerung. Wir fahren. Bin ich schon mal gefahren? Ich kollere in der Kiste hin und her und schlage mit meinen wunden Stellen gegen die Wände.

Dann hört es mit einem Mal auf zu brummen, zu schütteln. Endlich Stille. Schritte, die näher kommen. Fremder Geruch, fast Mensch und doch nicht. Etwas quietscht. Ein Luftzug. Neuer Geruch kommt durch die Ritzen der Kiste. Fremder Geruch. Kein Wald. Doch es bleibt dunkel. Ist Nacht? Vielleicht. Da ist so ein dickes Tuch mit Silberfäden über meiner Kiste, das riecht wie lange vergessen. Scharren. Wieder Schütteln, Schritte klappern auf hartem Boden. Ich werde in meiner Kiste getragen. Was geht hier vor? Ich muss es wissen! Stimmen, die ich nicht verstehe, wechseln Worte. Es gibt nur eins, was ich tun kann.

Da werde ich Mensch.

Doch es war zu spät, sie sind schon verstummt. Offenbar haben sie mich abgesetzt, irgendwo. Wir sind nicht draußen, dafür ist es nicht kalt genug. In einem Gebäude also. Ich kann nichts sehen, weil das Tuch die Ritzen in der Kiste verhängt. Ich bin in Menschengestalt, doch immer noch gefesselt und eingewickelt in einer verdammten Transportkiste! Wo bin ich hier? Warum reden sie nicht? Ich versuche, mich zu bewegen, zu drehen und auf die Knie zu kommen. Mein Shirt klebt an der Wunde. Ich will hier raus!

11. Elias

ENDLICH erscheint Vittorio in der geöffneten Flugzeugtür. Das also ist er. Vittorio. Was habe ich erwartet, ich kannte doch seine Bilder? Nein, er ist tatsächlich nicht groß und auf den ersten Blick auch nicht eindrucksvoll. Vittorio ist ein kleiner Mann, schmal und drahtig, mit rundem Gesicht und einem Kranz dunkler, schon grau werdender Haare um seine Halbglatze. Er sieht aus wie eine seltsame Mischung aus Mahatma Gandhi und dem Kater meiner Nachbarin.

Dann steigt Vittorio langsam die Treppe zu uns herab, und mit jedem Schritt, den er tut, kann ich mehr spüren von der Faszination, die diesen Mann umgibt. Ich ahne, warum der Rat ihn einstimmig zum Mächtigsten von uns allen gewählt hat. Je näher er kommt, desto besser kann ich seine Augen sehen. Braune, flinke Augen, mit denen er die Umwelt in Windeseile abzutasten scheint. Er hat schlanke und doch kräftige Hände, die nicht nur das Geländer der Flugzeugtreppe im Griff haben. Das da sind Füße, die nicht nur auf der Treppe unverzagt voranschreiten, sondern auch sonst stets bereit sind, neue Wege zu gehen. Ich habe so viel über Vittorio, seinen Werdegang gelesen, und jetzt finde ich das alles bestätigt. Wir stehen aufgereiht wie zu einem Staatsempfang, wie sollten wir auch sonst so einen Mann begrüßen?

Vittorio schreitet an uns vorbei, sein Blick fliegt über meine Begleiter und bohrt sich dann in mich. Und obwohl er kleiner ist als ich, fühle ich mich, als würde er mich überragen. Ich weiß es einfach: Er betrachtet mich wie ein offenes Buch, scheint mühelos und freundlich in mir zu lesen, selbst

Dinge, die auf meinen verborgenen Seiten stehen. Er sieht meine Narbe am Hals, ahnt meine Wissbegier, kennt meine Bildung, meine Moral, meine Ziele. Vielleicht weiß er sogar von meinem verletzten Bein, das ich törichterweise zu verbergen suchte. Warum sollte ich mich verstellen, alles scheint ja doch offen dazuliegen vor seinen Augen. Ich erwidere seinen Blick, wage, ihm in die Augen zu sehen, versuche, in ihnen zu lesen wie er in meinen. Doch über ihn erfahre ich nichts. Natürlich macht er es mir nicht so einfach.

Josias, eben war seine Schulter noch auf gleicher Höhe mit meiner, schiebt sich einen halben Schritt nach vorn. So leicht lässt er sich von seinem Platz als Dekan, als Wichtigster, Ranghöchster der Hauptstadt, nicht verdrängen. Vittorio begrüßt ihn zuerst. Kurz und mit angedeutetem Lächeln schüttelt er die Hände von Josias und anschließend von Helena, und so fort, ganz dem Rang und dem Alter entsprechend. Und dann, nach einem winzigen Aufatmen, wie wenn er einer lästigen Pflicht nachgekommen wäre, wendet sich der Mächtigste von allen wieder mir zu. «Elias?» Seine Stimme nimmt mir den Atem. Sie ist süß wie brauner Sirup und gleichzeitig geschmolzener Stahl, der jeden Moment zur Klinge werden kann.

Das wäre jetzt mein Zeichen, ihn persönlich zu begrüßen. Ich war mir sicher, dass ich ein paar nette, charmante Worte sagen würde, wie immer, wenn ich auf interessante Fremde treffe. Doch zum ersten Mal in meinem Leben bleibt mein Kopf leer, mein Mund stumm. Ich schlucke und sage nur: «Vittorio.»

Er schüttelt meine Hand, und fast ist mir, als würde er zwinkern. «Das ist also der junge Mann, den ich unbedingt kennen muss.»

Inzwischen sind auch Vittorios Begleiter die Treppe herabgekommen.

Sie sind Vittorios Schatten, sein Gedächtnis und sein verlängerter Arm. Sie begleiten ihn auf seinen Reisen, genau wie sein Koch und sein Leibdiener, die vermutlich noch in der Maschine sind. Die Begleiter sind zwei Frauen, eine jung und eine alt, und ein Mann. Ich habe Bilder gesehen. Ich habe sie auf Veranstaltungen aus der Ferne beobachtet. Der Mann im Anzug, dunkelhäutig und sein kurzes krauses Haar ergraut, das ist Jordan aus Ghana. Die fast magere, sonnengeknitterte Frau mit den rotbraunen Haaren im blauen Kostüm, Esther aus Israel, ist ebenso bekannt wie Felicity aus Vancouver, die junge Frau mit blonden Haaren im grauen Hosenanzug. Auch ihnen schüttele ich die Hand, Felicity ist kühl und sachlich, Jordan begrüßt mich mit mehr Herzlichkeit, Esther aufmerksam wie ein Vogel. Dabei stelle ich fest, dass Felicity doch nicht ganz so jung ist, wie sie auf den Fotos wirkt. Das also sind die vier, die unsere Geschicke leiten. Die vier wichtigsten Shinanim in unserer Welt. Und gleich, im Hauptquartier am Potsdamer Platz, werde ich vor ihnen sprechen. Mein Herzschlag beschleunigt sich. Ich atme ein paarmal unauffällig tief durch, um mich zu beruhigen. Zittern und aufgeregtes Gestammel kann ich mir vor ihnen weiß Gott nicht leisten.

Gerade als ich ein paar Worte mit Esther wechseln will, drückt sie ihre Hand ans Ohr. Lauscht. Hat sie dort ein Headset? «Ich bitte um Entschuldigung.» Sie unterbricht Vittorios Wortwechsel mit Josias mit einer schnellen Handbewegung. Vittorio lässt Josias stehen, geht zu ihr, und sie besprechen sich. «Schneller als erwartet», höre ich seine süße Rasierklingenstimme.

«Verzeihung, Josias», wendet Vittorio sich wieder an uns. «Neue Ereignisse erfordern, dass wir unsere Pläne ändern. Unser Treffen im Hauptquartier werden wir so bald wie möglich nachholen. Jetzt fahren wir unverzüglich zur Feste. Uns steht doch eine Limousine zur Verfügung?»

«Selbstverständlich», murmelt Helena und deutet Richtung Flughafenausgang.

«Gut. Elias, du fährst mit uns.» Er nickt mir zu, und er und seine Begleiter folgen Helena, ohne sich noch einmal zu mir umzuwenden. Josias schließt sich ihnen an.

Was kann es sein, das ihre Pläne schon zu diesem Zeitpunkt ändert? Warum hat mir Josias nichts gesagt? «Verzeihung», sage ich, während ich ihnen nacheile. «Ich benötige keinen Platz in eurer Limousine. Ich kann euch aber gerne hinterherfahren, denn ich habe meinen eigenen Wagen dabei. Den würde ich ungern hier stehen lassen.»

Vittorio stoppt, dreht sich zu mir um und zieht eine Augenbraue hoch. «Es wird sich doch sicher jemand finden, der dein Auto fahren kann, oder?»

«Natürlich», sagt Josias und signalisiert mir mit seinem Blick, nicht zu widersprechen. «Gib uns deine Schlüssel, Elias.»

Gehorsam trenne ich meinen Wagenschlüssel von meinem Schlüsselbund. Josias nimmt meinen Autoschlüssel in Empfang und winkt einen der Leibwächter herbei, an den er ihn weitergibt. Dieser Mann fährt gleich meinen Wagen! Ich hoffe, er behandelt ihn gut!

Helena überreicht Vittorios Begleitern die Schlüssel der weißen Rolls-Royce-Phantom-Limousine, mit der Josias angereist ist. Felicity setzt sich ans Steuer, Jordan und Esther halten die hinteren Türen auf. Vittorio steigt ein, und Josias will ihm gerade folgen, doch da trifft ihn Vittorios eisiges Lächeln. «Wir sehen uns später, Josias», sagt Vittorio. Esther schiebt mich am verblüfften Josias vorbei auf die Rückbank, setzt sich daneben und schließt die Tür.

«So, genug des Protokolls, jetzt müssen wir uns erst einmal um die Werwölfe kümmern», sagt Vittorio. Der Motor brummt auf.

«Meine Unterlagen für den Vortrag sind noch in meinem Wagen», sage ich, als Felicity das Auto startet. Split sprüht auf die Fahrbahn, als die Räder durchdrehen, eine Sekunde später Halt finden und den Wagen vorwärtskatapultieren. Dann haben wir das Flughafengelände verlassen. Kein Gegenverkehr, kein Stau, wir haben Glück. Das schwere Gefährt mit den schusssicheren Scheiben rast dahin. Esther murmelt in ihr Headset. Die Ampel vor uns springt auf Grün, kurz bevor wir sie erreichen.

«Es wird keinen Vortrag geben, Elias», sagt Vittorio. «Besser, du erzählst mir auf der Fahrt alles, was du über die Werwölfe hier in Berlin herausgefunden hast. Sie müssen das letzte Rudel sein, das es noch gibt.»

Kein Vortrag. Meine Graphiken wird niemand zu sehen bekommen. Die Arbeit einer ganzen Woche war umsonst. «Ja, es ist meinen Informationen nach das letzte Rudel.» Das letzte Rudel, Thursens Rudel, dem sich inzwischen womöglich auch Luisa angeschlossen hat. Ich versuche, nicht darüber nachzudenken und meine Gedanken zu sortieren. «Bis zu dem Gregorius-Zwischenfall glaubten wir ja alle, dass die Werwölfe verschwunden wären.»

«Richtig, du warst ja auch schon bei diesem unglücklichen Zwischenfall dabei.»

Das Auto fährt zu schnell, viel zu schnell. Ich kann einen Blick über Felicitys Schulter auf den Tacho werfen. Wir fahren wie auf Schienen. Keine einzige rote Ampel bremst uns. Jordan ist es jetzt, der in sein Handy spricht.

Vittorio sieht mich an und wartet, dass ich etwas sage.

«Ja», bestätige ich. «Ich war in Gregorius' Gruppe, als wir

im Wald auf die Werwölfe stießen. Ein Shinan wurde getötet. Wir konnten entkommen.»

Er lächelt. «Sagen wir lieber, die Werwölfe konnten entkommen.»

«Nein, wir waren es, die entkamen. Wir waren in keiner Weise auf einen Kampf dieser Art vorbereitet.»

«Erzähl mir mehr davon.»

«Wir waren eine Gruppe junger Shinanim, die meisten von uns noch nicht fertig ausgebildet.»

«Aber du schon?»

«Ja. Gregorius führte uns durch den Grunewald, wir sollten ursprünglich –»

«Das ist mir bekannt. Komm bitte zu den Werwölfen, Elias.»

Für einen kurzen Moment bin ich aus dem Konzept gebracht, fasse mich aber schnell wieder. «In der Gregorius-Gruppe war auch ein Novize. Er hatte den Anschluss an die Gruppe verloren. Als er zurückkam, war er auf einmal sehr interessiert an Werwölfen. Ich sagte ihm, dass es keine Werwölfe gäbe. Aber er ließ nicht locker, beharrte, dass man die Existenz von Waranen und Okapis schließlich auch nur anhand von Legenden entdeckt habe. Ich erklärte ihm, dass es früher durchaus Werwölfe gegeben habe – unsere Chroniken berichten ja darüber –, die jedoch längst ausgestorben seien. Es sei also keine Legende. Vielleicht hätte mir da schon etwas auffallen müssen, denn er sagte, dass man den Quastenflosser auch für ausgestorben gehalten habe, bis einer gefangen wurde. Er überlegte, ob derjenige, der einen Werwolf fängt, wohl als Held gefeiert wird.»

«Du meinst, er hat einen Werwolf gesehen?»

«Im Nachhinein bin ich mir ziemlich sicher.» Wieder springt vor uns eine Ampel im richtigen Moment auf Grün.

«Und dann?»

«Dann war unser Novize erneut verschwunden, und diesmal kam er nicht zurück. Diesmal fanden wir nur seine Leiche. Das war der Ursprung der eigentlichen Gregorius-Mission. Ich erzählte von meinem Verdacht, und Gregorius ließ sofort nach dem Werwolf suchen.»

«Aber ihr fandet nicht nur einen Wolf.»

«Nein, wir fanden das ganze Rudel.»

«Und sie griffen euch an.»

Ich schüttle den Kopf. «Gregorius ließ uns das Rudel angreifen. Wir sollten die Werwölfe einfangen, doch sie wehrten sich verbissen. Wir kämpften, doch wir waren dafür nicht ausgebildet. Die Werwölfe offenbar schon. Ich konnte den Anführer, Thursen, noch eine Weile hinhalten, doch dann gewannen sie die Oberhand. Wir flohen, solange wir noch konnten.»

«Auf deinen Befehl hin?»

«Ja, mir blieb nichts anderes übrig. Gregorius hätte sicher ebenso entschieden, wäre er nicht gerade in einen Zweikampf verwickelt gewesen. Die Werwölfe waren schreckliche Kämpfer, sie hätten uns alle getötet.»

«Und nun ist das Rudel erneut in Erscheinung getreten.»

Ich nicke. «Sie ziehen in menschlicher Gestalt durch die Stadt und suchen ihre Opfer. Wir sind kurz davor, alle ihre Wege zu kennen. Bald werden wir ihnen folgen wie Schatten und jeden ihrer Angriffe beenden, noch ehe er begonnen hat.»

Wir biegen links ab. Hier steht keine Ampel, aber wie zufällig versperrt ein Lieferwagen den entgegenkommenden Autos den Weg. Mir fällt die unglaublich günstig platzierte Baustelle ein, an der wir eben vorbeigerast sind. Das und die immer auf Grün springenden Ampeln. Wir brauchen keine Polizeieskorte und keine offiziellen Straßensperren, wir sind offenbar subtiler, wenn es darum geht, schnell voranzukommen. Ich wusste, dass der geheime Orden der Shinanim mächtig ist, aber ich habe mir nie klargemacht, dass unser Arm so weit reicht.

«Du hast diesen Werwolfsanführer später noch einmal gesehen?»

«Thursen? Ja. Als wir gegen die Werwölfe auf dem Teufelsberg gekämpft haben.»

«Und ihr wart wieder unterlegen. Doch meinen Informationen nach hast du mir nicht alles erzählt. Gab es da nicht noch eine Begegnung?»

Woher weiß er das? Wer hat ihm davon erzählt? Aber leugnen nützt nichts. «Ja, das stimmt. Thursen kam in unsere Wohnung am Kurfürstendamm.»

«Einfach so? Ein Werwolf kommt zu eurer geheimen Wohnung, und ihr öffnet ihm bereitwillig die Tür? Wie konnte er überhaupt wissen, wo er euch findet?»

«Er wusste es nicht. Es war Zufall. Er wollte ein Mädchen sehen, das wir in unserer Wohnung aufgenommen hatten.»

Vittorio nickt. «Danke, jetzt sehe ich klarer. Ich denke, wir sind gleich da.»

Und noch einmal biegen wir ab, wir scheinen die Innenstadt zu umgehen.

«Wohin genau fahren wir eigentlich?» Von einer Shinan-Feste hier in Berlin habe ich noch nie gehört. Ich dachte, ich würde alle Standorte des Ordens kennen.

Vittorio lächelt. «Du wirst überrascht sein.»

12. Luisa

MIR ist so kalt. Ich zittere vor Kälte und Angst. Ich vermisse mein Fell und hasse die kratzigen, dicken, steifen, feuchten Klamotten, die kein bisschen ich sind. Thursen hat sie mir vor meiner Flucht so hastig wieder über meinen wunden Körper gestreift. Als Mensch kann ich mich in diesem Kasten erst recht nicht bewegen, bin von den Netzen eingesponnen wie eine Fliege im Spinnennetz. An den Wunden spannt schmerzhaft die Haut, jetzt, wo ich gekrümmt im Dunkel kniee. Wenn ich die Hände strecke, kann ich meine Fingerspitzen durch die Netzmaschen schieben und die Holzplanken der Transportkiste ertasten. Altes Holz, totes Holz, das schon lange kein Baum mehr ist. Wo bin ich hier bloß? Ich lausche den Schritten und den Stimmen um mich. So eng hier. Wäre ich noch Wolf, würde ich meine Ohren nach den Geräuschen drehen und besser hören. Doch als Mensch kann ich den Sinn der Worte verstehen. Ich muss Mensch bleiben. Das ist meine einzige Chance, zu verstehen, was hier passiert.

«Bist du so weit?», ruft eine Frauenstimme. Sie spricht jemanden an. Mindestens zwei sind es also.

Alles ist so schrecklich eng. Die Kiste, das Netz um meine Arme und Beine und die Decke über der Kiste, die mir Licht und Luft abschneidet. Ich zerre am Netz. Ich will raus. Muss raus! Raus! Ich erschrecke, als aus meiner Kehle ein tiefes Wolfsgrollen dringt. Ruhig!, versuche ich mir zu sagen. Wenn ich die Arme ganz eng an den Körper lege, kann ich sie unter dem Netz nach oben schieben und mit den Fingern das Seil an meinen Schultern ein wenig lockern. Endlich erwische ich den Knoten. Ich zupfe, zerre, schiebe daran herum und löse ihn.

«Ich bin bereit», antwortet eine Männerstimme. «Alles gesichert. Hast du die Ketten?»

Schnell jetzt. Seitwärts lasse ich mich gegen die Kistenwand rutschen, winde mich und kann das Netz lockern. Zuerst ramme ich nur schmerzhaft und sinnlos die Ellbogen gegen die Wände. Dann bekomme ich endlich die Arme frei. Was sind das für Ketten, von denen die da draußen sprechen?

«Sicherst du mich?» Wieder die Frau. «Hast du die Stangen? Dann ziehe ich den Wolf jetzt raus.»

Ich habe meine Beine frei gestrampelt, das Netz abgestreift und mich direkt hinter der Kistentür zusammengekauert. Ich, ich bin der Wolf, von dem sie sprechen. Los, kommt her und lasst mich raus! Ich mag dunkle Höhlen, doch das hier ist ein Sarg.

Schritte um mich, schnell und bestimmt.

Ich muss mich endlich aufrichten und strecken. Jeder Muskel in mir schmerzt, ich bin blau und wund von all den Malen, die ich beim Transport gegen die Wände der Kiste gedonnert bin. Wieder tobt Heilung durch mich. Und der Hunger ist zurück.

«Vorsichtig! Pass auf, dass du sie nicht ungeschützt berührst. Es soll ziemlich schmerzhaft sein, wenn unser Licht und ihre Schatten aufeinandertreffen.»

«Ich bin vorsichtig. Ich zieh sie an dem Netz raus, in das sie gefesselt ist.» Scharrend wird die Decke weggezogen.

Licht fällt in mein Gefängnis. Es wird hell, endlich, doch gleich viel zu hell! Ich reiße den Arm vor die Augen, um mich zu schützen, da öffnet jemand die Kiste. Und so schnell ich kann, krieche, taumle ich heraus. Kann keinen klaren Gedanken fassen. Blind bin ich vom Licht, meine Hand berührt eiskalten Marmorboden.

«Die ist ja Mensch!», höre ich den Mann.

13. Elias

FELICITY biegt von der Straße ab, wir rollen in eine Einfahrt und halten vor einer geschlossenen Schranke neben einem Pförtnerhaus. Mir kommt das hier alles vage bekannt vor. War das hier nicht früher ein Krankenhaus, stillgelegt seit langem? Doch hinter dem Glasfenster sitzt dennoch ein Pförtner. Felicity betätigt die Lichthupe. Der Mann sieht kaum auf und hat seine Hand schon gehoben für einen gelangweilten Gruß, da hält er inne. Offenbar hat er erst jetzt erkannt, wen er vor sich hat. Er drückt rasch auf einen Knopf vor ihm, und ehe sich noch die Schranke ganz gehoben hat, springt er auf, richtet seine Jacke, läuft aus seinem Häuschen und verbeugt sich neben unserem Wagen.

Ja, ich kenne das Gelände tatsächlich. Das hier gehört den Shinanim? Ich war schon einmal hier, vor Jahren, als mein Bruder Nick einen Unfall hatte. Es ist beim Spielen passiert. Wir tobten die Straßen entlang und lieferten uns einen wilden Kampf. Ich war Superman, Nick der Dunkle Rächer, fast hätte er gewonnen, wäre er nicht im letzten Moment ausgerutscht. Er hat sich das Knie verletzt, das daraufhin blau wurde und anschwoll. Hier, in der Orthopädischen Klinik, wurde er behandelt. Als er wieder rauskam, hat er mir das

«Kryptonit», einen grünen Glasblock, geschenkt, damit Superman den Dunklen Rächer nie wieder besiegen kann. Mein Gott, ich vermisse den Nick von damals. Seinen Glasklotz habe ich als Erinnerung daran noch heute auf dem Schreibtisch stehen. Damals herrschte in den grauen Gebäuden noch Leben. Doch erst als wir das Pförtnerhaus passiert haben, erkenne ich das wahre Ausmaß der Veränderung. Hier, wo eine verlassene Klinik in einem alten verwahrlosten Park auf eine neue Bestimmung warten sollte, steht auf einmal, wie aus den Wolken gefallen, diese riesige weiße Villa zwischen den alten Bäumen. Wie geht das so schnell?

Esther bemerkt mein Staunen. «Unsere Architekten waren fleißig und haben genau das entworfen, was wir benötigen. Neben dem Hauptbüro am Potsdamer Platz brauchten wir einen zweiten, weniger auffälligen Standort für besondere Aufgaben. Es ist uns gelungen, Handwerker zu finden, die unsere Ideen schnell und reibungslos umgesetzt haben. Und natürlich haben die uns bekannten Verantwortlichen bei der Stadtverwaltung, die den Abriss des alten Gebäudes und diesen Neubau im Eilverfahren genehmigt haben, ebenfalls alles getan, was in ihrer Macht stand. Unsere Aufgaben benötigen den bedingungslosen Einsatz aller.»

«Bedingungsloser Einsatz», murmele ich und denke daran, wie hilfreich es ist, dass manche Ordensmitglieder genug Macht haben, den Gedanken der Menschen einen kleinen Anstoß in die richtige Richtung zu geben.

Vittorio lächelt. «Du weißt doch, unsere Vorhaben können nur gelingen, wenn alle Mitglieder den Orden unterstützen, Elias.»

«Das weiß ich», versichere ich. «Zweifelt Ihr etwa an meiner Überzeugung? Ich habe den Orden immer bedingungslos mit all meiner Kraft unterstützt.»

«Sonst säßest du nicht in diesem Auto.» Vittorio nickt zufrieden. «Wir bauen auf dich, Elias.»

In diesem Moment erinnert er mich an meinem Vater, der mir zu meinem achtzehnten Geburtstag das erste Aktienpaket seiner Firma schenkte. Ich sollte mich mit meinem zukünftigen Erbe vertraut machen, denn mein Vater hoffte, ich würde später die Firma übernehmen. Diese und die Aktien zu meinem neunzehnten Geburtstag blieben die einzigen, danach war selbst ihm klar, dass ich bald ganz zu den Shinanim gehören würde und er sich einen anderen Nachfolger suchen musste. Ich bin meinem Vater dankbar für meine finanzielle Unabhängigkeit, doch meine Zukunft lag nie in seinem Unternehmen. Hier in diesem Auto sitzen diejenigen, die ich wirklich zu beerben wünsche.

«Willkommen in unserem Haus, Vittorio», sagt der Shinan in Livree, der uns entgegeneilt, als wir aussteigen. «Es ist alles unkompliziert verlaufen.»

Vittorio bedankt sich. «Sind sie oben?»

«Ja, folgt mir.» Der Mann geht voraus durch die Eingangshalle. An zwei Wänden hängen Reliefs. Zwischen Kübeln mit Grünpflanzen steht eine Vitrine. Der Engel darin auf seinem goldenen Podest scheint mich anzusehen, als zweifle er an mir. Ich wäre gerne stehen geblieben, um mich zu überzeugen, dass der Gesichtsausdruck des Engels nur in meiner Einbildung vorhanden ist, aber Vittorio setzt eilig seinen Weg fort. «Danke, wir finden unseren Weg allein», sagt er zu dem Mann in Livree, als der Vittorio zu den Fahrstühlen leiten will. Kennt Vittorio sich hier aus? Ich dachte, er würde dieses Gebäude zum ersten Mal betreten. Doch wahrscheinlich unterschätze ich immer noch Vittorios Macht, vermutlich hat er den Bauplan für die Gebäude selbst vorgegeben.

Am gegenüberliegenden Ende der Halle führt eine Treppe mit breiten Stufen aus dunklem Holz hinauf.

«Ich mag Aufzüge nicht, dem Himmel soll man aus eigener Kraft entgegenschreiten», sagt Vittorio. Esther, Jordan und ich folgen ihm aufwärts.

14. Luisa

ICH richte mich auf. Ich bin in einem kahlen Raum mit weißen, glatten Wänden. Überall hängen Engelsbilder. Licht kommt von oben. Der Raum hat nur eine Tür, keine Fenster.

Ich sehe benommen zu den beiden Gestalten hin, die mich mit brennenden Blicken ansehen. Jaule automatisch, weil mich ihre Blicke so schmerzen. Ein Mann und eine Frau. Der Mann richtet seine Stange mit Silberspitze auf mich. Ich weiß nicht, ob ich sie zerbeißen könnte, wäre ich Wolf. Soll ich mich verwandeln? Ich lecke die Lippen und spüre meine Wolfszähne. Meine Haut juckt dort, wo sie zu Fell wird. Meine Finger kribbeln, die Krallen wollen durchbrechen.

Die Frau starrt mich an. «Raus hier!», schreit sie. «Schnell, bevor sie sich verwandelt!»

Der Mann lässt die Stange klappernd zu Boden fallen. Und mit ihren verschwommen schnellen Bewegungen verlassen die beiden den Raum. Die Frau schlägt eine große wuchtige Tür hinter sich zu.

Ich laufe ihnen nach, doch die Tür lässt sich nicht öffnen. Natürlich nicht. Ein Guckfenster ist in der Tür, ich drücke mein Gesicht dagegen, blicke direkt in grelle Augen, dann wird ein Brett vorgeschoben.

Verdammt! Ich trete mit dem Fuß gegen das Holz, doch die Tür ist schwer und gibt so wenig nach wie ein eingewurzelter Stamm. Ich gehe ein paar Schritte und lasse mich dann einfach irgendwo an der Wand zu Boden sinken. Meine Kraft ist restlos erschöpft. Es gibt nichts zu essen und nichts zu trinken. Keine Stühle, keine Möbel, nicht einmal einen Teppich. Nur ein riesiges, silberbeschlagenes hölzernes T, das aussieht wie ein geköpftes Kirchenkreuz. Ich bin gefangen. Statt in der Kiste, die immer noch geöffnet mitten im Raum steht, stecke ich jetzt nur in einer größeren Gefängniszelle, aus der ich mich noch weniger befreien kann.

Ich reibe mir die Tränen aus den Augen. Früher, in meinem Menschenleben habe ich viel geweint, sagt Thursen. Er muss es wissen, ich kann mich nicht mehr erinnern. Er weiß so viel mehr über mich als ich selbst. Ich schließe die Augen und ziehe die Luft ein. Es riecht nach der alten staubigen Kiste und den schneeklaren Fremden mit den brennenden Augen. Kein Hauch Haddrice. Nichts Vertrautes kann ich riechen, keinen Waldgeruch, keinen Baum, kein Laub, kein Feuer. Hier scheint es nicht einmal normale Menschen zu geben. Menschen so wie Rieke, die zu den Werwölfen gehört und sich dennoch nicht verwandeln will. Sie brachte Thursen und mir zu essen. Thursen. Ich sehne mich so sehr nach Thursens vertrautem Geruch, dass es mir das Herz abschnürt.

Hätte dieser verdammte Raum doch wenigstens ein Fenster und nicht nur dieses Oberlicht, das aus der Decke auf mich herabglotzt! Der Boden, auf dem ich sitze, ist steinkalt, glatt und glänzend wie altes Eis. Ich zwinge mich hoch, schaue mir die Wände an, ganz genau. Ich klopfe sie ab, lege die Hände darauf, kratze halb verwandelt mit Wolfskrallen darüber.

Weiß sind sie und hart, als ob es Felsen wären. Eingemauert könnte ich nicht fester eingeschlossen sein. Vor der Kistenöffnung liegen lange, schmale Ketten aus Silber, ausgebreitet auf dem Boden. Bereit für mich.

Wütend gehe ich zu dem Etwas, diesem Kreuz aus nachtdunklen Balken. Wütend trete ich dagegen und schlage auf das Silberblech, mit dem die Enden ummantelt sind. Ich glaube keinen Moment lang, dass das Schmuck sein soll. Silber bannt Werwölfe, sagen die alten Legenden. Jedenfalls hat Haddrice das erzählt.

Und in diesem Moment höre ich Haddrice zum ersten Mal schreien. Ein Schrei ist es, der den Raum füllt vom Boden bis zur Decke und gewiss alle anderen Räume neben und unter mir. Ein Schrei, dass mir die Ohren dröhnen und das Herz zu flimmern anfängt. Ein Schrei, der von nirgendwo kommt und an niemand gerichtet ist. Ein Schrei, weil sie schreien muss. Was, im Namen von alldem, was mir mal wichtig war, lässt sie so entsetzlich schreien?

15. Elias

EINE Frauenstimme voller Qual, fast zu tief, um noch menschlich zu sein, erfüllt das neue geheime Haus der Shinanim mit Hass.

«Wer ist das?», frage ich. Wovon hat der Mann am Eingang vorhin gesprochen? Was halten sie hier oben gefangen? Kann es wahr sein, haben sie einen oder gar mehrere Werwölfe gefangen? «Ist jemand verletzt?» Ich will dem Schrei folgen, um zu helfen. Werwölfe sind gefährlich. Niemand weiß das so gut wie ich.

«Bleib!», sagt Vittorio und hält mich zurück. «Du sagst, du willst die Wege der Werwölfe erforschen, Elias. Du wirst dich sicher freuen zu hören, dass wir inzwischen ein paar von ihnen hier zu Gast haben.»

Also stimmt es tatsächlich! Ich sehe im Geiste Thursens Rudel vor mir, die wütenden Bestien, mit denen wir auf dem Teufelsberg so erbittert gekämpft haben. Wen vom Rudel mögen sie erwischt haben? Ich hoffe, die Shinanim wissen, wozu diese Werwölfe in der Lage sind.

«Sie sind hier oben sicher untergebracht», sagt Esther, als könnte sie meine Gedanken lesen. Sie weist mit dem Arm den Gang entlang, an dem mehrfach verstärkte und sehr alt aussehende Türen liegen. «Wir haben extra für diesen Zweck abgesicherte Räume.»

Ich folge mit dem Blick ihrer Geste. Vor einer der Türen stehen rechts und links jeweils ein Shinan, ein junger Mann und eine junge Frau. Die Frau lehnt mit dem Rücken an der Wand. Schon von hier sehe ich ihre Hände zittern. Der Mann spricht leise murmelnd auf sie ein. Als wir näher kommen, verstummen sie, straffen ihre Haltung und blicken, Wachsoldaten gleich, die Wand gegenüber an. Hinter der Tür ist es nicht stumm. Etwas wie das Knurren eines Hundes dringt auf den Gang hinaus. Die Frau blickt durch mich hindurch. Sie ist aus der Nähe auffällig blass, und der Mann hat gerötete Augen. Immer noch tun sie so, als würden sie das Knurren aus dem Raum hinter sich nicht wahrnehmen und auch uns nicht.

«Gesegneten Tag», begrüßt Esther die beiden. Endlich erwachen sie aus ihrer pflichtbewussten Erstarrung. «Gesegneten Tag euch allen», grüßen sie zurück. Sie nicken uns zu und verneigen sich vor Vittorio, gerade lange genug, um Respekt zu zeigen, ohne ihre Aufgabe zu vernachlässigen.

«Wie geht es der Werwölfin?», fragt Esther.

«Es ist so traurig», sagt der junge Mann und schluckt. «Es ist so traurig, mit ansehen zu müssen, was aus einem Menschen werden kann, wenn er sich zu nah an die Dunkelheit wagt.»

«Wie macht sie sich?», will Vittorio wissen.

«Wir versuchen unser Möglichstes», sagt die junge Frau und weist auf das geschlossene Guckfenster in der Tür. «Aber sie lässt sich von uns nicht helfen. Sie will nicht einmal vom Wasser trinken.»

«Was denkst du, Elias?»

Ich weiß genau, was Vittorio von mir hören möchte. «Ich würde sie mir gerne selbst ansehen.»

Das Haus hier mag neu sein, die Türen sind es nicht. Woher stammen sie? Ich lege meine Hand an das altehrwürdige Holz. Es sind Gefängnistüren, die vermutlich noch aus der Zeit stammen, als Werwölfe keine Legende waren, mit denen die Shinanim ihre Novizen erschrecken. Wo mögen diese Türen all die Jahre verwahrt worden sein? Diesmal dringt ein Heulen durch zu mir. Ein Heulen, das mich zu sehr an die Kämpfe mit diesen Kreaturen erinnert. Wenn dieses Heulen ertönt, gibt es Tote, auf ihrer oder unserer Seite. Unwillkürlich fasse ich mir an den Hals, den Norrock bereits in seinen Fängen hatte. Lass das da drin nicht Luisa sein, bete ich stumm. Ich brauche einen Moment, bis ich mich überwinden kann, den Holzschieber vom Guckfenster zurückzuschieben.

In dem Raum, übergossen vom Licht aus einem Dachfenster, steht eine Frau, die ausgebreiteten Arme gefesselt an ein T-förmiges Sünderkreuz. Ist das tatsächlich noch eine Frau? Schatten umgeben sie wabernd wie düsterer Nebel. Schwarzes Fell will immer wieder über ihr Gesicht und ihre

Hände huschen. Nicht Luisa. Ich atme erleichtert auf und stelle dabei erst fest, dass ich tatsächlich für den Moment die Luft angehalten habe, als ich den Schieber zurückschob. Jetzt kann ich immer noch hoffen, dass Luisa den letzten Schritt nicht gegangen ist, dass sie sich nicht vollständig in eins von diesen Wesen verwandelt hat. Denn diese Werwölfin da drin ist jemand anders. Ich habe das Gesicht schon mal gesehen, ihre grausige Verwandlung von einem Wolf in einen Menschen und wieder zurück miterleben müssen. Mir fällt sogar ihr Name ein. Haddrice hat Thursen sie genannt.

«Willst du nicht zu ihr hineingehen?», fragt Vittorio. «Sie ist sicher gebunden.»

Nein, das will ich nicht. Ich will diesem grotesken Wesen nicht näher kommen, als ich muss. Doch es gibt keinen vernünftigen Grund für mich zu zögern, so schließe ich das Guckfenster und öffne entschlossen die Tür.

Ich hoffe, ihre Fesseln halten. Das Klicken des Schlosses reicht, damit sie den Kopf zu uns dreht. Oder hört sie sogar meinen Atem? Stimmen die Gerüchte über das hypersensible Werwolfsgehör? Als die Gefangene mich erblickt, wirft sie ihren Kopf zurück und knurrt mit gefletschten, weißen Raubtierzähnen. Sie ist außer sich. Sie zittert, schreit und heult. Sie knurrt, ist nur halb menschlich – obwohl sie Arme hat und Beine.

«Das tut sie schon die ganze Zeit», sagt die Shinan. «Wir wissen nicht, wie wir ihr noch helfen sollen.»

Die Werwölfin knurrt uns an. Nie habe ich einen Menschen gesehen, der so unmenschlich war. Wut, Hass und Gier nach Blut sind fast greifbar um sie, schwarz wie Teer. Ich muss mich zwingen, Schritt für Schritt in den Raum hineinzugehen. Ja, ich gebe zu, sie macht mir Angst. Angst wie ein Mutant, wie eine Schreckgestalt in der Geisterbahn. Ich fühle mich wie in den alten Spielfilmen, wenn man erwartet, einen Menschen zu sehen, und die Person die Maske vom Gesicht zieht und kein bisschen menschlich mehr ist. Nein, das ist keine Angst. Angst ist, wenn man weglaufen will. Das hier ist Grauen, das man nicht abschütteln kann und das einen bis in die Träume verfolgt.

Der junge Shinan tritt ebenfalls in den Raum, bleibt aber nach zwei kurzen Schritten bei einem Tischchen stehen. Ein Trinkglas und ein gefüllter Kristallkelch stehen darauf. «Wir haben gehofft, dass das Himmelswasser ihr hilft, der Verwandlung zu widerstehen», sagt er und füllt das Glas. «Doch sie weigert sich zu trinken.» Er wirft der Werwölfin einen vorsichtigen Blick zu. Himmelswasser ist Regenwasser, das aufgefangen wird, bevor es die Erde berührt. Reines, unverfälschtes Wasser voller Licht. Wird es ihr helfen? In den alten Legenden heißt es, Werwölfe scheuen Wasser.

Der Shinan hat das Glas gefüllt und wartet, dass ich vorausgehe, auf die Werwölfin zu. Ein Knurren rollt aus ihrer Kehle, wenn sie den Kopf hin und her wirft. Direkt unter der Glaskuppel steht sie, müsste hell erleuchtet sein, selbst im schwachen Licht des Winters. Doch ihre Wolfsschatten verschlucken die Sonnenstrahlen und machen sie zum Kind der Düsternis. Ob ihre Schatten auf mich abfärben? Langsam gehe ich auf sie zu. «Haddrice?» Ich schlucke und lasse meine Stimme kräftiger klingen. «Ganz ruhig. Du hast Durst. Wir bringen dir zu trinken.»

«Duuuu!» Rasend vor Wut zerrt sie an den Ketten, die ihre grauen, farblosen Arme an das Sünderkreuz fesseln, wirft den Oberkörper vor und zurück. Denn es ist nicht das Wasser, ich bin es, den sie hasst. Sie hat mich erkannt, so wie ich sie.

«Mach mich los!», knurrt sie, heiser und kaum verständlich wegen der Wolfszähne in ihrem sich immer wieder zur

Schnauze verformenden Mund. In dieser Zwischenform zwischen Mensch und Tier ist sie furchtbarer als die Tiere in vollständiger Wolfsgestalt, gegen die wir auf dem Teufelsberg gekämpft haben. Denn sie ist beides und nichts.

Diese Bestie befreien? Nie im Leben. «Trink.»

Ich nicke dem Shinan zu, der ihr das Wasserglas an den Mund hält. Für einen Moment wird ihr Gesicht menschlich. Sie nimmt einen Schluck. Doch dann, statt zu schlucken, spuckt sie ihm das Wasser ins Gesicht.

«Haddrice!», versuche ich es erneut.

Ihre Hände ballen sich zu Fäusten. Diesmal bekomme ich als Antwort einen wütenden, heiseren Schrei, der in ein Heulen übergeht, als ihr Gesicht dunkel und spitz wird und sich zum Wolfsschädel verformt.

Rasch verlassen wir den Raum. Der Shinan stellt das leere Glas zurück auf den Tisch. Hinter uns schließen wir die Tür. Der Shinan wischt sich mit zitternden Händen über das Gesicht. Von drinnen hören wir Haddrice schreien. So menschlich diesmal, dass es mir die Gänsehaut über den Rücken treibt. Doch, wie immer sie sich auch anhören mag, sie ist kein Mensch. Schon lange nicht mehr.

«Sie hat noch einen weiten Weg vor sich, zurück zum Menschsein», sagt Vittorio, der von der Tür aus alles beobachtet hat.

Da kommt eine weitere Shinan angelaufen. «Die andere Wölfin hat sich befreit.»

«Befreit, Sinja?», fragt Esther.

Noch eine Wölfin also. Haddrice war die Einzige, die sich während des Kampfes in einen Menschen verwandelt hat. Eine andere Werwölfin werde ich in menschlicher Gestalt nicht erkennen. Es wird eine fremde Wölfin sein. Diesmal habe ich mich besser im Griff. Diesmal werde ich nicht vor lauter Sorge, die Werwölfin könnte Luisa sein, unüberlegt handeln. Luisa ist vielleicht gar nicht beim Rudel. Wer weiß, wohin sie damals verschwunden ist. Diese Werwölfin, die sich angeblich befreit hat, ist mir wahrscheinlich vollkommen fremd. Ich weiß nicht mal, wie viele von den Werwölfen Wölfinnen waren. «Was ist passiert?»

«Uns wurde gesagt, dass sie genau wie die andere Werwölfin in Netzen und Seilen eingewoben sei. Doch als wir sie aus ihrem Transportkasten holen wollten, hatte sie sich bereits mit irgendeinem Trick von ihren Fesseln befreit!», berichtet die Shinan, die, wie ich mir zu merken versuche, Sinja heißt. «Zum Glück hat das Sonnenlicht sie anscheinend geschwächt, bevor sie uns angegriffen hat. Wir konnten entkommen und die Tür verriegeln.» Sie streift mich mit einem Blick.

«Das ist Elias», beantwortet Esther die lautlose Frage. «Der Elias, der bei der Gregorius-Mission dabei war und auch auf dem Teufelsberg gegen das Rudel Werwölfe gekämpft hat.»

«Tatsächlich, du bist der erfahrenste Wolfskämpfer der Shinanim. Jetzt bin ich beruhigt. Was sollen wir mit der Werwölfin machen? Wir wissen nicht, wie wir sie wieder unter Kontrolle bekommen.»

Sie haben recht, ich bin hier der Werwolfsexperte. Und jetzt ist meine Chance, den Obersten zu beweisen, welchen Wert ich für sie habe. «Ich werde mich um die Sache kümmern.»

«Den Gang hier entlang und dann um die Ecke.» Sinja nickt und eilt voraus. Was wird mich erwarten? Wie schütze ich mich? Welche Waffen kann ich einsetzen, ohne die Werwölfin zu töten?

Der Shinan, der vor dieser Tür steht, tritt beiseite, als ich komme. Ich stelle mich vor die Tür und lausche. Nichts. Da diese Werwölfin nicht an das Kreuz gebunden ist, das die

Verwandlung verhindert, wird sie ein Wolf sein. Ich reiße den Schieber vor dem Guckfenster mit einem Ruck zurück, blicke hindurch, und da steht sie, ganz Mensch. Sie dreht mir den Rücken zu, umschwebt von Schatten, und ich erkenne sie trotzdem sofort. Es hat nichts genützt, mir etwas vorzumachen. Es ist Luisa. Was hab ich anderes erwartet? Nein, sie hat sich nicht aus dem Staub gemacht, ist nicht zur Vernunft gekommen und hat sich entschieden, Mensch zu bleiben. Ich war so naiv. Luisa ist Thursens Freundin. Und Thursen ist der Anführer der Werwölfe. Es war nur eine Frage der Zeit, bis sie eine von ihnen wurde. Wenn diese gefräßigen dunklen Schatten nicht wären, könnte man sie noch für den Menschen halten, der sie mal war. Sie steht da, ganz ohne Fesseln, und wendet sich langsam zur Tür um. Das ist wirklich Luisa. Oder besser gesagt, der Werwolf, der mal Luisa war. Ich drehe den Schlüssel im Schloss und öffne die Tür.

«Was machst du da?», fragt Esther.

«Ich geh rein.»

«Ohne Waffen? Ohne Schutz? Die Wölfin ist nicht gesichert!», sagt Sinja.

Verstohlen wische ich meine schweißnassen Hände an der Hose ab. «Ich weiß.»

«Wenn einer mit diesem fehlgeleiteten Ding fertigwird, dann wohl Elias», höre ich Vittorios Stimme. «Brauchst du Waffen, Elias? Sinja, du begleitest ihn!»

«Nein.» Ich will nicht eine Shinan vor Luisa schützen müssen. Ich will mich nicht entscheiden müssen, wen von beiden ich womöglich verletze, wenn es zum Kampf zwischen uns kommt. Und vielleicht will ich es auch darauf ankommen lassen. Ich will wissen, ob sie jetzt, als Werwölfin, tatsächlich versuchen wird, mich zu töten. Ich muss, logisch betrachtet, davon ausgehen. Als Shinan bin ich ihr Erzfeind. Und nicht nur das, bei unserer letzten Begegnung, als sie noch Mensch war, hat sie mich ohne Skrupel benutzt, um den Werwölfen einen Vorteil zu verschaffen. Sie muss mich wirklich hassen.

Doch alles in mir wehrt sich, das zu glauben. Die Hoffnung, dass Luisa sich im richtigen Moment bewusst wird, dass wir, als sie noch Mensch war, befreundet waren, dass sie mich vor den Angriffen der Bande meines Bruders retten wollte, dass sie nicht ganz und gar nur Bestie ist, will nicht so einfach sterben. Ich gehe hinein, schlage die Tür, ehe sie mir folgen können, hinter mir zu und schließe von innen ab.

16. Thursen

SIE haben Haddrice und Luisa mit Netzen gefangen wie wilde Tiere in einem Safari-Film! Davongeschleppt und in Lieferwagen verladen. So leise ich kann, steige ich vom Baum herab. Ich kann sie noch riechen, die Shinanim, doch sie nehmen mich nicht wahr, als ich in ihrem Rücken davonschleiche.

Und dann beginne ich zu rennen, so schnell ich kann, diesmal wirklich zum Rudel.

Es gibt nur einen Weg. Wir müssen sie befreien, Luisa und Haddrice, auf der Stelle. Ich weiß, was die Shinanim mit Werwölfen tun.

Das Lager ist fast leer, Rieke sitzt wahrscheinlich in ihrem Zelt. Ich renne gleich weiter bis zum Feuerplatz, wo Norrock als schwarzer Wolf hockt und an einem frisch erlegten Reh kaut. Ich bleibe stehen und heule dieses verdammte falsche

Menschenheulen, damit alle kommen. Ich brauche jeden Einzelnen von ihnen.

«Was ist denn los?», fragt Norrock, der in dem Moment wieder zum Menschen geworden ist. «Wo ist Luisa?» Er grinst und wischt sich über den Mund, an dem noch Blut zu sehen ist. «Shorou heißt sie ja zur Zeit. Habt ihr Streit?»

Die Wölfe kommen aus dem Wald. Von überall her. Irudit, Mauriks, Fath, Rawuhn und die anderen. Die, die können, werden Menschen, um zuzuhören.

«Die Feinde haben Haddrice und Shorou verfolgt und gefangen», sage ich. «Auf der andern Seite der Havel. Ich zeige euch, wo. Ein paar von uns sollten rüberschwimmen. Ihr könnt ihre Spur verfolgen, um herauszubekommen, wohin sie gebracht wurden. Wir müssen sie befreien, sofort.»

«Wie viele Shinanim waren es, Thursen?», fragt Norrock.

«Fünfzehn an diesem Ufer und sechs am gegenüberliegenden.»

Norrock nickt, dass seine halb schwarzen, halb schon aschig grauen Haarsträhnen fliegen. «Glaubst du wirklich, dass es eine gute Idee ist, wenn ein Rudel Wölfe einen Autokonvoi von Shinanim in deren Hauptquartier verfolgt?»

Norrock hat recht. Ich hasse es, aber er hat recht, wir würden zu viel Aufmerksamkeit auf uns ziehen. «Dann werde ich es allein versuchen, bringt mich nur auf die richtige Spur!»

«Thursen, das ist Wahnsinn! Was, wenn sie dich auch noch gefangen nehmen?», sagt Zrrie.

«Das ist mir egal. Ich muss Luisa helfen!»

«Aber mir ist es nicht egal, du bringst damit das ganze Rudel in Gefahr. Wir warten ab», entscheidet Norrock. Er sieht mir in die Augen. «Ich bin der Leitwolf, Thursen, ob es dir passt oder nicht.»

Einen Moment lang überlege ich, ob ich Norrock auch als

Mensch um die Leitung des Rudels herausfordern kann. Ich muss Luisa retten, und dazu brauche ich die Wölfe als Spurenleser!

Norrock legt mir eine Hand auf die Schulter, schwer, als müsste er sich abstützen. «Thursen, ich bin mir sicher, die Shinanim wollen sie nicht töten. Sie werden verhandeln wollen. Frieden für die Menschen oder so ein Blödsinn. Dann darfst du gerne der Erste sein, der in ihr Hauptquartier marschiert.»

«Und wenn nicht? Norrock, wir können doch nicht einfach rumsitzen und nichts tun, während sie Haddrice und Shorou quälen!» Ich wende mich an meine Wolfsfreunde. «Will hier niemand den beiden helfen? Sie gehören zum Rudel, wir können sie doch nicht einfach den Shinanim überlassen! Ihr hättet sie sehen sollen, dieses Pack.»

Norrock schüttelt den Kopf. «Es ist zu gefährlich! Wir warten ab!» Vom Feuer her kommen zwei Neue auf uns zu, die ich noch nicht kenne. Die blassen Farben lassen keinen Zweifel, dass sie längst Werwölfe geworden sind. Das muss das Geschwisterpaar sein, von dem Haddrice erzählt hat. Der Junge nennt sich Polmeriak, das Mädchen Glowen.

«Wer sind diese Shinanim?», fragt Glowen.

«Wir haben gegen sie gekämpft, am Teufelsberg», erklärt Mauriks. «Und wir haben sie in die Flucht geschlagen. Vielleicht haben wir auch diesmal Glück. Vielleicht sollten wir ihnen wirklich einfach nachlaufen und ihnen den Hintern versohlen. Ich wäre dabei.»

Ich schüttle den Kopf. Norrock hat ja recht, wir können sie nicht einfach offen zum Kampf herausfordern, wir müssen listiger vorgehen. «Beim letzten Mal war es nur Elias' Truppe. Diesmal sind es viel mehr. Aber wenn du mir die Spur zeigst, Mauriks, dann schleiche ich mich rein und hole sie raus, ehe die Shinanim wissen, was los ist.»

Irudit schüttelt den Kopf. «Zur Hölle, Thursen, sonst sagst du doch auch immer, wir sollen erst überlegen und dann handeln.»

«Sonst geht es auch nicht um Luisa», springt Zrrie mir bei.

«Wir warten bis zur Nacht», entscheidet Norrock. «Wenn sich bis dahin nichts getan hat, folgen wir der Spur. Im Dunkeln, nicht bei Tageslicht, Thursen.»

Meine Hände brennen. Als ich nachschaue, sehe ich, dass ich meine Fingernägel so tief in die Handflächen gegraben habe, dass sie bluten.

17. Elias

DIE Außenwelt ist ausgesperrt, nur wir beide sind hier. Ich und die Werwölfin. Die Werwölfin, die fahl und unwirklich wirkt wie ein Spuk im Winterlicht, das durch das Dachfenster fällt. Die Werwölfin, die keine Farben mehr hat und aussieht wie eine schwarzweiße Erinnerung an ihre Menschenzeit. Meine Werwölfin. Und auch die Werwölfin, die sich verwandeln und mich mit einem schnellen Biss töten könnte, denn ich bin unbewaffnet. Warum habe ich trotzdem keine Angst?

«Luisa?», versuche ich es. Wir sehen uns an, doch da ist kein Erkennen in ihrem Blick. Schnell blinzelt sie und wendet den Kopf ab.

Mein Gott, hätte sie doch nur an diesem verhängnisvollen Tag im Auto auf mich gewartet! Natürlich war ich verletzt, dass sie mich benutzt hat. Dass sie mir etwas vorgegaukelt hat zwischen uns, das nie da war. Ich hätte damit leben können, dass sie mich nie lieben wird, selbst damit, dass sie für den Werwolf Thursen alles tut. Ich wünschte, sie wäre im Auto gewesen, als ich zurückkam. Ich wünschte, wir hätten uns ausgesprochen, sie wäre mit mir zurückgefahren und Mensch geblieben. Doch nach unserem Kampf mit den Werwölfen war der Wagen verlassen, und sie blieb verschwunden. Seitdem habe ich sie nicht mehr gesehen. Tief in mir wusste ich die ganze Zeit, wo sie war, was sie war. Jetzt habe ich Gewissheit. Sie hat sich unseren Feinden angeschlossen und ist eine von ihnen geworden. «Luisa?», versuche ich es noch mal.

Sie hebt die Arme. Was ist das, Abwehr oder Angriff? Dann weicht sie zurück in eine Ecke und beginnt leise zu knurren wie ein in die Enge getriebener Kettenhund. Noch wirkt ihre Gestalt menschlich, doch die Töne, die sie ausstößt, verraten, was sie wirklich ist. Es ist zu spät. Da ist nichts mehr von der Luisa, die ich kannte. Ich dringe einfach nicht zu ihr durch. Dabei will ich ihr doch nur helfen! Ich sollte stehen bleiben, sollte nicht auf sie zugehen, sollte –

«Luisa, Himmel noch mal!», schreie ich sie an. Meine Geduld ist doch nicht so groß, wie ich dachte.

Da kommt ihr Angriff. Schattenfell huscht über sie, als sie sich mit geballten Fäusten auf mich stürzt. Fäuste, die bekrallte Pfoten werden. Ich weiche aus. Wenn wir kämpfen, werden wir uns verletzen. Nicht nur sie mich, auch ich werde sie mit meinen Händen verbrennen. Blitzschnell greife ich mir eine der Silberketten, die am Boden liegen, und schleudere sie in ihre Richtung wie eine Peitsche. Die Kettenglieder klingeln leise. Ich greife nicht an, ich drohe nur.

Luisa stoppt, schüttelt sich, wird wieder menschlicher. «Was willst du von mir, verdammt!», schreit sie. Wenigstens spricht sie. Doch ihre Stimme ist anders. Heiser klingt sie, rau und dunkel, als hätten die Schatten auch ihre Kehle besetzt.

«Elias! Komm da endlich raus! Jetzt ist nicht die Zeit, den Helden zu spielen!», ruft mir Vittorio von der Tür her zu.

«Noch nicht!», antworte ich. Luisa spricht, und sie versteht mich. Jetzt ist vielleicht nicht die Zeit für Helden, doch jetzt ist genau die richtige Zeit, um zu kämpfen, um Luisa zu kämpfen, die menschliche Luisa, die mir in der Bahn zur Seite stand, als ich angegriffen wurde. Auch wenn Luisa auf ewig den verfluchten Thursen lieben wird, auch wenn es zwischen uns nicht einmal Freundschaft geben kann: Sie muss wieder Mensch sein! Sie war bereit, für mich zu kämpfen, jetzt kämpfe ich für sie. Ich will sie diesem entsetzlichen Schatten entreißen, der sie in den Klauen hält. Und wenn ich sie dazu eigenhändig an das Sünderkreuz binden muss! Und selbst wenn sie mich bei dem Versuch zerfleischt, ich muss es wagen. «Hör auf, Luisa!»

«Ich bin Shorou!», grollt die fremde Wolfsstimme aus ihrer Kehle.

Ist das jetzt ihr Name? Warum will sie nicht mehr Luisa sein? Vorsichtig gehe ich einen Schritt auf sie zu. Spiele ihr Spiel mit. «Sieh mich doch endlich an, Shorou!»

«Warum sollte ich das tun? Eure Blicke brennen wie die grellste Sonne. Ihr macht mich blind!»

«Himmel noch mal, dann sieh eben weg.» Noch ein Schritt auf sie zu, noch einer, ganz langsam diesmal, dann stehe ich vor ihr. Ich senke meine Lider, versuche, ruhig zu atmen und meinen Blick zu dämpfen. Und auf einmal merke ich, dass sie mich doch ansieht, fragend, als würde sie etwas nicht verstehen. «Was tust du hier?», faucht sie.

Warum fragt sie das? Vermutlich hat sie angenommen, ich sei tot. Denn als Thursen mich das letzte Mal sah, hatte

Norrock, der riesige schwarze Wolf, gerade meinen Hals zwischen den Zähnen, bereit zuzubeißen. Mit einem Ruck ziehe ich die Kette zwischen meinen Händen stramm. «Wunderst du dich, dass ich noch lebe? Hat Norrock dir etwa nicht gesagt, dass er keine Lust hatte, mich umzubringen?»

«Wer bist du?» Sie zeigt zur Tür. «Du gehörst zu ihnen. Und trotzdem ... Wer bist du?»

Klirren zeigt mir, dass mir gerade die Kette aus der Hand rutscht. Kann sie sich wirklich nicht erinnern? Oder spielt sie mir etwas vor – wieder einmal? Doch ihr Blick ist leer, ohne den geringsten Funken von Erkennen. Dann, als ich immer noch warte, mischt sich Verwirrung hinein. Verwirrung, dass ich sie nicht gleich angreife. «Du erinnerst dich nicht an mich?»

«Wie denn?» Sie hebt wütend die Hände. «Uns Werwölfen verblasst ihr altes Leben.»

Sie hört sich an, als hätte ich ihr in einer Prüfung eine viel zu schwere Frage gestellt. Als ginge sie die Antwort nichts an. Sie muss doch wenigstens noch eine Ahnung haben, dass ich ihr nicht ganz unbekannt bin! «Elias. Ich bin Elias. Du musst dich doch erinnern! Wir waren Freunde, zumindest hast du das gesagt.» Ich mache einen weiteren Schritt auf sie zu, versuche, ihr die Hände auf die Schultern zu legen. «Luisa!», beginne ich. Da verwandelt sie sich fast. Grotesk verzerrt sich ihr Gesicht, als der Mund zum Maul wird und ihre Zähne lang und weiß hervorwachsen. «Nicht!», keuche ich und reiße meine Hände zurück. «Nicht verwandeln!»

Sie schnappt nach Luft. Zitternd verändert sie ihre Form und wird wieder Mensch. Oder jedenfalls, soweit sie noch kann, denn immer noch umtanzt sie Dunkelheit.

«Fass mich nicht an!», grollt sie.

Ich hebe die Hände und zeige, dass ich Abstand halte. «Du

darfst dich nicht mehr verwandeln, hörst du? Versuch, dich dagegen zu wehren, auch wenn du denkst, es ist stärker. Denk immer daran, du bist ein Mensch!»

«So leicht ist das nicht!» Ihre Wolfsstimme schickt mir einen Schauder über den Rücken.

«Es ist wie mit jeder Sucht, du musst dagegen ankämpfen. Am Anfang ist es am schwersten.»

«Du hast doch keine Ahnung. Sag mir lieber endlich, warum du hier bist.»

«Ich will dir helfen.»

«Warum?»

Warum? Weil ich immer noch hoffe, dass irgendwo tief in diesem Wesen etwas von der Luisa steckt, mit der ich Eierkuchen essen war? Mit der ich im Krankenhaus Kinder unterhalten habe? Der Luisa, die schließlich vor der Tür unserer Wohnung stand und ein Zimmer brauchte, weil ihr Vater ihr nicht erlaubte, allein zu wohnen, bis es ihrer Mutter wieder besser ging? «Wir haben zusammen gewohnt, das musst du doch noch wissen! Du bist zu uns in unsere Gruppe gezogen, als du nicht zu deinem Vater wolltest.»

Sie schüttelt den Kopf.

«Du hattest ein Zimmer mit Bogenfenstern und einem großen geschnitzten Holzschrank», versuche ich es weiter.

«Ich erinnere mich aber nicht! Es ist alles verschwommen, ja, ich war irgendwo zu Hause und dann nicht mehr. Da, wo ich war, waren viele andere. Aber das kann nicht bei dir gewesen sein. Ich hätte doch nie bei Leuten gewohnt, die so grelle Augen haben!»

«Doch, Luisa. Damals sind dir unsere Lichtaugen nur nicht aufgefallen, weil du dich noch nicht verwandelt hattest.»

«Ihr seid keine Menschen.»

«Ich habe dir davon erzählt. Wir sind Shinanim, die Engelskinder. Wir stammen von Menschen ab, aber auch von Engeln. Darum sind hier überall Engelsbilder. Unten in der Eingangshalle steht die goldene Kopie eines der ersten Engelsbilder, eines der Cherubim von der Bundeslade, hast du die gesehen?»

«Ich bin in einer Kiste hierhergebracht worden», knurrt sie. «Tut mir leid, dass ich nichts gesehen habe.»

«Das mit der Kiste ging nicht anders. Wir wussten nicht, wie wir uns sonst vor dir schützen sollten. Muss ich dir wirklich sagen, wie gefährlich ihr Werwölfe seid?»

Sie geht auf ein Bild zu, das an der Wand hängt. Erzengel Michael ist darauf. «Ihr seid Engel?»

Humpelt sie? Ist sie verletzt? «Wir stammen von ihnen ab.»

«Der Engel hier hat Flügel», sagt sie mehr zum Bild als zu mir.

«Wir sind die Flügellosen. Ich habe dir die Male auf meinem Rücken gezeigt, die an die Flügel unserer Vorväter erinnern. Das weißt du auch nicht mehr?»

Sie dreht sich zu mir um. «Nein.»

«Du hast sie angefasst. Wir waren keine Feinde. Ich weiß nicht, was für die anderen Werwölfe gilt, aber wir beide waren keine Feinde!»

«Warum soll ich dir das glauben? Woher weiß ich, dass du mich nicht anlügst? Du gehörst zu denen.»

Ja, warum sollte sie mir glauben? Warum sollte sie jemandem von denen vertrauen, die sie gefangen, verschnürt und in eine Kiste gesteckt haben? «Luisa, du musst dich doch an irgendetwas erinnern?» Denn wenn du es nicht tust, setze ich in Gedanken hinzu, wirst du mir nicht glauben, dass ich dir helfen will. Dann muss ich dich zwingen und gegen deinen Willen an das Kreuz binden.

«Hör endlich auf, diesen verdammten Namen zu sagen! Ich

bin Shorou. Meine Erinnerung ist wie Treibsand, ein wirres Gemisch aus Gefühlen, Bildern, alles weg!»

Und wenn ich statt des Kreuzes etwas anderes versuche? Wenn ich etwas einsetze, um ihre Erinnerung zurückzuholen, das schon einmal ihren Gedanken Klarheit gebracht hat? Die Gegenwart von Engeln lässt Menschen klarer denken, heißt es. Manchmal reicht dazu auch ein halber Engel, ein Shinan. Ich habe es eher unfreiwillig herausgefunden. Luisa wollte mich davon abhalten, die Werwölfe bei ihrem Rachefeldzug zu stören. Und dazu ist ihr nichts Besseres eingefallen, als mich zu küssen. Doch irgendwie hat dieser Kuss ihre Gedanken geordnet. Sie wusste, dass das, was sie vorhatte, nicht richtig war – und leider auch, dass sie mich nie wieder küssen wollte. Damals war Luisa noch nicht vollständig verwandelt. Sie jetzt, wo sie ein Werwolf ist, auch nur anzufassen, wäre Wahnsinn. Und trotzdem. «Also gut, Shorou. Vielleicht hilft dir das hier.»

Vielleicht ist es irre, vielleicht das Falscheste, was ich tun kann, vielleicht das Letzte, was ich in meinem Leben tue, aber ich gehe direkt auf sie zu. Und als sie zurückweicht, folge ich ihr. Mit jedem Schritt komme ich näher und hebe dabei meine Hände, zum Zeichen, dass ich sie nicht angreifen will. Und als sie mit dem Rücken an der Wand steht, da tue ich es.

Ich beuge mich zu ihr hinab und küsse sie. Im letzten Moment schließe ich die Augen, nicht weil ich romantisch bin, sondern weil ich es nicht sehen will, wenn sie sich direkt vor mir in einen Wolf verwandelt und mich angreift. Doch sie behält ihre menschliche Gestalt. Shinanim und Werwölfe sind nicht für solche Nähe gemacht. Ich fühle die Kälte, als ihre Schatten meine Energie aufsaugen, als unsere Lippen sich berühren, aber das eisige, vernichtende Brennen, das ich erwartet habe, bleibt aus. Sie greift nicht an, flieht nicht. Und ich merke, ich bin immer noch nicht gegen sie immun, trotz allem, was ich jetzt über sie weiß. Ich wünschte, sie würde mich küssen, weil sie froh ist, mich wiederzusehen. Ich wünschte, sie würde sich in meine Arme schmiegen und sich ganz in den Kuss fallenlassen. Natürlich tut sie das nicht. Ich spüre ihren Atem auf meinem Gesicht. Sie bewegt sich nicht, und ich weiß, sie steht immer noch genauso da, den Rücken an die Wand gedrückt. Und dann, auf einmal spüre ich doch ihre Hände vorsichtig tastend auf meinen Schultern, und ich lege, ohne zu überlegen, meine an ihre Hüften. Es bleibt ein Abstand zwischen uns. Gut für mich, so kann sie nicht fühlen, wie gegen alle Vernunft mein Herz hämmert. Doch da sind immer noch ihre Hände auf meinen Schultern und meine Lippen auf ihren. Sie bricht den Kuss so wenig wie ich. Wenn sie sich schon nicht an mich erinnert, fühlt sie dann wie ich, dass dieser Kuss mehr ist als ein normaler Kuss? Es ist mein verzweifelter, letzter Versuch, zu ihr durchzudringen, sie in die Menschenwelt zurückzuholen.

Luisa schnappt auf einmal nach Luft und stößt mich weg. «Was soll das, Elias?»

Ich hatte gehofft, dass es vielleicht, obwohl sie jetzt Werwolf ist, wieder funktioniert. Und ich hatte insgeheim außerdem gehofft, dass sie mich nicht für meinen Versuch tötet. «Jetzt erinnerst du dich doch, oder?»

Sie nickt, streicht sich übers Gesicht, betrachtet dann misstrauisch ihre Hände. «Du hast mich aber nicht zurückverwandelt. Meine Haut ist immer noch ohne Farben.»

«Das ist allein deine Entscheidung, entscheide, ob du Mensch oder Wolf sein willst.»

Und dann sehe ich an ihrem Gesicht, wie die Erinnerung, die ganze Erinnerung, über sie hereinflutet. «Meine Entscheidung? Hast du überhaupt eine Ahnung, warum ich zum

Werwolf werden musste? Wer mich so zugerichtet hat, dass ich ohne Verwandlung gestorben wäre?» Sie macht einen Schritt auf mich zu, rammt ihre Fäuste gegen meine Brust und schubst mich rückwärts. «Elias, du bist so ein Arsch! Haben die da hinter der Tür überhaupt eine Ahnung ...»

Da ist es wieder. Haddrices Schrei. Hier hört man ihn noch gellender als draußen auf der Treppe.

«Haddrice!», ruft Luisa. «Wo bist du, Haddrice?»

«Luisa», beginne ich, doch sie unterbricht mich.

«Ja, das war mein Name. Aber jetzt bin ich Shorou, die Werwölfin, und ich will, dass du mich zu Haddrice bringst.»

Da sind wieder ihre Schatten, bereit, zu Fell zu werden. Sie kann sich erinnern und will doch wieder Wolf werden? «Du solltest lieber hier drinbleiben.» Ich will nicht mit ihr kämpfen müssen, schon gar nicht, wenn sie sich an mich erinnert, mit mir redet und so schrecklich menschlich wirkt. «Wir waren Freunde, daran erinnerst du dich doch jetzt?»

«Ja, wir waren mal Freunde. Aber das war, bevor ich fast umgebracht wurde!»

Wie hätte ich sie denn beschützen sollen? «Ich wurde von einem von euch Werwölfen fast umgebracht, und ich gebe dir dafür auch nicht die Schuld!»

Sie öffnet den Mund, doch ihre Stimme formt keine Worte mehr, rutscht in raue Tiefen, ist kaum mehr als ein Knurren. Sie ist eine Werwölfin, das darf ich nicht vergessen. Da ist ein Tier in ihr, das jagen und töten will. «Hör zu, du darfst dich nicht verwandeln. Ich sage dir, wo Haddrice ist und wie es ihr geht.»

«Ich will nicht wissen, wo ihr sie hingebracht habt, ich will zu ihr! Sofort!»

«Schon gut!» Und wieder hebe ich beschwichtigend die Hände. Ob ich das in einem Löwenkäfig auch täte? Beiß mich nicht, friss mich nicht, sei ein guter Löwe? Für mich ist Luisa immer noch Mensch. «Ich bring dich zu Haddrice.»

Sie nickt. «Dann los.»

«Elias, wir müssen dringend mit dir sprechen!», ruft Esther durch das Guckfenster.

«Nicht jetzt!» Ich ziehe den Schlüssel aus der Tasche und gehe zur Tür. «Macht die Gänge frei, wir kommen raus!», rufe ich durch das Fenster.

«Elias! Das geht nicht! Vittorio will dich sofort in seinem Raum sehen!»

«Später, er wird es verstehen. Und verschwindet, oder ich kann nicht für eure Sicherheit garantieren.» Ich drehe den Schlüssel im Schloss, damit sie sehen, dass ich es ernst meine. Und da flüchten sie tatsächlich. Hastig eilen sie den Gang entlang, Türen klappen. Ich warte einen Moment, dann öffne ich die Tür, und Luisa und ich gehen auf den leeren Gang hinaus. Luisa ist dicht neben mir. Jeder Schritt fällt ihr schwer. Ich habe mich nicht getäuscht, sie humpelt wirklich. Wer war es, der versucht hat, sie umzubringen? «Du bist immer noch verletzt?»

«So schnell heilen auch wir Werwölfe nicht.»

«Es tut mir leid, was dir passiert ist.»

«Ach wirklich?»

«Ja, wirklich.» Ich biete ihr meinen Arm als Stütze an. Doch sie weicht aus, stolpert fast dabei. «Deine Hilfe brauche ich bestimmt nicht, Elias. Bring mich endlich zu Haddrice.»

18. Luisa

ELIAS geht neben mir den leeren Gang entlang. Weiße Wände, aber keine Fenster. Er bringt mich zu einer dicken Holztür, der Schlüssel steckt von außen. Ich will aufschließen, doch Elias ist schneller als ich, greift zu und dreht ihn im Schloss. Die Tür springt auf. Ich dränge mich an ihm vorbei hinein.

Haddrice steht mit Silberketten gefesselt an einem Kreuz, die Arme ausgebreitet wie eine Jesusfigur. Ihr Kopf hängt herab. Ihre Arme sind an den Schultern geschwollen und verdreht. Als hätte sie versucht, die Welt zu umarmen und wäre gescheitert.

Von oben fällt Licht auf sie. Es ist, als wollte der Wintertag all seine Kraft durch das bunte Oberlicht schicken und sie einhüllen in seinen Schein.

Ich laufe auf sie zu. «Haddrice?»

Sie reagiert nicht. «Habt ihr Wasser?», frage ich Elias, ohne den Blick von ihr zu nehmen.

Ich höre ihn näher kommen, dann füllt er leise plätschernd ein Glas mit Wasser aus einem Kristallkrug und reicht es mir. «Hier, das ist Himmelswasser, das stärkt sie im Kampf gegen ihre Schatten.»

Ich kenne die Shinanim und ihre Vorliebe für Regenwasser. Ich habe es selbst oft genug getrunken, damals in der WG. Haddrice wird es nicht schaden und hoffentlich ihre Lebensgeister wecken. Ich berühre Haddrice, und sie hebt mühsam den Kopf. «Shorou? Pass auf, dass sie dich nicht kriegen.»

Sie haben mich längst. «Trink, Haddrice», sage ich, setze

ihr das Glas an die Lippen und versuche, dass sie nicht zu viel verschüttet. Über die Schulter sage ich. «Mach sie los, Elias!» Und als er sich nicht rührt: «Worauf wartest du? Siehst du nicht, dass sie total fertig ist?»

«Ich kann sie nicht befreien», sagt er. Hält immer noch den Wasserkrug.

«Klar kannst du das!»

«Sie ist ein gefährlicher, unberechenbarer Werwolf! Sie hat Menschen angefallen und versucht, sie zu töten! Ich wette, sie bereut es nicht mal.»

«Ja, du Engel!», knurrt Haddrice heiser. «Erinnerst du dich an unseren Kampf? Lass mich frei, und ich bringe es zu Ende!»

«Siehst du? Die silbernen Ketten am Kreuz helfen ihr, Mensch zu bleiben. Wenn sie wieder klar denken kann, dann lösen wir die Fesseln.»

«Wenn ich klar denken kann?» Haddrices Mund verzieht sich, als sich die Wolfszähne über die Lippen schieben. Ihre Stimme wird dunkel. «Oder wenn dein Bruder Nick weit genug weg ist, sodass wir ihn nicht mehr erwischen?»

«Das reicht!» Elias schüttet den Krug mit dem Himmelswasser mit Schwung über Haddrice. Seine hell auflodernden Augen blenden mich so, dass ich schnell den Blick abwende.

«Elias!», höre ich eine Männerstimme vom Guckfenster. «Elias, dein Mut ist wirklich beeindruckend. Aber wir reden! Jetzt!»

Elias eilt zur Tür, stellt den leeren Krug auf das Tischchen und ist draußen, ehe ich ihn aufhalten kann.

«Elias!», rufe ich, zerschmettere das Glas auf dem Boden und höre, wie er den Schlüssel im Schloss dreht. Ich renne zur Tür. «Lass uns raus, Elias!», rufe ich durch das Guckfenster.

Einmal noch sehe ich in seine brennenden Augen, dann ist

auch das Guckfenster zu. Ich lasse mich an der Tür herabrutschen, sinke auf dem Boden zusammen.

Elias hat mir eine Falle gestellt, und ich bin hineingetappt. Alles umsonst. Jetzt weiß ich zwar, wo Haddrice ist, und in meinem Kopf brennen Erinnerungen, gute, und auch welche, die ich nie wieder haben wollte. Aber wir sind wieder gefangen. Verdammt!

«Steh auf und mach mich endlich von diesem verdammten Ding los, Shorou!», brüllt Haddrice. Das Wasser tropft aus ihren Haaren. Sie zittert am ganzen Körper, Fell wandert ihre Arme hinauf und verschwindet mit dem nächsten Atemzug wieder. Ihre Zähne sind zusammengebissen, die Hände um die silberbeschlagenen Enden des Kreuzes gekrallt. Sie keucht, und im nächsten Moment knurrt sie. Mit allem, was sie hat, kämpft sie gegen die Verwandlung.

Ich nicke, stemme mich auf die Beine und trampele ungeschickt durch die Wasserpfütze zu ihren Füßen. Ich breche mir die Fingernägel ab beim Versuch, die Ketten zu lösen. Die Enden sind mit den letzten Kettengliedern an einer Art Bolzen, der im Holz steckt, eingehakt. Haddrice zischt leise, als ich an der Kette zerre, um mehr Spielraum zu bekommen, und so ihren Arm quetsche.

«Die sind doch alle nicht ganz klar im Kopf. Wieso soll Silber und dieses verdammte Holzgestell helfen, sich nicht zu verwandeln?» Endlich klappt es, und ich kann das Kettenglied am linken Handgelenk ablösen. Ich wickele die Kette klirrend von Holz und Arm ab. Haddrice jault auf, als ich versehentlich ihre Schulter berühre.

«Das Silber ist es nicht. Sie fesseln unsere Arme zur Seite. Ganz weit auseinander, Shorou.»

«O Scheiße.» Ich ahne, was sie sagen will.

«Genau. Menschenarme kann man gerade zur Seite binden,

aber keine Wolfsvorderbeine. Wenn du beginnst, dich zu verwandeln, brechen dir die Arme aus der Schulter!»

«Brechen?» Ich bin an der anderen Seite. Diesmal bin ich vorsichtiger, obwohl die Kette hier noch strammer sitzt. «Ich habe dich schreien gehört.»

«Es heilt schnell. Beeil dich, Shorou, verdammt!»

Endlich gelingt es mir, auch Haddrices anderen Arm von den Ketten zu lösen. Vornüber fällt sie in sich zusammen und wird Wolf, ehe ihre Vorderbeine den Boden berühren. Zusammengekauert liegt sie in der Wasserlache und japst mit offenem Maul.

Die Shinanim wollten Haddrice also helfen, Mensch zu bleiben. Dazu haben sie zugelassen, dass Haddrice sich die Arme brach, und zwar nicht nur ein Mal! Das ist es, was sie helfen nennen! Ich kann mir gar nicht vorstellen, wie sehr Haddrice gelitten haben muss. Und das Gleiche hatte Elias tatsächlich auch mit mir vor! Ich muss mich am Kreuz festhalten. Wenn er mich so gebunden hätte, wie lange hätte ich durchgehalten, bis der Wolf in mir gesiegt und ich die gleiche Folter erlitten hätte wie Haddrice?

Meine Verletzungen brennen, und meine Kraft ist erschöpft. Ich kann mich kaum noch auf den Beinen halten. Weil es keine Stühle, keine Bänke gibt und auf dem Boden noch das Wasser steht, das Elias über Haddrice geschüttet hat, lehne ich mich an das Kreuz.

Ich fühle mich wie damals, als mein Bruder Fabian fast in der Nordsee ertrunken wäre. Ich habe versucht, ihn zu retten, aber ich schwimme nicht gut genug. Ich habe ihn zwar erreicht und begonnen, ihn Richtung Ufer zu ziehen, aber auf halbem Weg verließen mich meine Kräfte. Beinahe wäre ich selbst ertrunken. Jemand muss uns beiden geholfen haben. Ich erinnere mich erst wieder, dass ich am Ufer im kratzigen Sand lag und zusah, wie die Helfer meinen Bruder ins Leben zurückholten. Und da fühlte ich mich, als flösse mit dem Wasser aus meinen Haaren auch die letzte Kraft aus mir heraus. Als könnte ich nie wieder von diesem Sandstrand aufstehen und müsste in der Sonne vertrocknen wie ein gestrandeter Fisch.

Auch diese Erinnerung hat Elias zurückgeholt. Sie wird wieder verblassen, aber für einen Moment sehe ich noch einmal das Gesicht meines Bruders vor mir. Trotzdem kann ich Elias nicht dafür danken. Zu tief sitzt der Zorn darüber, dass er mich hier zurückgelassen hat – gefangen in diesem kahlen, toten Raum. Mit dem Marmorboden und den glatten weißen Wänden fühlt er sich an wie eine Kiste aus Eis. Es gibt nichts Weiches, nichts Freundliches. Ich fröstele, obwohl es gar nicht so kalt ist. Jedes Geräusch werfen die Wände hallend zurück, als machten sie sich lustig. Das einzig Farbige sind die Bilder, die in aufwendigen Rahmen an den Wänden hängen. Engel, natürlich, kämpfende, heroische Engel. Sonst ist da nichts. Ich lege den Kopf in den Nacken, um das Bild im Glas des großen Oberlichts zu betrachten, das sich über uns wölbt. Die einzige Lichtquelle in diesem ansonsten fensterlosen Raum.

Das Bild zeigt noch einen Engel, diesmal ohne Schwert. Freundlich, auf blauem Himmel segelnd, sieht er auf mich herab. Noch so ein Heuchler! Mit jedem Moment, der vergeht, hasse ich diese Engel mehr. Die Shinanim nehmen sie als Vorwand für ihre Grausamkeiten und schämen sich noch nicht mal.

Ich schließe die Augen, lehne den Kopf zurück an das Holz und stelle mir vor, es wäre ein Baum. Ich denke an Thursen und wünschte, er würde mich berühren. Thursen würde mir Mut machen. Mit ihm an meiner Seite würde ich jetzt nicht aufgeben. Nicht so leicht. Vor allem nicht kampflos.

Ich trage immer noch die Kette von ihm um den Hals, die mit dem Anhänger aus Silber, in den sein Name eingraviert ist. So ist ein bisschen von ihm immer bei mir. Ich lege die Hand auf den Kettenanhänger, und schon das reicht, die Mutlosigkeit zu vertreiben.

An der Wand neben der Tür lehnen zwei dieser Stangen mit Silberspitzen, mit denen die Shinanim uns Werwölfe auf Abstand halten. Es sind die einzigen Waffen hier im Raum, und ich denke, sie sollten nicht gerade griffbereit für die Shinanim neben der Tür stehen. Ich werfe die eine davon wie einen Wurfspeer so weit weg wie möglich an die gegenüberliegende Wand. Die andere behalte ich. Ich habe keinen Plan, aber es fühlt sich gut an, eine Waffe in der Hand zu halten, den Shinanim nicht ganz so schutzlos ausgeliefert zu sein. Haddrice, die schwarze Wölfin, schüttelt mit heftigen Bewegungen das Wasser aus ihrem Fell und knurrt, dass es von den Wänden widerhallt.

Sollen sie doch zurückkommen, die Shinanim. Ich beginne, mit meiner Lanze die Engelsbilder, die Heuchlerbilder, von den Wänden zu stoßen. Eines nach dem anderen landen sie polternd auf dem steinernen Boden.

19. Elias

ICH komme zurück», will ich Luisa sagen, doch als ich durch das Fenster in der Tür direkt in ihre grauen, farblosen Werwolfsaugen blicke, bleiben mir die Worte im Hals stecken. Mit einem Ruck schiebe ich den Riegel vor das Fenster und wende mich Vittorio zu, der über mein Handeln offenbar nicht erfreut ist.

«Man hat mir gesagt, du bist der, der unserem Orden am besten mit den Werwölfen helfen kann», sagt er. «Wenn das stimmt, solltest du etwas sorgsamer mit deinem Leben umgehen, Elias.»

Die beiden Wächter, die wieder vor der Tür stehen, sehen mich böse an.

Jordan kommt den Gang entlang. «Wir wären dann so weit», sagt er.

Vittorio nickt. «Ich hoffe, du bist auch so weit, Elias? Du hast unseren Zeitplan ein wenig durcheinandergebracht. Hat er noch Zeit, sich frisch zu machen, Esther?»

«Bis zur Videokonferenz?» Esther schüttelt den Kopf. «Nein. Die Schaltung steht in sieben Minuten.»

«Also dann. Gehen wir.» Vittorio schreitet voraus, Esther an seiner Seite, ich folge mit Jordan. Eine Treppenwindung tiefer erreichen wir eine Doppeltür, die Esther für uns öffnet. Dahinter liegt ein Raum, nicht allzu groß, aber mit Leuchten auf Stativen, Kameras und Mikrophonen ausgestattet.

«Von diesem Kommunikationsraum aus können wir über verschlüsselte Kanäle live in alle Welt senden», erklärt Jordan und übernimmt das Schaltpult vom Techniker, der rasch den Raum verlässt. Vittorio nimmt an der vorgesehenen Position vor dem Mikrophon Platz, Esther dirigiert mich auf den Stuhl rechts von ihm und setzt sich an seine andere Seite.

«Alles bereit, wir können.» Jordan gibt ein Zeichen, und Vittorio grüßt in die Kamera. Auf den Bildschirmen an der Wand vor uns kann ich verfolgen, wie von allen Erdteilen Rückmeldungen eingehen. Dort sitzen sie jetzt, die Obersten des Rates, und erwarten, was Vittorio ihnen mitzuteilen hat.

In düsteren Farben beschreibt er, was die Werwölfe im

Laufe unserer Geschichte alles angerichtet haben, wie sie im Schatten des Dreißigjährigen Krieges ungehindert wüten und sich vermehren konnten, wie viel Kraft und Anstrengung es unseren Orden gekostet hat, die Werwölfe zu finden, sie zu isolieren, bis wir schließlich dachten, sie seien ausgestorben.

«Doch seit dem Gregorius-Zwischenfall wissen wir, dass sie noch existieren», verkündet Vittorio mit dramatischer Stimme. Auf den anderen Bildschirmen bleibt es stumm. Bislang hat Vittorio nichts erzählt, was sie nicht schon wussten.

Gemurmel gibt es erst, als Vittorio Bilder von den letzten Werwolfsopfern einblenden lässt. Auf dem Hauptmonitor erscheinen auch bei uns Bilder von dem toten Jungen im Tegeler Forst, dem schwerverletzten Mädchen aus dem Tiergarten. Eines der Bilder zeigt Selina. Die Bisswunden sind nicht zu übersehen.

«Wir müssen sie stoppen», sagt Vittorio und berichtet, dass ganz normale Menschen beginnen, sich in Werwölfe zu verwandeln, dass diese Sache sich unter den Menschen ausbreitet wie eine bösartige Seuche. Dass es unsere Aufgabe sein muss, die Werwölfe davon zu heilen und davon abzuhalten, andere anzustecken.

Es ist Sergej aus Russland, der um das Wort bittet und dann die entscheidende Frage stellt. Wir sind alle sprachbegabt, aber mein Russisch ist nicht sehr gut, trotzdem verstehe ich ihn ohne Mühe: «Wie wollt ihr das tun?»

«Wir wissen es noch nicht exakt, aber wir werden es sehr bald herausfinden», erklärt ihm Vittorio. «Wir haben die Sünderkreuze aus der alten Burg wieder aufgestellt und mit neuem Silberblech beschlagen.» Jordan schwenkt die Kamera auf mich: «Wir haben Elias bei uns, den einzigen lebenden Shinan, der bereits mehrmals mit Werwölfen gekämpft hat. Und ...», Vittorio macht eine Pause. «Wir haben in dieser

Minute zwei Werwölfinnen in unserer Obhut. Sie bekommen eine spezielle Betreuung und werden die ersten sein, denen wir mit all unserem Wissen und Können den Wolfsdämon ein für alle Mal austreiben werden. Wenn es uns bei ihnen gelingt, können wir das ganze Rudel retten. Dann endlich ist die Gefahr für alle Zeiten gebannt.»

Stille. Vittorios Worte haben ihre Wirkung nicht verfehlt. Zwei Werwölfinnen im Gewahrsam des Ordens, das muss die Oberen weltweit sprachlos machen. Leises Knistern dringt aus den Lautsprechern, als jemand sich auf seinem Stuhl bewegt.

Nach einer ganzen Weile kommt eine Rückmeldung aus Irland. Siobhans Gesicht erscheint auf dem großen Bildschirm. «Wir möchten die Werwölfinnen sehen», sagt sie, offenbar noch immer atemlos. «Wenn es möglich ist.»

Vittorio lächelt. «Jordan, können wir auf die Kamera im gesicherten Raum umschalten?»

Jordan fährt mit dem Finger über den Touchscreen, lauscht in seinen Knopf im Ohr, der ihn wohl mit den Wächtern vor dem Wolfsraum verbindet, und antwortet dann: «Leider nein.»

Vittorios Stimme bleibt nachsichtig. «Jordan, bitte.»

«Es tut mir leid», sagt Jordan. «Wir haben ein technisches Problem mit der Kamera im gesicherten Raum. Ich blende eine Aufzeichnung ein.»

Wir sehen Haddrice, wie sie von zwei Helfern an das Kreuz gefesselt wird. Wie sie schreit und spuckt und um sich tritt, ganz die wilde Bestie, die in ihr wohnt.

Vittorio geht zu Jordan hinüber. Und während der kleine Film läuft, höre ich, wie Jordan ihm leise etwas mitteilt. Vittorio beugt sich zu ihm, lauscht, nickt und fragt dann nicht mehr ganz so leise: «Was bedeutet das, sie sind weg?»

20. Luisa

HADDRICE ist tapfer. Nach kurzer Zeit als Wolf kommt sie zurück in die Menschengestalt, reibt sich mit schmerzverzerrtem Gesicht die Schultern.

Sie sieht mich an, wie ich mit der Holzstange inmitten herabgerissener Bilder stehe.

«Was jetzt?», fragt sie und tritt so fest gegen eines der Bilder, dass der Rahmen ächzt. «Kämpfen wir?»

«Kannst du mir helfen? Da oben ist noch ein Engel übrig.» Wenn ich auf das Sünderkreuz klettere, das genau unter dem Oberlicht steht, müsste ich ihn erreichen.

Haddrice verschränkt ihre Hände zur Räuberleiter, und ich setze meinen Fuß hinein. Sie beißt die Zähne zusammen, als ich mich abstoße und auf die Kreuzarme steige. Dort stehe ich, schwankend um Gleichgewicht bemüht, Haddrice hält meine Beine.

«Na los», sagt sie, ich hole aus und stoße die silberbeschlagene Stange dem lächelnden Engel genau ins Herz. Der Engel fällt. Ich schütze mein Gesicht mit den Armen. Zersplittert regnet der blaue Glashimmel auf uns herab. Ein gezacktes Loch gibt den Blick frei auf einen weniger milden Himmel, den echten, klirrkalten Winterhimmel, blass und fahlgrau. Die kalte Winterluft fällt auf mich herab. Ich schaudere, als mich die plötzliche Kälte umfängt. Ein paarmal noch steche ich zu, mit vor Kälte zusammengebissenen Zähnen.

«Komm runter. Das war der Letzte von diesen verfluchten Engeln», sagt Haddrice.

Ich schüttle die Splitter der Wolken und des falschen Himmels aus meinem Haar. «Ich will nicht runter, ich will rauf.» Dann beuge ich mich herab zu einer der Ketten, die noch über dem Arm des Kreuzes hängen. Ich schleudere die Fessel hinauf an den Rand des Fensters und lasse sie sich um die dicke Schraube wickeln, die den Rahmen des Oberlichts in der Fensteröffnung hält. Mit beiden Händen hänge ich mich an die Kette, um zu prüfen, ob sie fest sitzt. Sie hält. Da ist er, unser Weg nach draußen.

«Da rauf?», fragt Haddrice, den Kopf in den Nacken gelegt. Der Raum ist fast so hoch wie eine Turnhalle. Über dem Kreuz sind noch mal mindestens vier Meter. «Du bist nicht fit genug, um zu klettern.»

Und sie auch nicht. Sie schon gar nicht. «Es muss gehen.» Ich klettere Stück für Stück an der Kette hinauf, beiße mir auf die Lippen, dass es blutet, denn meine Rippen schmerzen höllisch bei jeder Bewegung. Das kalte Metall der Kette drückt sich kantig in meine Hände. Ich drehe mich um mich selbst, schwinge hin und her, doch ich komme mit jedem Zug weiter nach oben, und die Kette hält. Unten hängt Haddrice sich in die Kette und versucht, sie stramm zu halten, damit ich nicht gegen die letzten Glassplitter im Rahmen pendele.

«Beeil dich!», flüstert sie.

«Hörst du sie?» Ich bin am Fenster angekommen und erstarre.

«Noch nicht!»

«Gut!» Ich bin hoch genug, um die größten und schärfsten der Splitter aus dem Rahmen zu ziehen. Möglichst weit weg von Haddrice lasse ich sie auf den Boden fallen, wo sie klirrend zerschellen. Als die Öffnung groß und sicher genug ist, ziehe ich mich hindurch nach draußen auf das Dach. Bis auf einen Schnitt an der Hand und einen Riss in der Jacke bin ich unversehrt.

Wie soll Haddrice klettern, mit den Armen, die eben noch gebrochen waren? Ich beuge mich vor über den Rand, um mit Haddrice zu sprechen und fahre entsetzt zurück. So hoch ist es? Ich schließe einen Moment die Augen und versuche, nicht an den Abgrund unter mir zu denken.

«Du kannst mit deinen Armen nicht klettern», sage ich zu Haddrice, «dann stürzt du ab. Bleib dort und warte. Ich suche die anderen Werwölfe, sage ihnen, wo du bist, und wir holen dich raus.»

«Wenn du denkst, ich bleibe hier und lass mich noch mal ans Kreuz fesseln, dann bist du vollkommen durchgeknallt.» Das leise Klirren der Kette sagt mir, dass Haddrice tatsächlich heraufkommt.

«Es ist zu hoch!»

«So, meinst du, Shorou?» Ihr Kopf schiebt sich durch die Öffnung. Mein Gott, ist sie blass.

Ich greife nach ihren Schultern und will sie nach oben ziehen. «Au!», knurrt sie. Schnell lasse ich los. Dann ist auch sie oben auf dem Dach. Sie zittert noch stärker als ich. Sie muss große Schmerzen haben, und wahrscheinlich friert sie auch. Wenn sie auch das meiste Wasser, mit dem Elias sie begossen hat, abgeschüttelt hat, sind ihre Haare doch noch feucht.

Das Dach ist glatt von überfrorenem Schnee. Ein Fehltritt, und wir rutschen und stürzen über die Kante. Ich würde mich am liebsten keinen Zentimeter bewegen vor Angst. Ein Blick auf Haddrice sagt mir, dass es ihr ebenso geht.

Nein, ich muss mich zusammenreißen. Wir sind hoch, doch nicht schwindelerregend hoch, sage ich mir. Ich breche die Erstarrung, in die mich meine Höhenangst zwingt. Seit ich Werwölfin bin, scheint sie noch tausendmal stärker. Das Dach ist hier oben fast flach. Gerade so schräg, dass der Regen ablaufen kann. Warum sollten wir fallen? Es gibt noch mehr Lichtkuppeln hier oben. Wie Blasen wölben sie sich auf. Unter einer von ihnen liegt bestimmt auch das Zimmer, in dem ich gefangen war. Schritt für Schritt taste ich mich voran und versuche, nicht hinunterzusehen, die Ränder des Daches nicht zu beachten.

Ich beruhige meinen Atem. Haddrice ist dicht hinter mir, und ich rieche ihre Angst. Es weht kein Wind, sage ich mir, der uns vom Dach fegen will. Nur klirrkalte, starre Winterluft. Ich rutsche bei einem Schritt tatsächlich, doch ich fange mich und stürze nicht. Das habe ich von Elias gelernt, das ist auch eins der Dinge, an die ich mich nach seinem Kuss wieder erinnern kann: Ich war schon einmal auf einem Dach, zusammen mit ihm. Shinanim wie er haben keine Höhenangst, natürlich nicht, sie haben Engelsblut, sie können sich nicht einmal vorstellen, welche Furcht einem allein das Heruntersehen von hier oben einjagen kann. Doch Elias hat mir damals gezeigt, dass man auch mit Höhenangst über den First laufen kann, wenn man sich selbst vertraut. Ich lächle bei dem Gedanken, dass Elias mir damals unabsichtlich den Weg zur Flucht vor seinen eigenen Leuten gezeigt hat. Wir schlagen die Engelskinder mit ihren eigenen Waffen. Der Himmel gehört nicht nur ihnen allein. Ich taste mich vorwärts, und Haddrice folgt im gleichen Tempo meinen Schritten.

«Wohin?», flüstert sie.

Ja, wohin? Wie kommen wir wieder herab von diesem Dach? Ich hatte überlegt, ein weiteres Oberlicht zu zerstören. Doch das ist nicht nötig. An der Rückseite des Gebäudes ragt ein Gerüst über das Dach, dort können wir sicher zu Boden klettern. Einen Moment noch halten wir inne und lauschen mit Wolfsohren. Es ist still. Das Gerüst scheint verlassen, keine Arbeiter sind zu hören, zu riechen oder zu sehen. Vermutlich ruhen die Bauarbeiten wegen des Frostwetters. Gut für uns. Wir springen auf das oberste Brett, ducken uns unter den Fenstern und laufen auf dem Gerüstbrett entlang zur ersten Leiter abwärts. Haddrice bewegt sich mühsam und stöhnt leise, wenn sie an den Leitern die Arme heben muss, um sich festzuhalten. Das Gerüst hat sechs Etagen. Sechs schmale Metallleitern, die unter unseren hastigen Schritten schwanken. Wir dürfen keine Zeit verlieren, können nicht riskieren, dass Arbeiter zurückkehren, dass jemand aus dem Fenster schaut oder dass Shinanim kommen, die nach uns suchen. Mir tun bei jedem Atemzug die gerade erst verheilten Rippen weh. Doch wir schaffen es auf festen Boden. Geduckt laufen wir unter dem Baugerüst hervor, sind im selben Moment in einem Gebüsch verschwunden. Der Park ist verwildert. Wenn die Shinanim keine Hunde haben, die unsere Spuren riechen können, dann haben wir tatsächlich eine Chance. Meine inneren Wunden brennen, und die Heilung zehrt an mir. Erschöpft sacke ich zusammen.

Haddrice wird sofort zum Wolf. Jault leise, als ihre geschundenen Arme, die nun Vorderpfoten sind, den Boden berühren. Als ich mit der Verwandlung zögere, noch immer als Mensch im Gebüsch hocke, kommt sie einen Moment später ebenfalls in ihre menschliche Gestalt zurück. Fasst sich an die Schultern und beißt die Zähne zusammen, als der Schmerz sie durchfährt. «Was ist?», will sie wissen. «Wir müssen hier weg, Shorou. Willst du etwa auf zwei Beinen hier rausspazieren?»

Was soll ich ihr sagen? Dass ich noch einen kleinen Moment Zeit brauche, in dem ich mich an Thursen erinnere, an Thursen, wie er war, als ich noch Mensch war? An Thursen, der mich selbst da schon beschützt und begleitet hat, als er noch selbst Werwolf war? Wie viel Macht hat der Kuss eines Shinan? Vielleicht ist diese Nähe wieder gelöscht aus meinem

Kopf, die Wärme aus meinem Gefühl verschwunden, wenn ich gleich zum Wolf werde. Jede Verwandlung bringt Vergessen mit sich, sagen alle. Einmal noch lege ich die Hand auf Thursens Kette, denke an ihn und verabschiede mich von der Erinnerung.

Dann sage ich zu Haddrice «Ich komme», und mein Bewusstsein verschwimmt.

Haddrices Pfoten eilen voraus. Wir riechen den Weg, auf dem alle kommen. Das Haupttor ist geschlossen, dort stehen die mit den brennenden Augen. Viele von ihnen. Mein Fell sträubt sich beim Gedanken an sie. Wir laufen am Zaun entlang. Ein alter Zaun. Eine Wildschweinfährte hilft. Ich halte die Nase auf dem Boden. Wildschweine suchen Graswurzeln. Wann waren sie hier? Wir folgen den letzten Resten ihres Geruchs.

Da ist ihr Weg. Ein Loch im Draht, hinter Gebüsch versteckt. Wir rennen hindurch. Ein Park, Bäume, Sträucher, dann Richtung Autogebrumm. Warum hier entlang, Haddrice? Zu viele Menschen auf den Straßen, laut, lärmig, fremd. Nichts ist bekannt. Wir rennen trotzdem. Weg von den Bösen. Wir sind verletzt, beide. Und wir dürfen nicht ruhen. Noch nicht. Suchen unseren Wald.

Doch Haddrice wird langsamer. Drängt mich über Betonplatten in eine Einfahrt, neben einen Müllcontainer. Verkriecht sich dahinter.

Und wird Mensch.

Ich tue es ihr gleich.

Haddrice sitzt auf dem Boden, den Kopf an die Wand gelehnt. Einen Ellenbogen hält sie mit der Hand an den Körper gedrückt. Ihre Augen sind geschlossen.

«Was ist, Haddrice?»

«Diese Schweinepriester. Meine Schultern!» Sie fummelt

mit schmerzverzerrtem Gesicht in ihrer Jackentasche herum und zieht einen zerknickten Geldschein hervor. «Da drüben ist eine Apotheke. Besorgst du mir Schmerzmittel?»

«Klar.» Zum ersten Mal seit meiner Verwandlung bin ich in der Stadt unterwegs. Die Gerüche und Geräusche stürzen auf mich ein. Über das Dach zu laufen war leichter als das hier.

«Möglichst starke!»

Ich weiß, welche Tabletten wir brauchen. Der Name, der auf der Schachtel stand, ist mit das Erste, an das ich mich erinnern kann. Meine erste Erinnerung als Werwölfin, das und Thursens Gesicht. Thursen hat mir während meiner Heilung diese Tabletten gegeben. Die Werwolfkräfte beschleunigen die Heilung, aber die Schmerzen sind die Hölle.

Als ich mit den Tabletten zurückkomme, ist Haddrice ein Wolf. Zusammengerollt liegt sie hinter dem Müllcontainer. Als ich sie anfasse, verwandelt sie sich zurück. Sie ist trotz menschlicher Gestalt fast nicht ansprechbar. Ich muss ihr die Tabletten in den Mund schieben. Und dann muss ich ihr den Plastikbecher mit Wasser, den ich aus der Apotheke mitgebracht habe, an den Mund halten, denn sie kann die Arme nicht mehr heben. Wenigstens schluckt sie.

«Besser?»

«Ich mach sie fertig, die Shinanim.» Sie lächelt ein Wolfslächeln. «Ein Gutes hat es doch: Wir wissen jetzt, wo wir sie finden, diese Folterknechte. Die kommen nicht davon. Wir gehen zum Rudel zurück, Shorou. Dann holen wir uns Verstärkung und machen den ganzen Laden platt. Erst bringen wir sie einen nach dem andern um, und dann fackeln wir die Bude ab.»

21. Elias

AUF dem Bildschirm verfolgen wir, wie Haddrice ans Kreuz gefesselt zum Wolf werden will. Die schwebenden Schatten um sie herum werden zu Fell. Dann schreit sie auf. Die Shinanim, die sich um sie kümmern, wollen ihr Wasser bringen, doch sie beschimpft sie wüst, spuckt geradezu vor Wut. Es ist nur zu deutlich, dass sie, trotz menschlicher Gestalt, kein Mensch mehr ist. Ich folge den Bildern mit gebanntem Entsetzen. Esther ist es, die mich antippt und auf Vittorio aufmerksam macht. Mit einem Kopfnicken bedeutet er mir, ihm zu folgen. Im Hinausgehen höre ich, wie Jordan die Video-Aufzeichnung abbricht und Esther sich für die technischen Probleme entschuldigt, die sie leider dazu zwingen, die Konferenz mit Vittorio auf einen späteren Zeitpunkt zu verschieben.

Ich bin mir sicher, dass ich Vittorios Frage an Jordan richtig interpretiert habe. Es gibt keine technischen Schwierigkeiten, die Werwölfinnen sind geflohen. Vittorio eilt in wahrer Shinan-Geschwindigkeit voraus zur Treppe, und ich folge ihm ebenso schnell eine Etage aufwärts. Hier in unserem eigenen Gebäude gibt es keinen Grund, den Schein zu wahren, wir Shinanim seien nicht mehr als Menschen. Wir sind schneller und benötigen viel weniger Schlaf. Vermutlich ist es so auch gelungen, dieses Gebäude in schwindelerregender Zeit zu errichten. Doch in diesem Flur sind sie trotzdem noch nicht ganz fertig. Ein Gerüst steht im Gang, auf dem Shinanim-Künstler liegen und umrahmte Felder in der Decke mit Fresken ausmalen. Wir gleiten mit schnellen Schritten über dickes Papier, das den Marmorboden schützt. Ein Stück den Gang entlang sind sie bereits fertig. Die Deckenbilder, Engelsmotive natürlich, erstrahlen prachtvoll wie die in der Sixtinischen Kapelle.

«Die Werwölfinnen sind verschwunden, ist das richtig?», frage ich.

Vittorio antwortet nicht, sondern greift nach seinem Handy. «Ja», sagt er zu jemandem. «Ja, ich möchte, dass du alles vorbereiten lässt, Felicity.»

Als er sein Gespräch beendet hat, frage ich wieder. «Wie konnte das passieren? Hat sie jemand hinausgelassen? Konnten sie sich befreien?»

«Gleich. Komm erst einmal zur Ruhe, Elias.» Vittorio drückt seine Handfläche gegen ein Sensorfeld an der Wand neben einer mächtigen, mit prächtigen Schnitzereien verzierten Tür. Nach ein paar Herzschlägen leuchtet ein schwacher Schein zwischen seinen Fingern hervor, als würde seine Handfläche glühen. Es klickt leise, und Vittorio drückt die Tür auf.

Ich versuche zu schweigen und betrachte stattdessen, was ich sehe. Der Raum des Erzshinan, des Höchsten unseres Ordens, ist überraschend schlicht. Ein Engelsbild und eine Ikone an der rechten Wand. Gegenüber ein einfacher Schreibtisch, dahinter hängt das Banner mit dem Knotenzeichen der Shinanim an der Wand. Mein Blick fällt nach links, auf die hohen Fenstertüren, hinter denen der winterkahle Park liegt. Wildwucherndes Gestrüpp hat die Symmetrie der Beete zerstört. Doch man ahnt noch die Eleganz der geschwungenen Wege zwischen den alten Bäumen. Ein Oberlicht in der Decke lässt zusätzliche Helligkeit in den Raum fließen.

«Ich denke, wir sollten uns unterhalten, Elias», sagt Vittorio und bietet mir mit einer Handbewegung einen Platz auf dem Besucherstuhl vor seinem Schreibtisch an. Er selbst nimmt gegenüber in dem Drehsessel aus braunem Leder Platz. Ich setze mich, sehe ihn an und wünschte, er könnte mir etwas von der Ruhe überlassen, die er ausstrahlt. Vielleicht würde das die Erinnerung an die Schreie und das Knurren und Wüten der Werwölfin dämpfen. Ruhig versuche ich zu atmen und mich daran zu erinnern, warum ich hier bin. Ich bin der, der endlich Ruhe und Frieden in diese Stadt bringen will. Ich bin der, der vorhat, die Menschen Berlins zu schützen und dafür eine Gruppe junger Shinanim von überallher zusammengeführt und ausgebildet hat.

«Du willst wissen, was mit den Werwölfinnen geschehen ist», sagt Vittorio. «Doch bevor ich dir das beantworten kann, habe ich erst einmal ein paar Fragen an dich.»

Natürlich. Im Moment bin ich vor allem der Werwolfexperte, deshalb hat Vittorio mich hierherkommen lassen. «Was wollt Ihr wissen, Vittorio?»

«Alles, was du weißt. Alles, was uns helfen könnte.» Er hebt die Hände und lässt sie wieder fallen. «Wo soll ich anfangen? Werwölfe verwandeln sich also nicht nur bei Vollmond?»

«Nein, sie können sich verwandeln, wann immer sie wollen.»

«Und sie leben im Wald?»

«Ja. Sie leben in einer Art Lager, es ist sehr versteckt und nicht leicht zu finden.»

«Du weißt, wo genau ihr aktuelles Lager ist?»

«Nein, woher denn?»

«Ja, woher, Elias.» Vittorio legt bedächtig seine Fingerspitzen aneinander. «Du hast ein auffällig großes Interesse an diesen Werwölfen, findest du nicht?»

«Sie sind eine große Gefahr für unseren Orden. Ihr wisst sicher von meinem Vorhaben, dass die Shinanim den Menschen wie in alten Zeiten als Schutzengel zur Seite stehen sollen. Die Angriffe der Werwölfe gefährden die Sicherheit der Menschen und sind schwerer abzuwehren als Streitereien der Menschen untereinander.»

«Du hältst sie also für gefährlich.» Vittorio nickt. «Trotzdem bist du erstaunlich angstfrei mit ihnen umgegangen.»

«Haddrice war mit versilberten Ketten an das Kreuz gefesselt. Von ihr ging zu diesem Zeitpunkt keine Gefahr aus.»

«Ihren Namen weißt du auch?», unterbricht mich Vittorio, ehe ich weitersprechen kann.

«Ich habe gehört, dass Thursen sie so nannte.»

«Thursen. Haddrice. Und den Namen der anderen Wölfin kennst du ebenfalls?»

«Sie nennt sich Shorou.»

«Aber du hast sie mit einem anderen Namen angesprochen.»

«Luisa. So hieß sie, als sie noch Mensch war.»

«Du kanntest sie schon damals?»

«Ja. Wir waren befreundet.»

«Wart ihr befreundet, bevor oder nachdem du erfahren hast, dass sie die Gefährtin des Leitwolfs ist?»

Das sind Fragen, die ich bereits Josias beantwortet habe. Vittorio kann mir nicht erzählen, dass er das nicht weiß. «Dass sie Thursen kennt, habe ich erst später erfahren.»

«Da hast du natürlich sofort jeden Kontakt zu ihr abgebrochen und den Rat verständigt.»

«Nein, das habe ich nicht getan.»

«Du hast dir nicht überlegt, dass sie möglicherweise ein Spion ist?»

In welche Richtung geht dieses Gespräch? Ich dachte, wir wollten zwei entkommene Werwölfinnen einfangen? «Und was hätte sie ausspionieren sollen?»

«Die Lage der geheimen Wohnung, in der eure Gruppe ausgebildet wurde, ebenso wie den Namen jedes Mitglieds dieser Truppe und dessen Kampfstärke.»

«Ja, Luisa wusste, wo wir wohnen und wer zu der Gruppe gehört. Aber was sollte sie groß über unsere Kampfstärke verraten? Kämpfen haben uns die Werwölfe doch schon genug gesehen, und Luisa war nie im Trainingsraum. Luisa und ich, wir haben über unsere ehrenamtliche Tätigkeit im Krankenhaus gesprochen und über alltägliche Probleme. Wir waren doch einfach nur befreundet!»

«So gut befreundet, dass du sie küsst?»

Sie haben uns also auch die ganze Zeit überwacht? So wie sie Haddrices Verhalten aufgezeichnet haben? Der Kuss, das war mein Moment, meiner und Luisas. «Ihr habt … ?»

«Ja, wir haben auch das gesehen, natürlich.»

Ich hätte mir denken können, dass es nicht nur ein Video von Haddrice gibt. Ich hätte die ganze Zeit daran denken sollen, dass die Wölfinnen sicher lückenlos videoüberwacht werden. Und jetzt will Vittorio eine Erklärung. Natürlich. Wie viel es mir bedeutet hat, sie zu küssen, das wird er nie erfahren. Meine Gedanken und Wünsche gehören mir. Doch den einen, den vorrangigen Grund, aus dem ich Luisa geküsst habe, können sie ruhig wissen. «Ich wollte, dass Luisa sich durch meine Berührung an ihr altes Leben erinnert.»

Vittorio scheint amüsiert. «Wie bitte?»

«Die Anwesenheit eines Engels bringt geistige Klarheit.»

«Eines Engels! Die Anwesenheit eines Engels, mein lieber Elias! Deine wenigen Tropfen Engelsblut reichen für so ein Wunder wohl kaum aus.»

«Nein, meine Anwesenheit allein hätte nicht ausgereicht. Darum musste ich sie ja auch berühren.»

«Alten Berichten zufolge verletzen sich Shinanim und Werwölfe gegenseitig allein durch ihre Berührung. Das Licht des Himmels und die Schatten der Tiefe bekommen einander nicht.»

Ja, das habe ich damals bei unserer ersten Berührung auch erfahren müssen. Ich hatte ihr die Engelsmale auf meinem Rücken gezeigt, die länglichen narbenähnlichen Flecken über den Schulterblättern, dort, wo bei Engeln die Flügel sitzen würden. Sie war neugierig und wollte wissen, wie sich diese Stellen anfühlen. Also hat sie ihre Hände daraufgelegt. Ein schmerzhafter Energiestoß fuhr von mir zu ihr, als hätte man zwei stromführende Kabel kurzgeschlossen. Dabei war sie damals noch nicht mal ganz Werwolf. Damals war ich unvorbereitet, doch inzwischen weiß ich, wie man den Energiefluss kontrolliert. «Ich war äußerst vorsichtig. Wenn Ihr gesehen habt, wie ich sie geküsst habe, dann habt Ihr vielleicht auch bemerkt, wie sie mich danach wiedererkannt hat.»

«Sie hat dich mit deinem Namen angesprochen, den du ihr bereits vorher mehrfach gesagt hast.»

«Sie war wütend auf mich, denn sie hat sich an den Streit erinnert, den wir bei unserer letzten Begegnung hatten.»

Vittorio betrachtet mich, als würde er in meinem Gesicht nach etwas suchen, das ihm Gewissheit gibt, ob ich die Wahrheit sage. «Deine bloße Berührung, wie intensiv oder vorsichtig sie auch immer gewesen ist, soll bei einer Werwölfin das Gedächtnis wiedererweckt haben? Wenn das wahr ist, hast du mehr Macht, als ich dachte. Was dich nicht weniger gefährlich macht.»

Fast muss ich lächeln. «Gefährlich soll ich sein? Für wen? Doch wohl nur für unsere Feinde!»

«Ja, und genau da liegt mein Problem. Ich bin mir im Moment nicht ganz im Klaren, wer deine Freunde und wer deine Feinde sind.»

Ich stütze meine Arme auf die Tischplatte. «Ich bin ein

Shinan. Ich denke, damit ist die Frage doch wohl beantwortet.»

Vittorio lehnt sich in seinem Stuhl zurück, als wollte er einen Abstand zwischen uns bringen. «Hmm, lass mich überlegen. Du küsst die Werwölfin Shorou, die, wie du sagst, ursprünglich deine Freundin Luisa war. Dann begleitest du diese Werwölfin aus dem Raum, in dem sie sicher eingeschlossen war, ohne uns zu Rate zu ziehen. Ihrem Wunsch gemäß bringst du sie zu ihrer Gefährtin Haddrice, deren Namen dir ebenfalls geläufig ist, und lässt sie dort zurück. Ohne sie ebenfalls zu sichern, wie ich hinzufügen muss.»

«Mir blieb dazu keine Zeit. Ihr wart es, der mich dringend sprechen wollte, Vittorio.»

«Ja, das wollte ich. Aber ich wollte dich schon sprechen, bevor du die Werwölfin aus ihrem Raum herausgeholt hast.»

«Der Raum, in dem Haddrice am Kreuz stand, ist ebenso sicher wie der, in dem Luisa vorher war. Es gibt auch dort keine Fenster, und die – äußerst stabile – Tür ist von außen verschlossen. Ich weiß nicht, wo das Problem liegt.»

«Der Raum ist im Grunde sicher. Das Problem, mein lieber Elias, ist, dass beide Werwölfinnen trotzdem nicht mehr dort sind. Sie sind verschwunden. Und da kommt einem natürlich der Gedanke, dass du ihnen geholfen haben könntest, zu fliehen.»

«Ich habe keine Ahnung, wie die Werwölfinnen entkommen konnten. Wie kommt Ihr darauf, Vittorio, ich könnte ihnen geholfen haben? Ihr kennt jeden meiner Schritte!»

«Als Sinja das Türfenster öffnete, um nach unseren unfreiwilligen Gästen zu sehen, war der Raum leer. Die Tür war immer noch fest verriegelt, und der Schlüssel steckte von außen. Das Oberlicht in dem Raum ist allerdings zerstört. Die einzige Möglichkeit, die bliebe, ist also, dass die Werwölfinnen über das Dach geflohen sind. Nach oben zu entkommen wäre für uns Shinanim vielleicht der erste Gedanke, denn wir sind es, die nach oben streben, unserem Engelserbe gemäß. Die Entkommenen jedoch sind Werwölfe! Werwölfe graben in der finsteren Erde. Ihre Kraft stammt aus der Tiefe, das ist ihr Element. Kein Werwolf würde sich freiwillig auf ein Hausdach begeben. Sollten wir da nicht eher vermuten, dass ihnen jemand einen Schlüssel zugesteckt hat und das zerstörte Dachfenster nur ein Ablenkungsmanöver war?»

«Ihr habt also den Verdacht, ich hätte Luisa heimlich einen Schlüssel zugesteckt? Und warum sollte ich Eurer Meinung nach Werwölfinnen, denen wir hier helfen wollen, die Flucht nach draußen ermöglichen? Nach draußen, wo sie schon bald den letzten Rest ihrer Menschlichkeit aufgeben werden?»

«Nun ja, das könnte zwei Gründe haben. Zum einen, dass dich diese Werwölfin doch mehr verzaubert hat, als du zugeben magst. Vielleicht hat sie dich dazu gebracht, ihre Ziele über unsere zu stellen.»

«Der Kuss, der Euch offenbar so wichtig ist, dass Ihr ihn immer wieder erwähnen müsst, hatte eine andere Bedeutung als das, wonach er aussah. Ich glaube, das habe ich bereits deutlich gesagt.»

«Gut, sie hat dich also nicht verzaubert. Bleibt noch eine andere Möglichkeit. Möglicherweise haben die Werwölfinnen dich mit einem gewissen Nick unter Druck gesetzt. Kann das sein?»

«Niemand hat mich unter Druck gesetzt. Und ich habe niemandem die Flucht ermöglicht.»

«Aber es gibt in der Tat einen Nick, der dein Bruder ist.»

«Nick ist nicht mein Bruder. Er ist der Sohn meiner Stiefmutter. Wir sind nicht verwandt. Wir sind ein paar Jahre lang zusammen aufgewachsen.» Aber ich fühle mich trotzdem, als wäre er mein Bruder. Mein Bruder! Dieser Bruder ist nicht nur kein Shinan, mein Bruder ist kriminell. Mein Bruder ist niemand, dem man gerne im Dunkeln begegnet, und ich weiß, dass er entsetzliche Dinge tut.

«Was ist mit diesem Nick, Elias?»

Luisa hatte recht mit ihrer Vermutung. Ich habe den Shinanim tatsächlich nichts von meinem Bruder erzählt. Aber jetzt ist es wohl an der Zeit, mit offenen Karten zu spielen. Jetzt wird sich zeigen, was ich den Shinanim wert bin. Vielleicht werden sie verstehen. Vielleicht aber auch werde ich nach meinem Bericht aufstehen, gehen und niemals wiederkommen. Ich atme noch einmal ein, dann beginne ich. «Nick ist wie ein Bruder für mich. Auch wenn ich weiß, dass er sich nicht richtig verhält.»

Vittorio dreht sein Smartphone in den Händen.

«Erzähl mir von Nick. Er ist kein Shinan wie du?»

«Nein. Er ist niemand, auf den man stolz ist.» Und dann erzähle ich ihm von Nick. Wie ich immer wieder versucht habe, einen besseren Menschen aus ihm zu machen, und alles nur schlimmer wurde. Wie ich grandios gescheitert bin.

«Woher wissen die beiden Werwölfinnen von ihm?»

«Er und seine Freunde haben Mädchen überfallen. Offenbar gehörte eins seiner Opfer zu den Werwölfen.»

«Warum bitte überfällt dein Bruder Mädchen?»

«Wie kann es dafür einen Grund geben? Aus Langeweile, würde er vermutlich sagen, oder aus Spaß. Ich vermute, Alkohol und Drogen waren ebenfalls mit im Spiel.» Doch das ist nicht der eigentliche Grund. Die Wurzel liegt schon in unserer gemeinsamen Kindheit. Je mehr ich mich bemühte, gut zu sein, desto mehr Freude fand er am Bösen. Weil er mich in dem, was mir so leichtfiel, nicht schlagen konnte, wurde er mein Gegenpart. Vermutlich blieb ihm nichts anderes übrig.

Wer kann schon neben einem Shinan als Bruder bestehen? Ich bin letztendlich schuld. Wäre ich nie in sein Leben getreten, wäre ich nicht sein Bruder geworden, dann wäre das alles vielleicht nie passiert.

Vittorios Stimme holt mich aus meinen Gedanken zurück. «Die Werwölfe wollen Rache für das Mädchen?»

«Ja.»

«Und du hast versucht, ihn davor zu schützen. Jetzt sehe ich klarer.»

«Sie wollten seinen Tod, seinen und den seiner Kumpane. Ich bin mir ziemlich sicher, dass einer von ihnen der Tote im Tegeler Forst war. Ich musste Nick schützen. Es ist Aufgabe der Shinanim, die Menschen zu schützen. Alle Menschen.»

«Du schützt auf diese Weise nicht nur deinen Stiefbruder vor den Wolfsbestien, du entziehst auch einen Verbrecher dem Gesetz.»

«Nein. Ich bewahre ihn nicht vor seiner Strafe, ich gebe ihm lediglich noch eine letzte Chance. Er wird irgendwann zur Vernunft kommen, Verantwortung übernehmen und sich selbst stellen, da bin ich mir sicher!»

«Danke, dass du so offen mit mir gesprochen hast, Elias. Nun gut. Lass uns jetzt gemeinsam überlegen, was wir dem Rat mitteilen. Du versicherst mir vollkommen aufrichtig, du hast den Werwölfen nicht zur Flucht verholfen?»

«Warum sollte ich den Werwölfen helfen, von hier wegzulaufen, wenn ich doch selbst am meisten will, dass Luisa und Haddrice von dem Fluch erlöst werden? Ich wollte sie hierbehalten, wo wir all die Hilfsmittel haben – das alte Sünderkreuz aus der Burg, Silber, Himmelswasser, Shinan-Kraft –, die am ehesten dazu geeignet sind, die Schatten der Unterwelt aus ihnen zu vertreiben.»

Vittorio nickt zustimmend. «Weise gesprochen. Ich glaube

dir, Elias. Doch manche der Ratsmitglieder, die nicht mit dir hier saßen, werden mit Sicherheit Zweifel haben. Besonders, wenn sie die Videoaufzeichnungen sehen und von deinem Stiefbruder erfahren. Es hilft deiner Sache nicht, dass du eigenmächtig die Gesetze übertreten hast, um ihm, der nichts ist als ein Mensch, dem du nach seinen schweren Verfehlungen zu nichts mehr verpflichtet bist, zu schützen. Willst du, einer der mächtigsten jungen Shinanim –»

Er unterbricht sich, als er meinen Gesichtsausdruck sieht, und sagt: «Du bist mächtig, Elias. Ich habe gesehen, was du mit dieser Werwölfin gemacht hast.»

Ja, mein Kuss. Der so viel bewirkt hat und nichts.

«Überleg es dir gut. Das, was mit der Werwölfin geschehen ist, kannst du nicht mehr ändern. Aber willst du wirklich diesen Mann, diesen Verbrecher, als deinen Bruder bezeichnen? Willst du ihn weiter vor dem Gesetz schützen?»

«Ich lasse nicht zu, dass die Werwölfe ihn töten. Er gehört zu meiner Familie.»

Vittorio weist hinter sich auf den Wandbehang mit dem eingestickten Shinanim-Zeichen. «Du hast eine Familie. Die Shinanim sind deine Familie, Elias. Wir teilen das Engelsblut, wie du das Menschenblut mit deinem Vater teilst. Mit diesem Nick verbindet dich nichts.»

«Doch, mein Gewissen.»

«Wenn man zu einer solch mächtigen Gemeinschaft gehört, muss man sich an bestimmten Punkten entscheiden. Das Zeichen unseres Ordens ist nicht umsonst ein verschlungener Knoten. Er bindet, und er verbirgt.» Vittorio steht auf und tritt neben den Wandbehang. «Du weißt, was er verbirgt?»

Ja, ich weiß es. In meinem Rang gehört man zu den Eingeweihten. Das ist Vittorio sicher klar. Er schlägt den Stoff trotzdem zur Seite. Blau schimmert der Engelsflügel im Marmor der Wand. Und auf ihm sind in Gold die drei Zeichen der Weltreligionen eingelegt. Der Davidstern für die Juden, das alte Staurogramm, nicht das Hinrichtungskreuz, für die Christen und die Mondsichel für den Islam. Die Zeichen der Religionen, die verkünden, was wir wissen: Dass es Engel gibt.

Vittorio streicht mit der Hand darüber, und einen Moment lang glaube ich zu sehen, wie die Zeichen unter seiner Berührung aufglühen. Dann lässt er den Vorhang wieder darüber fallen.

«Gehörst du zu uns, Elias?»

«Natürlich.» Was soll diese Frage?

Vittorio reicht mir sein Handy. «Dann ruf Nick an.»

«Wie bitte?»

«Bring ihn dazu, sich mit dir zu treffen. Dann überredest du ihn, sich der Polizei zu stellen, und das Problem ist aus der Welt. Du weißt, dass du als Shinan die Kräfte dazu hast. Und als einer, der in der Lage ist, Werwölfinnen das Gedächtnis zurückzugeben, schon allemal.»

«Ich versuche, was ich machen kann.» Vittorio braucht offenbar einen Beweis. Na gut, beweise ich ihm, dass es nicht funktioniert. Bei Nick sind meine Shinan-Kräfte schon immer nutzlos gewesen. Gehorsam tippe ich unter Vittorios Blicken Nicks Handynummer ein.

«Ja?», meldet sich mein Bruder. Seine Stimme klingt klar, nicht verwischt, wie so oft, wenn er Drogen genommen oder zu viel getrunken hat. Habe ich etwa tatsächlich eine Chance?

«Wir müssen miteinander reden, Nick», sage ich.

«Was willst du, Elias? Wenn dir das in der Bahn noch nicht gereicht hat, sage ich es gerne noch einmal. Ich will nichts mehr mit dir zu tun haben, Engelsfratze.»

«Bitte, Nick», sage ich. Doch das Gespräch ist schon unterbrochen.

«Es tut mir leid», sage ich Vittorio und gebe ihm sein Handy zurück. Ich kann Nick nicht einfach so dazu bringen, sich zu stellen. Er ist noch nicht so weit. Vielleicht hat Vittorio jetzt gesehen, dass ich doch nicht so mächtig bin, wie er sich erhofft.

Ich erwarte, dass er erbost ist, weil ich gescheitert bin, doch sein Gesicht ist voller Güte und Nachsicht. «Du hast es versucht. Am besten gehst du jetzt auf dein Zimmer und ruhst dich etwas aus. Es wird eine lange Nacht.»

«Mein Zimmer?»

«Natürlich. Die Werwölfinnen sind uns abhandengekommen. Da draußen läuft vermutlich heute Nacht ein Rudel Werwölfe herum, das weiß, wo sich die Obersten unseres Ordens aufhalten. Das wird keine normale Nacht, Elias. Wir müssen die Werwölfe so schnell wie möglich einfangen, und zwar diesmal alle.»

«Dann bleibe ich natürlich und helfe dem Rat, so gut ich kann.»

«Ich denke, du solltest dich darauf vorbereiten, deinen Vortrag wenigstens in einer verkürzten Form doch noch zu halten.» Vittorio lächelt. «Das wäre auch eine gute Gelegenheit, dich den anderen Ratsmitgliedern vorzustellen. Wir werden heute dem Rat der Shinanim mitteilen, dass er ein neues Mitglied hat.»

22. Luisa

THURSEN! Da, zwischen den Bäumen, die Hände in den Taschen seines Mantels vergraben, steht Thursen! Ihn zu sehen lässt mich fast von selbst in meine menschliche Gestalt wechseln. Er sieht mich, ungläubig erst, dann läuft er mir entgegen. Ich muss inzwischen weiter geheilt sein, denn meine Arme zu heben, um sie um seinen Hals zu legen, geht ganz leicht.

«Du lebst!», flüstert er und drückt mich an sich.

Ich atme, atme den Duft seiner Haare und fühle die leicht kratzige Wolle seines Mantels an meiner Wange. Schlinge meine Arme nur noch fester um ihn, als wenn er das Einzige wäre, was mir Halt gibt. «Sie haben uns gefangen, aber wir konnten entkommen.» Und jetzt erst, wo ich es sage, merke ich, dass es wirklich wahr ist. Wir sind entkommen, auch wenn mein Körper noch immer vor Anspannung flirrt, als wären wir auf der Flucht.

«Hey, Shorou!», höre ich Norrocks Stimme. «Willkommen zu Hause!»

Langsam löse ich mich von Thursen. Zu Hause? Ja, das hier ist das Lager der Werwölfe, durch Elias' Kuss erinnere ich mich wieder daran. An die Höhlen und die Zelte aus zerrissenen Bauplanen, das Feuer, das in der alten Lastwagenfelge brennt.

«Komm her, Haddrice! Leg dich hier hin!», sagt Norrock und klettert aus einer Hängematte, die zwischen zwei Bäumen aufgespannt ist. Seinen Kopf hatte er auf einem dicken Kissen liegen. Das Fußende ist nass und schmutzig von seinen Stiefeln. Haddrice kippt vor Erschöpfung fast vornüber, als sie sich auf Norrocks Ruheplatz legt.

Eine Hängematte? Im Winter? Und das ist nicht das Einzige, was mir komisch vorkommt. Da ist zum Beispiel die Fußmatte mit dem Rentier drauf, die vor dem Höhleneingang liegt, und das Windspiel aus weißen Schäfchen im Baum bei der Feuerstelle, die dem Wolfslager den Charme eines durchgeknallten Campingplatzes verleihen. «Was ist hier passiert, Thursen», frage ich. «Und wo sind eigentlich die anderen?»

In dem Moment kommen sie ins Lager wie eine Klasse, die von einem Schulausflug zurückkehrt. Die Werwölfe in Menschengestalt lachen und unterhalten sich, die in Wolfsgestalt umspringen sie und albern auf ihre Weise. Sie haben Sachen mitgebracht. Vorräte, ganze Tüten voll, Feueranzünder, Schlafsäcke, Isomatten. Auch eine Plane, sperrig zusammengerollt, auf die sie besonders stolz sind. «Die hing da so an einer Baustelle», sagt Polmeriak und lässt das unförmige Bündel von seiner Schulter zu Boden rutschen. Mauriks schmeißt Thursen einen neuen Schlafsack zu, dick und warm. Thursen entrollt ihn. Eine weiße, runde Diebstahlsicherung ist noch daran. «Der ist ja geklaut», sagt Thursen.

«Nee, das nennt man ohne Geld einkaufen.» Mauriks lacht und reißt mit einem Ruck die Preisschilder ab. «Bist du jetzt die Prinzessin auf der Erbse? Pass einfach auf, dass du dich nicht auf die Sicherung legst.»

«Wieso klaut ihr?», frage ich. Haben sie nicht früher Geld erbettelt und sind mit dem Nötigsten ausgekommen? Oder ist das eine Erinnerung, die ich mir ausgedacht habe?

«Wieso sollen wir bezahlen?», fragt Mauriks. «Weil Ladendiebstahl Aufmerksamkeit auf uns ziehen könnte? Wir werden doch jetzt, nach dem Ding auf dem Teufelsberg, sowieso gejagt.» Und dann leeren sie die Tüten aus und zeigen, was sie noch alles mitgebracht haben. Roff hat irgendwo Campingklappstühle gefunden. In einer der Tüten ist Hundespielzeug, das Jerro und Fath sofort wegschleppen. Ein Schild mit «Vorsicht bissiger Hund» freut Norrock besonders, und er hängt es an einem rostigen Draht an den größten Baum im Lager. «Im Sommer holen wir uns Blumenkästen!» Alle lachen.

Um Riekes blaues Iglu-Zelt, das etwas abseits steht, beginnt Roff, einen handhohen Plastikzaun in den Schnee zu stecken.

Nach einer Weile öffnet Rieke den Reißverschluss an ihrem Eingang und streckt den bemützten Kopf raus. «Was soll das denn?», fragt sie.

«Willst du keinen Garten?», fragt Roff zurück.

Rieke klemmt einen Finger in ihr zerlesenes Taschenbuch und weist mit der freien Hand auf die schiefen Plastikteile. «Hör auf mit dem Quatsch, pack das weg.»

Norrock ruft zu ihr hinüber. «Komm raus, Rieke! Haddrice und Luisa sind wieder da. Hey, wir haben was.» Und dann gibt es tatsächlich frische Erdbeeren. Etwas zerdrückt sind sie und eiskalt, aber es sind Erdbeeren.

Erdbeeren sind lecker, aber sie reichen nicht einmal ansatzweise, um meinen brüllenden Hunger zu stillen, der durch die Anstrengung der Flucht und die Heilung fast unersättlich geworden ist. Ich schlinge Brot, Fleisch, Schokoriegel, alles, was sie mir bringen, in mich hinein, und Haddrice geht es nicht anders.

Als ich endlich satt bin, nimmt Thursen mich zur Seite, um ungestört mit mir zu reden. Ich stehe auf und bin auf einmal wieder unsicher auf den Beinen. Jetzt, wo die Strapazen überstanden sind und der Adrenalinspiegel wieder normal ist, spüre ich, wie angeschlagen ich noch bin. Thursen stützt mich, als wir ein paar Schritte von den anderen weg in den Wald gehen. Ich lehne mich an ihn, froh, dass ich nicht allein bin.

«Was soll das alles?», frage ich noch mal.

«Willkommen im Lager der fröhlichen Werwölfe. Hast du dich umgesehen? Wir haben Höhlen zum Schlafen. Unter den Planen lagern wir unsere Vorräte. Wir haben alles, was wir brauchen.»

Ein Eichhörnchen, das den Baum hinaufhuscht, lässt das Vorsicht-bissiger-Hund-Schild leise klappernd hin und her baumeln. «Und ihr habt eine Menge Dinge, die ihr nicht braucht.»

Thursen verzieht den Mund zu etwas, das noch kein wirkliches Lächeln ist. «Norrock weiß, dass es auf das Ende zugeht. Da will er noch mal richtig feiern.»

«Das Ende?»

«Shorou, die Shinanim suchen nach uns. Nachdem sie euch gefangen haben, dürfte auch dem Verbohrtesten unter ihnen klar sein, dass wir Werwölfe immer noch existieren. Sie wissen, dass wir da sind, und irgendwann werden sie uns aufspüren. Glaubst du wirklich, dass wir auch dann entkommen können?»

Ich höre Norrock Anweisungen geben. «Was will er denn nun noch?», frage ich. «Ein Partyzelt? Champagner für alle?»

«Es ist wegen Sjöll. Er lässt die Kerzen in Sjölls Windlicht erneuern. Sie brennen an ihrem Trauerbaum und sollen nicht ausgehen, bis die Rache an Nick und seinen Leuten vollendet ist.»

«Er will also gegen Nicks Bande und gleichzeitig gegen die Shinanim kämpfen? Wie soll das gehen?»

Thursen antwortet darauf nicht. Wahrscheinlich, weil es darauf keine Antwort gibt. «Zeig mir deine Wunden.»

Zögernd wegen der Kälte schäle ich mich aus meinen Sachen. «Sieht es besser aus?»

Er nickt. «Alles noch geschwollen, aber die Haut ist endlich zu.» Er drückt auf einen Punkt.

Ein dumpfer Schmerz singt in mir. «Au!»

«Dachte ich mir. Die Rippe. Innen ist noch nicht alles heil.»

«Das habe ich gemerkt. Besonders, als ich aus unserem Gefängnis aufs Dach geklettert bin.»

«Du hättest Ruhe gebraucht.»

«Wäre es dir lieber gewesen, ich wäre nicht geflohen? Sie haben Haddrice gefoltert! Mit mir hätten sie das bestimmt auch gemacht, aber ich konnte mich aus dem Netz, mit dem sie mich gefesselt haben, befreien. Sie haben die Kiste aufgemacht, und plötzlich stand ich vor ihnen. Und das Verrückteste ist: Sie hatten Angst vor mir! Selbst Elias hatte Angst.»

Thursen sieht mich seltsam an. «Elias?»

«Er war auch da. Thursen, sie haben mit allen Mitteln versucht, uns davon abzuhalten, uns zu verwandeln. Mit allen, hörst du?»

«Ich hätte dich gleich, als du außer Lebensgefahr warst, zurückverwandeln sollen. Ich hatte gehofft, du könntest noch eine Weile als Werwolf heilen. Und die Rückverwandlung ist ja auch nicht gerade ein Spaziergang.» Er küsst mich auf die Wange. «Doch jetzt hole ich dich sofort zurück. Dann musst du nicht Norrock gehorchen und Nick jagen, und die Shinanim können dir mit ihren Fesselspielchen auch nichts mehr anhaben.» Er sieht mich an. «Bereit?»

Die Rückverwandlung ist kein Spaziergang, hat er gesagt. «Was wirst du tun?» Mein Herz fängt an schneller zu klopfen. Da war was, etwas Furchtbares, das sich aus meinem nebligen Vergessen hervorkämpft. Da war ein Werwolf, der zurückverwandelt wurde und vor Entsetzen darüber vor die Bahn sprang. Karr.

Es war nicht ich, wegen der er wieder Mensch sein musste, Mensch und nichts anderes. Doch wie im Traum habe ich wieder das Bild vor Augen: Ich habe Thursen zurückverwandelt. Er wollte es, und er litt danach wochenlang. Jetzt weiß ich es wieder. Ich habe Thursens Namen gesagt. Seinen richtigen, vollen Namen. Er hat es von mir gefordert, er war so mutig. Und dann? Wie fühlt es sich an? Bin ich auch so mutig wie er?

Er kniet vor mir, nimmt mich bei den Schultern. «Du musst keine Angst haben. Ich bin bei dir, bis es vorbei ist. Bis alles vorbei ist. Die ganze Zeit.»

Ich fasse nach meiner silbernen Halskette, meinem Glücksbringer mit Thursens Namen darauf. «Thursen, sag mir, was mich erwartet.»

«Nein.» Er küsst mich so, dass ich wirklich einen Moment lang abgelenkt bin und gar nichts mehr denke, sondern mich in ihm verliere. Dann löst er sich von mir, und ich verstehe. Er hat mir einen letzten angstfreien Moment geschenkt. Es muss wirklich schlimm sein, was jetzt kommt.

«Und jetzt hör mir zu», sagt er. «Sieh mich an! Sieh mir in die Augen, Luisa Folkert.»

23. Elias

FELICITY erwartet mich im Flur, meine Jacke über dem Arm, die ich im Kommunikationsraum hängen gelassen habe. Ich nehme sie ihr ab und folge ihr eine Etage tiefer.

«In diesem Gebäude befinden sich anders als in der Zentrale am Potsdamer Platz nicht ausschließlich Büros, Tagungs- und Konferenzräume», erklärt sie mir.

Ich nicke zustimmend. «Ich habe die gesicherten Räume gesehen.»

«Ja, die gibt es nur hier, und es wird erwartet, dass du mit niemandem aus den unteren Rängen darüber sprichst.»

«Mir ist schon klar, was vertraulich zu behandeln ist, glaube ich.» Wofür hält sie mich?

«In diesem Gebäude wird außer den Räumen für Vittorios Gruppe eine Anzahl Zimmer für die Teilnehmer an vertraulichen Konferenzen bereitgehalten. Manche Dinge muss man Auge in Auge besprechen, nicht? In der Zeit, in der keine Konferenzen stattfinden, werden wohl in Zukunft auch Ordensmitglieder, die eine Zeitlang Ruhe suchen, beherbergt. Wie du dir denken kannst, sind noch nicht alle Räume vollständig eingerichtet. Außer uns bist du der erste Gast hier.»

«Und noch dazu ein Überraschungsgast.»

«Nicht deine erste Überraschung, oder?»

«Nein, tatsächlich nicht.» Weiß sie schon, dass ich in den Orden aufgenommen werde?

«Nun ja, wir Shinanim sind ja stets darauf eingerichtet, schnell zu reagieren.» Vor einer Tür bleibt sie stehen und gibt mir meine Jacke. «Das ist dein Zimmer», sagt Felicity und zieht eine Plastikkarte durch den Leseschlitz daneben. Eine Diode leuchtet grün, und sie öffnet die Tür. «Der Raum wurde bereits für dich hergerichtet. Das Bad ist hinter dieser Tür.» Sie gibt mir die Karte und wendet sich zum Gehen.

«Moment! Da gibt es ein Problem. Ich habe bis auf meine Jacke nichts weiter bei mir.»

«Dafür ist bereits gesorgt. Du entschuldigst mich?», wirft sie mir über die Schulter zu und eilt davon.

Na gut. Ich gehe hinein und sehe mich erst einmal um. Rechts steht ein Bett, links ein Schrank, vor dem Fenster ein Schreibtisch. Alles ist weiß. In diesem Zimmer scheint überhaupt alles weiß zu sein, Wand weiß, Vorhang weiß, Möbel weiß. Es hängen noch keine Bilder an den Wänden. Allerdings steht links in der Ecke ein mehrarmiger versilberter Leuchter mit Kerzen. Vermutlich ist alles eben erst hier hereingestellt worden. Wie viel Mühe man sich mit mir macht. Braucht Vittorio mich tatsächlich, oder misstraut er mir, und ich bin ein Gefangener in einer Art Untersuchungshaft? Wenn ja, will man offenbar, dass ich es nicht merke. Auf dem Schreibtisch steht sogar eine Vase mit Blumen. Davor entdecke ich die Tasche mit meinem Laptop, die ich im Auto liegen gelassen habe. Ich hänge meine Jacke über den Stuhl, finde Streichhölzer in der Schreibtischschublade und entzünde die Kerzen. Ich packe meine Tasche aus. Alles ist noch genauso darin, wie ich es eingepackt habe. Offenbar hat niemand sie geöffnet. Meine Unterlagen für den Vortrag, den ich ja nun vielleicht doch noch halten werde, lege ich neben meinen Laptop auf den Schreibtisch.

Im Badezimmer sind Handtücher und Duschgel. Duschen kann ich jedenfalls. Und vielleicht sollte ich genau das tun, um erst einmal den Kopf frei zu bekommen. Ich habe mir immer gewünscht, Luisa wiederzusehen. Ich habe gehofft, dass es ihr gutgeht. Nun habe ich sie gesehen. Sie ist zu den Werwölfen gegangen und eine von ihnen geworden, und wir stehen auf zwei verschiedenen Seiten. Luisa ist meine Feindin. Und sie sah auch nicht aus, als würde es ihr gutgehen.

Ich stelle die Dusche ab, rubble meine Haare mit dem Handtuch trocken und schlüpfe in meine Boxershorts. Das Handtuch um die Schultern gehe ich zurück ins Zimmer.

Und ich bin nicht allein. Chiara, Chiara aus meiner Wohngruppe, sitzt auf dem Schreibtischstuhl und betrachtet meine Vortragsunterlagen. Als sie mich hört, dreht sie sich zu mir um. «Sind das die Unterlagen, die Adrian für dich ausgedruckt hat?»

«Was tust du hier?», frage ich.

«Hallo, Elias. Du hast die Kerzen unbeaufsichtigt brennen lassen. Das ist ganz schön unvorsichtig, sieht dir gar nicht ähnlich. Da habe ich mir lieber schon mal die Tür öffnen lassen, um sie im Blick zu haben.» Sie tastet meinen halbnackten Körper mit Blicken ab. «Entschuldige bitte, wenn ich dich überrascht habe.»

Warum ist sie wirklich hier? Na gut, stelle ich mich dumm und spiele ihr Spielchen mit. Ich lächle das Lächeln, das mir im Krankenhaus immer einen Kaffee von den Schwestern eingebracht hat. «Wenn das hier jetzt ein amerikanischer Film wäre, würde ich dich fragen, ob dir gefällt, was du siehst.»

«Und ob es mir gefällt, wäre ganz egal, nicht wahr? Weil die einzige Frau, von der dich das interessiert, ja eine andere ist.»

«Falls du auf Luisa anspielst – ich weiß, dass sie mit Thursen zusammen ist.»

«Und das scheint dich mehr zu stören als die Tatsache, dass sie jetzt ein Werwolf ist.»

Ich weiß, wohin ich gehöre, zu den Shinanim und nicht zu Werwölfen. Doch es reicht, wenn Vittorio das weiß. «Also gut, noch mal von vorne. Was tust du in meinem Zimmer, Chiara?»

«Zieh keine falschen Schlüsse, Elias. Man hat mich beauftragt, dir ein paar Sachen zu bringen.» Chiara greift nach der kleinen Reisetasche, die neben ihr auf dem Boden steht, und stellt sie auf meinen Schreibtisch. «Hier. Ich habe alles eingepackt, von dem ich dachte, dass du es hier brauchen würdest.»

Ich ziehe den Reißverschluss auf, sehe hinein und erkenne Stifte, Bücher, einen Schreibblock. Das lege ich neben meine Unterlagen. Darunter sind meine persönlichen Dinge. Meine Kulturtasche, hoffentlich mit Rasierer und Zahnbürste, ein Schlafanzug, Socken, und da guckt noch etwas hervor. «Oh, da ist ja auch meine Unterwäsche. Herzlichen Dank.»

Sie schlägt die Beine übereinander und sieht zu mir hoch. «Nicht rot werden. Die Klamotten und das Rasierzeug hat Adrian eingepackt.»

«Wenn er das schon gepackt hat, warum kommt er nicht auch selbst her, um es mir zu bringen?» Es wäre nett, einen Freund hier zu haben.

«Wir dachten, du hast noch irgendwelche wichtigen Anweisungen für die nächste Woche, die du mir persönlich mitteilen möchtest. Änderungen der Trainingspläne oder einen Tipp, wo in der Stadt wir vermehrt aufpassen müssen.»

«Nein, ich habe keine Anweisungen, die so wichtig sind, dass sie nicht bis morgen warten können. Wenn der Rat getagt hat, müssen wir sowieso besprechen, was wir wegen der Werwölfe unternehmen. Warum sollte ich sie übrigens gerade dir mitteilen und Adrian nicht?»

«Weil Vittorios Büro entschieden hat, dass wir, also Konstantin und ich, in deiner Abwesenheit die Gruppe leiten.»

«Ihr leitet meine Gruppe?» Chiara, die Einzige aus meiner Gruppe, die ich nicht selbst ausgesucht habe, die Einzige, die mir der Rat der Shinanim ungefragt geschickt hat, leitet jetzt meine Gruppe?

«Ja, erst einmal jedenfalls. Du wirst doch jetzt hier gebraucht.» Ihr Handy piept. Schnell zieht sie es aus der Tasche und guckt auf das Display. «Das ist Konstantin. Ich muss weg, sorry.» Im Rausgehen hat sie das Gerät schon am Ohr und winkt mir mit der Hand einen Abschied zu. «Ruf mich an, wenn es etwas gibt, das wir wissen sollten! Und pass in Zukunft besser auf deine Kerzen auf!»

Ich habe das Handtuch im Bad auf den Halter gehängt und meine Haare gekämmt. Ich will gerade in meine Jeans steigen, da klopft es erneut. «Elias?», fragt eine Männerstimme. Mit einer Hand schließe ich den Jeansknopf, mit der anderen öffne ich die Tür.

«Gesegneten Tag, Elias. Ich bin Nathanael», sagt der Mann, der davor steht. «Ich wurde geschickt, dir beim Ankleiden zu helfen.» Ich kenne diesen Mann nicht, aber er ist kein einfacher Helfer, sondern ein Shinan, der selbst in Ehrenkleidung gehüllt ist. Ein Ratsmitglied also. Sein Blick streift mich von den nackten Füßen bis zum feuchten Haar. Warum habe ich nicht wenigstens ein Shirt angezogen? «Wir sind ein wenig in Eile», sagt Nathanael und guckt, als hätte er mit etwas sehr Saurem gegurgelt. «Die Ersten sind schon eingetroffen. Wenn wir dann bitte anfangen könnten.»

«Natürlich.» Ich bitte ihn herein und ziehe auf seinen Wink hin die Hose wieder aus. Offenbar ist er einer der alten Traditionalisten. Ich mache trotz Unterwäsche eine angedeutete Verbeugung. «Danke, dass du mir bei dieser wichtigen Aufgabe helfen wirst, Nathanael. Ich habe dich nicht bei Vittorios Begrüßung gesehen. Daher nehme ich an, du bist nicht mit ihm zusammen angereist?», versuche ich etwas Konversation.

«Nein, ich kam einen anderen Weg.» Nathanael dreht sich zum Bett und legt den Kleiderstapel darauf ab. «Allerdings bin ich auch gerade erst aus dem Ausland zurückgekehrt. Ich war im Himalaya und habe den Yeti erforscht.»

«Den Yeti?»

Nathanael dreht sich zu mir um und lacht. Habe ich mich so

in ihm getäuscht? Er sieht von einer Sekunde auf die andere viel weniger ehrfurchtgebietend aus. «Elias! Gerade von dir hätte ich nicht erwartet, dass du auf so einen Unsinn hereinfällst! Du weißt genau, dass es keine Yetis gibt!»

«Das habe ich auch von Werwölfen gedacht, jedenfalls so lange, bis ich auf einmal einem gegenüberstand.»

«Ist die Narbe an deinem Hals etwa von dem Kampf mit einem von ihnen?»

«Ja, da hatte mich eine der Bestien zwischen den Zähnen. Du siehst also, es gibt sie tatsächlich.»

«Ich habe nicht wirklich gezweifelt. Von den Werwölfen gibt es in unseren Archiven so viele Berichte, dass man zumindest wusste, dass es sie einmal gegeben haben muss. Allerdings nahmen wir zugegeben an, sie seien längst ausgestorben.»

Nathanael hat währenddessen die Teile der Ehrenkleidung nebeneinander auf das Bett gelegt. Ich bin ihm für seine fachkundige Hilfe äußerst dankbar. Das Anlegen der traditionellen Kleidung zählt nicht zu den Dingen, die man aus Büchern oder dem Internet lernen kann. Dieses Wissen ist geheim und wird nur persönlich von Ratsmitglied zu Ratsmitglied weitergegeben.

Die Hose, eine schlichte schwarze Hose, anzuziehen ist einfach. Nathanaels Blick findet natürlich auch die Bissspuren an meinem Bein. Er spricht mich nicht darauf an, doch ich kann aus dem Augenwinkel sehen, wie sich seine Brauen zusammenziehen. Dann folgt der kompliziertere Teil. Um meinen Oberkörper wird, wie eine Art Gebetsband, kreuzförmig eine goldene Kordel geschlungen. «Das Band soll dir die Kraft des Sonnenlichts geben.»

«Warum ist es dann so eng geschnürt?», wage ich zu fragen.

«Um dich an die Pflicht zu erinnern, die das Blut der Engel

dir auferlegt», erklärt Nathanael und wickelt weiter. «Vielleicht ist es vermessen zu fragen, aber stimmt die Geschichte deiner gesegneten Geburt tatsächlich?»

«Was ist daran gesegnet, wenn ein Kind schon vor der Geburt seine Mutter verliert?»

«Sie war eine von uns, nicht wahr? Und nur für dich hat ihr Herz noch nach ihrem Tode weitergeschlagen, bis du bereit warst, geboren zu werden.»

Sie hatte einen Autounfall, und sie starb. Nein, sie versank wohl in einer Art tiefem Koma. Sie war hirntot, aber ihr Herz schlug weiter, und ihr Körper verfiel nicht, wochenlang, ohne Maschinen und Apparate, bis man mich aus ihrem Leib holen konnte. Bin ich deshalb gesegnet? «Ich glaube, ich hätte lieber eine ganz normale lebendige Mutter gehabt.»

«Du bist zu bescheiden. Wir alle wissen, dass du etwas Besonderes sein musst. Wie könntest du es nicht sein, wenn deine Mutter es geschafft hat, die Grenzen zwischen Leben und Sterben zu überschreiten, damit du geboren werden konntest.» Als Nächstes reicht er mir ein schmal geschnittenes Oberteil, ärmellos und in klarem Blau. «Das hier symbolisiert den Himmel.» Nathanael zieht am Saum, damit es über meinen Oberkörper rutscht. Als Letztes gibt er mir eine Jacke aus feinem, weißem Wollstoff, die bis auf meine Oberschenkel reicht. Sie hat lange Ärmel und schmale Aufschläge am Kragen. «Das sind die Wolken, die Sonne und Himmel verdecken», sagt Nathanael. Und ehe ich sie anziehen darf, zeigt er mir noch den Rücken. Die Jacke hat auf dem Rücken zwei senkrechte Schlitze, die von Stickstichen überdeckt und zusammengehalten werden. Das muss man mir nicht erklären, das ist das Symbol, dass wir die Flügellosen sind. Die Flügelschlitze sind verschlossen. Ich schlüpfe in die Ärmel und lasse mir die Jacke mit einem Ledergürtel schließen. Die Gürtelschnalle ist das Knotenzeichen der Shinanim. Ich sehe an mir herab. Wenn ich einen Spiegel hätte, könnte ich darin denjenigen sehen, der ich immer sein wollte. Ein wahrer Shinan.

«Du bist noch nicht fertig», sagt Nathanael.

«Fehlt noch etwas?»

«Der Kragen. Wenn wir unter normalen Shinanim sind, dann tragen wir ihn so anliegend, wie du ihn jetzt hast. Siehst du, von vorne ist darauf mit Goldfaden der Shinan-Knoten gestickt. Wenn wir uns aber, wie gleich im Ratszimmer, unter Eingeweihten befinden, dann können wir uns untereinander zu erkennen geben, indem wir den Kragen zur Mitte hin umklappen.» Er macht es mir vor. Und auf der Rückseite seines Kragens sind von oben nach unten der blaue Flügel und in Gold der Davidstern, das Symbol Christi und die Mondsichel eingestickt. Unter meinem Kragen sind dieselben Zeichen.

«Du bist heute zu einem Mitglied des hohen Rates geworden, Elias.» Er lächelt. «Normale Tuniken sind, wie du dir denken kannst, unter dem Kragen unbestickt.» Er klappt seinen Kragen wieder um. «Und jetzt folge mir zu der Beratung, Elias.»

Bevor wir das Zimmer verlassen, lösche ich die Kerzen.

24. Luisa

SIEH mir in die Augen, Luisa Folkert», höre ich Thursens warme, heisere Stimme sagen.

Luisa Folkert. Ich erinnere mich. Das war mein Name. Das war ich, ich, als ich noch Mensch war. Ich sehe ihn an, bis nichts mehr da ist von der Welt außer seinen braunen Augen. Immer noch halte ich seine Kette wie einen rettenden Anker. Um nicht vollends den Halt zu verlieren, klammere ich mich mit der freien Hand an seiner Schulter fest. Der dicke Stoff seines Mantels schiebt sich unter meinem Handballen zusammen. Mein Herz klopft. Seine Augen, seine wundervollen, warmen, samtweichen Augen. Ob es innerlich brennt, wenn die Farbe in mich zurückströmt? Ich warte stumm darauf, dass sich mein Körper anders anfühlt. Bekommt man Kopfschmerzen, wenn die Erinnerungen den Kopf neu füllen? Ich warte, dass irgendwas wie bei dem Kuss mit Elias passiert. Klarheit im Kopf, wie nach vielen Stunden bewusstlosem Schlaf.

Ich warte. Doch es passiert nichts.

Nichts.

Gar nichts.

Thursens Blick wird starr.

«Was ist mit mir?», flüstere ich. Ich löse meine Hand und betrachte ängstlich meine Fingerspitzen. Blass und farblos sind sie wie vorher auch. Meine Erinnerung bleibt bewölkt. Es hat nicht geklappt. Ich bin ein Werwolf, genau wie vorher.

«Luisa Folkert», wiederholt Thursen. Deutlich und langsam. Da ist etwas Flehendes in seiner Stimme. Ich habe bestimmt noch nie etwas so Schönes gehört wie seine Stimme, die meinen Namen sagt. So schön und doch vergebens.

«Das ist doch mein Name, oder? Gibt es noch etwas außer dem Namen, was wir versuchen könnten?»

Er schüttelt den Kopf. Er zieht mich an sich und hält mich ganz fest.

Ich mache mich frei, will noch nicht aufgeben. «Elias, also die Shinanim, meinten, wenn man sich wirklich und ehrlich dazu entschließt, kann man aus bloßem Willen aufhören damit, sich zu verwandeln und zum Wolf zu werden.»

«Ja, das hätten die natürlich gerne.» Thursens Mund lächelt ein zynisches Lächeln. «Der Werwolf ist also ihrer Meinung nach an seiner Verwandlung selbst schuld. Was für ein Blödsinn. Luisa, wenn du die Verwandlung einmal begonnen hast, gibt es kein Zurück mehr. Glaub mir, ich weiß, wovon ich rede. Sich dagegen zu wehren ist sinnlos.»

Ich bin ein Werwolf, ich bleibe ein Werwolf, und ich werde am Schluss ein Wolf sein. Mein Leben wird in Wolfsjahren gezählt, nicht in Menschenjahren. Mir bleibt nicht mehr viel Zeit. Ich werde nicht zurückgehen in meine Wohnung und mit meiner Mutter leben. Ich werde die Schule nicht beenden. Ich werde nicht mal halb so alt werden wie Thursen, doch wahrscheinlich wird mir das bald nichts mehr ausmachen, denn ich werde meine Erinnerungen, mein altes Ich, nicht zurückerhalten. Und das bisschen, was Elias mir gab, wird vergehen.

Ich habe meinen Blick immer noch in die Wipfel der Bäume gerichtet, obwohl es dort nichts zu sehen gibt. Die Tränen fließen nicht so leicht, wenn man den Kopf in den Nacken legt. Meine Hände beginnen zu zittern.

«Ich bleibe bei dir», höre ich Thursen flüstern.

Und genau das geht nicht. Thursen darf sich sein Menschenleben nicht dadurch zerstören, dass er hier bei mir bleibt. Ich muss ihn wegschicken, solange ich mich noch erinnere, was für ein Leben er zurücklässt.

«Wie willst du denn bei mir bleiben?», frage ich.

«Ich liebe dich. Ich will bei dir sein. Ist das nicht klar?»

«Was ist, wenn ich nicht mehr Mensch sein kann? Wenn ich endgültig ein Wolf werde?» Wenn ich sterbe.

«Ich bleibe bei dir bis zuletzt.»

«Nein, Thursen.»

«Und was hattest du damals vor, als ich Werwolf war?»

«Ich wollte auch ein Werwolf werden.»

«Siehst du! Du wolltest sogar noch bei mir bleiben, als du wusstest, dass ich jemanden getötet habe. Nichts, gar nichts konnte dich davon abhalten. Was also sollte mich jetzt von dir fernhalten?»

«Ich habe mein Menschenleben gehasst. Ich hätte zum Werwolf werden können, und wir hätten gemeinsam ein Wolfsleben gehabt. Du bist zurückverwandelt worden. Du bleibst ewig und für alle Zeiten ein Mensch.»

«Ich kann auch als Mensch bei dir bleiben.»

«Nein. Nein, Thursen. Geh. Du wolltest die Schule fertig machen. Du hast so hart gearbeitet, um die versäumte Zeit nachzuholen.»

Thursen zögert. «Woher weißt du das auf einmal alles?»

«Was? Ach das. Ich habe dir doch gesagt, ich habe im Lager der Shinanim Elias getroffen. Er hat, nun ja, etwas mit mir gemacht, damit ich mich für eine Weile wieder erinnern kann.»

«Was genau gemacht?»

«Das willst du nicht hören.»

«Luisa. Es kann wichtig sein.»

«Er hat mich geküsst.»

«Du hast dich von Elias küssen lassen? Elias! Das ist einer von denen, die Haddrice gefoltert haben!»

«Meinst du, ich weiß das nicht? Thursen, es war kein richtiger Kuss! Er wollte mich nur, wie soll ich dir das jetzt erklären? Er wollte mich auf diese Art berühren, damit ich mich erinnere.»

«Und, hat es geklappt?»

«Das merkst du doch. Elias war nicht glücklich darüber,

dass das Erste, was mir wieder einfiel, seine Rolle bei der Sache mit Nick war, das kannst du mir glauben.»

«Die Shinanim wissen also von der Verbindung zwischen Elias und Nick. Aber sag mal, fiel ihm denn gar nichts anderes als Küssen ein? Handauflegen vielleicht oder so!»

«Jedenfalls weißt du jetzt, dass meine Erinnerung nur eine kurze Weile anhalten wird. Danach werde ich vergessen haben, was zwischen uns war.» Ich lege ihm die Hand auf den Arm. «Thursen, du darfst dann nicht wegen mir hierbleiben, versprich mir das!»

«Es ist mein Leben. Ich kann damit machen, was ich will.» Er küsst mich. Steht dann auf und nimmt meine Hand. «Komm mit», sagt er. «Komm mit in die Höhle. Da ist jetzt niemand.»

Er zieht mich auf die Füße. Und zum ersten Mal, seitdem ich Werwölfin geworden bin, küssen wir uns richtig. Meine Nase an seiner weichen Haut ertrinke ich in seinem Duft. Als wir es über uns bringen, den endlosen Kuss zu unterbrechen, kriechen wir gemeinsam durch den Höhleneingang und tauchen in das Halbdunkel ein. Ich fühle ein Zittern in mir, doch diesmal kündigt es keine Verwandlung an. Diesmal ist es Thursens Nähe, die mich berauscht. Mit hastigen, fliegenden Handgriffen ziehe ich ihm den Mantel aus und dann alles, was darunter ist. Bis ich in langen, verschlungenen Bewegungen über seine Haut streichen kann. Und er macht das Gleiche mit mir. Wenn es nur nicht so eisig wäre. Wir drängen uns aneinander, in Decken und Kleidung verworren, versuchen uns zu wärmen und noch viel mehr zu geben als Wärme. Die Wölfin in mir ist wach. Ich fühle das Tier in mir, das nur noch eins will, ihn will.

«Komm», flüstert er.

Und ich lasse sie frei, meine innere Wölfin. Ziehe Thursen noch näher zu mir. Knurre, als ich die Berührungen seiner

Hände mit klirrender Klarheit auf meinem Leib spüre. Ich höre auf zu denken, lasse alles zurück und fühle nur noch. Lecke gierig über seine Brust, winsele leise unter seinen Bewegungen und bin doch Mensch. Oder nicht?

25. Elias

NATHANAEL führt mich zu dem Raum, in dem ich Luisa bei Haddrice zurückgelassen hatte. Wieder ist die Tür verschlossen, und es stehen Wächter davor. Doch diesmal ist auch das Guckloch zu. Wir betreten den Raum, die Kragen noch heruntergeschlagen. In dem Raum ist es kalt. Das Fenster über dem Sünderkreuz ist eingeschlagen, und die bunten Glasscherben des Deckenbildes sind über den Fußboden verstreut. Felicity und ein schwarzhaariger Mann, den ich nicht kenne, stehen fassungslos über ein zerfetztes Engelsbild gebeugt. Jordan, auch er in traditioneller Tracht, steigt sorgsam über die Scherben hinweg, kommt auf mich zu und begrüßt mich. «Erkläre mir diesen entsetzlichen Kunstfrevel. Wie kann man so barbarisch sein, Elias?»

«Ich weiß es nicht.»

Da kommt Vittorio. Seine Präsenz scheint den Raum zu erleuchten. Wir alle schlagen die Kragen hoch. Fast alle haben die Zeichen aufgestickt, nur der dunkle Mann nicht, der Delwin heißt. Er war, erfahre ich, für die Sicherheit hier verantwortlich. Ich möchte nicht in seiner Haut stecken.

Vittorio begrüßt uns, erklärt, dass ich jetzt im Orden bin, und berichtet, dass die Werwölfinnen aus diesem Raum entkommen sind. Er wirft mir einen kurzen Blick zu: «Jedoch ist immer noch nicht ganz geklärt, auf welche Weise ihnen das gelingen konnte.»

«Warum kann man das nicht feststellen? Der Raum hier wird doch videoüberwacht!», sage ich.

«Die Kamera war in einem der Bilderrahmen versteckt. Die Werwölfin hat das fragliche Bild zusammen mit allen anderen von der Wand gerissen und die Kamera dabei zerstört», erklärt Delwin.

«Es ist wohl jedem von uns klar, dass dieses Desaster nicht nach außen dringen darf», sagt Vittorio. «Wir können es uns in dieser Phase nicht leisten, unsere Glaubwürdigkeit vor den Shinanim der Welt aufs Spiel zu setzen. Ich will die Werwölfinnen zurück, und zwar auf der Stelle.»

Esther zieht prüfend an der langen Silberkette, die noch immer aus dem zerstörten Dachfenster hängt. Es klirrt leise. «Sind die Werwölfinnen also tatsächlich durch das Oberlicht entkommen? Ich dachte, die Geschöpfe der Tiefe hassen Höhe.»

«Das Kreuz steht noch», sagt Felicity. «Wenn sie es nicht gebraucht hätten, um nach oben zu entkommen, hätten sie es mit Sicherheit ebenfalls umgeworfen.»

«Das Kreuz ist doch viel zu schwer! Wie sollten zwei junge Frauen das umwerfen können?», spricht Delwin das aus, was ich denke.

«Wir haben es hier auch nicht mit jungen Frauen, sondern mit Werwölfinnen zu tun. Sie haben ganz andere Kräfte», sagt Vittorio. «Wie dem auch sei, wir werden erst einmal nicht erfahren, wie sie es geschafft haben. Als Jordan während der Konferenz in diesen Raum schalten wollte, war die Kamera bereits zerstört. Tatsache ist nur, dass sie entkommen sind und wir sie zurückholen müssen, ehe größerer Schaden entsteht.»

«Verfolgen wir sie sofort. Ich melde mich freiwillig», sagt Felicity.

«Ich selbstverständlich auch», erklärt Delwin und wirft dem Oberlicht einen Blick zu. «Diesmal, das verspreche ich, werde ich nicht versagen.»

«Niemand spricht von Versagen, Delwin», sagt Vittorio. «Wer hätte ahnen können, dass die Werwölfinnen aus diesem Raum entkommen können? Selbst wenn sie nicht gefesselt sind.» Und wieder wandert Vittorios Blick zu mir.

Ja, ich bin schuld, dass Luisa nicht gefesselt war. «Ich werde natürlich auch dabei sein», sage ich. «Meine Erfahrung mit den Werwölfen ist schließlich der Grund, warum ich in den Rat aufgenommen wurde.»

Vittorio schüttelt den Kopf. «Nein, du nicht, Elias.»

«Verzeihung? Ich habe seit Monaten mit meiner Gruppe den Kampf gegen diese Kreaturen trainiert! Ich kenne diese Werwölfe.»

«Ja, Elias, das wissen wir alle, und es ist schmerzlich, dass wir bei dieser Aktion auf dein Wissen verzichten müssen. Nur hast du eine andere dringende Aufgabe, die du zuerst erledigen musst.»

Nick. Natürlich. Immer ist es Nick, der mein Leben bremst. Solange Nick noch herumläuft, kann der Orden mich nicht brauchen.

«Darum», fährt Vittorio fort, «werden noch heute Nacht Delwin und Felicity die Verfolgung der Entkommenen aufnehmen. Wenn ihr sie entdeckt habt, fangt sie ein und gebt uns Bescheid. Vielleicht jedoch gelingt es uns diesmal, alle Werwölfe einzufangen und nicht nur zwei von ihnen.»

Vittorios Leibwächterin und sein Sicherheitschef! Was wissen die von Werwölfen? Haben sie auch nur eine Ahnung davon, wie es ist, gegen jemanden zu kämpfen, der mitten im Kampf die Gestalt wechselt? Der auf einmal statt einem Knüppel lange Fangzähne als Waffe einsetzt? Und der, nebenbei bemerkt, zwar über große Schnelligkeit, aber nicht über Superkräfte verfügt, die ihn ein tonnenschweres Kreuz umstoßen lassen. «Lasst wenigstens einen von meiner Gruppe mitgehen, Vittorio, wenn ich es schon selbst nicht kann.»

Vittorio hebt ein aufgeschlitztes Engelsbild vom Boden auf, lehnt es an die Wand und streicht mit der Hand darüber. Der Engel auf dem Bild hält immer noch seine flammende Waffe in der Hand, doch es sieht aus, als hätten ihm seine dunklen Feinde mit einem Schwertstreich die Seite aufgerissen. Mich schaudert. «Und an wen denkst du, Elias?»

«Adrian.» Ich muss nicht einmal nachdenken. Natürlich Adrian, wem sonst könnte ich vertrauen, dass er an meiner Stelle tut, was ich täte? Chiara oder Konstantin bestimmt nicht.

«Adrian?» Esther hebt eine Augenbraue. «Von all deinen gut ausgebildeten Kämpfern willst du ausgerechnet Adrian auf diese wichtige Mission in den Wald schicken? Warum nicht Chiara oder Konstantin? Von mir aus Raquel. Adrian ist bislang nicht gerade für besonderen Gehorsam und Pflichtgefühl dem Orden gegenüber aufgefallen, nicht wahr? An welchem Grad hat er noch gleich seine Ausbildung abgebrochen?»

Gehorsam und Pflichtgefühl? Vielleicht hat er das wirklich nicht gerade im Übermaß. Aber er ist mein Freund, und ich vertraue ihm, doch das würden die Mitglieder des hohen Rates vermutlich nicht verstehen. Also muss ich sie anders überzeugen.

Doch bevor ich etwas sagen kann, kommt mir Vittorio zuvor. «Gut, wenn du dich so für ihn einsetzt, Elias, dann wird Adrian Delwin begleiten. Gib ihm Bescheid, Jordan.»

«Dann ersetzt man mich durch einen von Elias' Leuten?», fragt Felicity.

«Zwei von uns sind genug, mehr fallen zu sehr auf, wir müssen um jeden Preis vermeiden, dass die Flucht der Werwölfinnen bekannt wird. Und wir wollen das Werwolfsrudel nicht unnötig darauf aufmerksam machen, dass wir zweien von ihnen auf den Fersen sind. Delwin ist ein besonnener Mann. Felicity, du bist weiterhin eingebunden. Du hältst dich hier im Ordenshaus bereit. Jordan sorgt dafür, dass du jederzeit Funkverbindung mit Delwin und Adrian halten und eingreifen kannst, wenn etwas Unvorhergesehenes eintritt. Wenn ihr zu spät kommt und die entkommenen Wölfinnen sich bereits mit ihren Artgenossen vereint haben, dann meldet ihr das Felicity, und ihr bekommt, so schnell es geht, Verstärkung.»

Vielleicht lassen sie mich ja wenigstens dann eingreifen! «Ich hoffe, dass ich in diesem Fall bereits meine momentanen Pflichten erfüllt habe und zur Verfügung stehe.»

«Warten wir es ab, Elias. Hoffen wir lieber, dass Delwin und Adrian die entkommenen Werwölfinnen zurückbringen, bevor sie zu ihrem Rudel stoßen können.»

«Wie wollt ihr sie denn so schnell finden?»

Vittorio lächelt. «Eine der Werwölfinnen trägt einen Sender.»

26. Luisa

MITTEN in der Nacht erwache ich. Albtraumgeschüttelt. Danke, Elias, denke ich, dass du mir meinen Schmerz zurückgegeben hast, so stark, dass er mich sogar in meine Wolfsträume verfolgt! Mühsam war es, sich wieder in die Enge der menschlichen Gestalt zu zwängen. Zum Wolf zu zerfließen ist so leicht. Thursens Methode der Rückverwandlung, auf die wir uns beide verlassen hatten, hat nicht funktioniert. Ich bin, was ich bin, und das wird sich nie mehr ändern. Ändern wird sich nur, dass ich mich bald nicht mehr daran erinnern kann, was Thursen mir bedeutet. Auch der letzte Funken daran wird verglühen.

Leise ziehe ich mich an und schiebe mich am schlafenden Thursen vorbei aus der Höhle. Hätte er nicht all die Nächte über meinen Schlaf gewacht, wäre er nicht jetzt, wo ich gesund zurückgekommen bin zu ihm, so erschöpft, er hätte meine Unruhe gespürt und wäre sofort erwacht.

Draußen vor der Höhle riecht es nach Holzbrand. Drei Krähen, kaum mehr als Schatten, hocken über mir in den kahlen Zweigen einer Eiche. Die vorderste legt den Kopf schief und äugt auf mich herab. Die Glut des Feuers blitzt einen Moment in ihrem schwarzen Auge.

Norrock ist am Feuer. Früher hätte er auf einem Baumstumpf gesessen und mit einem Stab in den Flammen gestochert. Jetzt liegt er dort als schwarzer Wolf, die Pfoten an den Leib gezogen, und sieht zu, wie die Glut knisternd und knackend das Holz verzehrt. Er hört mich sicher kommen, aber er dreht nicht den Kopf, nur seine Ohren zucken.

Eine Krähe hüpft näher, fast als wollte sie mir folgen. Als ich mich neben den struppigen Wolf setze, knurrt er leise, erhebt sich, streckt seine Pfoten, bis sie zu Armen und Beinen werden, und ist Mensch. «Hallo, Shorou», brummt er, schlingt den einen Arm um sein angezogenes Knie und greift mit der anderen Hand nach meinen Haaren. Dreht eine meiner farblosen Strähnen zwischen seinen Fingern. «Du bist ja noch immer eine Werwölfin. Gefällt es dir so gut?»

Ich ziehe ihm meine Strähne aus der Hand. «Die Rückverwandlung hat nicht funktioniert.»

«Ich dachte, gerade du wüsstest, wie es geht. Hattest du nicht Sjölls Gedicht, in dem alles steht?»

«Wir haben alles richtig gemacht.» Ich drehe einen kleinen Tannenzapfen zwischen meinen Fingern, werfe ihn in die Glut, wo er erst knisternd trocknet und dann nach wenigen Atemzügen in Flammen aufgeht. «Meinst du, Thursen weiß meinen Namen nicht?»

Im nächsten Moment wird mein Tannenzapfen von einem zur Seite geschubst, den Norrock geworfen hat. «Vielleicht hast du ihn die ganze Zeit, die ihr euch kennt, verarscht?»

«Ich finde deine Witze so was von daneben! Verstehst du nicht? Ich bin immer noch eine Werwölfin und kein Mensch.»

«Willkommen zurück im Rudel, Werwölfin. Dann bleibst du jetzt bei uns?»

«Wo soll ich denn wohl sonst hin?»

«Was ist mit Thursen?»

«Er will auch bleiben.»

Norrock nickt. «Und zusehen, wie du zum Wolf wirst und er nicht. Verdammte Scheiße.»

«Du kannst ja Sjöll auch nicht loslassen, dabei ist sie tot.»

«Das ist was anderes. Sjöll ist Sjöll. Trotzdem war klar, dass Thursen sich so entscheiden würde. Er wollte schon lange nicht mehr ohne dich leben. Wie, ist da nicht so wichtig. Bist du deshalb wach, wegen der Sache mit Thursen?»

«Nein. Ich habe von meinem Bruder geträumt.» Zum hundertsten, tausendsten Mal. Er weint, er ist allein, ich habe ihn verlassen. Mit der Erinnerung an mein altes Leben sind auch die Träume wieder da. Ich folge Norrocks aufmerksamem Blick und sehe meine Hände zittern. Ich hatte es gar nicht bemerkt.

Mit einer wolfsähnlichen, geschmeidigen Bewegung kommt er auf die Beine. «Lass uns zu den Bäumen gehen. Da ist Platz für Trauer. Ich muss sowieso Sjölls Licht wechseln.»

Er hält mir seine Hand hin, doch ich stehe lieber ohne Hilfe auf.

«Als Wolf?», fragt er, als er eine Kerze für Sjölls Windlicht in die Jackentasche gesteckt hat.

Ich nicke und lasse mich in die Tiergestalt fallen. Ich folge Norrock und schmecke seinen Schmerz, seine Trauer, seine Wut in der Luft. Da, eine Wildschweinfährte. Frisch und deutlich im schneeigen Laub. Jagen? Keine Zeit jetzt. Norrock ist schon weiter. Knistern, ferne, links. Wir stoppen. Lauschen. Wittern. Keine Shinanim. Keine Menschen. Wir laufen weiter, bis zu den Trauerbäumen am früheren Lager, das noch immer nach altem Laub, uns Werwölfen und einem letzten bisschen Sjöll riecht.

Ich zwinge mich zurück ins Menschsein. Als Wolf sind es nur Bäume, Bäume mit Schnitten in der Rinde. Als Mensch sind sie so viel mehr. Die Bäume tragen die Namen der Toten, als würde der Wald in stillem Gedenken sprechen. Der Name auf dem neusten Trauerbaum, dem für Janok, der bei dem Kampf mit den Shinanim auf dem Teufelsberg starb, dunkelt schon. Ich weiß wieder, wie Mauriks, Haddrice, Thursen, Irudit und Zrrie jeder einen Buchstaben in den Stamm geschnitten haben. Wie Norrock ein Windlicht davorgestellt hat und gesagt hat, auch diesen Tod würden sie rächen.

Janoks Kerze verlosch. Es ist Sjölls Kerze, die brennen soll bis zu dem Tag, an dem die Rache an Nick vollendet ist. Norrock kniet schon vor dem Baum mit dem fast flachgeschmolzenen Kerzenrest im Glas. Sein Gesicht ist versteinert, und die Hand mit der Kerze darin zittert. Ich weiß nicht, ob es daran liegt, dass er an Sjöll, seine Sjöll, denkt oder dass es für ihn so ein Kampf ist, in menschlicher Gestalt zu bleiben.

Ich nicke Sjölls Baum zu wie einem alten Bekannten. Ich muss zu Fabis Baum. Vor ihm sinke ich auf die Knie, mitten zwischen die Blumen. Die bunten Blüten liegen dort, kalt und steifgefroren. Der Winter hält sie eine lange Weile frisch, doch diese Blumen sind nicht von mir. Thursen muss sie gekauft und dorthin gelegt haben, als ich zu schwach war, um hierherzukommen. Sogar daran hat er gedacht.

Die Trauer um meinen Bruder packt mich wie ein reißendes, hungriges Biest. Es frisst sich durch mich, beißt in meine Brust, gräbt in mir und sucht in meinem Herzen nach jedem Fetzen schmerzhafter Erinnerung. Wie konnte ich meinen Bruder vergessen!

Wie konnte ich in innerem Frieden leben, mich fühlen, als wäre ich noch ganz, wenn das gar nicht stimmt? Wie konnte ich das Loch in meinem Herzen einfach übersehen? Ist das richtig?

Hier am Trauerbaum ist alles wieder ganz nah. Ich weine um Fabi, den kleinen sterbenden Bruder im viel zu großen Krankenhausbett. Den, von dem man auf der Beerdigung behauptete, er läge im blumenüberhäuften Sarg. Doch für mich war er einfach nur fort. Für immer. Ich wünschte, ich könnte die Stimme meines Bruders noch einmal hören. Sein Lachen. Wie er meinen Namen sagt. Wie hat er mich genannt? Er hatte einen Spottnamen. Ich weiß ihn nicht mehr. Was war seine Lieblingsfarbe? Was sein Lieblingsbuch? Sein Lieblingsfilm? Ich weiß es nicht mehr. Es ist weg, weg für immer, und es ist, als wäre mir damit ein Stück von mir selbst verlorengegangen. Ob meine Mutter sich wenigstens erinnert?

Ich kann sie nicht fragen. Ich weiß nicht, warum. Nebel liegt auch auf dieser Erinnerung.

Aber sie jemals wiederzusehen kommt für mich nicht in Frage. Ich bin verbannt aus ihrer Welt. Was will sie mit einer Werwölfin als Tochter? Und was will ich als Werwölfin mit ihr?

Schritte kommen knisternd näher, dann spüre ich Norrocks Hand in meinem Nacken. Hart sind seine Fingerspitzen, als wären sie auch als Mensch noch krallenbewehrt. «Shorou?»

Langsam komme ich auf die Beine, reibe die Tränen aus meinem Gesicht und drehe mich zu ihm um. Der Leitwolf ist müde geworden, heute Nacht lässt er die Maske der Unbesiegbarkeit fallen. Seinen Kopf hat er zwischen die Schultern in der schwarzen Lederjacke gezogen. Er hat seine Hand an den Baum gelegt, um das Zittern, das jetzt fast schon zu ihm gehört, zu unterdrücken. Ich kenne das, ich erinnere mich. Thursen zitterte auch oft so, als er noch Werwolf war und sich nicht verwandeln wollte. Norrock ist schon lange da, wo es nicht mehr weitergeht. Der Schmerz um Sjöll, die Anstrengung, die Wut, haben sich Tag für Tag mehr in sein geisterblasses Gesicht gegraben.

«Warum gibst du diesen Kampf nicht einfach auf, Norrock?», frage ich. «Sjöll hat mal gesagt, Wolf zu werden und alles zu vergessen, wäre ihr Ziel. Dumpfer, tierischer, innerer Frieden war es, was sie wollte. Und du? Warum quälst du dich immer und immer wieder, Mensch zu werden?»

Er grinst sein schiefes Grinsen. «Weißt du nicht mehr,

warum? Vielleicht muss ich deinem löcherigen Werwolfsgedächtnis auf die Sprünge helfen? Nick lebt noch immer und ist frei. Du siehst, ich habe noch ein, zwei Sachen zu erledigen. Oder sagen wir lieber, jemanden?» Er guckt mich an. «Du heulst immer noch wegen deinem Bruder? Ich dachte, das hättest du endlich vergessen.»

«Seit ich bei den Shinanim war, ist die Erinnerung wieder wach. Es geht nicht weg, Norrock. Nachts träume ich von Fabian, und am Tag erinnert mich irgendwas an ihn, und der Schmerz ist wieder da. Er hat sich einfach so aus meinem Leben davongestohlen. Jetzt sitze ich hier an seinem Trauerbaum. Das hilft ein bisschen. Ich fühle mich fast, als wäre ich ihm nah, aber ich kann ja nicht wirklich mit ihm reden.»

«Ich schätze, du willst mich jetzt an unseren Deal erinnern?»

Und auch die Erinnerung ist wieder da. «Ja, der Deal.» Ich putze mir meine Nase mit einem zerknüllten Taschentuch. «Du wolltest mir das Tor zum Totenreich zeigen, damit ich meinen Bruder noch mal sehen kann.»

«Du warst bereit, den Preis zu zahlen.»

«Hör auf, Norrock. Was willst du hören? Dass ich zugestimmt habe, Elias vorzuspielen, ich wäre in ihn verliebt? Dass ich zugestimmt habe, ihn in seiner Wohnung zu beschäftigen, damit du Nicks ganze Bande in Ruhe umbringen kannst? Ja, ich schäme mich, so etwas versprochen zu haben.»

«Komm, Mädchen, es war Elias, einer von denen!»

«Ja, ich weiß jetzt, dass Elias mein schlechtes Gewissen nicht verdient, weil er die ganze Zeit Nick beschützt hat. Aber damals habe ich ihn für einen Freund gehalten. Und Freunden tut man so was nicht an.»

«Klar, darum hast du es ja auch nicht gemacht!»

«Genau, darum habe ich Elias gesagt, was ihr vorhattet. Und glaub mir, es ist mir nicht leichtgefallen!»

«Ja, ja, ich weiß. Immerhin warst du so nett, mit deiner Warnung so lange zu warten, bis wir Nick und seinen Leuten wenigstens ein bisschen in den Arsch treten konnten.» Er grinst. «Hey, und ich hatte Elias' Hals zwischen meinen Zähnen. War ein richtig gutes Gefühl. Hatte der Schiss!»

«Du hast ihn nicht getötet.»

Er schnaubt verächtlich. «Blöd von mir, oder?»

«Weil du nicht getan hast, was du dir vorgenommen hattest? Da muss ich mir ja wohl noch viel blöder vorkommen. Du hast mir die Chance geboten, meinen Bruder noch einmal zu sehen. Etwas, das ich schrecklich gerne wollte. Doch ich habe ein schlechtes Gewissen bekommen und auf jemanden Rücksicht genommen, der es nicht wert war. Ich dachte, Elias und ich wären Freunde – trotz allem. Dabei wollte er nur Nick schützen. Viel blöder kann man nicht sein. Können wir jetzt bitte ins Lager zurückgehen und nicht mehr davon reden?»

«Nein, können wir nicht, denn jetzt bezahle ich meine Schulden.»

«Obwohl ich Elias gewarnt habe?»

«Du hast Wort gehalten, wenigstens ein bisschen.» Er stößt sich von dem Baum ab, in dessen Rinde er seine Finger gekrallt hatte. «Komm, ich zeige dir das Tor.»

Er geht los, und ich laufe ihm nach.

«Jetzt?»

«Gibt es einen besseren Zeitpunkt?», sagt er über die Schulter, ohne anzuhalten.

Eine Krähe folgt uns.

27. Elias

ZURÜCK in meinem Zimmer fällt mir auf, dass inzwischen offenbar jemand auch hier ein Engelsbild an die Wand gehängt hat. Es muss eins der Bilder aus dem Raum sein, in dem die Werwölfinnen gewütet haben. Es hat ein kleines Loch, wie von einem Stich, und der Rahmen des Bildes hat an der Ecke einen Sprung, als wäre es daraufgefallen. Doch was kann so eine Beschädigung seiner Schönheit anhaben? Ich sehe dem Engel Michael, oder Mikal, wie ihn manche nennen, in sein stolzes Gesicht.

Ich hatte mich im ersten Moment gefragt, warum man mir ein beschädigtes Bild ins Zimmer hängt, doch dann begreife ich, warum: Michael ist der Fürst des Lichts, der das Böse in Gestalt des Drachen in die Hölle hinabstürzt. Er hält neben dem Flammenschwert einen Brustschild, auf dem sein Name steht, der übersetzt bedeutet: «Wer ist wie Gott?», und der in diesem Krieg der Schlachtruf der Engel war.

Auf diesem Bild hat Michael nicht nur Flügel mit zartgrünem Schimmer, sein Gesicht ist fast weiß. Nach einer rabbinischen Erzählung ist Michael ganz aus Schnee, und sein Metall ist das Silber. Silber wie die Spitzen der Lanzen, die wir gegen die Werwölfe einsetzten. Silber wie die Ketten, mit denen wir die Werwölfinnen an das Kreuz gebunden haben. Michael stürzt silberbewehrt das Böse in die Hölle zurück. Genau wie wir Shinanim das Böse, das die Menschen zu Werwölfen macht, mit Hilfe von Silber besiegen werden.

Ich packe die Sachen, die Chiara mir gebracht hat, weiter

aus. Da ist mein Schlafanzug, ebenso Wäsche und ein Shirt. Weiter unten in der Tasche, in einem Sockenpaar, steckt etwas. Ein gefalteter Zettel. Darauf steht in Adrians Schrift: *Lass dich von all den wichtigen Shinan-Ratsleuten nicht blenden. Frag öfter mal nach, warum sie tun, was sie tun. Und denk immer dran: Gehorche niemandem, nur deinem Gewissen.* O Gott, der Spinner! Als wenn man mich vor unseren eigenen Leuten warnen müsste!

Ich rufe ihn an. «Hey, bist du schon über deinen Auftrag informiert?»

«Ja. Konstantin hat mir die frohe Kunde überbracht. Hast du meinen Zettel gefunden?»

«Das hier ist kein Räuber- und Gendarmspiel. Wir Shinanim stehen alle auf derselben Seite! Ich wollte nur wissen, ob du informiert bist.»

«Bin ich, Elias, vielen Dank für den ehrenvollen Auftrag. Ich habe erst gedacht, ich träume, aber das liegt wohl daran, dass der Anruf vom Rat der Shinanim mich aus dem Schlaf geholt hat. Jetzt bin ich gerade erst halb in meiner Hose, und das Auto, das mich zu euch bringen soll, steht unten im Hof. Alles bestens, wir sehen uns in einer halben Stunde, aber wenn ich dieses Gespräch nicht jetzt beende, muss ich ohne Socken los.»

«Dann lass dich nicht aufhalten!»

Ich vertreibe mir noch ein paar Minuten die Zeit, packe die Tasche zu Ende aus. Dann schlage ich den Kragen meiner Ratskleidung herunter, um die geheimen Zeichen wieder zu verbergen, und gehe hinunter in die Eingangshalle. Delwin ist dort und wartet wie ich auf Adrian. In seinem Gesicht sind keinerlei Spuren von Müdigkeit zu erkennen. Er betrachtet etwas auf seinem Handy. Als ich dazukomme, lässt er den Bildschirm dunkel werden, doch ich habe trotzdem noch erkannt, dass es das Video von Haddrice war, das er angeschaut hat. Wahrscheinlich macht es ihm genauso viel Angst wie mir.

«Weißt du, wann Adrian eintreffen wird?», fragt er mich nach einer kurzen Begrüßung. «Ich hatte ihn bereits vor einer Viertelstunde erwartet.»

«Ich bin mir sicher, er wird jeden Moment hier sein.» Ich betrachte die goldenen Engelsfiguren in der Vitrine zwischen den Grünpflanzen. Sie erscheinen so unwirklich mit ihren zwei Flügelpaaren, von denen sie je eins um ihren Körper schlingen, der kein Menschenkörper zu sein scheint, und eins wie ein schützendes Dach ausbreiten.

«Das dort sind exakte Kopien der Cherubim auf der Bundeslade», erklärt mir Delwin. «Sie wurden von Meistern ihrer Kunst aus purem Gold gefertigt. Vittorio hat dafür gesorgt, dass diese Feste auch Kopien erhält, genau so, wie sie im Europäischen Hauptquartier stehen.»

Bevor ich fragen kann, woher man denn eigentlich so genau weiß, wie die Cherubim auf der Bundeslade aussehen, da der Schrein mit den Zehn Geboten doch seit Jahrhunderten als verschollen gilt, öffnet sich das Eingangsportal, und Adrian kommt herein.

«Hallo, da bin ich!», sagt er und stapft mit seinen Stiefeln voller Schneematsch über den Teppich auf uns zu.

«Schön, dich zu sehen, Adrian!», sage ich. Er betrachtet mich in meiner Ratskleidung, sagt aber nichts dazu. «Das hier ist also die neue Shinan-Feste?» Er reckt den Kopf, sieht sich um und scheint die Pfütze, die sich zu seinen Füßen bildet, nicht zu bemerken.

Delwin hingegen schon. «Gesegnete Nacht, Adrian!», sagt er, verneigt sich ein wenig und lässt dabei seinen Blick vom nassen Teppich über die schmutzigen Stiefel mit den dicken

Profilsohlen hinaufwandern zu Adrians lächelndem Gesicht. «Ich hoffe, du bist vorbereitet und weißt, was dich da draußen im Wald erwartet?»

«Wir suchen zwei Werwölfinnen, die euch entkommen sind und von denen eine mal Luisa war. Ich habe mit Luisa zusammen gekocht, natürlich, als sie noch kein Werwolf war. Ich müsste sie also zumindest erkennen, wenn ich sie sehe. Oder hat sie sich sehr verändert, Elias?»

Ob sie sich verändert hat? O Gott, was für eine Frage! Sie hat alles von früher vergessen und kann sich jeden Moment in ein gefährliches Raubtier verwandeln. Natürlich hat sie sich verändert! Aber äußerlich ist sie noch fast dieselbe. «Nicht sehr. Sie ist natürlich viel blasser als früher.»

«Gut, da bin ich also tatsächlich nützlich. Außerdem habe ich ihrem Werwolfsfreund Thursen damals die Tür zu unserer Wohnung geöffnet und ihn reingelassen. Nicht sehr klug, oder? Ich habe also etwas wiedergutzumachen. Ich wette, das ist der wahre Grund, aus dem Elias mich für diese Mission vorgeschlagen hat, hab ich recht?»

«Adrian, du hast geholfen, Thursen aus der Wohnung zu jagen, und du hast gegen die Werwölfe auf dem Teufelsberg gekämpft, ohne vor ihnen wegzulaufen. Du weißt, was dich erwartet. Das ist der Grund, warum ich dich dabeihaben wollte.»

Auf einmal erscheint Vittorio hinter uns auf der Treppe. «Ich wünsche euch alles Gute und viel Erfolg für eure Mission, Adrian und Delwin!»

Die beiden grüßen ihn, verneigen sich und bedanken sich für seine guten Wünsche. «Wir dürfen keine Zeit verlieren. Delwin hat alle Informationen bereits erhalten, ihr könnt sofort aufbrechen!»

«Na dann, wünsch uns mal Glück!» Adrian legt mir den

Arm um die Schulter und klopft mir mit der anderen Hand auf den Rücken. «Wenn ich zurück bin, muss ich dir was erzählen. Das wird dich überraschen!», flüstert er mir zu.

Draußen höre ich ein paar Minuten später den Motor eines Geländewagens und weiß, dass sie fort sind. Fort auf der Jagd nach Luisa und Haddrice.

28. Luisa

NORROCK klopft mir auf den Rücken. «Los, komm mit zum Tor! Der Zeitpunkt ist ideal. Thursen schläft und kriegt nichts mit. Und du bist noch Werwölfin. Ehrlich, wenn du schon Mensch geworden wärst, hätte ich auf den Deal geschissen. Das Reich der Toten ist nur etwas für uns Werwölfe. Wir sind schließlich die Schattenwächter.»

«Für uns Werwölfe ist es also einfach, die Schattenwelt zu betreten?»

«Nein, einfach ist es nicht! Selbst für mich nicht und für dich schon gar nicht. Schließlich bist du kein Leitwolf. Du musst dich schon entscheiden, ob es dir das Risiko wert ist. Aber auf jeden Fall solltest du dich beeilen. Wenn du drin bist, sieh zu, dass du deinen Bruder findest, sag ihm, was immer du sagen willst, und komm sofort wieder raus, klar?»

«Sonst passiert was?»

«Woher zur Hölle soll ich das wissen! Meinst du, es war schon mal jemand verrückt genug, da drinnen ein gemütliches Kaffeekränzchen abzuhalten? In der Schattenwelt ist so viel auf einmal von unserer Kraft. Wenn du zu lange dort bist, kommst du vermutlich nicht mehr raus. Oder du löst dich auf in Nebel. Irgend so was in der Richtung.»

Ich schweige. Versuche, meine Angst zu dämpfen. Meine Angst und auch meine Aufregung. Das ist jetzt der Wendepunkt. Gleich werde ich meinen sehnlichsten Wunsch erfüllt bekommen. Ich werde meinem Bruder auf Wiedersehen sagen können, oder, wenn es ganz und gar schiefgeht, mit ihm sterben. Dann wäre auch Thursen frei. Wenn ich sterbe, muss Thursen nicht bei mir im Wald bleiben.

Wie es auch ausgeht, keine Sehnsucht nach meinem Bruder wird mich mehr quälen und keine Was-wäre-wenn-Gedanken. Was wäre, wenn Fabi jetzt hier wäre? Ich werde ihn in den Arm nehmen, ihm sagen, wie sehr ich ihn vermisse, und dann lasse ich ihn für immer gehen, oder ich gehe mit ihm. So einfach.

Norrock ändert die Richtung, aber er wird nicht langsamer. «Hast du Schiss?», fragt er mich über die Schulter, weil ich auf einmal Mühe habe, mit ihm Schritt zu halten. «Wir müssen das nicht machen. Wir können auch einfach zurück ins Lager und die ganze Sache vergessen.»

Ich laufe ein paar Schritte und schließe zu ihm auf. «Nein, ich mache es. Wenn es eine Möglichkeit gibt, meinen Bruder zu sehen, dann tu ich alles dafür. Ich muss es einfach versuchen, egal, was passieren kann.»

«Also gut.» Und dann legt er auf einmal die Hand auf meine Schulter und stoppt mich. «Warte.»

Ich bleibe neben ihm stehen und blicke mich um. «Worauf?» Hier sieht der Wald aus wie eben auch. Kahle Baumstämme, ein paar Fichten mit ihren grünen Weihnachtsbaumnadeln, nacktes Gestrüpp. Und schon wieder eine Krähe. Sollte die nicht schlafen?

Als keine Antwort kommt, drehe ich den Kopf wieder zu

ihm. Heimlich und still ist er neben mir zum Wolf geworden. Er steht da, legt den Kopf in den Nacken. Atmet, als wollte er den Duft des Waldes trinken. Und dann, dann öffnet er das Maul mit den weißen scharfen Zähnen und heult. Seine Töne durchdringen die Winterkälte. Doch dieses Heulen ist anders. Ich will nicht mitheulen, nur das nicht. Ich will mich ducken und vor Angst die Nackenhaare aufstellen. Es kostet mich alle Kraft, in meiner menschlichen Gestalt auszuharren. Er heult noch mal, einen langen Ton, ohne Anfang, ohne Ende. Es dauert, bis ich wieder atmen kann, bis ich erkenne, was er da gerade tut. Norrock, der Anführer der Werwölfe, ruft den Nebel herbei. Weiße Schwaden quellen auf seinen Ruf hin aus dem Boden hervor und hüllen uns ein. Immer weiter steigen sie auf, bis sie über unsere Köpfe hinwegreichen. Und dann geht Norrock einfach weiter, mitten in den Nebel hinein, und mir bleibt nichts übrig, als ihm zu folgen. Dicht zu folgen, denn man sieht nichts. Norrocks Schritte sind lautlos. Kann ich sie nur nicht hören, oder hat er einfach aufgehört, den Boden zu berühren?

Ich bin nicht so wie er. Ich strauchele über Äste, die aus dem weißen Nichts heraus als Stolperfallen nach meinen Knöcheln angeln. Ich will mich mit den Händen an Bäumen abstützen, die dann doch nicht da sind. Nicht dort, wo ich sie vermute jedenfalls. Und der weiße Nebel wird noch dichter, schluckt die Sterne, die Bäume, den Boden zu meinen Füßen, bis nichts mehr da ist, das mir verrät, wo ich bin.

«Was ist das hier?», frage ich. «Norrock!» Greife nach seinem Pelz und fasse ins Leere. Sein Umriss verwischt.

«Du bist in der Nebelwelt. Wir sind jetzt auf der Grenze zwischen dem Reich der Lebenden und dem der Toten. Das ist unsere Welt.» Er dreht sich zu mir, und ich bin mir fast sicher, dass ich in seinem Menschengesicht Wolfszähne schimmern sehe. «Die Werwolfswelt.» Wolfsaugen sind es, die mich ansehen. «Na, wie fühlt es sich an, meine Werwölfin?»

Und dann heult Norrock noch einmal, heult ein Wolfsheulen aus seinem Menschenmund. Mensch und Wolf, hier im Nebel ist er beides zugleich. Und ich? Meine Hände haben seltsam unscharfe Ränder. Haarig sind sie und doch nicht. Vorsichtig bewege ich meine Krallenpfotenfinger.

Noch ein letztes Heulen, dann reißt Norrocks Nebel an einer Stelle auf und wird zu einem Portal. Einem Portal ins blinde Nichts.

«Na los, geh deinen Bruder suchen, Schattenwächterin.»

Mich schaudert. «Und du?»

«Ich bleibe draußen und halte das Tor geöffnet. Mal sehen, ob du wieder zurückkommst.»

«Und du bist sicher, dass mein Bruder da drin ist?»

Doch Norrock schweigt, und seine Haltung zeigt mir, dass jetzt der Wolf die Oberhand gewonnen hat und er nicht mehr sprechen wird.

29. Elias

ES hat eine Weile gedauert, bis Nick mir endlich verraten hat, wo er jetzt wohnt. In Prenzlauer Berg hat er eine Wohnung. Mein Navi weist mir den Weg zu seiner neuen Adresse. Ich wünschte, es könnte mir auch anzeigen, wo ich hier einen Parkplatz finde. Schließlich wird ein paar Ecken weiter ein Platz frei. Und das ist meiner.

Es gibt so viele schöne Straßen mit sanierten Häusern in

diesem Bezirk, doch mein Bruder hat sein neues Zuhause in ein halbverfallenes Haus in einer vergessenen Straße verlegt. Ich suche nach dem Klingelknopf, doch ich finde keinen. Ungeduldig stoße ich die angelehnte Eingangstür mit der Schulter auf. Das ganze Treppenhaus riecht nach Keller. Ist das Schimmel? Ein paar Treppen nach oben, dann finde ich sein Namensschild. Ich klingele, warte. Er schläft bestimmt noch nicht. Seit Jahren geht er nicht mehr vor dem Morgengrauen schlafen. Als ich noch mal klingele, kommt er endlich an die Tür. Er hat die Kette vorgelegt und guckt durch den Spalt zwischen Tür und Rahmen.

«Bist du allein?», fragt er. Und mit seiner Frage zusammen kriecht grauer Zigarettenrauch ins Treppenhaus.

«Ja, ich bin allein. Darf ich vielleicht reinkommen? Unsere Auseinandersetzung muss ja nicht das ganze Haus mitbekommen, oder?»

Nick hustet. Die Kette bleibt. Seine Hand, in der eine krumme selbstgedrehte Zigarette glimmt, zeigt auf mich. «Waffen?»

«Geht's noch?»

Er lacht. «Vergiss es. Dumme Frage von mir, oder? Waffen brauchst du ja nicht. Du bist ja unser Superman, der mit dem schwarzen Gürtel in allem, was man sich vorstellen kann.»

Ich muss unfreiwillig grinsen. «Superman. Immer noch der alte Witz?»

«Komm rein.» Endlich fummelt Nick die Kette von der Tür und lässt mich wenigstens in seinen Wohnungsflur. Superman. Er hat unser Spiel nicht vergessen. «Was willst du?», fragt Nick, nachdem er die Tür hinter mir zugedrückt hat.

«Reden.»

Nick geht in eine kleine Küche voller schmutzigem Geschirr und drückt seine Zigarette in einer Untertasse aus.

«Mal wieder. Hat dir das letzte Mal nicht gereicht? Wie geht es übrigens deiner Nase?»

Ich bleibe im Türrahmen lehnen. Was soll ich in seiner Küche? Er wird mir mit Sicherheit keinen Kaffee kochen wollen. «Wenigstens war sie nicht gebrochen. Und, ja, ich will immer noch mit dir sprechen.»

«Warum?»

«Ich bin dein Bruder.»

«Nein, mein Freund. Das bist du nicht. Nur weil dein Vater meine Mutter geheiratet hat, bist du nicht mein Bruder.»

«Wir sind zusammen aufgewachsen.»

«Die paar Jahre.»

«Wir waren zwölf, als wir uns kennenlernten. Wir hätten Freunde werden sollen.»

«Ja, nicht? Warst du sehr enttäuscht, dass ich nicht so ein Engel war wie du? Immer gut in der Schule, der Beste in Sport, nett, freundlich und der hübscheste Junge von allen?»

«Hör auf damit, Nick.»

«Nun, ich war enttäuscht. Ich war enttäuscht, wie leicht es dir gelungen ist, mir meine Mutter zu stehlen.»

«Du hattest dafür einen neuen Vater.»

Nick fischt in seiner Hosentasche und zündet sich eine neue Zigarette an. Zieht und bläst langsam den Rauch aus, ehe er antwortet. «O ja, er hat sich ja so über mich gefreut.»

Das Schlimmste ist, dass er recht hat. Es hat tatsächlich nur Wochen gedauert, bis unsere Mutter, deren Ein und Alles er bis dahin gewesen war, mich in ihr Herz geschlossen hat. Ich hatte eine neue Mutter. Er hatte nichts. Mein Vater hat bis heute keinen Draht zu ihm gefunden.

«Worüber willst du wirklich reden, Wunderknabe? Doch nicht über unsere Kinderspielchen.»

«Stell dich der Polizei, Nick.»

«Aber klar. Hast du mein neues Video gesehen? Ich kann dir den Link geben.»

«Du hast Luisa auch gefilmt?»

«Wow, habe ich diesmal dein S-Bahn-Schätzchen erwischt? Hättest du gerne gesehen, wie sie ausgesehen hat, nachdem wir mit ihr fertig waren? All die blutigen Kratzer und blauen Beulen auf ihrer schönen Haut. Hast du sie jeden Tag im Krankenhaus besucht? Lässt sie sich noch von dir anfassen, oder habe ich dir den Spaß mit ihr ein für alle Mal verdorben?»

Ich denke an meinen Auftrag, an das, was ich Vittorio versprochen habe, und versuche ruhig zu atmen. «Warum tust du das?»

Nick grinst. «Jetzt guck dich mal an, deine Hände sind Fäuste und deine Augen ganz zusammengekniffen. Na, wie fühlt es sich an, wenn man hilflos ist?»

«Nick, du musst damit aufhören. Du benutzt diese Mädchen doch nur, um mich zu verletzen.»

Er legt mir die Hand auf die Schulter. «Nimm dich nicht zu wichtig, Elias. Nicht alles dreht sich um dich. Es macht Spaß. Ich habe Macht, richtige Macht. Meine Jungs tun, was ich sage, und die Mädchen flehen mich an, dass ich meine Jungs aufhören lasse. Die Schlampen würden alles tun, damit ich sie gehen lasse, alles.»

Mein Gott, ich würde ihm jetzt gerne meine Faust ins Gesicht –

Er klemmt sich die Zigarette in den Mundwinkel und winkt einladend mit den Händen. «Na los, schlag mich!»

Er kennt mich zu gut. «Nein.»

«Was willst du dann tun?»

«Ich bin nicht dein Richter.»

«Laber nicht so geschwollen.» Er legt die brennende Zigarette irgendwo zwischen benutzten Gläsern und leeren Bierflaschen ab, kommt zu mir in den Flur und lehnt sich mit dem Rücken an die gegenüberliegende Wand. «Was, wenn ich mal deinem Vater zeige, was Angst ist? Ich würde ihn auch filmen, damit du nichts verpasst. Willst du mir deine Internetadresse dalassen, damit ich dir das Video gleich zuschicken kann?»

«Nick, bitte hör auf!» Meine Hände beginnen zu kribbeln. Wütend erwacht das Shinan-Feuer in mir. Es ist lange her, dass ich etwas verbrannt habe, ohne es zu wollen, aber jetzt bin ich kurz davor.

«Was meinst du, was Mutter sagt? Ob sie den Kerl, der dich in die Welt gesetzt hat, immer noch so toll findet, wenn er Blut und Zähne spuckt und ihr dann heulend vor die Füße kotzt?»

Ich versuche ruhig zu atmen. Denke an den Erzengel Gabriel, der bei uns in der Wohnung an der Wand hängt. An Michael, den Vittorio mir ins Zimmer gehängt hat. Gabriel und Michael hätten bestimmt nicht wütend gebrüllt und um sich geschlagen. «Die Werwölfe jagen dich, Nick.»

«Sag jetzt nicht, du hoffst, dass sie mich erwischen. Denn wenn sie mich zerfetzen, was sagst du dann deinen Eltern? Deinem Vater und der Mutter, die du mir gestohlen hast?»

Ich packe ihn bei den Schultern und drücke ihn gegen die Wand. «Du lässt unsere Eltern aus dem Spiel!»

«Sonst was?» Er schüttelt sich. «Und nimm deine Hände von mir.»

Ich lasse ihn los, da sind braune Brandflecken auf seinem Pullover, ich hebe die Hände und gehe einen Schritt zurück. Ich muss mich beherrschen. Ich bin ein Shinan und kein Straßenschläger.

«Braver Elias!» Er grinst, macht blitzschnell einen Schritt

vor und rammt mir seine Faust in den Magen. «Siehst du, wenn man kein Gewissen hat, lebt es sich viel leichter.»

Ich greife nach dem Türgriff und bin in der nächsten Sekunde im Hausflur. Sein Schlag hat mich nicht einmal verletzt. Nicht körperlich jedenfalls. Er hat wieder einmal mit mir gespielt. Er weiß, dass er mich im Kampf nicht wirklich verletzen kann, und dass es mich viel mehr ärgert, wenn ich die Beherrschung verliere. Es ist ihm wieder einmal gelungen. Ich möchte schreien und um mich schlagen wie ein wildes Tier in der Falle. Es heißt, wir Shinanim werden nicht wütend – dank dem Erbe unserer Vorfahren, dem Engelsblut. Engelsgeduld.

Sollen ihn die Werwölfe doch in Stücke reißen! Sollen sie ihm auflauern, ihn zu Tode ängstigen und ihm dann die Kehle durchbeißen.

Die Gedanken sind frei.

Langsam steige ich die Stufen hinab, ohne das hölzerne Treppengeländer zu berühren. Immer noch bin ich damit beschäftigt, die Hitze in meinen Händen zu zähmen. Womöglich würde ich mit meinen glühenden Handflächen den Lack auf dem Geländer wegbrennen. Ich habe keine Engelsgeduld. Nick hat mir wieder einmal den Beweis geliefert. Vielleicht bin ich gar kein richtiger Shinan.

Ich bin froh, dass ich rechtzeitig aus der Wohnung entkommen bin, ehe ich mich vergessen habe. Draußen vor dem Haus springt mich die Kälte an. Doch sie ist diesmal hilfreich wie ein Freund und kühlt mein wütendes Engelsfeuer. Ich brauche mehr Zeit und Geduld.

Den Weg zum Auto gehe ich langsam. Ob er mich durch eines der Fenster beobachtet? Ob er sich daran freut, dass er gewonnen hat, mich hat vergessen lassen, was ich bin, wieder einmal?

Ich habe kaum den Autoschlüssel herumgedreht, da klingelt mein Handy. Adrians Name erscheint im Display. Ich tippe auf die Freisprecheinrichtung.

«Na, Elias, wie war es mit deinem Bruder?»

Ich erzähle es ihm. «Und bei euch?», frage ich.

«Auch schlecht. Diese Signatur von dem Peilsender zu verfolgen ist absolut mistig», sagt er. «Ich weiß nicht, ob die Werwölfinnen sich verwandelt haben oder in Luft aufgelöst oder was sonst das Signal unterbricht.»

«Ich habe gehört, Werwölfe können hexen.»

«Aber sicher.» Er lacht. «Das wird es sein.»

«Kommt ihr zurück?»

«Nein. Ich glaube, Delwin nimmt das mit der Flucht persönlich. Wir haben noch nicht mal einen Pfotenabdruck gefunden, aber er will trotzdem weitermachen, bis es hell wird. Hör mal, ich muss dich um einen Gefallen bitten, ich bin zum Frühstück in der Luise verabredet. Ist wirklich wichtig.»

Ich kenne das Café Luise, eine Menge Studenten treffen sich dort. Ich schmunzele. «Ist sie hübsch?»

«Nicht sie, er. Und du bist es, den er unbedingt kennenlernen will, das war übrigens meine Überraschung für dich. Wie es hier aussieht, schaffe ich es nicht rechtzeitig. Kannst du schon mal hingehen? Bestell mir ein Bier, ich treffe euch dann dort.»

«Du bist Shinan, die trinken kein Bier, schon gar nicht zum Frühstück.»

«Als wenn du nie Bier trinkst. Außerdem habe ich nicht geschlafen, das Frühstück ist sozusagen mein Abendbrot.» Adrian lacht. «Überhaupt war ich noch nie ein guter Shinan, das weißt du doch.»

Ich denke an die vielen langen Abende mit Adrian in unserer WG und muss auch lachen. «Wie erkenne ich ihn?»

«Du musst ihn nicht erkennen, er findet dich, er weiß, wie du aussiehst. Weißt du, er ... Ich muss Schluss machen, ich glaube, Delwin hat ... Hörst du das, Elias? Da heult ein Wolf! Uh, hört sich das übel an! Sei höflich zu unserem Gast, denk dran, du bist jetzt ein angesehenes Ratsmitglied.»

«Bis nachher!»

Ich will gerade das Gespräch beenden, da höre ich ihn noch sagen: «Sag mal, Delwin, ist das da Rauch oder Nebel?»

Dann ist das Display dunkel, und als ich versuche zurückzurufen, bekomme ich keine Verbindung.

30. Luisa

NORROCK hat das Tor geöffnet. Was jetzt vor mir liegt, muss ich allein tun. Mit klopfendem Herzen und atemloser Angst gehe ich hinein in den weißen Nebel wie in eine Wand aus dem eisigen Atem des Schnees.

Schritt für Schritt weiter. Hindurch.

Und dort wartet die Düsternis auf mich, denn im Inneren ist es, als würde ich in schwarzem Nebel stehen. Feiner, durchscheinender ist er, wie Rußschleier vielleicht. Ich bin in einer dunklen Halle. Ich sehe, denn es gibt Licht, doch das ist so seltsam diffus, dass ich ihm keinen Ursprung zuordnen kann. Kein Fenster, keine Lampe, kein Feuer. Doch ohne Zweifel, ich kann sehen. Je länger ich warte, desto klarer wird mein Blick. Die Wände werden schartig, kantig und mit Schattenmustern überzogen. Sind sie aus tiefschwarzem Stein oder aus geronnener Finsternis? Gesteinsbrocken, fast so groß, wie ich es bin, bedecken den Boden. Hinter einem von ihnen tanzt feenhaft leichtfüßig eine Gestalt hervor.

Ist das Sjöll? «Sjöll?»

Sie ist es. «Luisa!», jubelt sie mit ihrer hohen Stimme. Ich laufe zu ihr. Sie ist es. Und doch nicht wirklich sie, wie ich merke, als ich sie umarmen will und nur ein wenig Nichts an mich drücke. Doch auch sie schlingt ihre Nichtarme um mich. «Warum wohl bist du hier?», will sie wissen. Legt den Kopf leicht schräg, singvogelgleich, wie sie es schon immer getan hat. Dann stockt sie. «Bist du jetzt die Leitwölfin? Geht es Norrock gut? Hat er aufgehört, sich zu verwandeln?»

Ich weiß, was sie fragen will. Sie will wissen, ob er noch zu ihr kommen wird. Ob sie ihn wiedersehen wird. «Norrock geht es gut. Er ist immer noch der Leitwolf. Er hat mir den Weg hierher gezeigt.»

«Aber nur der Leitwolf darf die Grenze überschreiten und durch das Tor gehen, das weißt du doch?»

«Ich weiß. Und ich bin trotzdem hier.»

«Dein Bruder.» Sie nickt wissend. «Du willst immer noch nicht vergessen, du Dumme. Dabei könntest du das so leicht. Du bist doch jetzt eine von uns.»

«Ich bin Shorou.»

«Schöner Name. Nichtname. Wolfsname.» Sie dreht an ihrem Ohrring. «Der Klang gefällt mir. Hat Norrock dir was für mich gesagt, wenn er schon nicht selbst kommt?»

«Ich wollte nur meinen Bruder sehen, Sjöll.»

«Und Thursen, was sagt der dazu, dass du dieses Wagnis eingehst? Er ist dir doch wichtig, oder? Norrock sagt, du liebst ihn jetzt.»

Ja, ich liebe ihn. Aber: «Wieso erst jetzt?»

«Weil du ihn jetzt kennst. Liebt man nicht nur, wen man auch kennt, Shorou?»

«Ich weiß nicht. Für mich war er vom ersten Moment an etwas Besonderes.»

«Ich wette, Thursen weiß nicht, dass du hier bist.»

«Nein, er weiß es nicht, aber er wird es verstehen. Ich muss Fabi doch sagen, dass ich ihn nicht vergessen habe.»

«Vielleicht hat Fabi dich vergessen. Er ist immerhin schon eine Weile tot.»

«Das hat er nicht. Ich sehe ihn in meinen Träumen doch jede Nacht. Wo ist er?»

«Ich weiß es nicht. Er war nicht hier, als ich gekommen bin. Bestimmt ist er weitergegangen ins Licht wie die anderen Seelen.»

«Er ist nicht hier?»

Sjöll schüttelt traurig den Kopf. «Nein, Shorou.»

«Aber warum nicht? Du bist doch auch hier.»

«Ich bin als Wölfin gestorben. Ich bin an die Grenze gebunden. Siehst du den Tunnel dort? Die anderen gehen weiter, durch den Tunnel hindurch ins Licht.»

Dann ist das dort mein Weg. «Danke, Sjöll, vielen Dank. Schade, dass wir damals nicht mehr Zeit hatten, uns richtig kennenzulernen. Das wollte ich dir schon lange sagen.»

Sie weiß natürlich sofort, was ich vorhabe, und versucht mich aufzuhalten. Obwohl sie keinen festen Körper hat, stellt sie sich vor mich und hebt die Hände. «Nein. Du kannst dort nicht hin! Du kannst nicht!»

«Dort ist mein Bruder, Sjöll! So lange habe ich ihn vermisst. Weißt du, wie weh das tut? Es ist genug. Ich muss das tun!»

«Du darfst nicht gehen. Vielleicht kommst du nie zurück.»

«Ja, vielleicht nicht. Das weiß niemand, oder?»

«Und Thursen? Was ist mit ihm. Lässt du ihn zurück?»

«Ich bin eine Werwölfin, und er ist ein Mensch.»

«Und als ihr euch getroffen habt, war es andersherum. Doch du hast ihn zurückverwandelt, hat Norrock mir gesagt. Warum macht er es nicht bei dir?»

«Er hat es versucht!» Meine Augen brennen, und ich habe Mühe mit den nächsten Worten. «Genau wie in dem Gedicht, in dem das mit dem Namen erklärt wird. Doch bei mir hat es nicht funktioniert! Verstehst du: Er ist Mensch, und ich bin Werwolf für immer. Ich mache ihm das ganze Leben kaputt, wenn er bei mir bleibt. Er muss doch eine Freundin haben, die ihn liebt und bei ihm sein kann, und keinen verdammten, pelzigen Hund!» Ich nehme meine Kette ab. «Wenn Norrock das nächste Mal zu dir kommt, sag ihm, er soll Thursen die hier geben.»

Ich lasse die Kette neben sie auf einen Stein gleiten.

«Die ist von Thursen?»

«Ja», sage ich. Und gehe.

«Sag mal, ist die nicht aus Silber?», ruft Sjöll mir nach.

«Ja. So konnte ich sie als Mensch und als Wolf tragen. Denn Silber verwandelt sich nicht.» Meine Worte hallen an den Tunnelwänden nach. Und auch das knirschende Geräusch meiner Schritte wird zurückgeworfen. Hart und kalt hören sich meine Schritte an. Der letzte Tunnel in die Welt der Toten. Vielleicht komme ich nicht zurück. Und vielleicht ist es mir egal. Vielleicht will ich aber auch dortbleiben. So einen schnellen und schmerzlosen Pfad in den Tod finde ich nie wieder.

«Warte!»

Doch ich warte nicht. Noch ein Schritt, einfach ein Schritt weiter, dann bin ich auf einmal im Licht. In gleißendem, beißendem, grellem Licht, das mich sofort die Augen schließen lässt. Als würde ich an einem Hochsommertag direkt in die Sonne blicken. Und als ich mühsam blinzele, ist der Tunneleingang verschwunden. So wie man nicht aus einem hell erleuchteten Zimmer hinaus in den dunklen Garten sehen kann, so erkenne ich nicht, was um mich herum im Dunklen liegt. Ich strecke die Arme aus, spreize die Finger, die nichts ertasten. Nichts. Niemand. Keine Seele. Keine Wand, kein Ende, kein Weg hinaus aus diesem gleißenden Licht.

Sjöll hat recht. Ich kann nicht zurück.

So endet also mein Leben. Hell und ohne Schmerzen. Thursen wird es verstehen.

Mit tastenden Schritten beginne ich vorwärtszugehen, tiefer hinein in die andere Welt. Der Boden hier ist so weich. Er schluckt sanft das Geräusch meiner Schritte. Hier entlang ist es richtig, es fühlt sich so richtig an. Es kann nur diesen einen Weg geben. Diesen Weg, den Fabian gegangen sein muss. Wenn ich ihm folge, werde ich ihn finden. Werde ich endlich dort sein, wohin ich gehöre. Dann endlich wird das Sehnen aufhören, und der Schmerz in mir wird für immer gestillt sein. Es zieht mich. Hier ist der Weg für die Toten. Bin ich schon tot? Ich gehe weiter.

Schritt

für Schritt

für Schritt –

bis jemand meinen Namen ruft.

Mich

Mich ruft er.

Die Stimme, die eine Stimme, die ich direkt mit dem Herzen höre. Die Stimme lässt mich stehen bleiben, schwankend, unsicher. Dann, mit dem nächsten Atemzug, zerrt sie mich zurück ins kalte, dunkle, schmerzhafte Leben.

Bitte, ich will doch nicht!

Doch er ruft noch einmal.

«Komm! Komm zurück! Bitte!»

Thursens Stimme. Thursens einzigartige, warme, unüberhörbare Stimme.

«Komm zu mir!»

Nein, vielleicht muss ich nicht zu ihm. Doch ich treffe meine Wahl. Ich folge der Stimme, die mich überallhin leiten kann, auch hinaus aus dem grellen Nirgends. Ich schließe die Augen, lausche nur noch nach ihm. «Wo bist du?», rufe ich zurück mit einer kleinen, schwachen Stimme, die von den Wänden aufgesogen wird. Doch er hört mich trotzdem.

«Hier! Hier bin ich! Komm zu mir!»

Und auf einmal gibt es doch einen Weg zurück. Ich gehe ihn mit geschlossenen Augen wie eine Blinde und folge nichts als dem Klang seiner Stimme.

«Schnell!», drängt er mich.

Ich gehe zu ihm, bis meine vorgestreckten Arme ihn ertasten. «Thursen!»

Er drückt mich an sich, dass meine vor wenigen Tagen noch gebrochenen Rippen vor Schmerz schreien. «Mein Gott, ich dachte, ich hätte dich verloren!»

«Warum bist du hier? Du bist ein Mensch, das ist doch viel zu gefährlich!»

Als er mich loslässt und ich ihm ins Gesicht sehen kann, bemerke ich die Wunde quer über seiner Wange, dunkel und klebrig von Blut.

«Was ist das?»

«Du musst raus hier, schnell!» Er dreht mich und stößt mich vor sich her durch das Dunkel des Tunnels. «Mach, dass du rauskommst, Luisa Folkert!»

Was ist das? Ich fühle mich so fremd. Es brennt in mir.

Mir ist so zitterig, so übel. «Warte. Gib mir Zeit!»

«Du hast keine Zeit. Du weißt nicht, was da draußen los ist!»

«Was ist denn mit mir? Thursen?»

«Los, raus, das Silber hat dich gebannt. Nun ist es vorbei!», ruft Sjöll.

Ich bin wieder Mensch? «Thursen?»

Thursen krallt sich an der Tunnelwand fest. Offenbar wird er noch stärker gezogen als ich. Er löst eine Hand, stößt mich Richtung Ausgang, ich stolpere vorwärts. Vor mir ist das Tor. Eingerahmt in dunklen Nebel und steinerne Wände flimmert ein Waldstück. Dorthin müssen wir. Schnell. Und ich kann nicht denken. Kann gar nichts.

Noch ein Stoß in meinen Rücken, meine Beine bewegen sich wie von selbst, ich stolpere, schwanke, taumele und stürze nach zwei weiteren strauchelnden Schritten zu Boden. Ich bin draußen, tatsächlich draußen, atme Waldwinterluft. Stütze mich auf Hände und Knie, halte mich am Boden fest, denn ich fühle mich, als würde sich die Welt gleich um mich drehen, mich abrutschen lassen und ich ins Bodenlose stürzen. Die Welt dreht sich nicht, sie schwankt und kommt zum Stillstand. Oder bin ich das? Neben mir, da liegt jemand. Norrock. Schwer atmend. Er ist Wolf. Er riecht nach Blut und versengtem Fell.

Ich blinzele. Lausche. Etwas ist falsch. Keine Schritte hinter mir. Kein Knacksen der Zweige. Kein vertrauter Atem in meinem Nacken. Eine Krähe schreit. «Thursen?»

Wo ist er? Ich fahre herum. Ich finde Thursen nicht. Die Sonne geht auf hinter den Bäumen, und der Nebel ist verschwunden, als wäre er nie da gewesen.

Da ist kein Tor mehr. Kein Tor mehr, aus dem jemand herauskommen kann.

«Wo ist Thursen?», flüstere ich.

«Wo ist Thursen?», brülle ich Norrock, dem Wolf, ins Gesicht. Dem regungslosen Wolf. Sinnlos. An den Brandwunden liegt das rohe Fleisch in einem Kranz schwarzer verschmorter Haare bloß. Aus seinem Maul hängt ein Blutfaden. Seine geschlossenen Augen geben keine Antwort.

Und dort sind die, die das getan haben. Unter den Büschen liegen zwei zerfetzte, zerbissene Körper, reglos in ihrem Blut. Dem einen ragt der Griff von Thursens Messer aus dem Bauch. Bloß nicht hinsehen.

Die Welt dreht sich so schnell, viel zu schnell für mich. Bilder von gestern und früher und heute rauschen vorbei. Bilder von Menschen und Wölfen und immer wieder Thursen. Und Thursen ist nicht hier! Er hat es nicht rechtzeitig nach draußen geschafft, ehe das Tor verschwand. Ehe diese dreimal verfluchten Idioten dort Norrock angegriffen haben, der das Tor geöffnet hielt, um uns den Rückweg zu ermöglichen. Jetzt ist das Tor verschwunden, und Thursen ist noch da drin. Dort, wo es gerade noch war, ist nichts als der feste Erdboden unter meinen Füßen. Verzweifelt grabe ich die Hände in den Boden, als gäbe es dort eine winzige Spalte zu tasten, die ich übersehen habe. Irgendetwas. Doch ich fühle nichts. Kalte feuchte Erde, sonst nichts.

Wolfspfoten würden mich schneller graben lassen, aber meine Finger bleiben Finger, klamme, schmutzige Finger mit schwarzen Rändern aus Erde unter den Nägeln. Der tosende Wirbelsturm aus Bildern in meinem Kopf legt sich langsam und lässt mich klarer denken. Ich bin kein Werwolf mehr wie noch vor ein paar Minuten. Ich bin wieder Mensch. Thursen hat das für mich getan. Da drin in der Zwischenwelt hat er meinen Namen gesagt und mich zurückgeschickt ins Leben. Er konnte mich endlich zurückverwandeln, weil ich kein Silber mehr trug. Das Silber meiner Halskette hatte die ganze Zeit die Rückverwandlung blockiert. So einfach. Und so lächerlich dumm.

Jetzt könnten wir zusammen Mensch sein, Thursen und ich. Wir könnten das alles hinter uns lassen. Stattdessen ist Thursen bei Sjöll in der Zwischenwelt gefangen, weil Norrock das Tor nicht wieder öffnen kann.

Norrock! Ich hocke mich zu ihm, grabe meine Hand in sein blutiges Fell und taste am Hals seinen Puls. Schwach ist er, doch es pocht unter meinen Fingerspitzen. «Du stirbst mir nicht!» Ich brauche Hilfe. Ich lege die Hände wie Trichter an den Mund und heule mit meiner Menschenstimme nach dem Werwolfsrudel.

Und einen Moment später antwortet jemand von irgendwo weit her. Ich ahne die Antwort mehr, als ich sie höre. Heulen, anschwellend, abschwellend. Sie sind auf dem Weg. Das Warten ist furchtbar. Norrock zittert und stöhnt leise. Ich habe nicht mal Wasser, um seine Wunden zu kühlen, oder ihm zu trinken zu geben. Keine Verbände, um die Verletzungen abzudecken. Nichts, um ihn warm zu halten. Doch, meine Jacke kann ich ihm geben.

Meine Gedanken drehen sich im Kreis. Thursen. Ich muss zu Thursen.

Norrock muss das Tor öffnen, und ich werde hineingehen und ihn finden, wie er mich gefunden hat. Ich muss einfach hinein. Ich hoffe, er ist noch am Leben. Ich hoffe, er ist noch nicht ins Licht gegangen. Jeder Gedanke an ihn fühlt sich nah und lebendig an. Ich würde es doch wissen, wenn er stirbt, oder? Sind wir nicht so verbunden?

Endlich erscheinen Wölfe zwischen den Stämmen. «Helft mir!», rufe ich, auch wenn sie meine Worte erst begreifen können, als sie bei mir angekommen in ihre menschliche Gestalt wechseln. Irudit. Mauriks. Zrrie. Und Haddrice. «Helft Norrock, er muss aufwachen und das Tor rufen! Schnell! Thursen ist da drin!»

Haddrice beugt sich zu Norrock und wirft einen Blick unter die Jacke, die ich ihm umgelegt habe. Sie rüttelt ihn, aber er reagiert nicht. «Er ist viel zu schwach, siehst du das nicht? Er kann sich nicht verwandeln, und als bewusstloser Wolf wird er nichts und niemanden rufen!»

«Dann sag mir, was ich machen soll!», bettele ich. «Thursen wird ins Licht gezogen. Er ist auf dem Weg in den Tunnel.»

«Da kommt doch eh niemand mehr raus», sagt Mauriks. Er untersucht die Leichen unter dem Holunderbusch und zieht aus der einen Thursens Messer heraus. «Wir müssen hier weg, sofort. Haddrice, das sind Shinanim.»

«Die sind doch tot!», sage ich. «Was sollen die uns noch tun?»

«Die nicht.» Irudit beugt sich über den zweiten Toten. «Andere werden kommen.»

«Was machen wir mit Norrock?», fragt Mauriks.

«Wir sollen hier weg?» Warum verstehen sie denn nicht? «Ich kann hier nicht weg, nicht ohne Thursen!»

«Du musst, Shorou!», sagt Mauriks. «Willst du etwa noch mal den Shinanim in die Hände fallen?»

Zrrie nimmt mich am Arm und versucht mich auf die Füße zu ziehen. «Er kommt nicht wieder, Shorou!»

«Doch. Bestimmt. Wir müssen nur irgendwie das Tor öffnen!»

«Thursen ist ein Mensch, und er ist freiwillig über die Schwelle ins Totenreich gegangen. Shorou, er liebt dich. Dich zurückzuholen, das war sein Abschiedsgeschenk an dich. Menschen kommen nie von dort zurück, und das wusste er!»

«Nein, das kann nicht sein! Ich bin doch auch zurückgekommen!», protestiere ich.

«Du bist auch zurückgekommen?» Zrrie bleibt stehen und sieht mich genauer an.

«Ja», bestätige ich. «Ich bin wieder ein Mensch. Und ich stehe hier vor dir. Er hat mich zurückverwandelt und in letzter Sekunde, bevor das Tor sich schloss, nach draußen geschubst.»

«Und er ist für dich gestorben, ohne mit der Wimper zu zucken», nickt Zrrie, deren Augen schimmern wie Wasser in einem See. «So war er.»

«Er ist nicht tot!», schreie ich sie alle an. «Er kann doch nicht tot sein!»

Ich wollte nur meinen Bruder sehen, einmal sehen, und ihm sagen, wie sehr ich ihn vermisse. Ich dachte, das würde mir helfen, über seinen Tod hinwegzukommen, weil die Trauer um ihn so schmerzhaft war. Als Norrock es beschrieben hat, klang es so einfach, ein Streich, wie eine verbotene Tür zu öffnen, zu der er zufällig den Schlüssel besitzt.

Doch Norrock hat das Tor zwischen den Welten geöffnet und mit Leben und Tod gespielt. Ich habe eine verbotene Grenze überschritten, weil ich in beiden Welten leben wollte, bei den Lebenden und bei den Toten. Ich wollte meine Trauer beenden. Doch jetzt, ohne Thursen, habe ich mehr Trauer, als ich jemals ertragen kann. Und ich habe keinen Ausweg mehr, meinem Schmerz zu entkommen, kein Verwandeln mehr in die Tiergestalt und keine Flucht in Tiergedanken. Da ist kein Fell mehr, das meine Seele schützt. Nur diese entsetzliche Leere.

Was habe ich getan? Ich war so furchtbar dumm. Ich kann nicht mal weinen. Meine Seele fühlt sich an wie eingefroren. Ich bin eingefroren. Steif und stumm stehe ich zwischen Irudit und Mauriks, neben Haddrice, die über Norrocks schlaffem Wolfskörper kniet und nach dem letzten Lebensfunken sucht, der in ihm glimmt.

Meine Hand tastet automatisch nach Thursens Kette, die nicht mehr da ist.

Thursen ist fort. Niemand wird mir helfen. Niemand wird Thursen helfen.

Es ist Zeit, Abschied zu nehmen und an die Lebenden zu denken, sagte mir jemand am offenen Grab meines Bruders. Ich konnte es schon damals nicht. Ich werde es nie können. Trotzdem, jetzt muss ich es wenigstens versuchen. «Wie geht es Norrock?», frage ich, nuschelnd, denn meine Zähne klappern von der Kälte.

«Was denkst du denn?», fragt Haddrice zurück. «Er muss das Tor offen gehalten haben, solange es ging. Das Tor, die Nähe zum Totenreich muss ihm die Kraft gegeben haben, überhaupt so lange durchzuhalten.»

Was soll ihm Kraft gegeben haben? «Meinst du Sjöll?»

«Wir sind die Wächter der Toten, du Mäuschen. Das Totenreich, das gibt uns allen Kraft und ihm, als Leitwolf, am allermeisten.»

«Wir haben keine Zeit, Haddrice!», drängt Irudit.

Ich beachte sie nicht. «Wird er leben?», frage ich Haddrice.

«Ja, und er wird irgendwann zu sich kommen und sich vielleicht auch wieder verwandeln können, wenn die verdammten Shinanim ihn nicht vorher erwischen. Aber das wird Thursen dann nichts mehr nützen. Hier, nimm endlich deine Jacke zurück.»

Mechanisch streife ich meine Jacke über und versuche, nicht an das Blut zu denken, das daran klebt. Thursen ist weg, und ich kann einfach nichts tun! Meine Gedanken gehen zu Sjöll, die auch auf der anderen Seite ist. «Sjöll wird es bestimmt freuen, dass sie jetzt Gesellschaft hat.»

«Verdammt», knurrt Haddrice auf einmal. «Luisa, liebst du Thursen?»

«Wie kannst du das fragen?»

«Wenn du ihn liebst, wirklich liebst …» Sie richtet sich auf und sieht mich an mit all ihrer schwarzglänzenden Werwolfsmacht. «Dann jammere nicht rum, sondern ruf ihn zu dir.»

«Wie denn? Das Tor ist weg, und ich kann wohl kaum den Nebel beherrschen, um es wieder herzuzaubern!»

«Hör zu», sagt Haddrice. «Ich habe das Buch mit den Aufzeichnungen gelesen. Thursen ist noch hier; irgendwo, wenn auch auf der anderen Seite des Tores. Der Nebel macht das Tor nur sichtbar. Es ist hier, auch wenn wir es nicht sehen. Vielleicht hast du Glück, und es ist noch nicht ganz geschlossen.»

Meint sie das ernst? Vielleicht kann ich Thursen rufen, ihm den Weg aus dem Totenreich weisen? Mir ist, als könnte ich ihn spüren. Thursen ist immer bei mir, ein Teil von mir. Ich schließe die Augen und flüstere seinen Namen. Lauter und immer lauter. Stehe schließlich da und rufe ihn mit all meiner Kraft.

Mauriks rüttelt mich. «Hör auf, Luisa! Willst du, dass die Shinanim dich hören? Er kommt nicht! Das Tor ist zu. Wie soll er dich denn hören, selbst wenn er noch nicht im Licht ist?»

Ich mache mich los und schüttele den Kopf. Ich kann doch nicht aufgeben! «Thursen!» Tränen rinnen mir über die Wangen. Es ist nicht mehr nur ein Rufen. Ich rufe nicht nur ihn, ich schreie meinen Schmerz und meine Angst heraus. Es wird kein Wunder geschehen. Thursen kommt nicht wieder. Ich werde ihn nie wiedersehen. Wie soll ich leben ohne ihn? Wie? Ich schließe die Augen, sehe ihn vor mir, fühle fast seine Berührung und flüstere noch einmal aus der Tiefe meiner Seele seinen Namen.

Haddrices erstickter Ruf lässt mich ruckartig die Augen öffnen. Haben die Shinanim uns gefunden?

«Thursen?», keucht sie.

Thursen. Da ist er tatsächlich, lebendig, leibhaftig. Seine Haare hängen ihm ins Gesicht und sein Mantel von den Schultern. Quer durch sein Gesicht verläuft wie ein brandroter Strich eine blutige Wunde. Das rechte Handgelenk, das offenbar auch verletzt ist, umklammert er mit der anderen Hand. Doch er ist da, lebendig, hier, schleppt mühsam seine Füße durch das zischelnde Laub, einen Schritt nach dem anderen, auf dem Weg zu mir.

Ich laufe ihm entgegen. «Luisa», murmelt er heiser, ein mattes Lächeln huscht über sein vor Anstrengung graues Gesicht. Er taumelt, und noch ehe ich ihn halten kann, knicken ihm die Knie weg, und er stürzt vor mir zu Boden. Fast bewusstlos, zerkratzt, verwundet liegt er vor mir, als hätte er sich mit bloßen Händen durch eine Steinwand gegraben. Wie hat er es nur geschafft, aus der Welt der Toten zu mir zu kommen?

Ich knie neben ihm, halte ihn in meinen Armen, halte ihn und werde ihn nie wieder loslassen in meinem ganzen Leben. Sein Mantelstoff kratzt vertraut an meiner Wange. Ich drücke meine Nase in seine Halsbeuge und atme seinen so vertrauten Geruch. Seine Augen sind geschlossen, aber ich weiß genau, welche Farbe sie haben werden, wenn er mich ansieht. Es ist das weiche Braun von Eichhörnchenfell mit kleinen silbernen Einsprengseln am inneren Rand. Früher – als Werwolf – waren seine Augen silbergrau, und sein Blick hat mir genauso den Atem genommen. Ich bin wieder Mensch, und die zurückgekehrte Erinnerung an ihn erschüttert mein Inneres wie ein tiefer Bass, der so laut aufgedreht ist, dass er alle anderen Geräusche ausblendet, ein Bass, den man nicht nur mit den Ohren hört, sondern als Zittern im Magen. Endlich habe ich meine zweite Hälfte zurück, den, der mich ganz macht. Wie konnte ich nur leben als Werwölfin? Wie konnte ich leben ohne das Wissen, dass Thursen mich gerettet hat? Dass mein Leben seins ist?

Ich wische eine Haarsträhne von der Wunde auf seiner Wange. Und als er endlich die Augen öffnet, sein Blick meinen findet, da versucht er tatsächlich ein Lächeln. Und ich weiß, dass alles gut werden muss.

«Hilf mir hoch!», sagt er. Ich stehe auf, strecke ihm meine Hand hin, die er mit seiner unverletzten greift. Er kommt auf die Füße. Wacklig noch, aber er steht.

«Verdammt!», flucht Haddrice. «Irudit, Mauriks, Zrrie, helft mir mit Norrock und lasst uns endlich von hier abhauen, bevor die toten Shinanim Verstärkung kriegen!»

Thursen geht auf meine Schulter gestützt zu den toten Shinanim unter den Büschen hinüber. Mit dem Fuß drücke ich einen überhängenden Zweig zur Seite. Der eine, der mit den ersten weißen Strähnen in seinem dunkelbraunen Haar, hat, soweit ich sehen kann, nur Bisswunden. Ich lasse meinen Blick über seinen zerschundenen Körper huschen. Er liegt auf dem Bauch. Unter seinen vorgestreckten Flammenhänden ist der Boden getrocknet und das Laub zu schwarzen Flocken verbrannt. Daneben liegt der, der durch Thursens Messer starb. Er hat schmutzverschmierte Stiefel mit tiefen Profilsohlen, seine Beine stecken in einer blutigen Hose, aus der sich durch ein handtellergroßes Loch das zerbissene Knie bohrt. Aus seiner aufgeplatzten Jacke quillt die Füllung heraus wie klumpiger, falscher Schnee. Nein. Nein, das ist unmöglich. An seinem Gesicht saugt mein Blick sich fest. Die zurückgekehrte Erinnerung brandet über mich herein und ertränkt mich. Das kann nicht sein! Ich kenne den Toten. Das ist Adrian! Adrian, Elias' bester Freund, mit dem ich in der Wohnung zusammengelebt, gekocht und gelacht habe. «Thursen», flüstere ich. «Du hast Adrian erstochen.»

31. Elias

AUF dem Heimweg von Nick versuche ich meine Eltern zu warnen, doch ich erreiche sie nicht. Der Verkehr fließt zäh, wie immer in Berlin, wenn die Straßen regenfeucht, verschneit oder sonst irgendetwas anderes als staubtrocken sind.

Zurück in meinem Zimmer tippe ich eine Nachricht für meine Eltern in mein Handy. Ich beschwöre sie, vorsichtig zu sein, keinem Fremden, und vor allem nicht Nick, zu öffnen und dunkle Straßen zu meiden. Ob sie tun werden, worum ich sie bitte? Nein, ich lösche Nicks Namen aus der Nachricht und drücke dann erst auf «Senden». Es würde unserer Mutter das Herz brechen, wenn sie wüsste, dass es Nick ist, der meinen Vater bedroht. Und mit der Nachricht kann ich meine Eltern, wenn schon nicht vor Nick, so doch wenigstens vor seinen zahlreichen Freunden warnen. Nick war schon immer unberechenbar, doch bis heute habe ich nicht geglaubt, dass er wirklich dem Mann etwas antun könnte, der für ihn da war und ihn durch unsere Schulzeit begleitet hat. Ich werde Vittorio bitten müssen, dass mein Vater Schutz von den Shinanim erhält und nicht mehr aus den Augen gelassen wird. Nicht, bis ich Nick endlich dazu gebracht habe, seine Schuld anzunehmen und seine Strafe abzusitzen.

Am nächsten Morgen haben Adrian und Delwin sich immer noch nicht gemeldet. Ich frage in der Kommunikationszentrale nach, doch die haben auch keine Nachricht erhalten. Die Handys sind ausgeschaltet. Die Signale auf dem Bildschirm bewegen sich nicht. Offenbar rasten sie.

Ich lenke mein Auto zur «Luise», um zu hören, was Adrians geheimnisvoller Bekannter zu sagen hat. Die Luise. Im Sommer habe ich hier öfter mit meinen Kommilitonen im Biergarten unter den alten Bäumen gesessen. Damals, als ich noch nicht meine gesamte Zeit für den Orden der Shinanim aufwenden musste. Ich parke in einer Seitenstraße und steige aus in die Kälte. Natürlich, denke ich, während ich die Treppe zur Eingangstür hinaufgehe, «Luise» muss die Kneipe heißen. Und schon wieder habe ich Luisa im Kopf. Ob Adrian und Delwin inzwischen eine Spur von ihr haben?

Egal, es ist besser an Luisa zu denken, als sich weiter über Nick zu ärgern. Die schwere Eingangstür lässt mich durch und den Winter draußen. Trockene Heizungswärme begrüßt mich. Ich sehe mich um. Wer mag dieser Mann sein, den Adrian mir vorstellen will? Rechts in dem separaten Raum gegenüber dem Zigarettenautomaten sitzt jedenfalls niemand. Also weiter hinein. Warum will der Mann mich kennenlernen? Ob er mir etwas über Nick sagen kann? Schnell lasse ich meinen Blick schweifen. Auf der Empore prostet sich ein Pärchen mit Sekt zu. Gegenüber der Bar an dem Stehtisch in der Ecke sitzt ein Junge auf einem Barhocker und blättert in einer Zeitung. Ich werfe rasch noch einen Blick in das Restaurant dahinter, doch dort sitzen ebenfalls nur ins Gespräch vertiefte Paare und am Fenster zwei Damen mit Hut, die die Speisekarte studieren. Das Beste wird sein, ich setze mich an die Bar und warte, dass entweder der Fremde mich findet oder Adrian doch noch kommt. Der Junge vom Stehtisch, ist er ein Student? Nein, er ist zu jung, um Student zu sein. Er sieht von seiner Zeitung auf, legt sie neben sein Mineralwasser und kommt auf mich zu. Er sieht unsicher aus. Sucht er die Toilette, oder braucht er eine neue Zeitung?

«Elias?», fragt mich der Junge.

Ich nicke. «Ja, das bin ich.» Ist das der «Mann», den ich kennenlernen soll? Wo um Himmels willen hat Adrian den aufgegabelt?

An seinem Tisch gleite ich auf einen freien Barhocker, er klettert mühsam auf seinen. «Woher kennst du denn Adrian?», frage ich. Und denke: Was soll das, Adrian? Das ist noch ein Schuljunge, ein einfacher Schuljunge.

«Ach, eigentlich gar nicht.» Er schiebt die Zeitung über die dunkle Tischplatte, faltet die Hände, und dann sieht er mir wieder mit diesem offenen Blick von eben ins Gesicht. «Ich wollte mit dir sprechen. Also ging ich zu eurer Wohnung, Adrian kam an die Tür und sagte mir, du seist nicht da. Wir sind nach oben gegangen und haben uns unterhalten.»

«Moment mal – du weißt von der Wohnung?»

Er lächelt. Vielleicht wäre es sogar ein kleines Lachen, wenn er sich trauen würde. «Genau das hat Adrian auch gesagt. Ich musste unbedingt mit dir sprechen und wusste nicht, wo ich dich sonst treffen würde. Da dachte ich, ich besorge mir einfach deine Adresse, und irgendwann wirst du schon dort auftauchen.»

«Meine Adresse besorgt man sich nicht so einfach.»

«Ich schon.» Er lächelt und senkt mit einem Blick auf den Mann hinter der Bar die Stimme. «Weißt du, ich bin auch ein Shinan. Es ist noch ziemlich neu für mich, ich weiß es erst seit ein paar Monaten.»

Ein junger, frischgebackener Shinan also. Es gibt erstaunlich viele von uns, und zum Glück spazieren nicht alle einfach so in unsere Wohngruppe hinein. «Schön, dass du jetzt einer von uns bist. Was wolltest du denn?»

«Ich –» Der Junge unterbricht sich, als eine blonde Bedienung an unseren Tisch kommt. Ich bestelle ein Bier und für mich einen Kaffee.

«Ich trinke kein Bier.» Er weist auf sein halbvolles Glas Mineralwasser.

«Ist schon in Ordnung», sage ich und lächle der Frau zu.

Der Junge guckt ihr auf den – nein, auf den aufgestickten Namen, der auf ihrer schwarzen Bluse steht.

«Sie heißt nicht Luise, das ist der Name des Lokals», sage ich schmunzelnd, als die junge Frau die Bestellung in ihr Gerät getippt hat und wieder verschwunden ist.

«Ja, ich weiß», seufzt er.

Offenbar habe ich etwas verpasst. Vielleicht habe ich nicht bemerkt, wie hübsch ihre blauen Augen waren. «Das Bier ist übrigens für Adrian», erkläre ich. «Er wird, denke ich, gleich hier sein. Vielleicht erklärst du mir trotzdem schon einmal, warum wir uns hier treffen?»

«Also. Ich brauche Hilfe, und soweit ich gehört habe, seid ihr die Einzigen, die mir in dieser Angelegenheit helfen können.»

Oje. Wir in unserer Gruppe sind tatsächlich für den Schutz Berlins verantwortlich, es freut mich, wenn man uns vertraut, aber wir können natürlich nicht jedem helfen, der ein Problem hat. Wie soll ich ihm das höflich erklären?

Er spricht immer noch nicht weiter. Ich nehme einen Bierdeckel vom Tisch, spiele damit herum und verfluche meine Ungeduld. «Und wobei brauchst du Hilfe?»

«Na ja, ich ... also ... wie soll ich sagen: Ihr kümmert euch doch um die Werwölfe, oder?»

«Werwölfe?» Der Bierdeckel zerreißt zwischen meinen Fingern. «Was weißt du über Werwölfe?»

«Nicht viel.» Der Junge schüttelt den Kopf, dass seine sorgfältig geschnittene Frisur durcheinandergerät. «Ein Mädchen aus meiner Klasse war mit einem von ihnen zusammen oder ist es noch, ich weiß nicht. Jedenfalls ist sie seit über einer

Woche verschwunden. Keiner weiß, wo sie geblieben ist, und ich mache mir ehrlich gesagt ziemliche Sorgen. Ich dachte, du oder deine Gruppe, ihr könntet vielleicht herausfinden, na ja, ob ihr Verschwinden mit diesem Werwolf zu tun hat.»

Mir kommt ein Verdacht. Ich lege die Bierdeckelhälften beiseite. «Wie heißt du?»

«Edgar.»

«Sag mir den Namen deiner Klassenkameradin, Edgar.»

«Luisa. Luisa Folkert.»

«Mein Gott!», entfährt es mir. Schritte hinter mir. Edgar dreht den Kopf und sieht über meine Schulter. Unsere Getränke kommen. Die Serviererin lächelt mir besonders freundlich zu, doch ich erwidere das Lächeln auch diesmal nur halbherzig. Ja, sie sieht nett aus, aber ich habe jetzt keine Zeit zum Flirten. Um sie zum Gehen zu bewegen, bezahle ich gleich und gebe ihr ein gutes Trinkgeld. Als sie außer Hörweite ist, wende ich mich Edgar zu: «Luisa ist wirklich in deiner Klasse?»

«Ja. Wir sind natürlich jetzt in der Oberstufe, da hat man nur noch einzelne Kurse zusammen. Du kennst sie also? Weißt du, was mit ihr passiert ist? Geht es ihr gut? Wo ist sie?»

Warum soll ich ihn anlügen? «Ja, das wissen wir. Ziemlich genau sogar. Adrian ist gerade auf der Suche. Er wird sie finden.»

Das Handy klingelt in meiner Jackentasche. «Vielleicht ist er das.» Ich nehme das Gespräch an. «Adrian?», sage ich. «Wo bleibst du? Dein Bier wird schal.»

«Er ist also auch nicht bei dir», höre ich Jordan sagen. «Wir haben ein Problem, Elias. Delwin und Adrian melden sich nicht. Wir empfangen ihr Peilsignal, doch es bewegt sich immer noch nicht, und sie reagieren auf keinen Kontaktversuch.

Wir befürchten, dass etwas passiert ist. Felicity geht mit einem Trupp in den Wald und sucht sie.»

«Wartet auf mich, Jordan! Ich bin gleich bei euch.» Beim Aufstehen stoße ich Adrians Bier um und merke es erst, als ich vor der Tür die Stufen zur Straße hinunterlaufe und meine Hose kalt am Oberschenkel klebt.

32. Luisa

ADRIAN ist tot. Einer der Toten hat auf einmal einen Namen. Eben noch war er ein namenloses, werwolfhassendes Shinanim-Monster, das man irgendwie stoppen musste, bevor es Norrock umbringt. Und jetzt liegt da Adrian, mein ehemaliger Mitbewohner, und ist tot. Ich blinzele und versuche, einen klaren Kopf zu behalten. Ich wünschte, ich könnte mich verwandeln, nur einen kleinen Moment lang die Welt auf Abstand halten, einen kleinen Moment lang die Menschenhülle und mit ihr das Entsetzen abstreifen, bis der Schrecken nicht mehr ganz so frisch ist. Doch es geht ja nicht mehr! Ich merke, wie meine Hände zu zittern beginnen, als würden sie jemand anderem gehören als mir. Thursen hält mich, mehr als dass ich ihn halte. Der Wald scheint zu atmen, ein und aus wie eine riesige Lunge. Er dehnt sich und zieht sich wieder zusammen, verzerrt sich vor meinen Augen. Ich sehe Adrian vor mir, der aufsteht und plötzlich nicht mehr im Wald ist, sondern in der Küche vor der Arbeitsplatte steht und lachend mit einem Zwiebelstückchen nach mir wirft. Meine Augen tränen. Ist das die Zwiebel? Der Wokbrenner zischt, und Raquel rührt

Pilzschnitze und Möhrenstreifen in der heißen Pfanne. Ich suche das Zitronengras. Und dann dreht sich Adrian wieder zu mir, geht in Flammen auf und streckt seine brennenden Hände nach mir aus. Mir müsste heiß sein, doch Kälteschauer durchfluten mich. Richtig, es ist ja auch kalt. Wir sind im Wald. Der Wald beschützt mich. Die Stämme rücken näher zusammen, schirmen mich ab und wispern leise. Die Zweige verflechten sich und weisen alles Gefährliche ab. Alles ist bedrohlich. Unter mir bebt die Erde in Wellen.

«Luisa?», sagt Thursen. «Wach auf, Luisa! Du träumst mit offenen Augen!»

Ich starre auf Adrian, der immer so harmlos war, und doch in seinen letzten Minuten Norrock, und damit auch Thursen und mich, fast getötet hätte. «Sie werden herkommen und nach ihm suchen, die anderen Shinanim, nicht wahr?», frage ich.

«Ja. Sie werden ihre Toten finden, und noch bevor sie sie begraben, werden sie die Mörder suchen», sagt Haddrice, die zusammen mit Zrrie neben Norrock kniet. «Hör endlich mit dem Zittern auf. Zusammenklappen kannst du später.»

«Luisa war im Totenreich!», flüstert Thursens heisere Stimme. «Und sie wurde gerade zurückverwandelt in einen Menschen. Du hast doch keine Ahnung, was die Rückverwandlung mit einem anstellt!»

«Weißt du was?», erwidert Haddrice. «Das ist mir egal. Ich weiß, was die Shinanim mit uns anstellen, wenn sie uns hier erwischen, und das reicht mir.» Norrock rührt sich immer noch nicht. Doch wenigstens atmet er, wenn auch so laut und rasselnd, dass es die ganze Lichtung erfüllt. Zrrie wischt mit einem Tuch wieder und wieder die rosa Schlieren von seiner Schnauze, doch sie entstehen mit jedem Atemzug neu.

«Hör auf mit dem Rumwischen, Zrrie. Werwolfheilung ist

ja toll, aber Norrock kommt garantiert jetzt noch nicht auf die Beine. Wir müssen ihn tragen», entscheidet Haddrice. «Du und Mauriks, ihr sucht zwei Äste, die ungefähr so lang sind wie Norrock.» Sie hält ihre Hände maßnehmend über den schwarzen Wolfskörper. «Möglichst gerade.»

Zrrie und Mauriks nicken, werden zu Wölfen und verschwinden im Wald. Ich klammere mich an Thursen fest und versuche den Klang der Bäume aus meinem Kopf zu bekommen, die mir raten, mich in Nebel aufzulösen und davonzuschweben, ins Nichts. Dann wäre ich sicher vor dieser Welt. Eine schwarze Krähe kommt von hinten angeflogen, über meine linke Schulter, eine zweite folgt rechts. Wollen sie mich davontragen? Nein. Zusammen sitzen sie vor mir auf einem Ast, stecken die schwarzen Köpfe zusammen und lachen mich aus.

Thursen schwankt. Nein, diesmal kommt es mir nicht nur so vor, er ist am Ende seiner Kraft und schwankt, weil ich mich so an ihn hänge.

«Luisa!», herrscht Haddrice mich an.

Und ich befehle meinem Kopf, wieder klar zu denken. Ich kann nicht hier stehen bleiben und alle in Gefahr bringen. Ich lasse Thursen los, stelle die Füße fest auf den Boden, nehme meinen Mut zusammen und öffne mich den Gedanken und Gefühlen, die immer schneller, immer wilder in mich drängen. Allen Gedanken und Gefühlen. Es ist, als würde ich die Augen öffnen, obwohl das Licht viel zu grell ist. Jahre meines Lebens rauschen in einer Sekunde in mein Gedächtnis zurück. Ein wilder Strudel aus Freude, Liebeskummer. Mein erstes Tier, pelzig und süß. Heimweh. Streit mit Freundinnen. Mein Bruder im Krankenhaus. Sein Sterben. Schmerz, der einem die Seele verätzt. Und dann sind da, eingestreut wie glitzernde Splitter aus buntem, funkelndem Glas, die tausend Erinnerungen an mein neues Leben mit Thursen, meinem Thursen. Ein Leben, in dem der Schmerz mich nicht überwältigt und auffrisst, sondern in dem ich ihn packe, mit beiden Händen packe, und mich auf seinen Rücken schwinge. Ich reite den Schmerz wie einen feuerspeienden Drachen, der mich wild bockend durch den finsteren Nachhimmel trägt. Ich packe ihn bei den scharfen Zacken, lasse nicht los, und ich bezwinge ihn schließlich.

«Shorou?», fragt Irudit, legt mir die Hände auf die Schulter und rüttelt mich.

«Luisa. Ich bin wieder Luisa. Geht schon.» Shorou gibt es nicht mehr. Ich bin Mensch, bin Luisa. Luisa, die auch im Reich der Toten ihren Bruder nicht gefunden hat. Luisa, die zu den Lebenden gehört, auch wenn sie für diese Erkenntnis teuer bezahlt hat.

Meine zu Fäusten geballten Hände öffnen sich. «Danke!», flüstere ich Thursen zu, suche seinen Blick, doch er lehnt an mir, eine Hand an meiner Schulter, die Augen erschöpft geschlossen.

«Irudit», kommandiert Haddrice. «Irudit, hilf ihr mit Thursen! Ihr beide bringt ihn hier weg.»

Thursen hat Haddrices Stimme gehört und öffnet die Augen. Bevor er protestieren kann, legt Irudit sich seinen linken Arm um die Schulter und ich mir seinen rechten. Er stöhnt leise auf. Ich versuche, sein Handgelenk zu stützen, doch es ist so angeschwollen und voller Brandwunden, dass ich nicht weiß, wo ich anfassen soll. Dann gehen wir los, Schritt für Schritt. Thursen beißt die Zähne zusammen. Wir sind langsam, doch wir kommen voran. Und die anderen?

Irudit dreht sich fragend zu Haddrice um.

«Wartet nicht. Geht schon!», sagt sie, ihre Hand noch immer in Norrocks Fell.

Der Wald ist uneben. Wir schleppen Thursen einen Abhang hinunter, über einen Wanderweg und auf der anderen Seite wieder hinauf. Gerade haben wir einen im Weg liegenden Baumstamm umrundet, da ist Haddrices Gruppe wieder hinter uns. Die Werwölfe haben aus Ästen und Jacken ein Gestell gebastelt, auf dem Norrock liegt. Haddrice geht vorne und Mauriks hinten zwischen den Hölzern. Mit seinem blutverkrusteten Fell sieht Norrock aus wie ein angefahrener Hund. Zrrie geht neben ihm her und passt auf, dass er nicht herunterrollt, als sie ihn über den Baumstamm heben, um den wir eben mühsam herumgegangen sind.

Wir sind so langsam! Schritt für Schritt für Schritt bahnen wir uns unseren Weg Richtung Wolfslager, wie Krieger nach einer verlorenen Schlacht. Wenn die Shinanim uns jetzt entdecken, können wir nicht weglaufen, unmöglich. Und wir sind alles andere als unauffällig. Wie sollen wir uns mit Norrocks Trage verstecken?

Da höre ich etwas, weit entfernt. Ein dumpfes Klopfen, wie von Tausenden Soldatenstiefeln, solchen Stiefeln, wie Adrian sie trug. «Was ist das für ein Geräusch, Irudit?», frage ich. «Dieses Trommeln.»

Irudit lauscht. Dreht ihren Kopf. «Was denn? Da ist nichts», sagt sie.

«Das ist nur in deinem Kopf», presst Thursen zwischen den Zähnen hervor.

Auch wenn da nichts ist, ich höre es trotzdem, ein Hämmern, als würde das Herz des Waldes schlagen. Oder ist es mein Herz?

Ich versuche nicht hinzuhören, versuche nicht zu sehen, dass die Stämme vor mir golden flackernde Ränder bekommen, die einen Augenblick später schweißflammenblau sind. Ich versuche, den Brandgeruch nicht zu riechen und den Geruch nach Zwiebeln und Zitronengras. Alles nicht da. Auch der Boden schwankt nicht. Ich gehe weiter, halte Thursens Arm um meinen Nacken fest, und nach einer Weile wird mein Kopf wieder klarer, und die Bewegung der Welt um mich kommt zum Stillstand. Ich kann wieder normal denken. Glaube ich jedenfalls.

Irudit hat Haddrice an Norrocks Trage abgelöst. Haddrice umkreist uns in weitem Bogen und hält nach Verfolgern Ausschau. Die Krähen begleiten uns, krächzen, zetern oben über den kahlen Baumwipfeln. Jetzt sind es schon mindestens zwanzig, die im aschfahlen Himmel umeinander kreisen, immer auf einer Höhe mit uns. Thursen hebt den Kopf und sieht zu ihnen hinauf. Er stöhnt leise.

«Was ist?», frage ich.

«Die Totenvögel», sagt er und lächelt ein halbes, trauriges Lächeln.

«Die Krähen sind Totenvögel? Warum sind sie dann hier und nicht bei den toten Shinanim?»

«Weißt du», beginnt er. Holt erneut Atem, weil er fast all seine Kraft für den Weg braucht.

«Später», unterbricht ihn Haddrice mit einem Blick, der mehr Warnung als Fürsorge ist. Ehe ich weiter fragen kann, ist sie schon Wölfin und eilt uns in langen Sätzen voraus zum Lager. Wir folgen. Solange Norrock bewusstlos ist, herrscht sie.

33. Elias

WIE kann es sein, dass die Zentrale einfach so den Kontakt zu Adrian und Delwin verloren hat? Ich verlasse das Lokal im Laufschritt, springe ins Auto und rase zurück in die Zentrale. Das Ordenshaus, unsere Feste, ist ja nicht weit von hier.

«Was meinst du, was passiert ist?», fragt Edgar. Ich wollte ihn gar nicht mitnehmen, aber er ist mir einfach gefolgt.

Die Ampel vor uns springt um. Ich lasse den Fuß auf dem Gaspedal und überfahre die Kreuzung bei Dunkelgelb. «Was weiß ich? Vielleicht sind sie von Werwölfen überrascht, in einen Kampf verwickelt worden und haben ihre Sender verloren.»

«Ja, das leuchtet ein.» Edgar verstummt und klammert sich, als ich schwungvoll rechts abbiege, an den Sitz. Erst nach zwei tiefen Atemzügen spricht er weiter. «Die haben gute Nasen, die Werwölfe.»

Das Handy klingelt wieder. Ich bitte Edgar, es aus meiner Jackentasche zu holen, während ich die Spur wechsele. Der Fahrer hinter mir hupt. «Los, mach schon, nimm das Gespräch an», sage ich zu Edgar. Vielleicht ist es Adrian.

Edgar drückt auf das Feld auf dem Display und hält mir das Handy hin.

Ich belle: «Ja?»

Stille. Etwas knistert. Dann, als ich schon auf das Gelände des Ordenshauses einbiege, höre ich endlich Jordan. Adrian und Delwin sind gefunden worden. Sie sind nicht mehr am Leben. Ich passiere den Pförtner, der schon vorab die Schranke öffnet. Als ich auf dem Parkplatz mit viel zu hoher

Geschwindigkeit in eine Parklücke biege, scheuche ich eine Krähe auf.

Ich stelle den Motor ab und dann, als ich mich hastig abschnalle, wird mir auf einmal klar, dass es nichts mehr bringt zu laufen. Adrian ist tot. Ich kann nichts mehr ändern und starre nur stumm auf den Grünstreifen vor mir, auf dem die Krähe wieder gelandet ist.

«Es tut mir leid», sagt Edgar und legt mir die Hand auf den Arm. «Es ist immer schlimm, wenn jemand stirbt. Adrian war ein Freund von dir, nicht? Wenn du darüber reden willst, dann mach ruhig. Ich bin ziemlich gut im Zuhören.»

«Und im Reden.»

Edgar nickt mit leisem Lachen. «Das hat Luisa auch immer gesagt.»

Ich schüttle seinen Arm ab und steige aus dem Auto. «Wir haben Luisa verloren. Luisa ist jetzt ein Werwolf.»

«Sie ist also tatsächlich jetzt auch ein Werwolf? So wie Thursen?»

«Ja, genau so. Sie gehört zu denen, die gerade Adrian getötet haben! Sie wird nie wieder so etwas zu dir sagen! Rede nicht so, als wäre sie noch ein ganz normaler Mensch!», sage ich und schließe die Autotür mit einem Knall.

«Du brauchst gar nicht so wütend zu werden. Glaubst du, das weiß ich nicht, was es bedeutet, dass sie Werwolf ist?», sagt Edgar leise und folgt mir trotzdem ins Gebäude wie ein Hund. Als ich mich nach ihm umdrehe, sehe ich, wie ihm Tränen über die Wangen laufen. Das Schlimmste ist, dass ich mich genau erinnern kann, wie Luisa mir, mit angezogenen Beinen auf dem Sofa sitzend, von einem ihrer Mitschüler erzählt hat. Das muss Edgar gewesen sein. Ich höre fast noch, wie sie ihn beschreibt, seine Freundlichkeit und seine unbeirrbare Hartnäckigkeit, und dabei die Augen verdreht und in ihr Teeglas lacht. Ich höre, wie ihr leises helles Lachen sich mit Adrians mischt.

Und jetzt ist sie Werwolf und Adrian tot.

Wir lassen uns berichten, was genau passiert ist. Obwohl, viel ist es nicht, was wir erfahren.

Dann gehen wir in ein Nebengebäude. Ich dachte, die übrigen Gebäude seien nur Tarnung und stünden leer. Doch offenbar haben wir Shinanim hier unser eigenes geheimes Krankenhaus, und gerade sind die Leichen von Delwin und Adrian eingetroffen.

Mit dem Fahrstuhl fahren wir in den Keller, wo wir auf Esther und Vittorio treffen. Nachdem wir Kittel angezogen haben, dürfen wir durch eine breite automatische Tür. Die Leichen liegen bereits auf Metalltischen, abgedeckt mit Tüchern, für uns schlägt man die Tücher zurück. Ein nackter, toter Körper, der aussieht wie Adrian, liegt dort, blass, mit geschlossenen Augen, als hätte ihn jemand versteinert. Adrian war immer so lebendig, respektlos und voller alberner Ideen, kaum vorzustellen, dass er das hier sein soll. Der Raum hat die Temperatur eines Kühlschranks. Das ist wahrscheinlich der Grund, warum ich so zittere.

Die anderen haben mit der Begutachtung von Delwins Körper begonnen. Der Arzt zeigt uns die Stellen, an denen die Werwölfe ihn erwischt haben. Er drückt sich natürlich vorsichtiger aus, muss erst noch alles Mögliche untersuchen, bevor er sich festlegen kann. Doch für mich sind das ganz klar Wolfsbisse. Schließlich hatte ich selbst welche, dank Norrock.

Die gleichen Wunden finden wir auf Adrians Körper. Doch Adrian hat zusätzlich noch Messerstiche in der Brust. Der Arzt zeigt mit seinen behandschuhten Fingern auf kleine schmale rote Striche. Erstochen auch noch? Herr im Himmel, was brauchen Werwölfe Messer, wenn sie Zähne haben?

Was müssen Werwölfe überhaupt diese zwei Shinanim töten, die nur helfen wollten? Edgar neben mir hat immer noch ganz rote Augen und wischt sich die Tränen weg. Ich packe ihn beim Arm und schüttle ihn. «Siehst du jetzt, was die Werwölfe für Bestien sind? Siehst du, mit wem deine Klassenkameradin sich eingelassen hat? Sie ist jetzt auch eine von ihnen!»

«Ich habe es ja verstanden!» Edgar läuft nach draußen. Er hat wohl genug. Ich bleibe noch einen Moment bei Adrian und versuche nicht zu sehen, was die Ärzte mit Delwin machen. Ich war so oft im Krankenhaus, auch bei Kindern, von denen ich wusste, dass sie sterben werden. Doch dass Adrian hier tot liegt, überwältigt mich. Ich strecke meine Hand aus, um ihn zu berühren, und ziehe sie wieder zurück. Als er noch lebte, habe ich ihm auch nie übers Haar gestreichelt. Es kommt mir dumm vor, es jetzt zu tun. Ich weiß, dass er nicht aufwachen wird.

Ich weiß, dass ich hier am falschen Ort bin. Der Adrian, den ich kannte, ist nicht mehr hier.

Ich gehe hinaus, schnell, bevor die bekittelten Shinanim sich daranmachen, auch noch Adrians toten Körper genauer zu untersuchen. Ich will nicht wissen, was er zuletzt gegessen hat. Ich will nicht wissen, dass sie Adrian aufschneiden, um zu sehen, wie breit genau die Messerklinge war, die man ihm hineingerammt hat. Er ist tot. Niemand kann ihm mehr helfen.

Auf dem Gang halte ich nach Edgar Ausschau. Ich sollte mich bei ihm für meinen Ausbruch entschuldigen. Mich selbst hätte ich anschreien sollen, nicht ihn. Mir selbst sollte ich klarmachen, dass Luisa jetzt eine Werwölfin ist, eine von denen, die Adrian auf dem Gewissen haben, damit ich sie endlich aus dem Kopf bekomme. Doch ich finde Edgar nicht. Stattdessen findet mich Vittorio.

«Begleite mich ein Stück», sagt Vittorio, als er seinen Kittel neben meinen hängt.

«Natürlich», würge ich hervor.

34. Luisa

IM Lager schaffen Thursen und ich es gerade so bis zur Höhle. Dann fallen wir zu Boden und liegen eine Weile stumm nebeneinander. Die Höhle ist kein wirklicher Schutz vor unseren Verfolgern, doch es tut gut, wenigstens ein bisschen weniger sichtbar zu sein. Vielleicht dauert es, bis die Shinanim unserer Spur bis hierher folgen können. Das schwache Licht des Sonnenaufgangs fällt vom Eingang herein. Thursen liegt neben mir, auf dem Rücken, die Augen geschlossen, doch er schläft nicht. Sein Gesicht ist zerschnitten und seine angeschwollene rechte Hand liegt wie ein kleines totes Tier auf seiner Brust. Ich stemme mich hoch und beginne, mich um Thursens Wunden zu kümmern, so gut es mit meinen zitternden Händen geht. Irudit war da und hat uns Wasser und einen Lappen gebracht. Jetzt wasche ich seine Wunden, wie er nach Nicks Überfall meine gewaschen hat. Ich versuche, besonders vorsichtig zu sein, denn ich weiß, wie sehr Wasser auf verletzter Haut brennen kann. Doch meine Vorsicht genügt natürlich nicht. Jetzt erst sehe ich, wie schlimm seine Brandwunden wirklich sind. Er sieht aus, als hätten die Shinanim ihn mit einem Flammenwerfer angegriffen. Unter seinem Mantel hat seine Kleidung Brandlöcher, groß wie, nun ja, wie die Handteller eben, die die

Wunden verursacht haben. Und darunter ist die Haut versengt.

«Wo ist Norrock?», fragt er.

«Irudit hat gesagt, Mauriks und Zrrie hätten Norrock in Riekes Zelt gebracht.»

«Ich hoffe, er schafft es. Ihn hat es noch schlimmer erwischt als mich.»

«Er muss.» Wir haben schon so viele verloren. Und ich will ihn behalten, den schlitzohrigen Leitwolf mit der kantigen, kratzigen Seele, der mich immer wieder neu herausfordert. Der nie verlässlich ist, aber mich auch nie wirklich hängenlässt. Gerade jetzt, wo die Shinanim uns jagen werden, brauchen die Werwölfe einen Leitwolf. Wer soll es denn werden, wenn Norrock jetzt stirbt. Haddrice?

Norrock hat mal gesagt, Leitwolf wird der, der am längsten beim Rudel ist und sich noch verwandeln kann. Am längsten dabei, von denen, die noch menschliche Gestalt annehmen können, ist Zrrie. Also müsste die Wahl auf sie fallen.

Mit einem Mal krampft sich meine Hand um den Lappen, mit dem ich Thursen den Schmutz abwische. Das Wasser tropft heraus, auf den Boden, und dann kommt der Schmerz. Ich lasse den Lappen in die Wasserschale fallen, stemme die Arme auf den Boden und beiße wimmernd die Zähne zusammen.

«Luisa?», fragt Thursen.

Ich zittere zu sehr, um zu antworten. Thursen hat mich zurückverwandelt, und jetzt, ein paar Stunden später, weiß ich, warum er wollte, dass ich erst gesund werde, bevor er es tut. Es ist die Hölle. Es sind nicht nur die Gedanken, die Erinnerungen, die meinen Kopf bis zum Platzen ausfüllen, als hätte man jede Einzelne aus ihren Fächern genommen und unsortiert durcheinander auf einen riesigen Haufen geworfen. Mein Körper ist noch viel schlimmer. Er will sich, muss sich verwandeln und kann nicht.

Zusammengekauert liege ich auf der Seite, meine Arme und Beine krümmen sich und werden doch keine Pfoten. Es ist eisig, und ich zittere, und kein Fell wächst über mich, um mich einzuhüllen. Stattdessen dringt Schweiß aus meinen Poren und wird zu einem kalten, klebrigen Film, der meine Haut bedeckt. Ich habe nicht nur menschliche Gestalt, ich bin wieder Mensch, ganz und gar Mensch und nichts anderes.

«Es geht vorbei, glaub mir», murmelt Thursen leise.

«Wann?», presse ich zwischen den Zähnen hervor.

«Bald.» Dann spüre ich, wie seine Finger über meinen Rücken streichen und den Zwang zur Verwandlung endlich erträglich werden lassen. «Entspann dich.»

Ich versuche es.

Zrrie kommt nach einer Weile. Sie führt meine Arbeit zu Ende, schient Thursens rechte Hand, die vielleicht gebrochen ist, vielleicht auch nur verstaucht. Sie hat auch Essen und Trinken für uns mitgebracht. Der Schmerz in meinen Armen und Beinen kommt von den gequälten Muskeln, doch der Schmerz in meiner Kehle ist brennender Durst. Erst jetzt fühle ich ihn.

«Trink.» Thursen nimmt Zrrie den gefüllten Becher ab und hält ihn mir an die Lippen.

«Danke.» Ich lege meine Hände um den Becher und trinke gierig. Diesen Becher und dann noch einen.

«So schlimm ist das mit der Rückverwandlung?», fragt Zrrie.

«Hoffentlich war es das», sagt Thursen. «Luisa war nur kurz Wolf.»

Ich horche auf. Das noch mal? Wie oft musste Thursen diese Anfälle ertragen, so lange, wie er als Werwolf gelebt hat?

«Dann könnte sie auch jetzt nicht gegen die Shinanim kämpfen, oder?»

Thursen schüttelt den Kopf. «Was ist mit Norrock?», fragt er.

«Es geht ihm besser.» Zrrie schiebt den Teller mit dem heißen, duftenden Stockbrot, das die Wölfe manchmal über dem Lagerfeuer backen, zwischen uns. «Er ist jetzt in Riekes Zelt.»

Thursen schnuppert den Duft. «Und was sagt Haddrice? Sie will wirklich kämpfen?» Er nimmt sich ein Stück von dem Brot, das wohl etwas zu nah an den Flammen war. Eine Kante ist fast schwarz gebrannt, die andere noch weiß. Thursen reißt einen Bissen mit den Zähnen ab, kaut und schluckt. «Willst du nichts?», fragt er mit Blick auf mich.

Ich huste, so trocken und wund ist mein Hals immer noch. «Später.»

«Haddrice?» Zrrie zuckt die Schultern «Haddrice schmiedet Pläne, wie wir das Lager in eine Art Festung verwandeln. Sie will bereit sein, falls die Shinanim uns finden.»

«Hierbleiben und kämpfen? Wir paar Wölfe gegen die ganzen Shinanim? Das ist doch Selbstmord!», seufzt Thursen. «Was sagt denn Norrock dazu?»

«Norrock geht es besser, er ist aufgewacht, und er hat etwas Wasser getrunken. Aber er ist immer noch Wolf. Keiner weiß, was er sagt», antwortet Zrrie. Füllt noch einmal meinen Becher, dann schlüpft sie aus dem Höhleneingang und lässt uns allein.

«Geht es dir jetzt besser?», fragt Thursen, auf einen Ellenbogen gestützt.

«Der Schmerz ist erst mal weg, aber ich fühle mich total erschlagen», stöhne ich und lasse meinen Kopf zurück ins Laub sinken. Ich fühle mich so schwach, als hätte ich tagelang

Steine getragen. Als wäre ich Woche um Woche über endlose Steppenwege gerannt.

«Das ist nicht nur die Rückverwandlung. Wir sind beide im Totenreich gewesen», murmelt Thursen. «Was erwartest du?»

Ich fühle mich tatsächlich, als wäre ich gestorben und wiederbelebt, endlos ausgelaugt, als hätte eine fremde Macht alles Leben aus mir herausgezogen.

Thursen rutscht ganz nah neben mich, dreht sich zu mir, sein Gesicht in meinem Haar. Vermutlich geht es ihm ähnlich. Und dann ist mir jeder weitere Gedanke zu viel, mein Gehirn verknotet sich, und ich höre einfach auf zu denken.

Bis unser Reihenhaus in Hamburg über mir einstürzt und mich unter den Trümmern begräbt. Ich muss eingeschlafen sein. Mit rasendem Herzen und nach Luft ringend grabe ich mich aus dem Traum.

«Albtraum?» Thursen sieht mich an.

«Ja.» Im Dämmerlicht der Höhle erkenne ich ihn kaum. Aber das muss ich auch nicht. Ich weiß, er lächelt jetzt schief mit nur einem Mundwinkel und hat diesen sanften, ein wenig abwesenden, fast verträumten Blick, der mir ganz allein gehört. Ich kenne wieder jede seiner Bewegungen, wie er atmet, wie er lacht. Seit ich wieder Mensch bin, weiß ich auch, wie er als Werwolf war, immer im Kampf mit der Verwandlung und trotzdem zärtlich.

Und dann findet der Schmerz mich wieder. Nicht so ungezügelt diesmal, aber heftig genug. Ich beiße die Zähne zusammen und balle die Fäuste. Versuche mich selbst zu beruhigen. Was ich geträumt habe, war nur ein Albtraum. Das Haus in Hamburg, in dem ich mit meiner Familie wohnte, ist niemals eingestürzt. Wir haben es leer geräumt, sind weggezogen, und dort wohnt sicher längst eine fremde Familie. Da wohnen fremde Kinder, die jetzt aus meinem Fenster sehen, fremde Kinder, die aus Fabis Zimmer Hörspiele dröhnen lassen, und fremde Eltern, die abends vor dem Fernseher den Freitagabendkrimi gucken. Trotzdem. Aufgehetzt vom Traum will sich mein Körper verwandeln und kann nicht. Mir schmerzt jeder Knochen, jeder Muskel im Leib. Langsam wird mein Herzschlag ruhiger. Doch der Schmerz bleibt, wie das letzte Wetterleuchten nach einem Gewitter.

«Verdammt, Thursen, du hast nie gesagt, dass die Rückverwandlung so weh tut!»

«Das solltest du auch nicht wissen.» Er will sich zu mir drehen, stützt sich mit der falschen Hand auf und zieht sie aufstöhnend zurück. Gott, was sind wir nur in einem erbärmlichen Zustand!

«Brauchst du ein Schmerzmittel?», fragt Thursen.

«Nein. Lenk mich lieber ab.» Vorsichtig rücke ich näher. «Erzähl mir von dem Kampf mit den Shinanim», sage ich. Meine Hand zittert, als ich die Wunde in seinem Gesicht berühre.

«Es tut mir leid, dass du den einen Shinan kanntest. Fremde Tote sind schlimm genug.»

«Ich mochte ihn. Wir haben zusammengewohnt, gekocht, gegessen, gelebt. Adrian war Elias' einziger Freund, glaube ich. Er hat sich nie an die Regeln gehalten, nie akzeptiert, was der oberste Rat der Shinanim beschlossen hat. Immer hat er alles hinterfragt. Elias musste ziemlich darum kämpfen, dass er in sein Eliteprojekt aufgenommen wurde. Wenn du dich mit einem Shinan verstanden hättest, dann wahrscheinlich mit ihm.»

«Und gerade er ist jetzt tot. Du redest mit einem Mörder, Luisa. Das ist schon der Zweite, der wegen mir nicht mehr lebt.»

Ein Mörder? Wie kann er nur so etwas sagen? Er wurde angegriffen. Er hat sich verteidigt, mich verteidigt. Ich will mich aufrichten, doch schon wieder kribbelt mein Körper wie unter Ameisenbissen. Scheiße, ist es denn noch nicht genug? Ich würde gern knurren und die Zähne fletschen. Stattdessen balle ich die Fäuste. Atme, und es wird tatsächlich besser. Als ich wieder sprechen kann, sage ich: «Hör auf, Thursen! Du bist kein Mörder. Du tötest nicht einfach so, darum will ich wissen, was genau passiert ist.»

«Das, was immer passiert. Einer greift an, der andere verteidigt sich, und am Ende ist einer tot. Zu meinem Glück war er es und nicht ich.»

«Warum hat er angegriffen?»

Thursen schüttelt den Kopf. «Ich habe ihn angegriffen.»

«Du ihn? Aber warum?»

Thursen antwortet nicht gleich. «Du weißt doch, als Leitwölfe sind Norrock und ich die Wächter des Tores.»

«Du bist kein Leitwolf mehr. Du bist überhaupt kein Wolf mehr.»

«Der Wolfseid gilt ewig. Wir sind durch diesen Eid gebunden, das Tor zu schützen und verborgen zu halten.»

«Auch vor mir?»

«Norrock hat nicht gegen den Eid verstoßen, zu dem Zeitpunkt warst du ja eine Wölfin, eine von uns. Idiotisch war es trotzdem.»

«Ich war eine von ‹uns›? Thursen, du bist ein Mensch!»

«Ja, gut, wir sind beide wieder Menschen, ich weiß.»

«Menschen dürfen also das Tor nicht sehen?»

«Eigentlich nicht, aber das ist nicht so wichtig. Menschen würden wahrscheinlich gar nicht begreifen, was sie da sehen. Bei den Shinanim ist das was anderes. Ich glaube, sie ahnen, dass irgendwo ein direktes Tor in die Welt der Toten existiert.

Und das passt ihnen gar nicht. Darum dürfen sie den Weg dahin niemals finden. Sie dürfen nie auch nur in die Nähe des Tores kommen. Um keinen Preis. Verstehst du? Wir müssen alles, wirklich alles tun, um das Tor vor diesem Halbengelspack zu verstecken.» Thursen streicht mir über die Wange, fängt eine Strähne von meinem Haar und zwirbelt sie zwischen den Fingern. «Kannst du dir vorstellen, wie das war, als ich dich gesucht und stattdessen Norrock gehört habe, der das Tor ruft? Da konnte ich mir denken, wo du steckst, und dann stoße ich auch noch auf diese Shinanim, die genau auf Norrocks Gesang zugehen.»

«Hättest du sie nicht ablenken können? Weglocken?»

«Ich hatte keine Zeit! Du warst da drin! Schon viel zu lange! Was hätte ich denn tun sollen? Ich musste dir nach und dich rausholen, aber vorher musste ich verhindern, dass die Shinanim das Tor entdecken und den anderen davon erzählen können. Der Eid ist machtvoll, bindend. Wenn ich ihn breche, dann sterbe ich.»

«Also hast du die beiden getötet, weil sie das Tor entdeckt haben und du sonst gestorben wärest?»

«Nein. Nein, sie lebten noch, als ich durch das Tor ging. Adrian war bewusstlos, Norrock hat mit dem anderen noch gekämpft.»

Und diesmal hat Norrock den Shinan nicht entkommen lassen, so wie er es bei Elias gemacht hat, sondern er hat zugebissen. «Dann warst du vielleicht gar nicht für Adrians Tod verantwortlich.»

«Luisa, es war mein Messer in seinem Bauch! Ich habe ihn verfolgt, überwältigt, niedergerungen und zugestochen. Als wir zurückkamen, war er tot. Was willst du denn von mir hören?»

Nichts. Ich will einfach nichts mehr hören. Ich will nur

noch seine Hand spüren, die immer und immer wieder durch mein Haar fährt. Die mich beruhigt und meinem Körper die Erinnerung an das Wolfsein austreibt.

Doch etwas muss ich noch wissen. Ich greife seine raue, von der Kälte kratzige und doch so warme Hand und schmiege meine Wange hinein. «Wie hast du das überhaupt geschafft? Die beiden sind Shinanim, übermenschlich, und du bist nur, na ja, nur Lars.»

«Das Tor. Das Tor schwächt sie und stärkt uns. Vor allem Norrock natürlich. Ich bin schon zu lange wieder Mensch und habe die dunkle Kraft nur noch ganz schwach gespürt.»

«Sie waren also geschwächt?»

«Ja. Sie sind dem Tor viel zu nahe gekommen. Es sah fast aus, als hätte jemand für sie die Schwerkraft auf doppeltes Maß geschaltet, und ihre Flammentricks funktionierten auch nicht mehr richtig. Norrock ist zwischen sie und hat Bisswunden verteilt. Ich habe mit meinem Messer gekämpft. Adrian und ich waren ungefähr gleich stark. Sein Pech war nur, dass ich im Kampf mehr zu verlieren hatte als er, nämlich dich. So habe ich ihn schließlich überwältigt. Norrock wurde durch die Nähe des Tores geradezu unwirklich stark. Hast du ihn gesehen, wie er Mensch und Wolf gleichzeitig war? Er hat es geschafft, den anderen Shinan zu besiegen und dabei trotzdem das Tor so lange offen zu halten, dass ich dich retten konnte. Kannst du dir vorstellen, wie viel Kraft das erfordert hat?»

«Ihr redet immer von dieser Kraft.»

«Die Kraft ersetzt nach und die Lebensenergie der Menschen, bei jeder Verwandlung mehr. Wenn die dunkle Kraft dich ganz erfüllt, bist du ein Werwolf. Darum ist die Rückverwandlung so furchtbar. Du hast keine Kraft mehr, weder deine eigene menschliche noch die dunkle, unterirdische aus dem Reich der Toten.»

«Ja, so fühle ich mich. Als müsste ich verzweifelt um das letzte bisschen Kraft kämpfen.»

«Aber sie wächst nach, deine Lebensenergie, vertrau mir.»

«Ich hoffe es. Was hat dich nach der Rückverwandlung am Leben erhalten? Du wusstest doch nicht, dass sie zurückkommt. Dir konnte es doch keiner sagen.»

«Ich habe an dich gedacht. Du gibst mir Kraft, viel mehr als dieses verdammte schwarze Loch von einem Tor im Nebel. Das weißt du doch, oder?»

Ich fühle, wie seine Hand über mein Gesicht streicht. Auch das wird sich nie ändern, die unverwechselbare, sanfte Art, wie er mich berührt. Mit seinen Händen, die töten können. Und langsam drifte ich wieder in die Welt der Träume hinüber, um neue Kräfte zu sammeln.

35. Elias

VITTORIO geht schweigend mit mir einen unterirdischen Gang entlang. Das einzige Geräusch ist das gleichmäßige Klacken unserer Schritte auf dem gefliesten Boden. Warum soll ich Vittorio begleiten? Weiß er, was in meinem Kopf vorgeht? «Ich wünschte, ich hätte Eurem Urteil vertraut und Adrian nicht vorgeschlagen.» Ich habe Adrian in den Tod geschickt.

«Lassen wir die Toten ruhen, Elias, und wenden uns den Lebenden zu. Wir müssen über deinen Bruder, wenn du Nick so nennen willst, sprechen. Was hast du in dieser Angelegenheit erreicht?»

Nick. Noch etwas, wobei ich mich nicht gerade ehrenvoll geschlagen habe. «Nicht viel. Letzte Nacht war ich bei ihm.»

«Bei ihm?» Vittorio geht weiter, den Blick geradeaus auf das Tunnelende gerichtet.

«In seiner Wohnung.» Wir sind bei einer zweiflügeligen Metalltür angekommen. Ich trete vor, stemme sie für ihn auf. «Bitte verlangt nicht von mir, dass ich Euch verrate, wo er sich aufhält, Vittorio. Das würde auch das letzte Fünkchen Vertrauen, das er noch in mich hat, erschüttern. Ich habe es noch nicht geschafft, ihn dazu zu bringen, sich der Polizei zu stellen, ich brauche noch etwas mehr Zeit.» Hinter uns fällt die Tür krachend wieder zu. «Und jemanden, der auf meine Eltern aufpasst, solange ich hier beschäftigt bin.»

«Bedroht er sie?»

Noch ein gefliester Gang, dann führt uns eine schmucklose Treppe nach oben. «Ja. Meinen Vater, also unseren Vater. Es ist seine Mutter und mein Vater. Aber das wisst Ihr ja bereits.»

«Du nimmst diese Drohung ernst?»

«Ich habe gelernt, Nick nicht zu unterschätzen. Grenzen, wie für normale Menschen, gibt es bei ihm nicht.» Ich seufze. «Nicht mehr.»

«Wenn er so unberechenbar ist, dann wird es dich vielleicht erleichtern zu erfahren, dass dein Bruder heute früh, vermutlich kurz nachdem du seine Wohnung verlassen hast, festgenommen wurde.»

«Er wurde tatsächlich eingesperrt?»

«Ja.»

«Na gut.» Ich nicke. Drogendelikte, Einbrüche, Körperverletzung, und das sind nur die Taten, von denen ich weiß. Die Polizei war ihm sicher schon lange auf den Fersen. Es war eine Frage der Zeit, bis sie ihn erwischen. Ich kann es nicht leugnen, ich bin erleichtert. Solange Nick in Untersuchungshaft sitzt, kann er wenigstens meinem Vater nichts anhaben. «Es wäre besser gewesen, wenn er sich selbst gestellt hätte, aber es werden nicht immer alle Wünsche erfüllt. In welchem Gefängnis ist er, kann ich ihn besuchen?»

«Vorerst nicht.» Noch eine Tür, diesmal aus Holz, und wir sind im Erdgeschoss des Ordenshauses. «Du hattest noch Fragen zu Adrians und Delwins Tod?»

«Was genau ist passiert?»

Wieder geht Vittorio eine Weile schweigend voraus, dann bleibt er an einem der großen Fenster stehen und sieht hinaus. «Wir wollten die entkommenen Wölfinnen wieder einfangen. Du musst eins wissen: Wir haben diese beiden nicht deshalb gejagt, weil wir die anderen Werwölfe nicht ebenfalls hätten haben wollen, sondern weil es uns am einfachsten erschien. Eine der Werwölfinnen, du nanntest sie, glaube ich, Haddrice, war mit einem Sender versehen. Doch offenbar ist das Signal inzwischen erloschen.»

Vittorio schaut hinaus auf den Park, sein Blick verliert sich in der Ferne.

«Wann fliegt Ihr wieder weg?»

Auf einmal scheint Vittorio wieder ganz im Hier und Jetzt zu sein. «Nein, du verstehst es nicht ganz», sagt er und lädt mich mit einer Armbewegung dazu ein, auf einem der zwei Sessel Platz zu nehmen, die unter einem Marmorengel stehen. «Wir werden nicht aufgeben und euch hier alleinlassen. Wir werden unsere Strategie wechseln. Wir suchen das ganze Rudel und verhandeln. Du weißt, dass die Werwölfe vor allem hinter deinem Bruder her waren?»

«Ja.» Luisa hat es mir gesagt. Leider erst sehr spät. Und leider konnte ich ihr nicht sagen, dass Nick mein Bruder ist. «Doch Nick werden sie jetzt, wo er im Gefängnis sitzt, ja nicht mehr bekommen.»

«Nick kann niemandem mehr etwas tun, und er wird seine gerechte Strafe erhalten. Jetzt müssen wir das den Werwölfen nur noch mitteilen, dann können wir sie vermutlich überzeugen, die Menschen in Zukunft in Ruhe zu lassen.»

Ich nicke. Viele, viele Jahre lang lebten die Werwölfe im Verborgenen. Wir hielten sie für ausgestorben. Die Chancen stehen gut, dass sie sich wieder zurückziehen, wenn sie keinen Grund mehr haben, auf die Menschen wütend zu sein. «Lass mich gehen und die Botschaft überbringen, Vittorio. Das bin ich Adrian schuldig.»

«Nein, dazu bist du zu wichtig. Wir brauchen dich hier in der Zentrale, um die Verhandlungen vorzubereiten. Und vergiss nicht: Die Werwölfe kennen dich und hassen dich, Elias. Oder hast du den beiden Wölfinnen doch zur Flucht verholfen?»

«Nein, das habe ich nicht! Wann vertraut mir der Rat endlich?»

Vittorio hebt beschwichtigend die Hand. «Ich vertraue dir doch, Elias. Meinst du, ich hätte dich sonst zu einem Mitglied des obersten Rates gemacht? Shinanim in deinem Alter wird diese Ehre im Allgemeinen nicht zuteil. Siehst du, denn wenn du den Werwölfinnen nicht geholfen hast, dann wird ihr Pack mit Sicherheit nicht gut auf dich zu sprechen sein. Wir haben jemanden gefunden, der diese Aufgabe besser erfüllen kann.»

36. Luisa

ERNEUT schrecke ich aus dem Schlaf. Meine Gedanken sind verklebt von abstrusen Bildern, von Dingen, die niemals sein werden, aber sich so anfühlen, als wären sie erst eben gerade geschehen. Ich sah meinen Bruder, der in der Höhle sitzt und dort mit schwarzen Bausteinen spielt. Als ich näher komme, sind es keine Bausteine, sondern Särge, kleine Plastiksärge, die er mit seinen Händen immer wieder anders aufeinanderstapelt. Er lächelt traurig und zeigt es mir. Einen Sarg hat er für jeden, den ich kenne und mag, einen für Thursen, einen für meine Mutter, einen für Anja und einen für Haddrice, immer höher wird der Stapel. Sie klingen hohl und leer, als würden sie warten. Und als ich noch näher komme, nach Fabi greife, seine Hand nehmen will, löst sich alles in einer schwarzen Wolke auf, und ich bin der letzte lebende Mensch auf dieser Welt. Alles fliegt davon, wie die schwarzen Krähenvögel über dem Wald.

«Luisa?» Ich zucke zusammen, als Thursens Stimme meinen Namen flüstert und ich seine Küsse spüre auf meinen Wangen, meiner Stirn, meiner Nasenspitze, meinem Mund. «Lass uns raus ans Feuer», flüstert er und streift mit dem Mund meine Wange. Blind greife ich nach ihm, voller Angst, noch einmal in die Unterwelt hinabgezogen zu werden. Er nimmt meine Hand und verschränkt unsere Finger. Ich öffne endlich die Augen, und es ist, als erwachte ich erst jetzt endlich vollends. Ich bin nicht in der Unterwelt. Um uns sind nur die dunklen Erdwände der Werwolfshöhle. Es gibt keine Särge, doch die Krähen, die sind echt. Eine sitzt mit leicht schief gelegtem Kopf vor dem Höhleneingang und betrachtet uns. Sie hüpft zur Seite, als Thursen und ich gemeinsam aus der Höhle kriechen und hinübergehen zum Feuerplatz, an dem Rieke sitzt und sich die Finger wärmt.

Ich zittere, als ich ins Freie komme, wo die Kälte noch ungehinderter beißt. Thursen nickt mir zu, lässt meine Hand los und lehnt sich in der Nähe des Feuers an einen Baumstamm, bohrt seine gesunde Hand in die Manteltasche und sieht zu den kreisenden Krähen hinauf.

Ich setze mich zu Rieke. «Du bist hier? Ich dachte, sie hätten Norrock in dein Zelt gebracht», sage ich und strecke meine Hände ebenfalls der Glut entgegen. Wärme tut so gut.

«Haddrice hat mich abgelöst und kümmert sich um ihn, das heißt, jetzt sitzt sie neben ihm und starrt ihn an. Mehr kann man ja nicht machen.»

«Er ist ein Werwolf. Bald ist er wieder auf den Beinen.»

«Es hat ihn wirklich schlimm erwischt, auch mit Werwolfheilkräften wird es Tage dauern, bis er sich erholt hat.»

Wir schweigen nebeneinander und genießen die kostbare Wärme. Inmitten der Holzreste atmet von weißer Asche bepudert das Herz des Feuers rote Hitze aus und verzehrt sich knisternd selbst.

«Wir sollten Holz nachlegen», sagt Rieke und nickt in Richtung eines Stapels krummer Knüppel, die unter einer Plane trocknen. «Haddrice hat Mauriks, Rawuhn, Polmeriak und Glowen jagen geschickt. Norrock hat sicher Hunger, wenn er aufwacht. Ach was, nicht nur Norrock. Wir anderen alle auch. Doch im Gegensatz zu den Wölfen hätte ich mein Fleisch lieber gebraten.»

Gemeinsam häufen wir Brennholz auf und lassen die Flammen lodern.

«Da sind Mauriks und Rawuhn!», sagt Thursen und zeigt in die Richtung.

Und wirklich. Die beiden kommen von der Jagd zurück, und sie waren erfolgreich.

«Haddrice? Wir sind wieder da!», ruft Mauriks. Rawuhn, der schon lange kein Mensch mehr werden kann, hält zwei tote Kaninchen an den Hinterläufen im Maul.

«Jagdglück?», fragt Thursen, kommt zu mir und legt seinen Arm um mich.

«Hier, guckt mal, ist das lecker?», sagt Mauriks und lässt ein Reh mit aufgebissener Kehle von seiner Schulter rutschen.

«Toll», murmele ich. Ich versuche, das Blut an Mauriks' Mundwinkel zu übersehen, doch es gelingt mir nicht ganz. «Ich dachte, ich hätte mich langsam an Blut gewöhnt», flüstere ich Thursen zu. Wäre ich länger Wölfin gewesen, hätte ich selbst gejagt. Doch jetzt krieche ich auf einmal beim Anblick eines toten Tieres bibbernd in mich zusammen.

«Das ist die Rückverwandlung», sagt Thursen an meinem Ohr. «Es ist hart, aber es geht vorbei.»

Haddrice kommt aus Riekes Zelt gekrochen. «Wo sind Polmeriak und Glowen?» fragt sie, nimmt Rawuhn eins der Kaninchen ab. «Für Norrock.»

«Wir haben uns getrennt, als wir auf die Fährte von dem Reh gestoßen sind. Sie wollten ihre eigene Beute jagen.»

«Hmm.» Haddrice nickt, legt das Kaninchen auf einen Stamm und beginnt, es mit einem Messer zu zerteilen. Sie häutet es nicht erst, wozu auch? Das hier wird kein Steak, sondern Wolfsfutter. Ich stelle mir viel zu bildlich vor, wie sie später die kleinen, feuchten Fleischstücke zwischen die Lefzen des schlafenden Wolfs schieben wird.

Zrrie und Mauriks haben das Reh an einen Ast gehängt, ausgenommen und ziehen ihm schnell und geschickt das Fell ab. Sie bereiten den Braten vor. Die restlichen Wölfe, die sich nicht mehr verwandeln können, sind herangekommen und fressen bereits die Innereien. Mauriks zerteilt das Muskelfleisch mit einem großen Messer.

«Warten wir auf die Geschwister, oder essen wir gleich?», fragt Zrrie und rammt die Stücke auf unsere Bratspieße.

Wildfleisch sollte man vor dem Braten einige Zeit abhängen lassen, doch sie sind viel zu hungrig, um zu warten.

«Gleich!», sagt Mauriks.

Jerro und Fath zerren einen Fleischfetzen zwischen sich hin und her. Rawuhn kaut knirschend auf etwas, das wie die Luftröhre aussieht. Mauriks verteilt die Bratspieße an uns Menschen. Ich will ablehnen.

«Du musst auch essen, Luisa», sagt Thursen.

Ich schlucke, schüttle den Kopf und versuche, nicht zu würgen. «Nein, keine Chance. Davon kann ich kein Stück essen.»

«Du brauchst die Kraft.»

«Du hast recht», sage ich und nehme entschlossen Mauriks den Metallstab aus der Hand, den er mir hinhält. Ich halte ihn gerade mit einem aufgespießten Fleischstück ins Feuer, da kommen hinter uns Polmeriak und Glowen zurück. Ich kann mich nicht umdrehen, denn mein Fleischbrocken droht vom Bratspieß zu rutschen. Eine falsche Bewegung, und er fällt in die Glut.

«Seht mal, was wir hier gefangen haben!», rufen die beiden.

Mit einem Ruck fahre ich herum.

«Edgar?», stammle ich.

Im Feuer verbrennt mein Fleisch.

37. Elias

«NEIN!», sage ich und springe von meinem Platz auf, als mir klarwird, wer da zu den Werwölfen unterwegs ist. «Nicht Edgar!»

Vittorio lehnt sich in seinem Sessel vor. «Er wollte gehen!»

«Der ist doch noch hilfloser als Delwin und Adrian! Sollen wir nicht gleich eine Tüte Hundefutter an die Werwölfe schicken? Himmel, Edgar ist doch noch ein Novize!»

«Edgar ist noch ein Novize, doch er ist ein Shinan, und es ist sein Leben, über das er entscheidet. Traue ihm mehr zu! Er wollte den Auftrag übernehmen, und er hatte keine Angst.»

«Weil er nicht weiß, was ihn erwartet. Weil er nicht weiß, wie es ist, gegen sie zu kämpfen!»

«Edgar soll ja auch nicht kämpfen, Elias. Er soll lediglich eine Botschaft überbringen. Möglichst, ohne die Werwölfe misstrauisch und wütend zu machen. Wir wollen keinen Kampf, wir wollen Frieden für die Menschen.»

Und das sagt er mir, während er unter der Statue eines Engels sitzt, der drohend mit einem Schwert herumfuchtelt. «Es ist nicht sicher!»

«Nichts ist sicher im Leben, und wir alle müssen sterben, früher oder später.»

«Das weiß ich.»

«Glaubst du etwa, du bist schuld an Adrians Tod? Hattest du das Messer in der Hand, das ihn getötet hat?»

Nein, ich habe Adrian nicht gebeten, sich mit den Werwölfen anzulegen. Aber wenn ich an seiner Stelle gewesen wäre, würde er jetzt noch leben. Vielleicht wären wir beide noch am Leben. «Wenn ich wenigstens diese Aufgabe übernehmen könnte, würde es ein paar meiner Schuldgefühle tilgen.»

«Das, was passiert ist, kannst du nicht ungeschehen machen. Du bist jetzt ein Mitglied des hohen Rates. Führung zu übernehmen bedeutet auch, dass man nicht mehr jeden Auftrag selbst ausführen kann. Irgendwann muss man sich darauf beschränken, die richtigen Leute an die richtigen Stellen zu setzen. Wir brauchen dich hier, denn wir müssen gemeinsam planen, wie wir sicherstellen, dass die Werwölfe in Zukunft keine Menschen mehr anfallen.»

«Sicherstellen? Sicher? Wie soll das geschehen? Wir reden von Werwölfen!»

«Werwölfe sind in der Tat gefährlich. Menschen hingegen sind zumeist in der Lage, verantwortungsvoll zu handeln. Es gibt nur eine Lösung: Wir machen wieder ganz normale Menschen aus den Werwölfen.»

«Das ist nicht möglich.»

«Man sagt es, aber bist du dir sicher? Komm mit, du solltest dir ein Video ansehen.»

Vittorio nimmt mich mit in sein Büro und bietet mir einen Platz gegenüber seines Schreibtischs an. Er fährt den Computer hoch und gibt sein Passwort ein. «Der Junge, den du gleich sehen wirst, war zu der Zeit, als das Video aufgenommen wurde, in einem Krankenhaus», erklärt er mir. «Die Ärzte waren der Meinung, er würde unter Halluzinationen und Entzugserscheinungen leiden. Sie konnten jedoch keine Spuren irgendwelcher Drogen in seinem Blut, seinem Urin oder seinen Haaren nachweisen.» Vittorio dreht den Bildschirm zu mir.

Ein blasser, rothaariger Junge schaut unsicher in die Kamera. Er dreht den Kopf, hört offenbar eine Frage, nickt und beginnt zu sprechen. Er habe es zu Hause nicht mehr ausgehalten. Dann sei er weg und in Berlin untergetaucht, erzählt er, auf der Straße habe er um Geld gebettelt.

«Aber da ist noch mehr, was du mir erzählen willst, nicht wahr?», höre ich die Stimme des unsichtbaren Interviewers aus dem Off jetzt deutlicher. Ist es ein Therapeut oder ein Shinan?

Der Junge schluckt, dann spricht er stockend weiter. Ihm ist, erklärt er, während er auf seine Hände sieht, als habe er im Wald gelebt. Als habe er Tiere gejagt. Seine Stimme wird so leise, dass ich sie kaum verstehen kann. Er fühle sich, als sei er selbst ein Tier gewesen.

«Wer ist das?», frage ich Vittorio.

«Der Junge heißt Moritz Hassmann.» Vittorio trinkt einen Schluck Wasser. Himmelwasser, das möchte ich wetten. «Der Name wird dir nichts sagen. Was du wirklich wissen willst, ist, ob seine Geschichte wahr ist.»

«Ist er tatsächlich ein Werwolf? Das kann nicht sein. Dazu ist er nicht farblos genug, und auf dem Video sind keine Schatten zu sehen. Oder wurde das Video bearbeitet?»

«Das Video wurde nicht bearbeitet. Es sind keine Schatten zu sehen, weil es keine Schatten gibt.»

«Dann hat er die Geschichte also erfunden?» Ich schaue mir den Jungen an, stockend, zitternd berichtet er. Man muss kein Psychologe sein, um zu sehen, dass er unter großem Stress steht. Was ist ihm nur passiert?

«Die Geschichte ist nicht erfunden. Du hast recht, der Junge auf diesem Video ist ein Mensch. Allerdings wissen wir, dass es tatsächlich eine Zeit gab, in der er ein Werwolf war.»

«Es ist also möglich.» Mein Mund wird trocken, und mein Herz klopft unvernünftig schnell, als mir klarwird, was das bedeutet: Wir können wieder Menschen aus den Wölfen machen. Es wird eine Tortur für sie, mit Sicherheit, man muss sich nur den Jungen ansehen, aber wir können sie retten! Ich kann Luisa zurückhaben. Luisa wird sich wieder erinnern. Ich kann mit ihr sprechen, mich entschuldigen, und wir können wieder Freunde sein. Vielleicht wird sie sogar endlich erkennen, dass Thursen nicht gut für sie ist. Ich weiß, ich bin nicht gerade ein selbstloser Engel.

Wer von ihnen ist Adrians Mörder? Wer Delwins? Sie werden wieder Menschen sein und mit dieser Schuld leben müssen.

Luisa. Sie wird nie wieder ein Fell bekommen, keine grässlichen langen Fangzähne mehr.

«Ja, es ist möglich», sagt Vittorio. «Siehst du jetzt ein, dass wir die Werwölfe, und zwar alle, davon überzeugen müssen, sich helfen zu lassen?»

Ich nicke. «Ja, das sehe ich genauso.»

38. Luisa

WIE ein überführter Verbrecher, rechts und links an den Oberarmen festgehalten, steht er zwischen den beiden schwarzhaarigen Werwolfsgeschwistern. Polmeriak und Glowen sehen uns grimmig an. «Tut uns leid, dass wir euch nichts zum Essen mitgebracht haben», sagt Glowen. «Wir mussten erst mal den hier einfangen.»

«Der hier» ist Edgar, mein Klassenkamerad. In der farbenfroh wattierten Jacke und den Boots sieht er zwischen den dunklen Bäumen und den blassen Werwölfen aus wie ein Farbklecks, nachträglich ins Bild kopiert.

«Wir dachten uns ja, dass die Shinanim uns nicht in Ruhe lassen. Offenbar sind die Ersten schon hier. Ich glaube, der wollte uns besonders gerne kennenlernen.»

«Klasse, Kumpel! Ich denke, das wird Haddrice interessieren.» Mauriks klopft Polmeriak auf die Schulter, ganz wie Norrock es getan hätte.

«Hallo», sagt Edgar und sieht freundlich lächelnd in die Runde. «Schön, dass ich euch gefunden habe. Ich habe schon so viel von euch gehört, aber ich wusste nicht genau, wo ich nach euch suchen sollte. Wenn ich nicht den beiden begegnet wäre, würde ich bestimmt heute Nacht immer noch im Wald herumtappen und mir den Hintern abfrieren.»

Das ist so ziemlich das Blödeste, was er sagen kann. «Das hier ist kein Spaß, Edgar! Die Werwölfe halten dich für einen von ihren gefährlichsten Feinden. Los, mach ihnen klar, dass du ein ganz normaler, wenn auch manchmal etwas naiver Mensch bist.»

«Das dürfte schwer werden», sagt Glowen. «Sieh dir doch seine Glutaugen an.»

Polmeriak und Glowen waren nicht dabei, als wir gegen die Shinanim gekämpft haben, woher wollen sie wissen, wie unsere Feinde aussehen? Bestimmt irren sie sich. Ich kann kein Funkeln in Edgars Augen sehen. Doch das heißt nichts, sagt eine Stimme in meinem Kopf. Ich könnte es auch nicht sehen, denn ich bin ja kein Werwolf mehr. Offenbar hat Glowen das vergessen, als sie mich hochnehmen wollte. Und das wollte sie doch? Mich veräppeln? «Zrrie?», frage ich. «Das ist jetzt ein Witz, oder?»

Sie blinzelt und hebt die Hand, als müsste sie sich gegen die Sonne abschirmen. «Luisa, er hat Augen wie Laserpointer. Da kann man nicht reingucken. Was soll er denn sonst sein?»

Edgar guckt sie erschrocken an und senkt den Blick.

Das ist wahr? Edgar ist kein Mensch? «Was soll der Scheiß, Edgar? Wieso hast du es mir nicht früher gesagt? Wolltest du mich aushorchen? Hast du drauf gehofft, dass ich die Werwölfe verrate?»

Unsicher versucht er, mich anzusehen, ohne mich mit seinem Blick direkt zu treffen. «Hör mal, Luisa –»

Doch bevor er weiterreden kann, tritt Haddrice zu uns ans Lagerfeuer. Haddrice, die mit ihrer aufrechten Haltung und den schwarzen Klamotten aussieht wie eine stolze und todbringende Kriegerin. Haddrice, die mit mir zusammen von den Shinanim gefangen und von ihnen gefoltert wurde.

«Los, verbeuge dich mal!» Polmeriak lacht und zieht Edgars auf den Rücken gedrehten Arm immer höher, so hoch, dass Edgar sich erst verbeugt und dann mit einem Schmerzenslaut direkt vor Haddrice vornüberfällt.

«Ein Shinan», sagt Haddrice. Jetzt, wo sie sich bewegt, fällt auf, dass das Blut von Norrocks Mahl dunkle Flecken auf ihren Kleidern hinterlassen hat. «Gut gemacht, ihr zwei.»

Edgar rappelt sich mühsam auf die Knie, Schnee an der Mütze, dann steht er auf, ohne dass die Geschwister seine Arme loslassen. «Hallo, du bist Haddrice? Ich bin –»

Edgar verstummt. Unter ihrem eisigen Blick haben schon ganz andere Angst bekommen. «Du bist einer von denen, die Norrock fast umgebracht haben!», knurrt Haddrice. «Einer von denen, die uns beide ...» Sie nickt mir zu. «... eingesperrt und mich ans Kreuz gebunden haben wie den verdammten Jesus! Ich kann meine Arme immer noch nicht richtig bewegen!» Sie winkt den anderen. «Los, fesselt ihn!»

Mauriks wirft Glowen ein Seil zu. Gemeinsam mit ihrem Bruder beginnt sie, ihn zu fesseln. Edgar ist wenigstens diesmal klug und wehrt sich nicht.

«Er ist ein Shinan, ihr wisst, was das heißt! Traut ihm nicht und passt auf seine verfluchten Feuerhände auf!», warnt Haddrice. Glowen nickt. Schnell und ruppig, um sich nicht in Gefahr zu bringen, binden sie Edgar die Hände noch fester zusammen. Die Werwölfe in Wolfsgestalt umrunden ihn. Wie konnte ich Edgar nur so falsch einschätzen! Ein gefährlicher Shinan? Ich kann es immer noch nicht glauben. Für mich ist er immer noch mein etwas lächerlicher, zu allen freundlicher Mitschüler, der jeden Angriff mit einem Lächeln abtut. Nicht jemand, der mit bloßen Händen Wölfen Löcher ins Fell brennen kann.

«Was soll das?», beschwert sich Edgar. «Ihr braucht mir die Hände nicht zu fesseln. Ich kann das überhaupt nicht mit dem Engelsfeuer! Ich bin doch noch Novize und gar nicht richtig ausgebildet!»

«Meinst du, das interessiert mich? Du bist einer von ihnen. Ihr habt mich leiden lassen», sagt Haddrice. «Als ich an eurem verdammten Kreuz hing, habe ich mir geschworen, jeden Einzelnen von euch zu töten, der mir über den Weg läuft. Jeden, ohne Ausnahme. Bindet ihn an den Baum.»

Glowen und Polmeriak drängen ihren Fang an den nächsten Stamm und binden ihn fest.

«Das kann ich verstehen», spricht Edgar einfach weiter. «Mit deiner Vorgeschichte musst du mich als deinen Feind empfinden. Auch wenn ich persönlich für das, was dir und Luisa passiert ist, nicht verantwortlich bin.» Edgar nickt, genauso aufmerksam und konzentriert, als hätte man ihm eine Physikaufgabe gestellt. «Es tut mir leid, wenn dich mein Anblick daran erinnert, was du durchlitten hast. Aber ich bin eigentlich nur als Bote geschickt worden.»

«Bindet ihm endlich den Mund zu. Das hält ja niemand aus!», faucht Haddrice. Sie ballt ihre Hände zu Fäusten, und ich sehe, wie schwarzes Fell über ihre Handrücken huscht und ihre Fingernägel für einen Augenblick zu Krallen werden, ehe sie sich wieder unter Kontrolle hat.

«Gerne!» Mauriks schwingt ein fleckiges Tuch an den Zipfeln, um es zu einem Knebel zu drehen, und marschiert mit fiesem Lächeln auf Edgar zu.

«Wartet mal.» Thursen stößt sich von dem Baumstamm ab, an dem er bis eben gelehnt hat, geht auf Mauriks zu und nimmt ihm das Tuch aus der Hand. Dann wendet er sich an Edgar. «Was sollst du uns sagen?»

«Bist du der Leitwolf, Thursen?»

«Nein. Aber an deiner Stelle würde ich reden, solange ich noch kann.»

Edgars Blick geht kurz hinüber zu Haddrice. Als sie schweigt, sagt er: «Weißt du, ich soll euch das sagen, was die anderen beiden Shinanim euch vermutlich auch gesagt hätten, wenn ihr sie nicht im Wald ermordet hättet.»

«Ermordet?», knurrt Haddrice. «Norrock, unser Leitwolf, wurde angegriffen und so schwer verletzt, dass er immer noch nicht wieder richtig bei Bewusstsein ist! Und guck dir Thursen an, siehst du seinen bandagierten Arm und den Schnitt im Gesicht? Hört sich für mich nicht gerade nach Mord an. Aber ihr Shinanim redet euch ja alles schön. Und hör auf, mich mit deinen Augen zu blenden.»

«Ich meine doch nur», beginnt Edgar, senkt den Blick und unterbricht sich. Zieht fragend die Augenbrauen zusammen und traut sich gerade noch, Haddrice aus den Augenwinkeln mit einem Blick zu streifen. «Bist du dann jetzt die Leitwölfin?»

«Nein, das bin ich nicht. Aber bis er wieder auf den Pfoten ist, kannst du mit mir reden, Shinan.»

«Stimmt das, Luisa?», fragt Edgar mich.

«Ja.» Warum fragt er mich, als wären wir in der Schule und er wäre sich nicht sicher, ob er die Hausaufgaben richtig notiert hat? Wir sind hier keine Klassenkameraden mehr, er ist ein Shinan, und ich gehöre zu seinen Feinden.

«Also?», fragt Haddrice, reißt mit der einen Hand seine Mütze runter und packt ihn mit der anderen Hand unter dem Kinn, dass sein Kopf rückwärts gegen die Baumrinde knallt. «Welche wichtige Botschaft lässt man von einem Anfänger überbringen?»

«Au! Es ist keine richtige Botschaft.» Edgar ist fast nicht zu verstehen. «Vittorio, unser höchster Anführer, der Erzshinan, möchte mit euch sprechen. Einfach nur sprechen. Er möchte euren Standpunkt kennenlernen und gemeinsam mit euch nach einem Kompromiss suchen, wie wir in Zukunft beide in dieser Welt leben können.»

Haddrice lässt ihn los. «Ich lache mich gleich tot. Warum zum Teufel sollte er das tun?»

Edgar leckt über seine Unterlippe. Offenbar hat er sich draufgebissen, als Haddrice sein Kinn nach hinten gedrückt hat. «Ist das nicht klar? Das gegenseitige Töten muss doch irgendwie aufhören. Na ja, vielleicht könnt ihr Werwölfe das nicht so verstehen. Wir Shinanim stammen ja von den Engeln ab. Wir sind dafür geschaffen, Menschen zu helfen und für Frieden und Gerechtigkeit auf der Welt zu sorgen.»

Haddrice knurrt ein Wolfsknurren. «Au ja, das habe ich gemerkt. Der Einzige, den euer Elias geschützt hat, war Nick, der Menschen, unschuldige Mädchen, quält. Übrigens, als ich eine von ihnen war, ein Mensch, als ich auf offener Straße angegriffen, misshandelt, verletzt und gedemütigt wurde, hat sich keiner von euch gezeigt.»

«Vittorio lässt sich dafür entschuldigen. Es tut uns allen außerordentlich leid, dass dieser Verbrecher durch das Eingreifen von einem von uns die Gelegenheit erhielt, unschuldigen Menschen etwas anzutun.»

«Gut auswendig gelernt, kleiner Novize!» Diesmal versteckt sie das dunkle Fell nicht und lässt Edgar zusehen, wie ihr tierisches Ich durch ihre menschliche Gestalt hindurchschimmert.

Doch der ist nicht einmal davon erschreckt. «Also redet ihr mit Vittorio?», fragt er wie ein Junge, der auf seine Belohnung hofft. Was muss eigentlich passieren, damit er endlich versteht, in welch lebensgefährlicher Lage er sich befindet? Was muss passieren, bis er sich vor uns zu fürchten beginnt, wie er es sollte?

Haddrice lacht. «Nein. Warum sollten wir? Uns gefällt es, wie es ist.»

«Sie werden euch sonst alle jagen, fangen und für immer wegsperren.»

Ah, jetzt zeigt er sein wahres Gesicht. Er droht uns. Er war ja auch einfach zu nett, der liebe Edgar. «Sie?», sage ich und tausche mit Haddrice einen Blick. «Warum sagst du nicht ‹wir›? Ich dachte, es sind deine Leute.»

«Ich meine die richtigen Shinanim, die ausgebildeten, die kämpfen können.»

Haddrice schüttelt den Kopf. «Was seid ihr Engelspack nur für ein erbärmlicher Haufen! Die Mächtigen entscheiden alles. Und du, kleiner Novize? Du darfst nur für sie ins Wolfslager gehen und sterben, richtig? Na, dann wollen wir dich mal nicht davon abhalten.» Haddrice schnipst mit den Fingern. Auf das Zeichen hin springen drei Wölfe knurrend und zähnefletschend an Edgar hoch.

«Halt!», wimmert Edgar. «Ihr wolltet doch, dass Nick eingesperrt wird.»

Ich will, dass etwas ganz anderes mit Nick gemacht wird,

und ich denke, Haddrice, Rieke und Norrock sehen das ähnlich.

«Und?», fragt Thursen.

«Vittorio dachte sich das. Er hat Nick festnehmen lassen. Das ist sein Angebot. Er garantiert, dass Nick eingesperrt bleibt, dafür müsst ihr zusichern, dass ihr den Menschen nichts mehr tut.»

«Nick bleibt also gefangen?», fragt Thursen nach. Ich könnte ihn dafür schütteln, dass seine Stimme so ruhig bleibt. Wir reden schließlich von Nick, dem Stück Scheiße, das mich geschlagen und gedemütigt und fast getötet hat.

«Wenn ihr auf unser Angebot eingeht.»

«Hast du ihn gesehen?» Überraschend mischt sich Rieke in das Gespräch. «Hast du Nick gesehen? Hast du ihn selbst hinter Gittern gesehen?»

«Nein, natürlich nicht. Wie denn auch? Ich weiß ja nicht einmal, in welchem Gefängnis er ist», sagt Edgar. «Ja, wie?» Haddrice lehnt ganz nah bei dem Gefangenen. Scheinbar gedankenverloren pult sie ein Rindenstück aus dem Baumstamm, an den Edgar gefesselt ist, und dreht es zwischen den Fingern. «Siehst du, nur weil du glaubst, dass Nick gefangen wurde, müssen wir Werwölfe das noch lange nicht. Wenn wir wirklich mit deinen Leuten reden sollen, dann wollen wir Nick natürlich vorher selbst sehen.»

Edgar scheint Haddrices Nähe mehr Angst zu machen als alle Drohungen vorher. «Äh, und wie soll das gehen?»

«Ganz einfach.» Sie zerbricht das Rindenstück und lässt es fallen. «Ihr bringt Nick zum Treffpunkt. Wenn ihr das nicht zusagt, kommen wir nicht.»

«Ich weiß nicht, ob das möglich ist.»

Haddrice knurrt ihm ins Gesicht, dass er vor Angst weiß wird.

«Haddrice, er ist nur der Bote», erinnert Thursen.

Haddrice nickt, gräbt ohne Zögern in Edgars Taschen. «Wo ist sein Handy?», fragt sie.

«Hier», sagt Glowen und reicht es Haddrice. «Wir haben es ihm abgenommen und ausgeschaltet, damit man es nicht orten kann.»

Haddrice schaltet es an. «Na los, dann ruf deinen Orden an, kleiner Novize, und mach es möglich!»

Edgar sagt die PIN-Nummer, Haddrice tippt sie ein und sucht in der Anrufliste nach den Shinanim. Nachdem sie auf Lautsprecher geschaltet hat, hält sie Edgar das Handy vor die Nase, und er spricht hinein.

«Wir schlagen ein Treffen übermorgen Mittag in der Waldbühne vor. Nick bleibt in Gewahrsam. Wir verstehen eure Bedenken und können euch Videos als Beweismaterial anbieten, die wir bis dahin erstellen werden. Gemeinsam können wir dann beraten, was mit ihm geschehen soll», kommt eine Männerstimme als Antwort. «Das ist unser Angebot.»

«Waldbühne ist okay, die ist im Winter zu, da stört uns keiner. Aber wir treffen uns morgen, eine Stunde nach Sonnenuntergang. Und wir wollen keine Videos, wir wollen Nick sehen, leibhaftig und zum Anfassen, klar?» Haddrice spricht lauter, damit die am anderen Ende der Verbindung sie ganz genau hören können. «Euren Edgar behalten wir übrigens als Geisel, falls ihr auf dumme Gedanken kommt.»

«Morgen schon? Das ist absolut unmöglich. Wir müssen ja nicht nur die Waldbühne unter einem Vorwand zugänglich machen, wir müssten, wenn wir euren absurden Forderungen Folge leisten wollen, Nick dorthin bringen und für seine und eure Sicherheit sorgen. So schnell können wir unsere externen Leute nicht mobilisieren. Außerdem bräuchten wir eine genaue Uhrzeit.»

«Labert nicht, gebt euch Mühe. Morgen Abend. Es ist mir egal, ob die Sonne morgen um 16.45 Uhr, 16.51 Uhr oder 17.02 Uhr untergeht. Eine Stunde später treffen wir uns. Wenn Nick nicht da ist, gehen wir wieder, und euer Edgar stirbt. Wenn ihr das Handy zu orten versucht und hier auftaucht, stirbt Edgar. Wenn das Treffen eine Falle ist, stirbt Edgar auch. Und ich kann versprechen, es wird nicht kurz und schmerzlos. Ihr wisst doch noch, was ihr mit mir gemacht habt? Eure Folter am Kreuz hat sich angefühlt, als würden mir die Arme rausgerissen. Wenn ihr also ohne Nick erscheint, dann gehen wir wieder und reißen Edgar die Arme aus. Einen nach dem anderen.» Haddrice wartet einen Moment. «Klar?», brüllt sie in das Handy hinein. Dann öffnet sie es, nimmt die SIM-Karte heraus und bricht sie in zwei Teile.

«Morgen, Kinder, wird's was geben», summt sie leise vor sich hin. Mit ihrer wolfsheiseren Stimme fühlt es sich an, als zöge einem jemand vorsichtig eine Stahlbürste über die Haut.

«Was soll das, Haddrice?», fragt Zrrie, nachdem Haddrice Edgar sein Handy zurück in die Tasche gesteckt hat. «Das alles stinkt doch! So lange haben wir uns im Wald verborgen und sind genau dann herausgekommen, wann wir es wollten. Bisher haben die Shinanim uns nicht erwischt und – trotz ihrer Spione – keine Ahnung, wo wir sind. Warum sollten wir uns aus unserem sicheren Versteck wagen und an einen Ort gehen, den die Shinanim bestimmen, nur um einen gefesselten Nick zu sehen? Thursen, was sagst du dazu?»

«Thursen ist kein Leitwolf mehr!», sagt Haddrice.

«Und du bist es auch nicht», kontert Zrrie.

«Guckt euch diesen Edgar doch an. Wenn die anderen Shinanim auch solche Luschen sind, weiß ich wirklich nicht, wovor ihr solche Angst habt», sagt Polmeriak. «Glowen und ich, wir wollen jedenfalls nicht länger vor einem Gespenst davonlaufen.»

«Ich bin dafür, wir laufen überhaupt nicht mehr davon», sagt Irudit. «Das Rudel ist stark. Das sollen die Shinanim ruhig wissen, dann werden sie in Zukunft nicht mehr wagen, sich ...» Ihr Blick geht zu mir. «... an unseren Rudelschwestern zu vergreifen.»

«Wir sind vielleicht stark, aber die Shinanim sind viele, richtig viele. Sie sind überall auf der Welt, und unter ihnen sind mächtige Leute. Unterschätzen wir sie nicht. Wir sollten nicht gleich kämpfen, sondern erst mal reden und sichergehen, dass Nick seine Strafe kriegt!», sage ich. «Erst wenn mit Nick alles klar ist, dann lassen wir die Shinanim bezahlen für das, was sie Haddrice angetan haben. Aber das hat Zeit. Dafür müssen wir nicht unser Leben aufs Spiel setzen.»

«Lasst Norrock entscheiden», sagt Thursen.

Haddrice nickt ihm zu. «Na, dann fragen wir ihn mal! Mauriks, du und Rawuhn, ihr bewacht den Gefangenen. Wollt ihr anderen mit?»

«Aber klar!», sagen Glowen und Polmeriak fast gleichzeitig. Wir anderen nicken und schließen uns Haddrice an, die zu Riekes Zelt geht.

«Rieke?», fragt Haddrice und schlägt die Plane zurück. Ich hocke mich hinter sie, um einen Blick hineinzuwerfen.

«Hallo ihr!» Rieke schaut auf, lächelt ein bisschen abwesend. Sie hockt auf ihrem Schlafsack vor dem verwundeten Wolf, in der einen Hand ein Buch, den Finger zwischen den Seiten, mit der anderen drückt sie plätschernd ein kleines Tuch über einer Wasserschale aus. Norrock liegt, die Pfoten von sich gestreckt, auf einer Decke zwischen den Stapeln von Riekes zerlesenen Taschenbüchern. Wenigstens ist er nicht tot. Er atmet, stöhnt leise, als Rieke den Lappen auf die rote, versengte Haut legt, die zwischen dem Fell hervorscheint. Das ganze Zelt stinkt nach seinem verbrannten Fell.

«Norrock?», fragt Haddrice.

«Er ist schon die ganze Zeit Wolf», sagt Rieke. «Und er hat sich noch nicht ein einziges Mal verwandelt. Ich glaube nicht, dass er dich verstehen kann.»

«Na gut», sagt Haddrice und lässt den Zeltvorhang wieder zufallen. Sie dreht sich zu uns. «Damit ist es entschieden. Wir treffen morgen die Shinanim.»

«Das kannst du nicht machen!», beschwert sich Zrrie. «Ich weiß, wie sehr du Nick hasst. Aber du kannst nicht das Rudel in Gefahr bringen, nur um Nick in Fesseln zu sehen. Norrock hätte das auch nicht gemacht.»

«Norrock liegt in Riekes Zelt, und wenn er wieder aufwacht, kaut er sein Fleisch in ganz kleinen Bröckchen. Er hasst Nick so sehr wie ich, und er hat Rache für Sjöll geschworen. Glaub mir, er hätte noch ganz andere Sachen gemacht, um Nick in die Finger zu bekommen.»

Ich fühle immer noch jede Stelle, an der Nick mich verletzt hat, und ich glaube ihr. Sjöll muss es noch schlimmer ergangen sein, denn sie hat niemand in letzter Sekunde vor dem Schlimmsten gerettet. Sie wollte vielleicht nur vergessen, doch Norrock wollte Rache. Und Norrock hätte alles getan für Sjöll. Wenn Norrock ihn schon nicht töten kann, dann müssen wir uns wenigstens versichern, dass Nick nie mehr frei herumläuft.

39. Elias

ER hat es geschafft, der Novize. Gestern saß ich mit Vittorio im Büro, als der unerwartete Anruf aus dem Wolfslager kam. Edgar hat die Werwölfe gefunden, er lebt noch und hat sie dazu gebracht, sich mit uns zu treffen!

Der Ton, den die Werwölfe angeschlagen haben, war nicht gerade freundschaftlich. Wie sie ihn wohl behandeln? Was, wenn wir uns nicht einigen können? Ich will nicht darüber nachdenken, ob Haddrice wirklich dazu in der Lage ist, jemandem die Arme und Beine auszureißen. Die Antwort könnte «ja» lauten.

Wir haben den ganzen gestrigen Tag damit verbracht, den Werwölfen die Bühne zu bereiten, im wahrsten Sinne des Wortes. Die Waldbühne zu bekommen war kein großes Problem für uns. Wir haben nicht nur genug Geld, wir haben auch genug Mitglieder in unseren Reihen, die Menschen überzeugen können, ohne Gewalt anzuwenden. Jetzt haben wir die Schlüssel zu sämtlichen Türen, Schaltkästen, zur Stromversorgung. Vittorio versichert immer wieder, dass wir uns unbesorgt mit den Werwölfen treffen können. Dass keine Gefahr besteht, für niemanden der Beteiligten. Wir werden unseren guten Willen zeigen und den Werwölfen ein Angebot machen. Ich versuche, mich zu überzeugen, dass ich das auch will, denn in mir muss doch irgendwo die grenzenlose Güte der Engel schlummern. Unser guter Wille bedeutet, dass mein Bruder jetzt im Gefängnis sitzt. So haben die Werwölfe keinen Grund mehr zu behaupten, sie müssten Menschen angreifen, denn Nick ist keine Gefahr mehr. Wir kommen zu dem von ihnen angegebenen Ort, und sie behalten Edgar als Geisel. Mit anderen Worten: Wir bieten alles, und sie bieten nichts. Wer sagt, dass sie uns nicht angreifen, statt sich unsere Bitten anzuhören? Wir werden natürlich nicht kämpfen, und wenn, dann nur mit Worten. Trotzdem fühle ich mich wie ein Ritter vor der Schlacht, als ich Schicht um Schicht meine Kleidung anlege. Isolierende Unterkleidung, darüber Hose und Pullover aus leichtem, atmendem Stoff, der wärmt und die Bewegung nicht behindert. Snowboard-Kleidung fast, doch natürlich nicht so bunt. Als Shinan liebe ich Weiß, die Farbe des himmlischen Lichtes, das sich im Schnee widerspiegelt. Ich werde nicht frieren, wenn wir uns dort draußen an den Verhandlungstisch setzen. Ich schlüpfe in meine Stiefel. Sie haben Profilsohlen und einen halbhohen Schaft. Ich könnte darin laufen, ohne auszurutschen. Ich könnte auch kämpfen darin. Doch wir kämpfen ja nicht. Wir reden nur. Ich schnüre meine Stiefel zu, sorgfältig erst rechts und dann links.

Ich wünschte, Adrian würde draußen vor meiner Tür auf mich warten. Er würde ein paar Scherze machen und der ganzen Sache damit etwas an Dramatik nehmen. Ich wünschte, ich könnte für ein paar Stunden kein guter, weiser Shinan sein, sondern die Werwölfe für Adrians Tod bezahlen lassen. Bin ich vielleicht gar kein wahres Engelskind, wenn ich mir heimlich wünsche, ich könnte das Messer, das meinen Freund getötet hat, seinem Besitzer auf die gleiche tödliche Weise zurückgeben?

In meiner Tasche summt eine kleine Melodie. Mein Smartphone. «Bist du so weit?», fragt Esther.

«Ich komme», bestätige ich.

Zeit für Jacke und Mütze. Handschuhe brauche ich schon seit Jahren nicht mehr, seit ich weiß, dass ich ein Shinan bin.

Wer braucht Handschuhe, wenn er aus seinen Händen Flammen wachsen lassen kann?

Unten in der Halle treffe ich Esther und Vittorio im Gespräch. Sie verstummen, als ich hinzutrete. «Gut. Da bist du ja.» Esther lächelt und hebt im nächsten Moment ihr sanft piependes Handy ans Ohr. «Der Hubschrauber ist bereit!», sagt sie zu uns. Gemeinsam gehen wir zum Landeplatz, wo ein weißer Hubschrauber mit laufendem Motor auf uns wartet. Keiner spricht, es ist zu laut. Kaum haben wir die Türen geschlossen und uns angeschnallt, beginnen sich die Rotorblätter über uns zu drehen, und der Lärm wird noch größer. Vittorio gibt dem Piloten ein Zeichen, und wir heben ab. Ich sehe hinaus. Die Villen unter uns werden kleiner, als würden sie von einer Kamera weggezoomt. Vittorio hat keinen Blick für das, was draußen vorgeht. Er betrachtet aufmerksam sein Tablet; was er sieht, kann ich von meiner Position aus nicht erkennen. Wenige Minuten später sind wir nicht mehr über Häusern und Straßen, sondern über dem Wald. Aus dem Seitenfenster sehe ich einen zweiten Hubschrauber, der unter uns zwischen die Baumkronen einschwenkt. Setzt er zur Landung an? Ich kann es nicht erkennen, wir sind schon weiter, immer noch hoch über den Bäumen. Wir verfolgen, wie weitere Hubschrauber wie vorgesehen auf einem Sportplatz in der Nähe landen. Das müssen die anderen Ratsmitglieder sein. Mir war nicht klar, dass sie tatsächlich alle an der Beratung teilnehmen werden. Auch unser Pilot geht langsam tiefer. Unter uns fahren zahlreiche Autos im Konvoi die Straße Richtung Waldbühne entlang. Dann drehen wir ab, kippen zur Seite, sodass einen Moment lang die Straße nicht unter, sondern neben uns zu sein scheint, dann steigen wir wieder. «Was sind das für Autos da unten auf der Straße? Warum so viele?»

«Als gestern die Nachricht kam, dass wir Werwölfe erwarten, hat das die Shinanim natürlich elektrisiert», sagt Esther. «Sie alle wollen die sagenhaften, dunklen Gestalten mit eigenen Augen sehen und dabei sein, wenn sie endlich unsere Hilfe annehmen.»

Sanft setzt der Hubschrauber auf dem Boden auf, und der Pilot drosselt den Motor. Vittorio reicht Esther sein iPad. Wir öffnen die Türen.

«Steig aus, Elias!», sagt Esther. «Wir schreiben heute Geschichte.»

Eigentlich mochte ich die Waldbühne immer. Mir gefiel es, wie sich die halbkreisförmigen Sitzreihen an die Wände der Murellenschlucht schmiegen, sodass die ganze Waldbühne mit dem angrenzenden Wald verwachsen scheint. Am Grund der Schlucht steht die Bühne, ein stoffüberspanntes Podest mit Scheinwerfern, Lautsprechern und all der Technik, doch es gibt nichts, was außer dem Sonnenuntergang den Zuschauerraum verdunkeln könnte. Früher war ich mit meinen Eltern oft im Sommer hier, wir haben uns einen Picknickkorb und eine Decke mitgenommen und nach Einbruch der Dämmerung mit Tausenden von Leuten zusammen Filme geschaut. Später dann, auch als ich schon wusste, dass ich ein Shinan bin, war ich gerne zu Konzerten hier. Ich habe alles angeschaut, von Rockkonzerten bis zu den Auftritten der Berliner Philharmoniker. Waldbühne, das war für mich Entspannung, Freizeit und Sommervergnügen. Heute schmeckt die Luft nach Schnee. Es gibt keine Musik, die uns schon am Eingangstor begrüßt wie früher. Dafür krächzen in den kahlen Bäumen die Krähen. Es scheinen mehr Krähen zu sein als in jedem Jahr zuvor.

Auf dem Platz vor dem Eingangstor stehen, eingehüllt in warme Mäntel und Jacken, kleine Grüppchen von Leuten, die ehrfürchtig raunend unser Erscheinen quittieren. Die

Eingangstore sind weit geöffnet. Offiziell ist niemand hier. Doch inoffiziell ist für uns Shinanim nichts unmöglich, auch nicht, die Waldbühne während der Winterpause zu öffnen.

Ich begebe mich nach links, die Seitentreppe hinunter, um dort wie verabredet auf halber Höhe hinter einem geschlossenen Verkaufsstand mit Felicity und drei anderen Shinanim zusammenzutreffen. Vier von uns sind auf der Bühne. Gegenüber, an der rechten Seitentreppe, hält sich ebenfalls eine Gruppe versteckt, ein paar aus meiner Gruppe sind dabei. Wenn die Werwölfe versuchen sollten, Vittorio anzugreifen, dann bekommen sie es mit uns zu tun.

Felicity lauscht in ihr Headset und flüstert mir zu: «Die Wächter sind auf ihren Positionen. Das Bühnentor unten ist geöffnet.» Ich nicke. Das Tor führt genau in den Wald. Die Werwölfe können kommen.

Wir sind bereit.

40. Luisa

HEUTE war wieder einer dieser Tage, an dem Morgen- und Abenddämmerung ohne Übergang ineinander verschwimmen. Es ist später Nachmittag, und die Sonne, nicht mehr als ein heller Fleck am weißen Himmel, rutscht langsam hinter die Baumkronen. Krähen fliegen auf der Suche nach einem Schlafplatz von Baum zu Baum. Es sind noch mehr geworden in den letzten Tagen. Sie sind Tag und Nacht bei uns. Tags kreisen sie hoch am Himmel über unserem Lagerfeuer, nachts, wenn ich aus meinen Albträumen hochschrecke, höre ich ihr leises Krächzen in der Nacht. Ja, bald geht die Sonne unter. Ich zurre den Reißverschluss meiner Jacke bis unters Kinn und ziehe mir die Mütze über die Ohren. Zeit aufzubrechen. Bei Sonnenuntergang werde ich Nick sehen.

Haddrice hat das Rudel um sich versammelt. Immer noch hat niemand dagegen aufbegehrt, dass sie für Norrock spricht. Wir nehmen es hin und warten, dass Norrock zurückkehrt. Zum letzten Mal. Wir alle wissen, dass er sich bald nicht mehr verwandeln wird. Er hält nur so lange durch, um seine Rache an Nick zu vollenden.

«Alle bereit? Zrrie, Luisa und Rieke, ihr bleibt bei Edgar und passt auf, dass wir noch eine Geisel haben, wenn wir eine brauchen sollten. Rawuhn hilft euch.» Haddrice schickt ihm einen Blick, den der Wolf offenbar versteht, denn er kommt aus dem Kreis seiner Rudeltiere zu uns herüber. «Die anderen kommen mit mir. Lasst die Shinanim uns kennenlernen.»

Was? «Nein! Ich bleibe nicht hier, Haddrice», sage ich. «Auf keinen Fall!»

Polmeriak lacht. «Wir brauchen doch ausreichend Wächter für unseren ach so gefährlichen Shinan.»

Was mischt der sich ein?

Haddrice bringt Polmeriak mit einem Blick zum Schweigen und wendet sich an mich. «Du bist Mensch und machst uns langsam.»

«Ich kann nicht einfach hier im Lager bleiben und warten, das halte ich nicht aus!»

«Lass sie mit, Haddrice», springt Thursen mir bei. «Gerade du solltest verstehen, warum Luisa das so wichtig ist.»

Wir haben nicht darüber gesprochen. Auch nicht, als ich versucht habe, sein Handgelenk so fest zu verbinden, dass er die Hand wenigstens ein bisschen benutzen kann. Doch er weiß natürlich trotzdem, woran ich denke.

Ruhig blicke ich Haddrice in die Augen. «Nick hat mich genauso überfallen wie dich, Haddrice. Ich muss mit eigenen Augen sehen, dass er gefangen ist. Dass wir ihn endlich überwunden haben und er uns nie mehr etwas tun kann.» Ich muss ihn nicht tot sehen, nur in Fesseln. Nur auf dem Weg ins Gefängnis.

Haddrice nickt bedächtig, und ich weiß, dass sie mich versteht. «Und du, Rieke, musst du auch mit?»

Rieke schüttelt den Kopf. «Ich bleibe hier und kümmere mich um Norrock. Aber eins müsst ihr mir versprechen: Wenn ihr könnt, dann spuckt Nick mit schönen Grüßen von mir ins Gesicht, okay?»

«Dann lasst uns gehen.» Haddrice sieht mich und Thursen an und ruft über die Schulter: «Seid ein bisschen langsamer, meine Wölfe, wir haben Menschen dabei.»

Wir laufen los. Haddrice kraust die Nase und sucht die Spur, doch es ist Mauriks, der schließlich voranläuft. Woher weiß er den Weg? Rhythmisch bewege ich die Füße, versuche, das Tempo der Wölfe mitzuhalten. Einatmen und aus. Rennen hält auch die innere Unruhe in Schach. Diesmal kommen das Zittern und die Unruhe nicht nur von der Rückverwandlung. Wird Nick tatsächlich da sein, oder lügen sie uns an? Elias hat mir mal gesagt, Shinanim sei es fast unmöglich zu lügen. Hoffen wir darauf. Zrries Warnung geht mir nicht aus dem Kopf. Wollen die Shinanim wirklich Frieden schließen, und wenn nicht, was wollen sie dann von uns Wölfen?

Es ist dunkel, als wir ankommen. Die Shinanim, jedenfalls nehme ich an, dass es die Shinanim waren, haben das Bühnentor für uns geöffnet, das vom Wald aus direkt in den Bereich hinter der Bühne führt. Wir wittern, die Wölfe haben den Geruch der Engelsmenschen sofort in der Nase. Für mich, und wohl auch für Thursen, ist er nur ganz schwach wahrzunehmen.

Die Werwölfe – sofern sie es noch können – nehmen aus Rücksicht auf die Shinanim menschliche Gestalt an. Dann durchschreiten wir alle zusammen das schmale Tor. Wir befinden uns am Fuß der Murellenschlucht. Die Wände, an denen die Zuschauertribünen aufsteigen, liegen im Dunkel. Nur auf der Bühne, direkt vor uns, leuchtet eine schwache Lampe. Im Lichtkegel stehen vier Männer und Frauen. «Seht ihr? Da sind sie ja, die Shinanim», knurrt Haddrice leise.

Als wir näher kommen, drehen sich die vier zu uns um und geben den Blick frei auf einen der Pfeiler, die das Segeltuchdach tragen.

Und da ist er.

«Scheiße!», sagt Haddrice. «Sie haben tatsächlich Wort gehalten.»

Nick sieht aus, als würde er sich im blassen Scheinwerferlicht an einen der Dachträger lehnen. Cool. Unbeteiligt. Er dreht nicht mal den Kopf zu uns. Ich fühle mein Herz hämmern, meine Brust ist zu eng. Gleich bemerkt er uns, sieht mich an, kommt zu mir. Gleich greift er mich, mit einem Griff wie Eisenklammern, und lacht mir ins Gesicht. Gleich bin ich wieder ganz allein, und er kommt mit viel zu vielen, und ich bin ihm wieder ausgeliefert.

«Ganz ruhig!», raunt Thursen und legt mir seine Hand beruhigend auf den Rücken. Als ich trotzdem zu zittern beginne, drückt er meine Schulter und gibt mir die Kraft, in mein Selbst zurückzufinden. «Sieh hin, er ist gefesselt», flüstert Thursen. Ja, da sind tatsächlich Fesseln. Ein kräftiges Seil läuft um seinen Körper und bindet ihn an den Pfeiler. Er sieht zu uns herüber, und an seinem Blinzeln merke ich, dass er uns nicht erkennen kann. Das Licht blendet ihn, und wir stehen im Dunkeln. Er versucht, sich weiter zu uns zu drehen, doch seine Schultern werden vom Seil an den Pfeiler gedrückt. «Niemand wird ihn frei lassen», sagt Thursen. «Es gibt kein Abkommen zwischen den Werwölfen und den Shinanim, wenn er nicht für seine Taten bezahlt.» Ich weiß, dass er recht hat. Haddrice wird dafür sorgen.

«Luisa?» Haddrice greift nach meinem Arm. «Gehen wir als Erste? Das haben wir uns verdient.» Ich wollte Nick sehen, ihm in die Augen blicken, dafür bin ich hergekommen. Ich berühre Thursen am Arm und mache mich auf den Weg. Meine Wut und mein Kampfgeist kehren zurück. Es ist an der Zeit, den Albträumen ein Ende zu machen. Nick war es, der sich einfach das Recht genommen hat, über unsere Würde und unseren Schmerz zu entscheiden. Haddrice und ich sehen uns an und wissen: Es wird Zeit, dass wir wieder selbst über uns entscheiden. Sie geht zuerst die kleine Treppe hinauf, und mit ein paar schnellen Schritten folge ich ihr auf die Holzbretter der Bühne.

Haddrice wirft Nick einen Blick zu und versucht dann offenbar, herauszufinden, mit welchem der Shinanim wir über den Frieden sprechen können. Ich gehe zu Nick, bin ihm ganz nah. Ich zittere so, dass meine Kiefer aufeinanderschlagen, doch ich halte stand. Thursen ist uns auf die Bühne gefolgt, steht hinter mir und reibt meinen Oberarm, wohl damit ich warm werde. Dabei ist es nicht mehr Angst oder Kälte, die mich quälen, sondern das unbändige Verlangen, mich zu verwandeln, Wolf zu werden und der Wut den Raum zu geben, den sie verlangt.

«Guck ihn dir an, diese Ratte», sagt Thursen mir ins Ohr.

Nick dreht den Kopf zu uns. Seine Augen werden zu

Schlitzen. «Dich kenn ich doch!», sagt er zu mir. «Elias' kleine S-Bahn-Freundin. Hast du jetzt die Seiten gewechselt?» Und dann wird er laut, brüllt ins Dunkel: «Hey, Elias, bist du hier irgendwo? Guck mal, du Loser! Du musst deine Else besser erziehen, die knutscht hier mit einem –!»

«Sei still!», knurrt Haddrice, die mit einem Mal direkt vor ihm steht.

Er grinst sie nur an. «Wow, meine leidenschaftliche Wölfin! Erinnerst du dich noch an mich?»

«Ich mach dich fertig, du Monster», faucht sie ihn an.

Ich umklammere Thursens Hand so fest, dass ich ihm bestimmt das Blut abschnüre. Haddrice flirrt einen Atemzug lang hinüber zur Wolfsform, fängt sich dann aber, als ein Shinan mit polternden Schritten auf uns zukommt. Ein Shinan, der offenbar etwas zu sagen hat. «Ich bin Vittorio. Lasst euch begrüßen, Werwölfe. Ihr seid also unserem Ruf gefolgt. Das ist gut», beginnt er. «Nick ist hier, wie ihr es gewünscht habt. Es war nicht einfach, aber wie ihr seht, haben wir unseren Teil der Abmachung eingehalten.»

Ich wollte ihn hassen, diesen Shinan. Doch als ich sehe, mit welcher Abscheu im Blick er Nick bedenkt, kann ich es nicht. Es gibt wohl nichts, das so sehr verbindet wie ein gemeinsamer Feind.

«Vittorio», sagt Thursen und nickt zur Begrüßung, als Haddrice nicht antwortet. Sie bohrt immer noch ihren Blick in den Nicks, als könnte sie ihn allein damit dazu bringen, an seinen eigenen Worten zu ersticken.

«Was für eine wütende Kriegerin du jetzt bist, du machst mir ja fast Angst!» Nick wirft den Kopf zurück, so weit es der Pfeiler zulässt und lacht. Versucht er etwa, mit ihr zu flirten? Hier? Mit Haddrice, die alles, was er ihr angetan hat, aufgeschrieben hat und es sich jeden Tag wieder durchliest, um nicht das kleinste bisschen davon zu vergessen? Die lebt von ihrer Wut auf Nick?

«Weißt du was? Du solltest mir dankbar sein. Ich erinnere mich noch genau an dich. Was warst du für ein schüchternes, graues Mäuschen, als ich dich damals in meinen Händen hatte. Wir haben ein bisschen mit dir gespielt, weißt du noch? Hat es dir nicht gefallen? Und jetzt sieh dich an! So eine schöne, starke Frau bist du geworden, und alles wegen mir!»

Haddrices Antwort ist wortlos. Aus ihrer Kehle kommt ein langgezogenes dunkles Knurren.

«Wie gesagt, wir haben unseren Teil eingehalten und sind trotz eurer Taten bereit zu einem Gespräch.» Vittorio räuspert sich. «Jetzt wäre es an der Zeit, Edgar frei zu geben. Wo ist er?»

«Edgar ist nicht hier. Er kommt frei, wenn wir alle wieder heil zurück sind», sagt Thursen.

Alle Werwölfe sind jetzt auf der Bühne. Vittorio nickt und schlendert ein paar Schritte zwischen den Werwölfen hin und her, betrachtet mal diesen, mal jenen. Will er zeigen, dass er keine Angst vor uns hat?

«Da liegt schon mal das erste Problem», sagt Vittorio. Jetzt betrachtet er nicht mehr den Bühnenboden, der unter seinen Schritten dröhnt, jetzt sieht er den Wölfen in die Augen. Mauriks, Glowen, Irudit, Polmeriak, einer nach dem anderen senken sie ihren Blick, als sich Vittorios in ihren brennt. Das also will er, seine Macht zeigen. Nun, Thursen und ich, wir können seinem Blick standhalten. Wir sehen ihm direkt in die Augen, als er weiterspricht. «Wir können euch Raubtiere nicht einfach so gehen und weiter morden lassen, das versteht ihr doch, oder?»

Eine Falle! Vittorio hat uns eine Falle gestellt, und Nick war der Köder. Zrrie hatte recht, wir hätten nie herkommen dürfen. Ich suche Haddrices Blick, doch Thursen bleibt ganz ruhig. «Was willst du dagegen tun, alter Mann?»

Vittorio zieht die Brauen zusammen. «Du bist Thursen, richtig?»

«Sehr erfreut.» Thursen verbeugt sich ironisch. «Ihr Shinanim habt mich also noch nicht vergessen?»

«Falls du es noch nicht weißt, ich bin befugt, für alle Shinanim zu sprechen.»

«Ich weiß. Der Erzshinan. Wie der Papst für die Katholiken.»

Vittorio lächelt. «So ungefähr.»

«Sind wir Handvoll Werwölfe so wichtig, dass der Oberste des Ordens sich mit uns in verschneiten Winkeln treffen muss? Kaum beschützt?»

Thursen hat recht, es sind viel zu wenige, die Vittorio begleiten, wenn er wirklich das ist, was er zu sein vorgibt. Ich gehe hinüber zu Irudit und Mauriks. Die beiden verstehen sofort. Sie laufen unbemerkt zum Rand der Bühne, wittern und springen lautlos hinab in die Dunkelheit.

Vittorio seufzt. «Thursen, ihr seid wirklich zu gefährlich, um frei herumzulaufen. Du hast einen von uns getötet. Dein Rudel hat im Tegeler Forst gemordet, und jetzt sind wieder zwei von uns eurer Mordlust zum Opfer gefallen, wer auch immer von euch dafür verantwortlich ist. Ihr werdet den Ort hier nur verlassen, um uns in unser Institut zu folgen.»

«Dorthin, wo ihr Haddrice gefoltert habt?», fragt Thursen.

«Ist es das, was ihr unter Frieden versteht?» Haddrice steht bei Nick, der ohne Erfolg an den Stricken zerrt, die seine Hände halten.

«Wir wollen euch helfen», sagt Vittorio. «Ihr Werwölfe seid besessen von der Energie der Hölle. Wir können euch davon befreien und euch die Dämonen der Finsternis austreiben.»

«Da drüben sind noch mehr von denen», zischt Irudit, die lautlos wieder neben uns aufgetaucht ist.

Thursen nickt unmerklich und wechselt einen Blick mit Haddrice. Wann lässt Vittorio die Falle zuschnappen?

«Wir kommen nicht mit!», sagt Haddrice. «Keiner von uns. Das könnt ihr vergessen. Wir haben uns euren schwachsinnigen Vorschlag angehört. Jetzt gehen wir. Und den ...» Sie zeigt auf Nick. «Nehmen wir mit.» Ehe sie jemand davon abhalten kann, hat sie ein Messer in der Hand, das sie unter Nicks Fesseln schiebt, um die Stricke durchzuschneiden.

Da wird die ganze Waldbühne in Licht getaucht. Wir werden vom Scheinwerferlicht geblendet, und Haddrice verharrt in der Bewegung.

Im jetzt erleuchteten Zuschauerraum marschieren die Shinanim auf. Viele. Die fünffache Überzahl mindestens.

«Ganz ruhig. Wir sind hergekommen, um zu reden», sagt Thursen. «Wir sagen, was zu sagen ist, und dann gehen wir wieder. Wir haben Edgar. Er ist bestimmt ein netter Junge, aber wenn ihr uns nicht gehen lasst, dann ist er tot!»

«Seid doch vernünftig!», ruft einer hinauf, den ich kenne. Konstantin. Auch er war in Elias' Wohngemeinschaft, genauso wie Adrian. Meine Güte, er war nervig, aber wir haben morgens zusammen am Frühstückstisch gesessen!

Bedeutet das, dass Elias auch hier ist? Mein Blick sucht ihn, aber ohne Erfolg. Seltsamerweise macht mir das noch mehr Angst, als wenn er unten in den Reihen derer stünde, die uns vernichten wollen.

«Ihr gebt also zu, dass ihr uns eine Falle gestellt habt?», ruft Thursen.

Die ersten Shinanim klettern zu Vittorio und seiner Gruppe auf die Bühne. «Wir haben das gemacht, was man mit gemeingefährlichen Raubtieren tut!»

«Prima!», ruft Nick. «Dann habe ich ja meinen Job gemacht. Kann mich jetzt mal jemand losmachen? Das ist unbequem hier.»

Und dann passiert alles auf einmal.

«Packt sie!», ruft Vittorio.

Jerro und Fath zerren einen Shinan von Lurnak weg. Lurnak heult auf, beißt um sich, um freizukommen.

«Weg hier!», schreit Thursen.

Irudit tritt einem dunkelhaarigen Shinan, der nach ihr greift, in den Bauch. Ein eleganter Blonder versucht, Haddrice das Messer aus der Hand zu reißen. Er hat es gerade geschafft, hält sie am Arm, da wird sie unter seinen Händen zum Wolf, springt weg. «Nick!», brüllt jemand. Eine Sekunde später springt Haddrice am gefesselten Nick hoch und beißt ihm die Kehle durch.

Nick, in Blut gebadet, ist plötzlich ganz still.

Haddrice heult ihr Triumphgeheul, das gurgelnd abreißt, als sie von irgendwoher von Geschossen getroffen wird. Ihre Pfoten knicken unter ihr weg, und sie sackt auf den Holzboden.

Schüsse! Wer schießt hier?

Thursen reißt mich zu Boden.

Haddrice wird getroffen. Noch mal. Noch mal. Ihr zuckender Wolfskörper wird von den Einschlägen herumgeworfen. Noch ein Schuss knallt.

Roff, Mauriks und Irudit werden zu Wölfen. Springen halb über, halb zwischen die Shinanim und entwischen ihnen, nach allen Seiten um sich beißend. Thursen springt auf, ich auch. Gebückt zieht er mich mit sich. Doch es fallen keine Schüsse mehr. Über die Schulter hinweg sehe ich, wie Haddrice im Sterben Mensch wird und ihre Farben zurückbekommt. Ihr Haar hat auf einmal einen milden Kastanienton, und ihre Lippen sind fast so rot wie das Blut, das darauf erstarrt.

Und dann sehe ich Elias doch. Wütend kommt er angerannt und auf die Bühne gesprungen. Alle rufen durcheinander, und ich kann nicht verstehen, was er sagt. Er wirft Vittorio das Gewehr vor die Füße und packt den toten Nick, als wollte er ihn noch einmal umarmen. War er es, der geschossen hat? Elias hat Haddrice erschossen? Mitten in die Menge gefeuert? Es muss wohl so sein. Elias hat seinen verdorbenen Bruder gerächt.

Warum, Elias?

Ich will stehen bleiben, doch Thursen zieht mich weiter. Wir haben den Zaun erreicht, klettern hinüber und laufen durch den Wald davon, ohne uns noch einmal umzusehen.

41. Elias

«NICK!», höre ich mich schreien, als Haddrice zum Wolf wird, meinen Bruder anspringt und ihre Fangzähne in sein Fleisch rammt. Felicity ist direkt hinter mir, hat auf einmal ein Gewehr, und sie schießt, tatsächlich, sie schießt von hier aus! Sie trifft sogar, doch viel zu spät! Haddrice hat Nick bereits die Kehle zerfetzt, ehe sie von den Geschossen getroffen wird. Sie heult auf, und Nicks Hände greifen ins Nichts. Blut ergießt sich in einem Schwall über seine Brust. Felicity schießt immer noch. Haddrice ist längst reglos. Knall auf Knall lassen die Geschosse Haddrices gekrümmten Körper vom Boden hochzucken. Wütend reiße ich Felicity das Gewehr aus der

Hand. Da sind doch Shinanim auf der Bühne, im Kampf! Was für ein Irrsinn, mitten in die Menge zu feuern.

Und warum, zur Hölle, warum war denn niemand bei Nick? Warum war er ungeschützt?

Ich schubse und kämpfe mir meinen Weg frei durch die Menge der Shinanim. Benutze meine Ellenbogen rücksichtslos und bin am Bühnenrand. Springe hinauf. Meine Schritte hallen auf dem Holzboden. Die Mörderwölfin verschwimmt vor meinen Augen, und dann liegt dort auf den rotverschmierten Bohlen ein totes Mädchen. Wir haben auf einen Wolf geschossen und damit einen Menschen getötet.

«Weg hier!», höre ich Thursen schreien.

Ich werfe Vittorio das Gewehr vor die Füße. Ich bin bei Nick, doch er ist tot. Tot. Vornübergeneigt hängt er in seinen Fesseln. Sein glanzloser Blick geht ins Leere. Auf seinen Lippen ist blutiger Schaum und darunter am Hals eine klaffende Wunde. Ich umarme ihn, drücke ihn an mich, halte ihn, als könnte ich mich jetzt noch mit ihm versöhnen, doch es ist zu spät. Sein Herz schlägt nicht mehr. Wir werden nie mehr miteinander reden. Keiner kann dem anderen mehr verzeihen. Nichts mehr. Nie mehr.

Wir haben meinen Bruder benutzt, wie man ein Stück Käse in der Mausefalle benutzt. Wir haben ihn den Werwölfen zum Fraß vorgeworfen, damit sie hierherkommen. Wir haben in Kauf genommen, dass die Gejagten den Köder fressen und trotzdem entkommen.

Ich nehme Haddrice das Messer aus den blutigen, toten Händen, schneide meinen Bruder los und lasse ihn sanft auf den Boden gleiten.

Die letzten Werwölfe entkommen gerade. Warum jagen die Shinanim sie nicht? Warum kommen die Zuschauer nicht die Treppen herabgeeilt und setzen ihnen nach? Sinnlos war es auch noch! «Warum ist mein Bruder tot? Er konnte sich nicht verteidigen. Warum war niemand bei ihm, um ihn zu schützen? Wie konnte das geschehen, Vittorio?», brülle ich dem Höchsten des Ordens ins Gesicht.

«Elias, es tut mir leid.» Er legt mir seine Hand auf die Schulter, die ich erbost wegstoße.

«Seit wann opfern wir Shinanim für unsere Ziele Menschen?»

«Die Werwölfe wären misstrauisch geworden, hätten wir zu viele an der Seite unseres Gefangenen postiert.»

«Und da nehmen wir in Kauf, dass er getötet wird? Gehen wir jetzt über Leichen, Vittorio?»

«Manche Ziele sind eben groß und verlangen daher auch große Opfer.»

«Tote? Wie weit geht Ihr? Müssen wir demnächst Menschen nicht nur beschützen, sondern auch töten, wenn Ihr es uns befehlt?»

«Es wäre besser, du würdest dich erst einmal beruhigen.»

Beruhigen! «Und jetzt? Verfolgt Ihr sie nicht? Was soll jetzt geschehen?»

«Wir werden die Werwölfe jagen, Elias. Jeden einzelnen von ihnen, bis wir sie alle haben. Hubschrauber stehen bereit und jede denkbare Technik. Wir verfolgen sie, doch wir werden nicht Hals über Kopf losstürmen.»

«Und mein Bruder?»

«Er wird gerächt werden.»

«Das meine ich nicht. Ich meine: Was geschieht jetzt mit meinem toten Bruder? Wir können ihn doch nicht hier liegen lassen.»

«Dafür wird gesorgt. Wir kümmern uns um alles.»

«Dann will ich bei der Verfolgung der Werwölfe dabei sein!»

«Willst du nicht lieber bei deinem Bruder bleiben?»

«Die Werwölfe haben Edgar! Er ist ihre Geisel. Jetzt, wo Felicity Haddrice erschossen hat, was meint Ihr, was sie da mit ihm machen werden?»

Ein Hubschrauber kreist über uns. «Da ist schon der erste Suchtrupp. Wir haben die neueste Technik, wir kriegen sie. Lass uns in die Zentrale zurückkehren und einen kühlen Kopf bewahren, Elias.»

Klappernd lasse ich Haddrices Messer auf die Holzbohlen fallen und folge Vittorio.

42. Luisa

IM Lager treffen wir mit den anderen Wölfen zusammen. Zrrie steht vor dem halb heruntergebrannten Feuer. Edgar reicht ihr Holzstücke, die sie in die Glut wirft und so die Flammen wieder zum Leben erweckt. Das Feuer flackert auf und wirft knisternd seinen rotgelben Schein in die Nacht. Norrock, eben noch war er der zerzauste Wolf, der sein Fell am Feuer wärmte, steht auf und wird Mensch. Die Feuerglut malt die Schatten auf seinem Gesicht tiefer, als sie ohnehin schon sind. Dennoch tut es so gut, endlich wieder seine menschliche Gestalt zu sehen. Wir brauchen jetzt mehr denn je einen Leitwolf. Thursen läuft auf ihn zu, beide umarmen sich und klopfen sich auf den Rücken.

«Es war eine Falle. Sie jagen uns», berichtet Mauriks atemlos, stürzt auf Edgar zu und schüttelt ihn. «Du hast das gewusst, oder?», fragt er den bleichen Novizen.

Edgar macht einen Schritt rückwärts und hebt abwehrend die Hände. Oder droht er? «Meinst du, ich bin so wichtig, dass man mir so etwas sagen würde?»

«Schluss damit!», grollt Norrock. «Das klären wir später. Wie viel Zeit haben wir, bis die Shinanim hier sind?»

«Sie haben uns verfolgt», sage ich. «Aber dann, im Wald, haben wir sie nicht mehr gesehen. Wenn wir sie tatsächlich abgehängt haben, bleibt uns vielleicht noch etwas Zeit, bis sie unsere Spur wiedergefunden haben. Auf jeden Fall nicht lange.»

«Wenn sie nicht gestern schon Haddrices Anruf von Edgars Handy geortet haben. Dann sind sie noch schneller hier», sagt Thursen.

«Also los. Macht euch bereit», ruft Norrock, hustet und wirft noch mehr Holz auf das Feuer, das auflodert wie ein Drache, den man geweckt hat. Ich spüre die Hitze in meinem Gesicht. «Besorgt euch was, was man als Waffe benutzen kann. Fackeln, Knüppel, Eisenstangen. Kämpft, solange ihr könnt, in Menschengestalt, mit Waffen in den Händen, auf Distanz. Denkt an ihre brennenden Hände. Erst wenn die Feinde zu nah sind, verwandelt ihr euch und kämpft mit Krallen und Zähnen weiter.»

Ich weiß, was Norrock wirklich meint: Kämpft, bis sie uns alle getötet haben, und sorgt dafür, dass es möglichst lange dauert.

Die Wölfe heulen zustimmend. Norrock lacht. «Wenn sie kommen, werden sie gebührend empfangen. Sjöll hätte ihre Freude daran.»

«Nein, Norrock!» Thursen tritt vor und stellt sich direkt vor Norrock. «Du warst nicht da. Wir haben gesehen, was auf der Waldbühne los war. Kurz bevor wir über den Zaun sind, kamen sie erst alle die Haupttreppe herunter. Ich sag dir, das sind mindestens hundert Shinanim gewesen. Wir haben keine Chance.»

«Ich will keine Chance, den Kampf zu gewinnen. Die hatten wir doch eh noch nie. Ich will nur kämpfen.» Norrock dreht sich zu den anderen um. «Oder sind wir Straßenköter, die den Schwanz einkneifen, wenn der Hundefänger kommt?»

«Wenn du sie jetzt kämpfen lässt, wird es am Ende keine Werwölfe mehr geben.»

«Dann sag du uns doch, was wir tun sollen, Leitwolf», erwidert Norrock.

«Wir müssen weg und uns verstecken. Verborgen bleiben, bis sie uns vergessen.»

«Wir sollen uns schon wieder verstecken? Ich wette, das sieht jemand ganz anders. Wo ist Haddrice?»

Stille.

Norrock starrt in die Runde. «Wo ist sie?»

Ich bin es, die es ihm sagt. «Haddrice ist tot. Sie hat Nick getötet und wurde daraufhin von den Shinanim erschossen.»

Es ist erschreckend, zu sehen, wie in diesem Moment die ganze Kampflust und der Mut aus Norrock herausrinnt wie Blut aus einer tödlichen Wunde. Alt und krank sieht er aus. Die Rache für Sjöll, das war es, was ihn aufrechterhalten hat, was ihm Kraft gegeben hat, immer wieder Mensch zu werden, Leitwolf zu bleiben. Und jetzt?

«Nick ist tot?», fragt er leise. Schwankt leicht, ganz leicht nur.

«Ja!», sage ich. «Nick ist tot. Er war dort, er hat Haddrice provoziert, und Haddrice hat ihn getötet.»

«Tut, was Thursen sagt», befiehlt Norrock. Hört auf, sich mit aller Macht aufrecht zu halten und lässt sich zu Boden sinken. Und bevor er dort zum Wolf wird, meine ich fast sicher, eine Träne auf seiner Wange gesehen zu haben.

Bestimmt hätte er Nick lieber selbst getötet. Doch er war es, der Haddrice gefunden hat. Haddrice, die auch Nicks Opfer war und genauso sehr wie er wollte, dass Nick für immer gestoppt wird. Norrock hat Haddrice die Möglichkeit gezeigt, zum Werwolf zu werden, stark und tödlich, statt zu verzweifeln.

«Macht endlich das Feuer aus!», ruft Thursen, zögert nicht einen Moment. «Wir brauchen keinen Feuerschein, der die Shinanim zu uns lockt wie ein Leuchtturm. Nehmt mit, was euch das Wichtigste ist, und macht schnell. Wir geben in zehn Minuten das Lager auf.»

Er dreht sich zu mir, ganz in der Aufgabe versunken. Wieder ist er für das Rudel verantwortlich. Thursen, der Leitwolf, ist für eine kurze Weile zurückgekehrt. «Luisa, kümmere dich um Rieke.»

Ich nicke und bin schon an ihrem Zelt.

«Ich habe es gehört!», sagt sie, als ich den Kopf durch den Zelteingang stecke. Sie stopft Sachen in ihren Rucksack. Drückt den Inhalt mit der flachen Hand zusammen, damit mehr hineingeht. Doch da ist kein Platz mehr für irgendwas. «Verflixt!», murmelt sie, zerrt ein Buch wieder heraus, dreht es in den Händen, überfliegt den Klappentext, legt es weg. Stattdessen nimmt sie ein in dunkles Leder gebundenes Buch und eine Art Notizbuch und schiebt beide vorsichtig in den Rucksack hinein. Sie sehen wertvoll aus und ziemlich alt. Es sind so ganz andere Bücher als die bunten Taschenbücher, die ich sonst bei ihr gesehen habe. Als sie bemerkt, wie ich sie beobachte, sagt sie: «Ich komm schon klar. Geh lieber auch packen. Du brauchst Decken und alles Warme zum Anziehen, das du finden kannst. Merkst du nicht? Es wird immer kälter!»

Draußen stinkt es nach kaltem Feuer, über das Roff unsere

Wasservorräte ausgeschüttet hat. Die können wir so wenig mitnehmen wie die Planen und die Essensrationen.

Ich packe schnell. Ich besitze fast nichts hier im Wald. Das Wenige, was ich habe, stecke ich in einen der Rucksäcke, rolle meinen Schlafsack zusammen, dann bin ich aus der Höhle.

«Gute Idee, ihn aufzuhängen! Das dürfte den Shinanim eine Warnung sein», sagt Mauriks zu Thursen, der, Rucksack und Schlafsackrolle über der Schulter, Edgar einen Strick um den Hals knotet.

Irudit bückt sich und steckt noch etwas in ihre ausgebeulten Jackentaschen. «Genau, sie wussten schließlich, dass er unsere Geisel ist! Und sie haben uns trotzdem angegriffen. Sie sind schuld an seinem Tod. Vielleicht dämpft ihr schlechtes Gewissen ihre Angriffslust ein wenig.»

Ich weiß, Edgar hat uns in die Falle geschickt. Ohne ihn würde Haddrice noch leben. Ich kann mir trotzdem nicht vorstellen, dass Thursen ihn einfach an den nächsten Ast hängt. Es kommt mir total unwirklich vor.

«Jetzt schon?», fragt Edgar. «Ich meine, muss ich wirklich jetzt sterben?»

«Ach, sei ruhig!», sagt Thursen. «Über deinen Tod entscheidet Norrock später. Jetzt müssen wir hier erst mal weg, weil *wir* nämlich nicht sterben wollen! Alle fertig?» Thursen dreht sich zu uns um und mustert uns. Als er mich ansieht, nickt er mir ganz leicht zu. Ich nicke zurück. «Dann los!», befiehlt Thursen. Edgar führt er an dem Strick um seinen Hals wie einen Hund an der Leine. Müsste Edgar nicht sein Bündel tragen, hätte Thursen ihm sicher noch die Hände gefesselt. Ein Strick um den Hals ist sicher unbequem, aber ohne Edgar bräuchten wir nicht zu fliehen. Mein Mitleid hält sich in Grenzen.

Auf Thursens Zeichen hin beginnen wir alle zu laufen, Wölfe und Menschen.

«Wohin?», fragt Zrrie. Läuft ein paar Meter neben uns, neben Edgar, der sich ängstlich bemüht, nicht zu stolpern.

Thursen zeigt mit dem bandagierten Arm vor sich. «Ostwärts!»

Zrrie nickt und verwandelt sich. Sie ist die Letzte, die Wolfsform annimmt. Jetzt sind es nur noch Wölfe, die uns umkreisen. Ich wünschte fast, ich könnte mich auch noch einmal verwandeln. Nur noch dieses Mal. Auf vier Pfoten trabt es sich so viel leichter. Als Mensch habe ich schon nach kurzer Zeit Seitenstiche. Ich versuche tief und gleichmäßig zu atmen, doch da machen meine schmerzenden Rippen nicht mit. Mein Rucksack schlägt gegen meinen Rücken bei jedem Schritt. Nach einer Weile beginnt auch Rieke zu keuchen. Edgars Augen sind ängstlich aufgerissen, er schnappt bei jedem Schritt mit offenem Mund nach Luft. Selbst Thursen sieht man die Anstrengung an. Natürlich, er ist ja auch noch verletzt. Unter seiner Kleidung sind die Brandwunden, die bei ihm so viel langsamer heilen als bei den Wölfen. Wir werden nicht mehr lange durchhalten. Nicht nach dem Kampf mit den Shinanim und nicht mit dem Gepäck auf den Schultern. Doch wenn wir anhalten, werden uns unsere Verfolger einholen.

Selbst wenn sie uns nicht töten: Nie wieder in meinem Leben will ich in das Shinanim-Gefängnis zurück. Nie erleben, wie einer von den Werwölfen an das Sünderkreuz gefesselt wird. Mir gellen Haddrices Schreie in den Ohren, und ich laufe weiter.

Laufe.

Laufe.

Thursen lässt die Wölfe, die so viel schneller sind als wir, ausschwärmen. Schnuppernd suchen sie den Waldboden ab nach Spuren unserer Verfolger.

Und ich laufe weiter. Laufe, bis der Schmerz in den Beinen

dumpfer wird und die Füße von Anstrengung und Kälte taub. Edgar stolpert in ein Bodenloch und stürzt. Thursen hat genug Geistesgegenwart, das Seil rechtzeitig loszulassen, damit Edgar sich nicht erhängt. Doch im nächsten Moment hat Thursen das Seilende wieder, und Edgar muss aufstehen, sein schmutziges Bündel greifen und weiterlaufen. Ist es Erschöpfung oder Angst, die ihm stumm die Tränen über die Wangen rinnen lassen?

Wir laufen. Die Angst vor den Shinanim treibt uns weiter.

Nach einer Weile lässt sich Norrock, der schwarze Wolf, zurückfallen und rennt neben uns. Wird Mensch und kommt nur kurz aus dem Takt, als er statt auf vier auf zwei Beinen weiterläuft. «Abgesehen von unserer Geisel haben wir schon seit über einer Stunde keine Nase voll Shinanim-Gestank mehr gewittert», sagt er. «Lass uns endlich anhalten, Thursen!»

«Nur noch ein Stück. Da vorne in der Senke ist es günstig für heute», sagt Thursen. «Da sind wir versteckter. Oder hättest du uns gerne auf dem Präsentierteller?»

Norrock grinst. Wie oft wird ihm die Verwandlung noch gelingen?

Ein kleines Stück bergab, dann lässt Thursen uns endlich anhalten.

Mir knicken die Beine weg, und ich kann mich gerade noch an einem Baumstamm abstützen. Ich löse mein Schlafsackbündel von meinem Rucksack und lasse mich atemlos darauffallen.

Rieke hat nicht umsonst gewarnt. Es ist eisig, jeder Atemzug brennt im Hals. Viel kälter noch ist es als gestern. Ich bin erhitzt vom Laufen, schwitze, und jetzt springt mir die Kälte ins Gesicht wie ein böses kleines Tier.

Mauriks und Irudit, wieder in Menschengestalt, binden Edgar an einen der Bäume. Erschöpft fällt sein Kopf vornüber. Die Tränen haben auf seinen Wangen helle, glänzende Spuren hinterlassen, die er sich mit seinen gefesselten Händen nicht abwischen kann.

Norrock prüft die Knoten um seine Handgelenke. «Für morgen habe ich mir etwas ganz Spezielles für ihn ausgedacht», sagt er zu Thursen. «Besser als Arme ausreißen. Ich denke, das hätte Haddrice gefallen.»

«Norrock!», sagt Zrrie und tauscht einen schnellen Blick mit Edgar, der beim Klang ihrer Stimme den Kopf hebt. «Das ist doch so sinnlos. Meinst du, es interessiert die Shinanim noch, ob und auf welche Weise er stirbt? Sie jagen uns so oder so. Warum lässt du ihn nicht einfach leben? Du hast ihn erlebt. Wir haben ihn gestern losgebunden, und er hat keinem von uns etwas getan.»

Norrock lässt sich erschöpft zu Boden sinken. «Das ist ja nicht persönlich gemeint. Aber er war das Pfand, dass alle von uns heil von dem Treffen zurückkommen. Es sind aber nicht alle zurückgekommen. Haddrice fehlt, wenn es dir noch nicht aufgefallen sein sollte.»

Zrrie wendet sich ab und stapft davon. «Manchmal hasse ich dich wirklich!»

«Wenn wir unsere Drohungen nicht wahr machen, dann glauben sie uns gar nichts mehr», ruft Norrock ihr nach. «Dann löschen die Shinanim uns aus, ohne auch nur tief Luft zu holen.» Doch sie versteht ihn nicht mehr, ist schon Wolf geworden.

Ich bin so erschöpft, ich möchte umfallen und schlafen. Doch dann würde ich heute Nacht vermutlich erfrieren. Also beginnen wir nach einer kurzen Verschnaufpause, aus Zweigen eine Art Zelt zu errichten. Thursen schneidet Nadelbaumzweige ab, die die Wölfe zu unserem Lagerplatz zerren. Rieke, Mauriks und Irudit stellen sie zu einem Dreieck zusammen und decken sie mit kleineren Zweigen ab. Rieke holt aus ihrem Rucksack einen kleinen gasbetriebenen Campingkocher. Er wärmt ein wenig, seine kleine bläuliche Flamme leuchtet kaum, und er raucht nicht so wie ein Feuer. Ich wusste nicht, dass sie so etwas besitzt, doch für unsere Zwecke ist er ideal. Weder Rauchfahnen noch Feuerschein kann man über den Rand der Senke hinweg sehen.

Von irgendwo höre ich ein Brummen. Weit entfernte Verkehrsgeräusche vielleicht? Ich wärme mir meine Hände, und dann gehe ich hinüber zu Edgar. Thursen ruft mir etwas zu, doch ich kann ihn nicht verstehen. Das Dröhnen über uns wird lauter.

«Ein Hubschrauber», sagt Edgar und blickt nach oben. «Meine Leute suchen nach euch.»

Ob die Nadelbäume ausreichen, uns zu verdecken? Wie gut, dass Thursen uns das Nachtlager in einer Senke hat aufschlagen lassen. «Vielleicht suchen sie auch nach dir», sage ich und beobachte den Hubschrauber, der in unsere Richtung fliegt.

Er schüttelt den Kopf. «Ich war doch eure Geisel. Ich bin der, dem Haddrice die Arme ausreißen wollte, vergessen? Für sie bin ich längst tot.»

Der Hubschrauber fliegt einen großen Bogen und entfernt sich immer weiter von uns. «Was soll das denn eigentlich mit dem Hubschrauber?», frage ich. «Die können hier im Wald unter den Bäumen doch gar nichts sehen.»

Edgar guckt mich an. Erst mich und dann den Kocher. Ich kenne diesen Blick. Den Blick benutzte er immer dann, wenn ich im Unterricht wieder etwas nicht verstanden hatte, was ihm längst klar war. Doch diesmal verstehe ich schneller, als ihm lieb ist.

«Mach den Kocher aus!», brülle ich hinüber zu Roff.

«Wieso?», fragt er zurück.

Ich zeige nach oben. «Die haben Wärmesuchgeräte!»

In Edgars Gesicht lese ich eine seltsame Mischung von Freude darüber, dass ich seinen Gedanken so schnell folgen konnte und tiefer Enttäuschung. Hätte der Hubschrauber uns gefunden, wäre sein Leben gerettet gewesen.

«Dachtest du, die befreien dich? Vergiss es», sagt Norrock mit seiner rostigen Stimme. «Wir hätten dir auf jeden Fall die Kehle durchgebissen, bevor deine Freunde gelandet wären.»

Wir trauen uns nicht, den Kocher noch einmal anzumachen, geschweige denn ein Feuer. Die Nacht wird schlimm. Eisig, als wären wir statt in Berlin hoch oben in der Bergeinsamkeit auf dem Weg zu einem alpinen Gipfel. Dort, wo die Natur viel stärker, ungezähmter und mitleidloser ist als in der Stadt. Diese Kälte ist nicht nur unangenehm; nach Sonnenuntergang, wenn die Temperaturen nach und nach unter minus 15 Grad fallen, ist sie mörderisch. Roff, Zrrie und ich füllen unsere Zeltbehausung so hoch es geht mit Laub.

Satt sein hilft ein bisschen gegen das Frieren. Die Wölfe haben gejagt und fressen draußen ihr rohes Fleisch. Wir Menschen kriechen in das neue Zelt. Thursen teilt eine Packung Brot mit mir und Rieke. «Ich wollte es eigentlich über dem Kocher rösten», sagt er undeutlich, weil ihm die Zähne klappern. Wir alle frieren, hauchen in unsere Hände und rücken näher zusammen.

«Was ist mit Edgar?», frage ich.

«Ich denke, der ist ein Shinan? Soll er sich doch mit seinem Engelsfeuer wärmen», knurrt Irudit, die als Mensch in unser Zweigezelt kommt, sich hinsetzt, die Knie bis unters Kinn hochzieht und die Arme darum schlingt.

«Ich bringe ihm besser trotzdem ein Stück von dem Brot», seufze ich und wühle mich aus dem Laub. Als ich Arm und

Kopf aus dem Eingang strecke, würde ich am liebsten sofort wieder umkehren. Im Zelt ist es schon kalt, aber hier draußen?

Tapfer ziehe ich meine Mütze tiefer über die Ohren und krieche aus dem Eingang. Die Kälte klammert sich an mich wie ein bekralltes Gespenst. Meine Hand mit dem Brotstück zittert.

Zrrie, die kleine schwarze Wölfin, hockt vor Edgar. Ich sehe die beiden in der Dunkelheit nur undeutlich. Edgar hat den Kopf in den Kragen seiner Jacke gezogen und hat es offenbar trotz der Kälte fertiggebracht, einzuschlafen. So friedlich sieht er aus, der Shinan-Junge, der uns mit freundlichem Lächeln und treuherzigem Blick in die Falle geschickt hat. Ob das Shinan-Feuer in seinem Inneren ihn so ruhig schlafen lässt? Wahrscheinlich eher die totale Erschöpfung. Das Laufen war für ihn sicher noch ungewohnter als für uns. Als ich näher komme, verwandelt Zrrie sich in einen Menschen. Es macht ihr immer mehr Mühe, Mensch zu sein, in letzter Zeit.

«Das kann er essen, wenn er aufwacht», sage ich zu ihr und lege Edgar vorsichtig, ohne ihn zu wecken, das Brotstück in den Schoß.

Zrrie sieht mich an. Ungläubig.

«Was ist?», frage ich Zrrie. «Soll ich ihm nicht wenigstens ein bisschen zu essen geben?»

«Das ist es nicht. Ich wundere mich nur darüber, dass du annimmst, er würde gleich ganz von selbst aufwachen und sein Brotstück verspeisen.» Zrrie legt eine Hand an seine Wange. Edgar wacht trotzdem nicht auf. Er muss wirklich tief schlafen, wenn er nichts von dem Energiefluss, der normalerweise zwischen Werwölfen und Shinanim entsteht, wahrnimmt. Vielleicht ist die Energieentladung noch nicht so stark, Edgar ist ja erst ein Novize. Trotzdem würde es ihn sicher erschrecken, wenn er wüsste, dass ihn gerade eine Werwölfin anfasst.

«Du kennst ihn schon länger, nicht wahr?», fragt sie.

«Ja, er ging in meine Klasse. Er war nicht besonders beliebt, weißt du.» Wie es wohl für ihn war, ganz normal weiter in die Schule zu gehen, auch nachdem er wusste, dass er ein Shinan ist und so anders als seine Schulkameraden?

«Warum war er unbeliebt?» Zrries Gesicht ist seinem ganz nah, sie sieht ihn aufmerksam an. Ihre Hand liegt immer noch an seinem Hals. Was sieht sie in ihm, das ich nicht sehe?

«Er war einfach nicht ... cool. Wenn ihn jemand dumm angemacht hat, hat er sich nicht gewehrt, sondern nur gelächelt.»

«Kein Kämpfer?»

«Nein, wirklich nicht.»

«Hmm», macht Zrrie und lässt ihn immer noch nicht aus den Augen. Soll ich weitererzählen? Fell huscht über ihren Körper, doch sie drängt es zurück.

«Zu mir war er eigentlich nett, er hat mir oft geholfen, mit der Schule und so.» Ich lächle. «Auch wenn ich ihm immer wieder gesagt habe, er soll abhauen, weil er nervt.»

«Er ist unbewaffnet und ganz allein hergekommen.»

«Sonst hätte es wieder einen Kampf gegeben.» Ich spreche leise, um ihn nicht zu wecken.

Zrrie ist nicht so vorsichtig und greift nach seinem Handgelenk. Ob es von den Fesseln aufgescheuert ist? «Ganz schön mutig», sagt sie.

«Ja, eigentlich schon. Trotzdem, vergiss nicht, dass er unser Feind ist. Er ist einer von denen, die Haddrice und mich gefangen haben. Einer von denen, die uns heute in die Falle gelockt haben und die schuld sind, dass Haddrice tot ist. Weißt du, wie viel er wirklich von dem Plan wusste?»

Zrrie schweigt, ohne sein Handgelenk loszulassen. Sieht ihn immer noch an, als warte sie auf ein Zeichen.

«Was meinst du, lassen wir ihn sterben?», flüstert sie nach einer kleinen Pause.

«Was?», sage ich. Auf einmal gar nicht mehr so leise.

«Luisa, ich finde kaum noch einen Puls. Am Hals nicht und am Handgelenk ebenso wenig. Er erfriert gerade.»

«Zrrie!»

Sie dreht sich zu mir, Tränen laufen ihr übers Gesicht. «Wir wissen es doch beide. Wenn wir ihn nicht erfrieren lassen, wird ihn einer von uns töten müssen. Erfrieren ist ein schöner Tod, vielleicht besser als das, was Norrock mit ihm vorhat. Meinst du nicht, Edgar würde lieber so sterben, ganz friedlich?»

Als Thursen ihm den Strick um den Hals geknüpft hat, war ich noch wütend auf Edgar. Doch jetzt muss ich nicht überlegen. Edgar ist vielleicht Shinan, aber auch mein Freund, der mir im letzten Jahr geholfen hat, meine kleine Nachbarin zu retten. «Schnell, bind ihn los. Er muss raus aus der Kälte. Ich hole wen zum Tragen.» Ich sehe Zrrie an. «Du willst doch auch nicht, dass er stirbt.»

Stumm schüttelt sie den Kopf und reibt sich mit den Handballen die Tränen aus den Augen.

Ich wecke die Wölfe, die draußen vor der notdürftigen Hütte schlafen. Mauriks ist ganz klar dagegen, was wir machen. Er sträubt erst als Wolf sein Fell, bleckt die Zähne, dann wird er Mensch und will auf uns losgehen. Der Norrock-Wolf springt auf und hält ihn knurrend in Schach.

Mauriks starrt Norrock böse an. «Was soll das? Der stirbt nicht so leicht! Das ist kein Mensch, das ist einer von den Shinanim! Habt ihr vergessen, was die mit uns gemacht haben?», schimpft er und macht einen drohenden Schritt auf Norrock zu, der die Zähne fletscht und sein Grollen lauter werden lässt. Einen Moment lang habe ich Angst, dass Mauriks den verletzten Leitwolf zum Kampf um die Rudelführung herausfordern will.

«Hör auf, Mauriks», sagt Thursen, der mittlerweile von dem Lärm wach geworden und zusammen mit Rieke aus der Hütte gekommen ist. Und tatsächlich bleibt Mauriks stehen, senkt den Kopf und ballt die Hände wütend zu Fäusten. Kein Kampf. Diesmal nicht. Rieke und Thursen sind es, die uns helfen, Edgars schlaffen Körper durch den Eingang ins Zelt zu bugsieren. «Danke, Thursen», sagt Zrrie. Sie zieht Edgars Kapuze nach oben und versucht sie so dicht wie möglich um sein Gesicht zu schließen. Mir fällt auf, dass Zrrie dabei ein paarmal wie unabsichtlich über Edgars Wangen streicht.

In diesem Moment steckt Norrock den Kopf ins Zelt. «Thursen, ich muss mit dir reden!»

Thursen streicht mir über die Wange. «Ich bin bald zurück.»

Rieke kriecht ebenfalls ins Freie. Zrrie und ich, wir kümmern uns, so gut es geht, um Edgar. Es ist so wenig, was wir tun können. Weil wir kein Feuer machen können, weil wir ihm weder etwas Heißes zu trinken geben noch ihn in heiße Tücher wickeln können, rücken Zrrie und ich einfach nur ganz dicht an Edgar heran und versuchen, ihm von unserer Körperwärme abzugeben. Zrrie wird zur Wölfin und schmiegt sich an ihn. Nach einer Weile ist sie wieder Mensch. Sie tastet im Schlafsack nach Edgars Hand und will, dass ich auch fühle. «Guck, er ist immer noch so kalt», sagt sie. Zumindest in diesem Moment ist er weiß Gott kein in Flammen gehüllter Halbengel, jetzt fühlt er sich einfach nur an wie ein unterkühlter, zu Tode erschöpfter Mensch. «Wir müssen warten. Mehr können wir nicht tun», sage ich.

«Erzähl mir mehr von ihm», flüstert Zrrie.

Was möchte sie hören? Mir wird klar, wie wenig ich eigentlich weiß über Edgar. «Er hat zwei jüngere Schwestern und einen ulkigen gefleckten Hund mit langen Ohren und sehr kurzen Beinen.»

Zrrie streicht behutsam mit der flachen Hand über sein Gesicht. «Er ist immer so freundlich und geduldig. Bestimmt ist er ein wunderbarer großer Bruder.»

«Du hast dich ja tatsächlich in Edgar verliebt», flüstere ich.

«Wie kannst du so etwas denken? Er ist ein Shinan», sagt sie, als würde das alles erklären. Ohne ein weiteres Wort verwandelt sie sich in einen Wolf und legt sich über ihn, quer über den Schlafsack, dass es aussieht, als hätte er eine Pelzdecke.

Sein Atem wird tiefer. Vielleicht geschieht ja das Wunder. Vielleicht überlebt er die Nacht.

43. Elias

«ELIAS!» Ich schrecke hoch, habe kaum geschlafen. Immer wieder sind Adrians und Nicks Gesichter in meinen Träumen aufgetaucht. Wieder und wieder habe ich gesehen, wie die schwarze Wölfin meinem Stiefbruder am Hals hing. Das Blut, das ihm aus der Wunde quoll. Luisa, die mit den anderen Wölfen davonlief.

«Elias!» Das Klopfen an der Tür wird stärker. «Wach auf, Elias!»

Jordans Stimme! Ein Blick auf mein Handy zeigt mir, dass es immer noch lange vor Sonnenaufgang ist. Ich springe aus dem Bett, knipse das Deckenlicht an und laufe barfuß hinüber zur Tür, um ihm zu öffnen. «Habt ihr die Werwölfe gefunden? Was ist mit Edgar? Lebt er?»

Jordan kommt herein. «Setz dich.» Er rollt sich den Schreibtischstuhl heran. Als ich mich auf das Bett gesetzt habe, sagt er: «Schlechte Neuigkeiten, Elias.»

«Was ist los?», frage ich. Was ist so wichtig, dass Jordan selbst zu mir kommt? «Noch ein Wolfsangriff? Ein Racheakt für den Tod von Haddrice?»

«In eurer Wohnung am Kurfürstendamm ist ein Feuer ausgebrochen. Das ganze Dachgeschoss steht mittlerweile in Flammen. Es ist nichts mehr zu retten.»

Feuer? Adrenalin flutet durch meine Adern und macht mich schneller wach, als es ein Guss kalten Wassers könnte. Ich nicke, springe auf und greife dabei schon nach meiner Hose.

«Was tust du denn?»

«Was wohl? Ich fahre hin!»

«Bleib hier», mahnt mich Jordan. «Du kannst nicht mehr tun als die Feuerwehr, und die ist längst vor Ort.»

«Das Schutzengelprojekt ist mein Werk gewesen. Und das, was da brennt, ist mein Zuhause!»

«Alle aus der Gruppe konnten sich rechtzeitig in Sicherheit bringen. Die Feuerwehr hat den Brand inzwischen unter Kontrolle, das bedeutet, es besteht auch keine Gefahr für die Menschen in den Nachbarhäusern. Elias, es war nicht nur dein Zuhause. Du solltest hinüber ins Nachbargebäude gehen, in unsere Krankenstation. Die meisten aus deiner Gruppe sind bei Freunden und Verwandten untergekommen. Aber Raquel ist jetzt dort, nachdem sie nicht wusste, wo sie sonst hinsoll.»

Raquels Zimmer ist leicht zu finden. Sie ist im Moment die

einzige Patientin. Ich klopfe an und betrete dann ihr Zimmer. «Geht es dir gut?», frage ich.

«Ob es mir gutgeht? Ich habe es nett und kann in gemütlichen Klamotten hier liegen und in Ruhe ein Buch lesen. Leider habe ich nur keine gemütlichen Klamotten mehr. Und kein Buch.» Sie sieht mich an, beginnt zu kichern. «Und Ruhe habe ich auch nicht mehr in mir, nach dem, was mir passiert ist.» Das Kichern wird zu einem Lachen. «Ja, ja, aber ansonsten geht es mir natürlich gut, und wie!» Raquel lacht immer noch, kann gar nicht mehr aufhören. Ihre Schultern zucken, und Tränen laufen ihr über die Wangen, von denen ich nicht weiß, ob es noch vor Lachen oder Weinen ist.

Ich setze mich zu ihr auf die Bettkante und lege ihr vorsichtig die Hand auf den Rücken. Als ich mich zu ihr beuge, rieche ich deutlich den Rauch in ihren Haaren. «Raquel?»

«Alles weg», murmelt sie noch einmal. Lacht sinnlos.

«Raquel?» Endlich hört sie mit dem Lachen auf und sieht mich an.

«Was willst du denn, Elias?»

Ich muss ihr am besten ein paar konkrete Fragen stellen. Irgendwelche, die nicht damit zusammenhängen, dass alles, was sie besaß, verbrannt ist und ihre Familie und ihre Freunde ein paar tausend Kilometer entfernt sind. «Raquel, wie ist es passiert?»

«Die meisten von uns sind vorhin noch draußen auf Patrouille gewesen. Josias befürchtete einen Werwolfangriff in der Stadt, sagte Konstantin, aus Rache für die Sache in der Waldbühne. Aber davon weißt du ja mehr als ich. Wir kamen also von der Patrouille zurück und wollten uns schnell etwas zu essen machen. In der Küche haben wir doch diesen Wokbrenner. Wir haben das Essen vorbereitet, und einer von uns hat den Brenner angezündet. Ich weiß nicht mehr, wer es war.

Irgendwie hat sich der Gasschlauch vom Brenner gelöst. Es gab eine furchtbare Stichflamme, die die Küchenmöbel angezündet hat. Die halbe Küche stand einen Augenblick später in Flammen, und wir konnten nicht mehr an den Brenner, um den Gashahn zuzudrehen. Es war so furchtbar! Chiara hat gebrüllt, dass wir raussollen, und Felix hat die Küchentür hinter uns zugeworfen. Du weißt, wie schnell so etwas gehen kann, ein paar Augenblicke später brennt alles, was irgendwie brennen kann.»

«Der Brenner hat doch immer tadellos funktioniert. Der Schlauch war fest verschraubt, und auf einmal springt er ab? Wie kann das sein?»

«Ja, wie kann das sein?», sagt sie. Und fängt fast schon wieder an zu kichern.

Schnell unterbreche ich sie, fasse sie bei den Schultern, damit sie mich ansehen muss. «Kein Unfall? Meinst du, jemand hat den Brenner manipuliert? Wozu denn?»

«Ich weiß bloß, dass so eine Düse nicht einfach von allein abfliegt! Erst Adrians Tod und jetzt das! Wer immer es war, er wusste, wo wir wohnen.»

«Luisa? Die hat mit uns zusammen auf dem Ding gekocht.»

«Oder Thursen. Wir waren draußen und haben die Werwölfe gejagt. Luisa und Thursen wussten als Einzige außer uns Shinanim, wo wir leben, und sie hatten einen Grund, uns schaden zu wollen. Wir haben eine von ihnen getötet, so ist es doch, nicht? Die Werwölfe hassen uns. Da kannst du dir vorstellen, was ich denke. Oder hast du eine bessere Erklärung?»

44. Luisa

EINE ganze Weile lang liegt Edgar eingeklemmt neben mir unter Zrries wolfspelziger Gestalt, still und mit geschlossenen Augen, als wäre er bereits tot. Ich dämmere ein und wache wieder auf, kann nicht schlafen, denn Thursen, in dessen Schlafsack ich liege, ist noch immer da draußen. Entscheiden sie über Edgars Leben? Irgendwann zwischen Wachsein und Dämmern fängt Edgar neben mir an zu zittern, zieht, ohne die Augen zu öffnen, seine bebenden Hände aus dem Schlafsack und gräbt sie haltsuchend in Zrries Fell. Die schiebt sich auf seinem Schlafsack höher, seinem Griff entgegen und winselt leise, als er seine Finger zu fest in ihren Pelz krallt.

Er lebt. «Edgar?», flüstere ich. Seine weit geöffneten Augen schimmern, als er mich ansieht, dann, ohne zu antworten, schließt er sie wieder und dreht wortlos das Gesicht weg. Edgar ist nicht wirklich wach, nicht ansprechbar.

«Er lebt», flüstere ich Thursen zu, als der endlich auch kommt. Hat sein Gespräch mit Norrock so lange gedauert? Der Atem von uns allen, gefangen in der Laubhöhle, wärmt ein wenig. Endlich ist es hier drin wenigstens nicht mehr ganz so eisig. Doch die Luft, die durch die Lücken in den Nadelzweigen in unsere Schutzhütte dringt, ist schneidend kalt. Ich bin dankbar, dass Thursen endlich zu mir in den Schlafsack kriecht. So kann ich mich an seinen warmen Körper schmiegen, mein Gesicht vor der eindringenden Kälte an seiner Schulter verstecken. Thursen hat seinen Arm um mich gelegt. Rawuhn, der zusammen mit Thursen ins Zelt gekommen ist, schiebt sich von der anderen Seite her an Thursen. «Danke, Kumpel», murmelt der und gräbt die Finger seiner bandagierten Hand in das Fell des hellen Wolfs.

Als ich das nächste Mal aufwache, ist mir warm. Thursen hat mich ganz eng an sich gezogen, meinen Rücken an seine Brust. Mein Kopf liegt ebenfalls warm, das, worauf meine Wange liegt, ist Edgars Schulter. Durch meine Bewegung geweckt, erwacht er auch, dreht den Kopf zu mir, und auf einmal sind wir so nah voreinander, dass ich seinen Atem in meinem Gesicht spüre. Wahrscheinlich berühren sich fast unsere Nasen, doch es ist zu dunkel, dass ich es genau sehen könnte.

«Wieso bin ich hier?», nuschelt Edgar verschlafen.

«Da draußen wärst du erfroren», antworte ich ihm.

«Ich bin gar nicht gefesselt», wundert er sich, betrachtet seine Hände, als würden sie jemand anderem gehören.

«Wozu auch? Du hast doch deinen persönlichen Wachwolf», flüstert Thursen an meinem Ohr zu Edgar hinüber.

«Ach ja, Zrrie.» Das Lächeln liegt in Edgars Worten, als er tastend die Hand ausstreckt, sie im Fell zwischen Zrries spitzen Ohren vergräbt und mit einem leisen Seufzer wieder im Schlaf versinkt.

Wir sind alle erschöpft. Ich schlafe auch wieder ein. Kein Dämmern, keine Angst um Edgar, kein Warten auf Thursen. Diesmal ist mein Schlaf ruhiger, tief gleite ich endlich hinab in die Welt der Träume.

Und erwache mit einem Schrei.

«Albtraum?», flüstert Thursen neben mir. Ich liege immer noch in seinem Arm.

Ich nicke. Thursen zieht mich näher an sich heran und küsst mich. Fabians totes Gesicht mit den schreckgeweiteten Augen verblasst langsam aus meinen Gedanken. Ich weiß es, so hat mein Bruder niemals wirklich ausgesehen. Doch im Traum jagte es mir die Angst durch den Körper, die mich jetzt noch ganz zittrig macht.

In Thursens Umarmung werde ich langsam ruhiger. Ich lasse die letzten Fetzen der Traumwelt hinter mir und tauche ein in die Realität. Hier bin ich, Luisa, hier in unserem notbehelfsmäßigen Unterschlupf im Grunewald. Zwischen den Zweigen sickert die erste Helligkeit des Tages hindurch und hüllt uns alle in graues Halblicht. Wen außer Thursen hat mein Schrei noch geweckt? Rieke liegt eingeschnürt in ihrem Mumienschlafsack und benutzt Norrocks zottiges Fell als Kopfkissen. Irgendwann in der Nacht muss es auch ihm draußen zu kalt geworden sein. Edgar liegt in seinem Schlafsack auf dem Rücken, eine Hand immer noch in Zrries Fell. Ich wünschte, er wäre nicht ganz so blass und schliefe nicht fast in der gleichen Haltung wie mein Bruder damals auf seinem Totenbett. Rawuhn ist wach, ich sehe seine Augen schimmern, doch er hebt nicht den Kopf.

Thursen greift meine Schulter. «Komm mit raus», sagt er.

Nacheinander kriechen wir aus unserem Unterschlupf, möglichst ohne auf unsere Mitschläfer zu treten.

Draußen nimmt mir die entsetzliche Kälte den Atem. Die Sonne, die kaum das milchige Weiß des Winterhimmels durchdringt, hebt sich gerade über die Baumkronen. Sie wärmt kein bisschen. Der Wald liegt stumm unter einer Neuschneedecke aus winzig-pulvrigen Eiskristallen. Zum ersten Mal erscheint er mir nicht wie ein Zufluchtsort. Dieser tiefgekühlte Wald ist ohne Schutz für Menschen tödlich.

Die Wölfe, die nicht in unserer Zweighütte schlafen mochten, liegen zusammengerollt als dunkle Hügel unter der Schneedecke und schlafen. Thursen zieht sich eine Strickmütze über den Kopf, greift meine Hand, wie er es so oft getan hat, und führt mich ein paar Schritte vom Lager fort, damit wir ungestört reden können. Meine Schritte quietschen im Schnee wie auf nassem Linoleum. Die Hand, die Thursen hält, ist warm, die andere vergrabe ich tief in meiner Jackentasche. Ich ziehe den Kopf frierend zwischen die Schultern. Thursen hält an und dreht sich zu mir. Eine Strähne seines nussbraunen Haares fällt in sein Gesicht. Ich lehne mich an ihn und spüre seinen warmen Atem auf meiner Wange, als er seine Arme um mich legt und mich noch näher zu sich zieht. Das Entsetzen sickert aus mir heraus, löst sich von mir wie eine giftige Wolke mit jedem Atemzug. Eine Krähe krächzt, nah bei uns. Widerwillig hebe ich den Kopf von Thursens Schulter und sehe mich um.

Krähen, schwarzgraue Krähen. Es sind Dutzende, so viele, dass es fast unwirklich scheint. Rings auf den kahlen Ästen der Bäume hocken sie. Ihr Gefieder spiegelt den Sonnenaufgang wie schwarze Klingen. Sie blicken auf uns herab, als würden sie warten. Krächzen, gucken, warten. Sehen mich an. Sind sie wegen mir hier? Sie machen mir Angst.

«Siehst du sie?», fragt Thursen.

«Natürlich», flüstere ich. «Was soll das? Warum sind sie hier, so viele, mitten im Wald?»

«Sie suchen uns.» Er bemerkt meinen verwirrten Gesichtsausdruck. «Keine Angst. Krähen fressen keine Menschen. Jedenfalls keine lebendigen!» Thursen streicht mir mit den Fingerknöcheln über die Wange.

«Sind das wirklich nur Krähen?» Die Vögel, die immer mal wieder in der Stadt zu sehen sind, so selbstverständlich, dass man sie kaum bemerkt? Sind auch sie vielleicht in Wirklichkeit etwas anderes, so wie Wölfe, die zu Menschen werden, und Menschen, die halbe Engel sind?

«Klar sind das Krähen. Pass auf!», sagt Thursen. Er streckt

langsam den Arm aus. Eine der Krähen fliegt auf, umkreist uns und landet lautlos auf seinem schwarzen Mantelärmel.

Ja, es ist eine ganz normale Krähe. Ich sehe in die kleinen schimmernden Vogelaugen, die mich immer noch betrachten. Nur ist diese Krähe auf Thursens Arm gelandet wie ein abgerichteter Jagdfalke. «Wie hast du das gemacht?»

«Ich habe sie nur eingeladen. Sie wollen schon die ganze Zeit zu uns. Das ist der Grund, warum sie da oben auf den Bäumen sitzen. Warte ab, beweg dich nicht, und sie landen auf deinen Schultern und deinem Kopf. Ich habe die Sache nur ein bisschen beschleunigt.»

Sie wollen zu mir? Auf meinem Kopf landen? «Thursen, das ist doch Unsinn! Krähen sind wilde Vögel. Die wollen nicht zu Menschen, nicht so nah. Zu mir wollte jedenfalls noch nie eine Krähe.»

Thursen ist ganz ernst. «Wirklich nicht?»

Er hat recht. Mit einem Mal fallen sie mir wieder ein, die Krähen, die mir in letzter Zeit begegnet sind. Die Krähen, die, statt sich mit den anderen auf Bäumen zu versammeln und ihr Palaver abzuhalten, am Wegrand sitzen und mir hinterherstarren. Die schwarzgrauen Krähen, die, wenn ich stehen bleibe, vorsichtig näher hopsen, bis ich fliehe. Erst waren es mal ein oder zwei. Doch in letzter Zeit ist es immer öfter passiert. «Das muss an Berlin liegen, dieser seltsamen Stadt voller Füchse, Wanderfalken und Waschbären», sage ich Thursen. «Es gibt hier ja auch zahme Spatzen in den Gartenlokalen, warum keine zahmen Krähen? Die Krähen kommen jedenfalls erst zu mir, seit ich in Berlin bin.»

Er schüttelt den Kopf. «Nicht erst seit Berlin. Seit dein Bruder tot ist, stimmt's?»

«Wie kommst du darauf?» Was kann er ahnen von der Krähe, die letztes Jahr auf der Beerdigung meines Bruders im Baum neben dem offenen Grab saß, krächzte und auf mich herabblickte, als ich ein paar letzte Blumen auf seinen Sarg warf? Das war in Hamburg, da kannte ich Thursen noch gar nicht.

Thursen bewegt die Hand, sodass die Krähe auf seinem Arm weiter Richtung Schulter klettert. Und weil ich immer noch vor ihm stehe und von seinem anderen Arm gehalten werde, kommt sie auch weiter zu mir.

«Das ist einfach. Die Krähen kommen immer, wenn man von den Toten träumt.»

«Thursen, das ist doch ...»

«Und jetzt sag mir nicht, du träumst nicht von ihm.»

«Natürlich tu ich das. Das weißt du.» Ich will mich von ihm losmachen, damit ich der Krähe entkommen kann. Doch er hält mich fest, sein Arm um meine Taille geschlungen. Mit dem schwarzen Mantel, den herabhängenden Haaren und dem großen, dunklen Vogel auf der Schulter sieht er aus wie eine Gestalt aus alten Sagen. Einer von denen, die geheimes Wissen besitzen über Leben und Tod. Und vielleicht tut er das sogar.

«Es ist schlimmer geworden mit den Träumen seit deinem Ausflug durch das Tor, oder?», sagt er.

«Ja. Aber das ist ja auch kein Wunder! Ich habe so sehr gehofft, dass ich Fabi sehen kann. Doch er war nicht mehr da. Ich habe den Gang gesehen, dem er gefolgt sein muss auf seinem Weg ins Licht. Ich bin zu spät gekommen, und dann hatte ich nicht den Mut, ihm nachzugehen. Er muss doch furchtbar enttäuscht sein!»

Die Krähe sitzt auf Thursens Schulter und starrt mir mit ihren Käferaugen direkt ins Gesicht, als wüsste sie genau, was er meint. «Du hast seitdem mehr von diesen Träumen, weil die ganze schwarze Energie noch an dir hängt.»

«Schwarze Energie?» Meint er die Schatten, die Elias um mich herum gesehen hat? «Thursen, ich bin kein Werwolf mehr. Ich bin jetzt wieder ein Mensch.»

«Und das macht es schlimmer. Werwölfe können mit den Schatten leben. Sie umgeben uns.»

«Thursen, du bist auch wieder Mensch, schon länger als ich.»

«Na gut. Sie umschweben die Werwölfe und behindern sie nicht, weil sie zu ihnen gehören. Die Krähen folgen nicht den Wölfen, sondern den Schatten. Bei dir ist es etwas anders. Die Schatten vergiften deine Träume. Wir müssen sie schnellstens loswerden.»

«Und wie? Wieder mit einem geheimen Ritual? Norrocks sogenannte Wolfsnacht hat mir gereicht.»

«Du musst nichts tun. Die Krähen werden sie für dich verjagen. Sie hassen und jagen die schwarzen Albträume aus dem Totenreich seit Urzeiten.»

«Das meinst du doch nicht ernst? Die Krähe hat einen total harten Schnabel! Sie macht mir Angst, ehrlich.»

«Du als Mensch machst ihnen viel mehr Angst, glaub mir.» Er lässt mich los, vorsichtig, damit die Krähe auf seiner Schulter nicht auffliegt, und macht einen Schritt von mir weg. Sieht mir in die Augen. «Vertraust du mir?»

«Ja.» Ich vertraue ihm wie keinem Menschen sonst.

Er legt mir die Hände auf die Schulter. «Dann halt ganz still. Hab keine Angst. Ich rufe sie für dich her.»

Thursen sagt nichts, statt sie mit Worten zu rufen, sieht er stumm zu den Vögeln hin. Sie scheinen ihn trotzdem zu verstehen. Die Krähen fliegen auf und umkreisen mich. Zögernd werden ihre Bahnen immer enger. Ob sie wirklich Angst vor mir haben? Als die erste auf meiner Schulter landet, und gleich darauf die zweite und noch eine, als ihre Flügelfedern meine

Wangen und meine Ohren streifen, in denen ihr Federrauschen wie ein Wintersturm klingt, da reiße ich meine Arme hoch. Es ist mir egal, ob sie meine Schatten vertreiben können. Sie sind einfach viel zu nah. Ich will mich nur noch vor ihren hackenden Schnäbeln und ihren Teertropfenaugen schützen.

Thursen fängt meine Hände, ehe ich die Vögel schlagen kann. «Ganz ruhig», raunt er. Er hält meine Hände, hält sie fest, während ich mit geschlossenen Augen zitternd ertrage, dass die schwarzen Krähen mit ihren mächtigen Schnäbeln in meinem Haar wühlen, ziehen, zupfen. Krallenfüße, die aufgeregt hin und her trippeln auf mir, als kämpften sie mit einem unsichtbaren Feind. Dann wieder rauschen Federn an meinen Ohren, als flöge ich selbst davon.

Endlich ist kein Gewicht mehr auf meinen Armen. Keine Füße, keine Schnäbel. Ich öffne die Augen.

«Es ist vorbei», flüstert Thursen, gibt mir einen Kuss und zieht mich an sich. Als der Schreck endlich verfliegt, merke ich, dass er nicht zu viel versprochen hat. Die schrecklichen, drängenden, dunklen Gedanken sind weg aus meinem Kopf, als wären sie mit den Krähen davongeflogen. Was bleibt, ist ruhige Trauer, nicht schön, aber leichter zu ertragen. Meine Verzweiflung darüber, versagt zu haben, wird zu sanfter Wehmut. Auf einmal erinnere ich mich daran, dass ich ihn gehen lassen wollte, meinen Bruder. Wir Geschwister müssen uns trennen. Mein Leben ist nicht länger seins. Seins ist vorbei, und meins geht noch ein Weilchen weiter. So lange leben wir in verschiedenen Welten.

«Warum sind es so viele Krähen?»

Thursen schüttelt den Kopf. «Das hat mit deinen Gefühlen nichts zu tun, das ist etwas anderes. Norrock hat in letzter Zeit das Tor zur Totenwelt ein wenig zu oft geöffnet.»

«Er wollte Sjöll sehen.»

«Ein schöner Torwächter ist er», sagt Thursen. Ich spüre seinen Finger, der über meine Wange streicht. «Ich frage mich manchmal, ob er überhaupt eine Ahnung hat, was er tut.»

«Was meinst du damit?»

«Nicht nur du hast Schatten mitgebracht. Jedes Mal, wenn das Tor geöffnet wird, entkommt etwas aus der Totenwelt. Gedanken an die Toten. Schuldgefühle und Albträume drängen sich am ehesten durch die Spalten.»

«Und diesmal konnte Norrock das Tor nicht wieder schließen, weil er angegriffen wurde.»

Thursen schüttelt den Kopf. «Das Tor war ja schon fast zu. Ich habe es geöffnet, als ich zu dir durchgebrochen bin.»

«Ich hatte solche Angst, du hörst mich nicht.»

«Ich käme von überallher zu dir.»

Ich fühle mit den Fingerspitzen über die kaum verheilte Narbe in seinem Gesicht. «Doch wenn ich nicht in die Totenwelt gegangen wäre, dann hättest du mir nicht folgen müssen, und all das wäre nicht passiert.»

«Du wusstest doch nicht, was du tust.»

«Aber das alles war so sinnlos. Ich habe meinen Bruder gar nicht gesehen. Stattdessen musstet ihr kämpfen, Norrock ist verletzt, du bist verletzt, Adrian und der andere Shinan sind tot. Mein Gott, ich wünschte so sehr, ich könnte es ungeschehen machen.»

«Das kann man doch nie.»

Ich atme ganz dicht an seinem Gesicht. Mir gefällt die Vorstellung, dass ich seinen Atem einatme. Ich hasse die Kälte, die ihn in die warme Kleidung zwingt und mich daran hindert, seine Haut zu berühren. Ich wünschte, es wäre eine Sommernacht und es gäbe nur uns zwei, in nichts als das silberne Mondlicht gehüllt. Meine Hände wären überall auf seiner samtweichen Haut.

«Komm zurück in unseren Unterschlupf und lass uns noch ein wenig schlafen», sagt Thursen.

Selbst in seinem Arm gekuschelt merke ich, wie ich zittere. Doch diesmal ist es nur die Kälte. Die eisige schneidende Kälte. Wir unterhalten uns flüsternd auf dem Weg zurück.

«Etwas ist passiert zwischen Edgar und Zrrie, während wir in der Waldbühne gekämpft haben.»

«Ich weiß», sagt Thursen. Trauer huscht über sein Gesicht. «Ich habe die ganze Zeit ihre Blicke gesehen.»

«Werdet ihr Edgar leben lassen?»

«Das ist Norrocks Entscheidung.»

45. Elias

RAQUEL hat ein Beruhigungsmittel bekommen. Als ich sie verlassen habe, schlief sie. Zurück in meinem Zimmer, hätte ich auch gerne etwas zur Beruhigung, etwas, das die schwarzen Träume von Toten fernhält. Kopfschüttelnd gucke ich auf meine paar Sachen. Das bisschen Wäsche, eine Hose zum Wechseln und der warme Pullover, den ich ausziehe und über den Stuhl hänge, ist alles, was ich jetzt noch habe. Mehr hatte nicht Platz in der Tasche, die Chiara mir gebracht hat. Alle meine restlichen Klamotten, meine Bücher, meine Möbel, alles, was mir über Jahre vertraut war, ist heute Nacht verbrannt. Wir Shinanim brauchen nicht viel Schlaf, doch ich merke, wie mich die fehlenden Stunden der letzten Nächte belasten. Die Müdigkeit zehrt an meinem Mut. Ein kurzer Anruf in der Überwachungszentrale sagt mir, dass die Hubschrauber niemanden entdeckt haben, auch keine weitere Feuerstelle. Die Kälte war schrecklich heute Nacht. Laut Wetterstation in Berlin-Dahlem fast minus 20 Grad. Zu kalt für Edgar, ohne Feuer. Ich will nicht an eine steifgefrorene Leiche denken. Ich will Edgar noch nicht verlorengeben, in letzter Zeit sind zu viele Leute gestorben.

Eine Stunde Schlaf gebe ich mir. Eine Stunde ist zu kurz, um zu träumen.

Als ich aufwache, fällt mein Blick als Erstes auf den Kerzenleuchter. Ausgerechnet Chiara hatte mich davor gewarnt, damit einen Brand auszulösen. Jetzt ist die ganze Wohnung, in der auch sie lebte, in Flammen aufgegangen. Ob es wirklich allen gutgeht? Chiara und Felix sollten sich um alles kümmern, solange ich weg bin. Ich wähle Chiaras Nummer, doch sie geht nicht ran. Felix erreiche ich ebenso wenig. Soll ich es bei Konstantin oder Selina versuchen?

In meiner Anrufliste erscheint Adrians Nummer. Vor wenigen Tagen noch hätte ich ihn als Erstes angerufen. Wenigstens habe ich so etwas wie ein Erinnerungsstück an ihn, den Zettel, den er mir zwischen die Socken geschmuggelt hat. Ich stecke ihn in meine Hosentasche und mache mich wieder auf den Weg zu der Krankenstation, um nach Raquel zu sehen.

Die Ärztin dort erklärt mir, dass das Beruhigungsmittel noch ein paar Stunden wirken wird. Sie bittet mich, ein wenig zu bleiben. Raquel hat unruhig geschlafen und im Schlaf geschrien. Möglich, dass eine vertraute Stimme sie beruhigt. «Aber sprich nicht so laut, damit sie nicht aufwacht», sagt die Ärztin.

Leise trete ich in Raquels Zimmer und setze mich auf einen Stuhl neben ihrem Bett. Was soll ich ihr erzählen? Ich sehe sie an, sehe ihr beim Schlafen zu, während meine Hand in meine Hosentasche wandert. Raquels Hand zuckt. «Wie geht es dir?», flüstere ich und erhalte natürlich keine Antwort. Adrians Zettel knistert fast unhörbar zwischen meinen Fingern. Adrian hatte mich schon öfter vor dem hohen Rat gewarnt. Was, wenn er damit doch nicht so falsch lag? Shinanim sollten einander doch trauen, oder? Raquel stöhnt leise, dreht sich ein wenig im Schlaf und zieht die Decke hoch bis unters Kinn. Was für ein Gegensatz, ihr dunkles Haar so lang und leicht gewellt auf der weißen Decke. Schwarz und weiß. Ich wünschte, das Leben wäre so einfach einzuteilen.

«Weißt du was?», flüstere ich weiter. «Adrian ist tot. Nick ist tot. Und Edgar bestimmt inzwischen auch. Wenn die Werwölfe ihn nicht gleich als Vergeltung für den Tod von Haddrice hingerichtet haben, dann ist er heute Nacht erfroren. Heute Nacht war es zu kalt, um zu überleben, wenn man keinen Pelz hat und kein Feuer.» Raquel schläft ruhig, also teile ich weiterhin meine Gedanken mit ihr. Was ich jetzt sage, das müsste ich eigentlich Adrian sagen. «Was, wenn du mit deinem Misstrauen recht hattest? Was, wenn es Vittorio gar nicht so wichtig war, dass die Hubschrauber Edgar rechtzeitig finden? Was, wenn er ihn von Anfang an verlorengab und die Suchtrupps nur das Versteck der Werwölfe finden sollen?»

Auffallend, wie gelassen Vittorio mit dem Tod umgeht, hätte Adrian gesagt und genickt.

«Nicht mit irgendeinem Tod. Mit deinem Tod. Du warst mein Freund.»

Und mit dem deines Bruders, hätte Adrian gesagt. *Vittorio hat deinen Bruder ebenso sterben lassen wie Edgar. Er hat ihn den Wölfen buchstäblich zum Fraß vorgeworfen.*

«Vittorio konnte nicht wissen, dass mein Bruder rechtzeitig zum Treffen in der Waldbühne verhaftet wurde. Schließlich hat die Polizei lange Zeit vergeblich nach ihm gesucht.»

Hat ihn die Polizei denn gesucht? Gab es überhaupt eine Anzeige? Luisa jedenfalls konnte nach der Sache auf dem Teufelsberg wohl kaum eine Aussage machen, die war eine Werwölfin. Meinst du, diese Haddrice hat deinen Bruder angezeigt?

Ich reibe meine Schläfen, um Adrians Gedanken aus meinem Kopf zu bekommen, und zupfe an Raquels Kopfkissen herum.

Trotzdem laufen Adrians Gedanken weiter. Oder sind es meine? Beginne ich auf einmal, alles zu hinterfragen, so wie Adrian es getan hätte? *Sieh dir Vittorios Video von dem verwandelten Jungen noch mal an, Elias*, raten mir meine zweifelnden Gedanken, immer noch mit Adrians Stimme. *Du hast etwas übersehen.*

Ich verabschiede mich leise von Raquel, ohne sie aufzuwecken, streiche ihre Decke glatt, wie man es bei kleinen Kindern tut, und verlasse ihr Zimmer.

Zurück nehme ich den Weg durch den Park, der, seit Jahren verwachsen und außer Kontrolle geraten, jetzt in Winterstarre daliegt. Jemand hat ein Vogelhäuschen aufgestellt, in einem Beet, aus dem nackte, struppige Haselzweige ragen. Kleine Vögel, Spatzen, Meisen, Grünfinken und Dompfaffen naschen von den Körnern und lassen leere Schalen zurück.

Sie hüpfen hierhin und dahin, sind so voller Leben. Und doch liegt ein paar Schritte weiter eine steifgefrorene Meise im Gebüsch.

Früher hätte ich sie beerdigt unter einem Stein und das Grab mit Blumen geschmückt. Und jetzt? Ich wickle das tote Tier in ein Papiertaschentuch, hebe es auf und sehe mich um. Kurz vor dem Hintereingang des Ordenshauses ist der Boden noch kahl und wellig von den Bauarbeiten. Ich stoße mit dem Fuß gegen die Brocken. Der Boden ist hart, wie aus Beton geformt. Niemand schaufelt hier ein Grab, sei es auch noch so klein, schon gar nicht mit bloßen Händen. Ich umrunde das Gebäude und entsorge den toten Körper in der nächsten Mülltonne, damit keine Katze und kein Fuchs und auch keine Krähe ihn zerfleddern kann, und sage der kleinen Seele Lebewohl. Ob Edgars Körper jetzt auch schon irgendwo tot unter einem Busch liegt?

Vittorio ruft mich auf mein Klopfen hin herein. Er sitzt an seinem Schreibtisch, immer noch in derselben Kleidung wie am Abend zuvor, und telefoniert. Bittet mich mit einer Geste, mich zu setzen.

Schließlich nickt er und beendet das Gespräch. «Wie sollen wir mit den Werwölfen fertigwerden, wenn alles, was uns helfen könnte, entweder aus dem Land, in dem es hergestellt wird, nicht ausgeführt oder nicht nach Deutschland eingeführt werden darf? Sollen wir denn alles selbst holen?»

«Gesegneten Morgen, Vittorio», grüße ich.

Er sieht mich besorgt an. «Du siehst müde aus.»

«Ich habe wegen des Brandes nicht viel geschlafen.»

«Wegen des Brandes?»

Warum will er wissen, was mich wach hält?

Ohne nachzudenken antworte ich: «Ich habe von Adrian und meinem toten Bruder geträumt.» Er nickt, dreht den Kopf, und sein Blick wandert zum Fenster, hinter dem der Park liegt. «Das habe ich mir gedacht. Hast du die Krähen gesehen?», fragt er. «Sie kreisen über uns, es werden immer mehr.»

«Ja, auf dem Parkplatz saßen auch welche. Was ist los mit ihnen? Warum sind es so viele?»

«Es ist etwas im Gange. Wir haben offenbar nicht mehr viel Zeit.» Jetzt, wo er mich ansieht, fällt es mir auf. Seine Haut ist zwar von kleinen Falten durchzogen, doch in seinen Augen brennt das Feuer stärker als bei seiner Ankunft.

«Was haben die Krähen mit meinem Schlaf zu tun?»

«Mit deinen Träumen, Elias. Damit.»

«Darf ich auch erfahren, was meine Träume mit den Krähen zu tun haben?»

Er lächelt. «In meinem Alter und meiner Position hat man gelernt, dass es nicht immer ratsam ist, Informationen zu teilen, ehe man selbst sie hinreichend bewerten konnte. Doch ich bin unhöflich, verzeih. Du machst dir Sorgen wegen Edgar, und noch brennender als das willst du wissen, ob wir inzwischen eine Ahnung haben, wo sich die Mörder Adrians und deines Bruders aufhalten, nicht wahr?» Und bevor ich antworten kann, sagt er schon: «Ich habe zwar eben erst bei Jordan angerufen, aber ich kann es gerne noch mal tun. Entschuldige mich bitte kurz», wischt mit dem Finger über sein Smartphonedisplay und schiebt mir einen Obstteller hin, der vor ihm auf dem Tisch steht. Ich danke mit einem Nicken und nehme aus Höflichkeit ein Orangenstück, auch wenn ich keinen Appetit habe.

«Was gibt es Neues?», fragt er in sein Handy. «Schon eine Spur gefunden von den Werwölfen oder von Edgar?»

Ich kaue auf dem Orangenstück und versuche, meinen Unmut gleich mit zu zerbeißen. Warum telefoniert Vittorio jetzt, statt mir eine Antwort zu geben? Ich muss dem Telefonat nicht zuhören, ich weiß, dass Edgar noch nicht gefunden wurde. Ich gehöre zum Rat, man hätte mich über etwas so Wichtiges ebenso schnell aufgeklärt wie ihn. Aber etwas anderes habe ich gesehen, eben gerade. Meine Hand, mit der ich nach einem Stück Melone vom Obstteller greife, zittert. Vittorio hat mit dem Wischen über das Display die Anrufliste durchsucht. Die Anrufliste, natürlich, so leicht ist es gewesen! Von diesem Handy aus habe ich Nick angerufen, direkt vor Vittorios Augen, um ihm zu zeigen, wie kooperativ ich bin. Was für ein guter, vertrauenswürdiger Shinan ich sein kann, trotz meiner Verbindung zu Nick. Gott, war ich dumm und naiv! Vittorio brauchte später nur die Anrufliste durchzusehen, schon hatte er Nicks Nummer. Und mit ein bisschen Technik konnten seine Leute jeden Schritt von Nick verfolgen.

«Ich kümmere mich darum. Ich weiß, wen ich ansprechen kann», sagt Vittorio und beendet das Gespräch. Dann sieht er mich an. «Tut mir leid, es gibt nichts Neues, auch nicht von Edgar.»

«Ich weiß. Das war es nicht, weshalb ich hier bin.»

«Was führt dich dann hierher, Elias? Doch der Brand? Wie gut, dass bei dem Unglück nur Sachschaden entstand und niemand verletzt wurde. Jordan hat mir erzählt, dass du Raquel in ihrem Krankenzimmer besucht hast. Das war sehr freundlich von dir.»

«Das war selbstverständlich.»

«Es tut mir leid, dass damit eure Gruppe zerstört wurde.»

«Es wurde, wie Ihr ja gerade gesagt habt, niemand verletzt. Wir können die Gruppenmitglieder wieder zusammenholen und neue Räume beziehen.»

«Das wäre möglich, wenn du das in Zukunft noch willst. Denke in Ruhe darüber nach, Elias. Wenn diese Aktion zu unserer Zufriedenheit verläuft, müsst ihr die Menschen nicht mehr vor den Werwölfen schützen. Dann sind die Werwölfe sicher verwahrt, bis sie wieder zu den Menschen werden, die sie einmal waren. Was brauchst du dann deine Schutzengelgruppe noch? Du bist nicht jemand, der Menschen vor Taschendieben und der Angst im Dunkeln behüten sollte. Wir haben im hohen Rat einen verantwortungsvolleren Posten für dich.»

«Es geht nicht nur um Angst im Dunkeln. Berlin ist groß, bunt und vielfältig, aber auch manchmal hässlich und voller

Gewalt. Die Menschen hier haben nicht nur vor Werwölfen etwas zu befürchten, und sie haben verdient, dass sich jemand um sie kümmert.»

«Du musst nicht in dieser Stadt bleiben, du kannst noch viel bessere Arbeit leisten, wenn du mich auf meinen Flügen um die Erde begleitest. Wenn die Werwölfe erst geheilt sind, dann kennt dich jeder in unserer Welt, und du findest ein offenes Ohr, was auch immer du tun willst.»

«Wenn wir die Werwölfe tatsächlich heilen können.»

Vittorio kaut ein Apfelstück und sieht mir dann direkt in die Augen. «Zweifelst du daran?»

Ich halte den Blick. «Ich würde gerne noch einmal das Video von dem verwandelten Werwolfsjungen sehen.»

«Bitte, überzeuge dich selbst.» Er startet den Film und schiebt den Tablet-PC zu mir herüber. «Es sind keine Schatten mehr da. Der Junge auf dem Video ist ein Mensch und weiter nichts.»

Ich lasse den Film ein paar Minuten laufen. Wieder sieht der gerade geheilte Junge in diesem fremden Krankenhaus in die Kamera. Ich stoppe und sehe ihn mir im Standbild ganz genau an. «Die Verletzungen des Jungen, woher stammten die?» Was tun die Werwölfe, wenn sich einer von ihnen vom Rudel lossagt, beißen sie ihn dann?

«Moritz Hassmann hatte einen Unfall. Er ist in Berlin vor einen einfahrenden Zug gestürzt.»

Gestürzt? Oder wurde er von seinem wütenden Rudel gehetzt, das ihn nicht einfach gehen lassen wollte? Hatten Norrock und Thursen Angst, er würde sie verraten? «Er ist also einfach so gestürzt?»

«Ja, gestürzt, nicht gestoßen worden. Genauer gesagt hat er sich selbst vor den Zug gestürzt, dafür gibt es Zeugen.»

Das Video läuft weiter. Der Junge erzählt, und man sieht

die Narben, weiße Striche, dort, wo seine Wunden genäht wurden. Er muss viel ertragen haben. «Mein Gott, dem armen Jungen ging es wirklich schlecht», murmele ich.

Vittorio nimmt mir das Tablet aus der Hand und schaltet es aus. «Dieser Junge hier hat aufgehört, ein Werwolf zu sein! Es geht ihm nicht schlecht, er ist gerettet, Elias!»

«Was ist, wenn er nie ein Werwolf war?»

«Er hat zu Thursens Rudel der Verborgenen gehört.»

Ach ja? «Ich habe gegen Thursens Rudel gekämpft, und bei dem Angriff auf dem Teufelsberg war er nicht dabei.» Oder habe ich ihn in seiner Wolfsgestalt nur nicht erkannt? Haben wir womöglich gegen Kinder gekämpft?

«Das ist richtig. Moritz wurde im Frühjahr letzten Jahres von seiner Familie in Magdeburg als vermisst gemeldet und stieß wenig später zu den Werwölfen, bei denen er lebte, bis er plötzlich schwerverletzt als Mensch wieder auftauchte. Im Spätherbst letzten Jahres, also noch lange vor der Teufelsberggeschichte.»

Im letzten Jahr also. Ich nicke. «Ist es absolut sicher, dass er ein Werwolf war?»

Vittorio nickt. «Wir haben das Rudel beobachtet. Er hat sich verwandelt.»

Sie haben die Werwölfe schon im letzten Jahr beobachtet? Sie wussten, wer zum Rudel gehört und wo sie sich aufhielten?

«Noch eine Orange, Elias?»

Überrascht blicke ich auf und sehe Vittorio, der auf den Teller zeigt.

«Nein, danke.»

Und noch eine Frage stellt sich. Welche Rolle spiele ich in dem Ganzen? Mein Wissen über die Werwölfe war für den Rat die ganze Zeit wertlos.

«Was denkst du, Elias?», fragt Vittorio mit seiner Stimme, die so sanft klingt, so sanft und voller Verständnis. Und zum ersten Mal macht mir diese Stimme Angst, denn es ist eine Stimme, die dazu verleitet, seine tiefsten Geheimnisse preiszugeben, ob man will oder nicht. «Was will der Rat wirklich von mir, Vittorio?»

«Die Frage ist: Was willst du, Elias? Ist es nicht das, wovon wir Shinanim alle träumen? Wir wünschen uns eine Welt, in der Menschen – Menschen, Elias! – glücklich und sicher leben können. Wir lieben auch die Tiere, aber wie können wir Wesen dulden, die nichts von beidem sind? Das sind gefährliche Kreaturen, die sich Stück für Stück in zottige, knurrende, unberechenbare Tiere verwandeln! Das sind Monster, Elias, die die Erinnerung an ihr früheres Leben und ihr Menschsein schon lange verloren haben! An ihnen ist nichts mehr menschlich! Wenn es uns nicht gelingt, und zwar sehr bald gelingt, sie zurückzuverwandeln, werden wir sie vernichten müssen. Und zwar so schnell wie möglich. Du musst dich entscheiden, auf welcher Seite du stehst. Wir sind eine kleine Gruppe Verschworener, und wir möchten das lieber mit dir tun, du kannst uns sicher sehr nützlich sein. Doch wir schaffen das auch ohne dich.»

«Ihr wollt die Werwölfe also vernichten, Vittorio?»

«Werwölfe öffnen das Tor zur Hölle und lassen die Seelen der Verfluchten in die Welt der Lebenden. Was würdest du an meiner Stelle tun?»

«Das Tor zur Hölle? Wie bitte?»

«Du glaubst mir nicht? Was meinst du, woher deine Albträume stammen? Deine Träume von Toten?»

«Daran sollen die Werwölfe schuld sein?»

«Die meisten Shinanim wissen es nicht, doch die Dunkelheit, die die Werwölfe umgibt, stammt direkt aus der Hölle.

Werwölfe verwandeln Menschen in ihresgleichen, nur zum Spaß, so werden sie mehr und mehr. Wenn wir die Werwölfe nicht fangen und in Menschen zurückverwandeln, müssen wir sie notgedrungen vernichten. Jeden einzelnen, sonst entstehen wieder und wieder neue. Das ist dir inzwischen doch klar?»

Klar ist mir inzwischen gar nichts mehr. Es gibt also zwei Strategien. Offiziell verwandeln wir die Werwölfe zurück in Menschen, wie auch immer das geschehen soll. Und im Geheimen? «Planen wir einen offenen Kampf? Oder locken wir sie noch einmal in den Hinterhalt und töten sie dann, so wie Ihr es in der Waldbühne versucht habt?»

«Es wird so oder so zum Kampf kommen. Entweder wir greifen an, oder wir warten, dass die Werwölfe es tun. Die meisten aus unserem Orden fürchten sich davor. Doch wir wissen Bescheid, nicht wahr? Wir wissen, wie es ist, dem Tod ins Auge zu sehen. Manchmal muss man Opfer bringen, so wie du deinen Bruder.»

«Ihr wolltet mich also tatsächlich deshalb, damit ich Euch den Köder für Eure Falle besorge?»

«Glaub mir, unsere Nachfahren werden uns dafür danken, wenn wir das Werwolfsproblem jetzt lösen, denn sie werden in einer unvergleichlich besseren, sichereren und froheren Welt leben als wir jetzt.»

«Ihr wollt also wirklich selbst kämpfen? Wie lange habt Ihr schon nicht mehr gekämpft, Vittorio? Und wie kampferfahren sind Eure geheimen Mitstreiter?» Oder hat er dafür auch wieder Leute, die er in den Tod schicken kann, so wie Adrian und Delwin?

«Ja, das ist wahr. Kann ein alter Mann wie ich noch kämpfen? Ganz klar, dass du so denken musst.» Vittorio sieht für einen Moment an mir vorbei aus dem Fenster. Dann beugt er sich zu mir. «Doch Kampf ist möglicherweise nicht der einzige Weg, die Werwölfe zu vernichten.»

«Es gibt einen anderen Weg?»

«Nein, Elias, frag mich das nicht. Dieses Wissen ist mein letzter Rückhalt, wenn nichts anderes mehr funktioniert, und gehört mir ganz allein. Es reicht für dich zu wissen, dass wir nicht schutzlos sind.»

Zurück in meinem Zimmer bleibe ich vor dem Bild von Michael stehen. Michael, der Erzengel mit der Waffe in der Hand, der, wie man sich erzählt, Gottes Auftrag ausführte und die Dämonen in die Hölle zurückschickte, aus der sie gekommen waren. Ich stehe vor dem Bild des Erzengels und denke darüber nach, was Michaels Name bedeutet. «Wer ist wie Gott?»

46. Luisa

ALS Thursen und ich von unserer Begegnung mit den Krähen zurückkommen, ist Lurnak tot. Er liegt noch immer unter dem Schnee, an der gleichen Stelle, an der wir ihn schlafen sahen. Doch jetzt hat er seine Menschengestalt zurück. Jackenarme und Jeansbeine und Füße in Chucks und auf dem Kopf hellbraunes Haar, in dem frischgefallene Flocken hängen. Irgendwann in den frühen Morgenstunden ist seine Seele gegangen. Steif und unbeweglich liegt er da.

«Warum ist er gestorben?», frage ich. War er verletzt, und wir haben es nicht bemerkt? Nirgendwo ist Blut zu sehen.

«Du siehst doch, wie alt er war.» Irudit wischt die Schneeflocken von seinem Gesicht, das auf seltsame Weise alt und jung zugleich ist. Sein Jungengesicht ist überzogen von zahllosen Fältchen, und er hat Tränensäcke unter den geschlossenen Augen. Lurnak sieht aus wie ein alter Mann, auch wenn seine Haare vergessen zu haben scheinen, dass sie hätten grau werden sollen.

Thursen drückt meine Hand. Dieser Tod kam ruhiger, nicht so wie der von Krestor, der zuckend verendete. Nicht einmal die Wölfe, die neben ihm schliefen, sind von seinem Sterben erwacht.

Norrock schnüffelt an dem Toten. Dann kippt sein Körper nach hinten, und er wird zum Menschen. Er haucht in die Hände und reibt sie, um warm zu werden. Seine Lederjacke ist viel zu dünn für diese mörderische Kälte.

«Wieder einer, den unsere lieben Feinde auf dem Gewissen haben», sagt er. «Der Kampf und die überstürzte Flucht waren zu viel für ihn. Klar, er war alt, aber die Shinanim haben ihm den Rest gegeben.»

«Lasst uns trauern», sagt Thursen.

«Genau. Und mach Edgar bereit, wie wir besprochen haben, Thursen. Das ist doch jetzt genau der richtige Zeitpunkt dafür.»

Jetzt? Jetzt soll Edgar doch sterben? «Nein», sage ich. «Nein.»

«Du willst zwei Leichen in einem Aufwasch loswerden?», faucht Zrrie. «Gute Idee! Aber dazu musst du an mir vorbei.»

«Lurnak starb wegen der Shinanim. Dafür werden sie bezahlen. Jetzt, denn Schulden bezahlt man doch gleich, oder?»

«Norrock», rufe ich. «Du kannst doch Edgar nicht einfach umbringen!»

«Pass auf, Luisa. Wir haben keine Zeit für Brimborium, Abstimmung, großes Edgar-Ermordungsfest oder so etwas.

Ich werde jetzt einfach und schnell dafür sorgen, dass die verdammten Shinanim ihren Novizen niemals mehr zurückbekommen.» Norrock wendet sich den anderen zu. «Los, Thursen. Schnapp dir Luisa und bereitet Edgar vor. Der Rest kommt mit mir. Wir nehmen Lurnak mit, suchen uns einen Trauerplatz. Ihr kommt nach, und dann gibt es einen Kreis, wie es ihn noch nie gegeben hat.»

«Norrock!»

«Nein, Zrrie, ich bin dein Leitwolf. Mein Wort gilt! Du kommst mit und hältst die Klappe.»

Mauriks und Irudit nehmen den Toten bei den Armen, Polmeriak und Norrock die Beine. Die übrigen Werwölfe und Rieke begleiten sie. Sie sind schnell, trotz ihrer Last, fast als würde Lurnaks Körper im Tod nichts mehr wiegen.

«Hör auf damit, Norrock!», schreit Zrrie und läuft neben Norrock her. Packt seinen Arm und klammert sich daran. Rieke übernimmt Lurnaks Bein. Ich sehe, dass Norrock sich von Zrrie losreißt und sie miteinander streiten, doch sie sind schon so weit weg, dass ich außer Edgars gebrülltem Namen nichts mehr verstehe. Im nächsten Moment stehen sich zwei zornbebende Wölfe gegenüber, und Worte werden überflüssig. Dann laufen sie davon.

Ich bleibe zurück mit Thursen. Gemeinsam gehen wir zu Edgar.

«Norrock und du, ihr habt also gestern abgesprochen, wie ihr mich am besten tötet, ja?», empfängt er uns.

«Das ist nicht so einfach», sagt Thursen.

«Warum nicht? Gerade dir müsste es doch leichtfallen. Du hast doch schon mehr als einmal ein Leben beendet.»

«Wir befreien dich natürlich», sage ich. «Ehe die anderen zurückkommen. Das tun wir doch, Thursen?»

Thursen schüttelt den Kopf. «Nein.»

«Thursen, das kannst du nicht ernst meinen! Edgar kann weit weg sein, bevor Norrock überhaupt bemerkt, dass wir nicht nachkommen.»

«Und dann hat Edgar ein ganzes Rudel Werwölfe auf den Fersen. Was meinst du, wie weit er zu Fuß und durchgefroren, wie er ist, wohl kommen wird? Denk daran, dass sie wissen, wie er riecht!»

«Heißt das, du hast gar keinen Plan?»

«Doch, den habe ich. Norrock –»

Ich ramme Thursen meine Hände vor die Brust: «Tötet ihn? Geht es noch?»

Er fängt meine Hände in seinen. «Jetzt hör doch erst mal zu. Die meisten im Rudel wollen Edgars Tod, oder? Können sie haben.»

«Thursen!»

«Haddrice hat doch gesagt, dass ein Shinan stirbt, wenn man ihn zwingt, sich in einen Werwolf zu verwandeln, oder?»

«Da hat sie recht», sagt Edgar. «Als Shinan wähle ich lieber den sicheren Tod, als dass ich mich in eine Gestalt der Finsternis verwandle.»

Thursen sieht ihn nicht einmal genau an. «Blödsinn. Das machst du nicht. Dazu hasst du uns nicht genug.» Thursen atmet einmal tief ein, bevor er mich eindringlich ansieht und fortfährt. «Luisa, erzähl ihm von dir und Elias.»

«Du und Elias?», wundert sich Edgar. «Er ist ein Shinan! Und du hast doch Thursen.»

«Da war nichts zwischen mir und Elias!»

Thursen drückt noch mal meine Hand. «Ich weiß. Erzähl Edgar, wie du ihn angefasst hast, Luisa.»

Ich erzähle Edgar, wie ich Elias berührt habe, an der Stelle, an der seine Flügel gesessen hätten. Ich verschweige nicht, wie mich Elias' Himmelskraft im ersten Moment schmerzhaft überwältigt hat. Doch dann, als wir uns bewusst waren, was geschehen wird und wir es zugelassen haben, ist die Kraft ganz langsam von einem zum anderen geflossen. Niemand wurde verletzt.

«Und so etwas habt ihr auch mit mir vor? Mir erst mal meine Himmelsenergie nehmen, dann habt ihr leichteres Spiel? Du überschätzt mich, ich bin ziemlich leicht zu töten, Thursen.»

«Nein, wir werden dir keine Himmelsenergie nehmen. Bei dir wird die Energie andersherum fließen. Du wirst die Energie des Rudels empfangen. Mehr als du dir wünschen wirst.»

«Und du glaubst tatsächlich, dass ich dabei nicht sterben werde?»

«Norrock ist der gleichen Meinung.»

«Norrock? Der will mich gegrillt und in mundgerechten Häppchen verspeisen.»

«Norrock ist nicht blöd. Er weiß, dass du mit der Falle nichts zu tun hattest. Doch er ist Leitwolf und muss sein Wort halten. Deine Shinanim haben uns eine Falle gestellt, und du warst die Geisel. Er kann nicht so tun, als sei nichts gewesen.»

«Also wollt ihr mich nicht töten, sondern eine Art Gottesurteil.»

Thursen verzieht das Gesicht. «So würde ich das nicht nennen.»

«Wie denn?»

«Bauernopfer. Die Shinanim haben dich geopfert, Edgar. Leb damit.»

«Würd ich gerne. Sag mir, wie.»

Ein Heulen ertönt.

Thursen lauscht kurz und spricht dann weiter. «Gut. Norrock ist fertig. Ganz kurz. Du als Novize hast noch nicht so viel Energie, das macht es leichter. Luisa war, als sie Elias damals an diesen Engelsmalen berührt hat, zwar noch nicht ganz Werwölfin, doch Elias ein vollwertiger Shinan.»

«Gut, Luisa hat es überlebt. Aber Luisa hat sich auch nicht in irgendwas verwandelt.»

«Das Gefährliche ist nicht die Verwandlung, sondern das Aufeinandertreffen der gegenpoligen Energie. Licht und Dunkelheit vernichten sich normalerweise gegenseitig.»

Edgar nickt. «Und mit wem soll diese Verschmelzung stattfinden? Ihr beide seid ja schließlich keine Wölfe mehr.»

«Mit einem von uns klappt es sicher nicht.» Thursen verzieht sein Gesicht zu einem halben Lächeln. «Da ist auch noch etwas, das Luisa dir nicht gesagt hat. Liebe. Liebe scheint wichtig zu sein. Elias war damals ziemlich in sie verliebt.»

«Oh», macht Edgar. «Und Luisa?»

«Wahrscheinlich auch ein wenig, oder?», sagt Thursen und sieht mich an.

Muss ich darauf antworten? Muss ich ihm weh tun? Doch er scheint keine Antwort zu erwarten. «Einigen wir uns, dass sie ein bisschen in Elias verliebt war, aber mich liebt. Nun zu dir, Edgar. Luisa und ich können dir nicht helfen, wir sind keine Werwölfe. Zrrie schon.»

«Aber ich ...»

«Wir können sehen, Edgar, und wir haben keine Zeit für deine Ausflüchte. Norrock wartet. Du liebst Zrrie. Zrrie liebt dich. Ihr habt euch doch schon berührt, und es ist nichts Schlimmes passiert, richtig? Wir sorgen dafür, dass sie neben dir sitzt. Luisa und ich schirmen euch rechts und links gegen die dunkle Kraft des Rudels ab. Und dann musst du die dunkle Kraft von Zrrie einfach ... aushalten.»

Norrock heult. Ungeduldig.

«Das klappt nie», stöhnt Edgar und fährt sich mit zitternden Händen durchs Haar. «Nie im Leben. Scheiße, Luisa, wenn ich, also wenn ich, na ja, sterbe, kannst du dann meinen Schwestern sagen, dass ich –»

Heulen. Mehrstimmig, laut und zwingend, das Edgar aus dem Konzept bringt.

«Los jetzt», unterbricht ihn Thursen, greift Edgars zitternde Rechte und zieht ihn auf die Beine.

Als wir an dem Platz ankommen, den Norrock als Trauerplatz ausgesucht hat, ist alles bereit. Lurnaks Körper liegt ausgestreckt auf einem Bett aus Fichtenzweigen.

«Lasst uns trauern, wie wir es schon immer taten», sagt Norrock zu seinem Rudel. «Doch diesmal gibt es einen Unterschied. Wir werden Lurnak etwas ganz Besonderes mitgeben, das Leben unserer Geisel. Doch dies ist nicht nur Rache für Lurnak, sondern auch für Haddrice. Haddrice wusste, dass ein Shinan stirbt, wenn er versucht, sich in einen Wolf zu verwandeln, erinnert ihr euch?»

«Ja», sagt Irudit.

«Dann ist wohl auch klar, was wir jetzt tun. Holen wir Edgar in unseren Kreis.»

«Also willst du ihn auf diese Weise töten?», fragt Mauriks.

«Nicht ich, Haddrice hätte das so gewollt. Die dunkle Kraft der Werwölfe wird Edgar umbringen, die Kraft von uns allen.» Norrock ist so überzeugend, dass mir Zweifel kommen. Das soll alles abgesprochen sein? Und wenn Thursen und Norrock sich so sicher waren, warum haben sie dann nicht Zrrie eingeweiht? Es ist grausam, den Schmerz in ihrem Gesicht sehen zu müssen.

«Bitte, gebt mir wenigstens noch einen Moment mit ihm», sagt Zrrie. Flüstert mit Edgar und legt ihre Hand auf seinen Arm.

Norrock lacht. «Na guck mal, wie herzig. Hoffentlich hast du nicht vergessen, auf welcher Seite du stehst, Kleines!»

«Sei ruhig!» Sie dreht sich zu ihm, Tränen in den Augen. «Norrock. Ich hasse dich wirklich.»

«Das hast du schon gesagt.» Er zuckt die Achseln.

«Einmal reicht nicht.» Und dann sieht sie Edgar an, zögert kurz, wie um sich selbst Mut zu machen, schlingt ihm die Arme um den Hals und küsst ihn. Edgar ist offenbar noch überraschter als sie. Doch dann presst er sie so eng an sich, dass sie sich fast mit Gewalt aus seiner Umarmung befreien muss, als Norrock knurrt: «Genug jetzt.»

Zrrie hält Edgars Hand, als sie sich nebeneinander in den Kreis setzen.

Wie besprochen, knien Thursen und ich uns rechts und links neben sie, Thursen neben Zrrie und ich mich neben Edgar.

«Luisa und Zrrie brechen den Kreis, passt auf!», sagt Mauriks und kommt auf uns zu. «Das lassen wir nicht zu, oder? Ich will den Shinan, der uns in die Falle gelockt hat, an der dunklen Kraft verrecken sehen!»

«Na, dann passe ich mal lieber selbst auf», sagt Norrock, schiebt Mauriks weg und vertreibt mich von meinem Platz an Edgars Seite.

«Wartet!» Rieke berührt den toten Lurnak an der Stirn, murmelt etwas und kniet sich mit in den Kreis, mir gegenüber. Will sie sich etwa auch verwandeln?

Norrock nickt. Die Werwölfe in ihrer Wolfsform kommen hinzu. Er muss ihnen kein Zeichen geben, ganz von selbst nehmen sie ihre Plätze ein im Kreis um Lurnak. Norrock heult, und die Verwandlung beginnt. Hastig lassen sich auch die in Menschengestalt in ihre Wolfsform fallen, denn wir haben nicht viel Zeit. Keiner weiß, wie nah die Feinde sind.

Seltsam ist es. Meine Hände halte ich links in Irudits und rechts in Norrocks Fell, doch ich fühle nichts. Keine Macht der Tiefe mehr, die mich durchströmt. Kein Kribbeln, kein dunkles Vibrieren. Es ist, als wäre ich dafür taub geworden.

Sie heulen. Die altbekannten Stimmen. Und auf einmal stimmt eine weitere Stimme in das Geheul mit ein. Edgar, den Shinan, den Jungen, gibt es nicht mehr, an seiner Stelle sitzt neben Zrrie ein strahlend weißer Wolf mit goldenen Augen und singt glockenklar Lurnaks Totenklage.

Wir sind alle so überrascht, dass der Kreis tatsächlich bricht, doch nicht ich bin es, die loslässt. Der Kreis bricht an vielen Stellen gleichzeitig. Wölfe springen auf, Polmeriak und Glowen werden zu Menschen und rufen erstaunt. Im selben Moment ist der Spuk vorbei, und Edgar ist wieder Mensch. Er zittert am ganzen Körper und schafft es gerade noch, sich von Lurnaks Leichnam wegzudrehen, dann beugt er sich vor und kotzt sich die Seele aus dem Leib.

«Er lebt noch!», sagt Mauriks.

«Ja, da hat Haddrice sich wohl geirrt. Aber weißt du was, Mauriks? Die Shinanim haben gerade ihren mutigsten Novizen verloren. Er gehört jetzt zu uns.» Norrock sieht sehr zufrieden mit sich aus.

«Wieso das?»

«Na, er war eben ein Wolf, das hast du doch gesehen, oder? Meinst du, die Shinanim wollen jemanden zurückhaben, der sich in einen Wolf verwandeln kann?»

«Er braucht es ihnen ja nicht zu sagen», meint Glowen.

«Sie werden die Schatten sehen, die ihn umkreisen», sagt Thursen.

«Na und?», fragt Polmeriak. «Vielleicht ist ihnen das egal, wenn er ihnen alles über uns verrät.»

Norrock grinst. «Er kann gerne zu den Shinanim gehen

und ihnen alles erzählen, was er von uns weiß. Denkst du, die glauben ihm noch ein Wort? Wenn sie die Schatten sehen, werden sie denken, er sei übergelaufen.»

«Das werden sie nicht», sage ich und muss an meinen Aufenthalt in ihrem Gefängnis denken. «Sie werden davon überzeugt sein, dass er von einem Dämon besessen ist – so wie wir.»

Edgar würgt nicht mehr. Er kommt mühsam auf die Füße, doch er sieht immer noch kreidebleich aus. Seine Hände zittern, als er sich damit über das Gesicht fährt. «Ein Dämon. O Gott», stammelt er. «O mein Gott.»

«Edgar, du siehst aus wie ein Kind nach seiner ersten Zigarette», sagt Norrock und klopft ihm auf die Schulter.

«Ich rauche nicht», murmelt Edgar.

«Klar.» Norrock lehnt lässig an einem Baumstamm. Wenn man aber genau hinsieht, merkt man, dass er sich eher daran festhält, zitternd gegen die Verwandlung kämpfend. «Wir müssen uns um den toten Lurnak kümmern. Ihr zwei zieht ihm die Jacke aus.»

Polmeriak und Glowen knien sich hin und tun, was Norrock gesagt hat.

«Edgar, gib deine her. Du kriegst die Jacke von Lurnak.»

«Aber, ich kann doch nicht die Jacke von einem toten Werwolf anziehen!»

«Her mit dem Teil!», presst Norrock zwischen zusammengebissenen Zähnen hervor. Schafft trotzdem ein amüsiertes halbes Grinsen. «Wie es aussieht, bist du jetzt einer von uns und bleibst uns noch eine Weile erhalten. Da will ich nicht, dass du durch die Gegend läufst wie eine Warntafel. Jäger schießen auf so was wie uns. Außerdem wissen die Shinanim vermutlich, was du trägst.» Mauriks zieht ihm die Jacke von den Schultern, noch bevor Edgar seine Taschen leeren kann.

Wortlos schlüpft Edgar in die fremde, eisige Jacke von Lurnak und stopft sein Portemonnaie in die Tasche. Währenddessen zwängen Mauriks und Polmeriak den Leichnam mit viel Mühe in Edgars Jacke.

Mir wird ganz komisch. Solange man das Gesicht nicht sieht, könnte man wirklich meinen, da läge Edgar. Er und Lurnak haben fast die gleiche Haarfarbe und sehen sich auch sonst ziemlich ähnlich. Norrock stülpt Edgar noch eine fremde Strickmütze auf den Kopf. Ich erkenne meinen Klassenkameraden kaum wieder.

Plötzlich kippt Norrock vornüber und schafft es nicht mehr, sich aufzurichten. Er stemmt seine Hände auf den Boden. «Thursen», stößt er hervor, als sich sein Rücken nach oben krümmt. Übergangslos übernimmt Thursen die Rolle des Leitwolfs, Norrock in Wolfsgestalt neben sich. «Glowen und Mauriks», sagt er. «Ihr bleibt hier und bewacht das, was jetzt unser Lager ist. Edgar bleibt bei euch. Rieke und Irudit, versucht in der Stadt irgendwie an Essen für uns zu kommen. Und ihr anderen begleitet Lurnak auf seinem letzten Weg. Norrock wird euch führen.»

«Hier ist doch nichts zu bewachen. Wieso kann ich nicht auch mit Norrock gehen?», fragt Glowen.

«Was beschwerst du dich? Du kanntest Lurnak doch kaum!», sagt Thursen.

«Lass sie mitgehen, Thursen. Ich kann das Lager gut allein bewachen!», sagt Mauriks.

«Na gut», entscheidet Thursen. «Dann helft den anderen tragen.»

Gemeinsam heben die Werwölfe in Menschengestalt Lurnak auf und folgen Norrock, dem schwarzen Wolf.

«Wo bringen sie ihn hin?», frage ich.

«Nach Westen zum Wasser, da werfen sie ihn rein. Drück

ihnen die Daumen, dass die Havel nicht zugefroren ist, sonst müssen sie ein Loch ins Eis hacken.»

«Viel Glück», ruft Irudit ihnen nach.

«So, und wir haben jetzt was anderes zu tun.» Thursen legt seinen Arm um meine Schultern und drückt mich an sich. Wir werden für Haddrice und Lurnak Trauerbäume schnitzen.

47. Thursen

ICH taste in der Tasche nach meinem Messer. Dann nehme ich Luisa an die Hand, und wir machen uns auf den Weg. Es tut gut, sie an der Hand zu halten, so kann ich fühlen, dass sie bei mir ist, wirklich da ist. Die Angst, sie könnte plötzlich verschwunden sein, es könnte sie nie gegeben haben, begleitet mich ständig. Wer sagt mir, dass ich den ganzen Schwachsinn hier im Wald mit Werwölfen und Halbengeln nicht komplett geträumt habe? Viel wahrscheinlicher ist es doch, ich liege in meinem Zimmer im Bett und schlafe, und nebenan plant meine Mutter ihren Tod, wieder einmal. Und ich habe Luisa nie getroffen.

Doch da ist ihre warme Hand in meiner. Ihre knisternden Schritte neben mir. Alles ist echt. Sie ist da.

«Warum legen sie Lurnak nicht einfach irgendwo ab, so wie damals Krestor, und warten, dass er gefunden wird? Warum müssen sie ihn ins Wasser werfen?», fragt Luisa und reißt mich endgültig aus den Gedanken, die mir sowieso nicht guttun.

«Das mit Krestor war riskant genug. Solange die Shinanim

uns suchen, könnten wir gleich ein Schild danebenstellen: Achtung, toter Werwolf.»

«Er ist wieder ein Mensch.» Luisa bleibt stehen, weil ein Baumstamm unseren Weg versperrt. Nacheinander steigen wir über die vermooste, frostglitschige Baumleiche.

«Irgendwer von seiner Familie würde ihn identifizieren und merken, dass er eigentlich viel jünger sein müsste. Wenn Norrock ihn ins Wasser wirft, kann es dauern, bis der tote Körper angeschwemmt wird. Dann ist er so aufgequollen, dass er garantiert keine Falten mehr hat. Wenn wir Glück haben, merkt keiner, dass Lurnak viel zu alt aussieht.»

«Zrrie sieht auch schon viel älter aus als damals, als sie Werwölfin wurde. Da war sie fast ein Kind, und jetzt sieht sie so alt aus wie ich.»

«Gut, dass du nur so kurz Wölfin warst.» Werwölfe altern schneller. Ich bin später geboren als Luisa. Ich war mal jünger und bin jetzt durch meine Wolfszeit älter als sie. Wäre sie länger Wölfin gewesen, hätte sie mich wieder überholt. Was für eine verdrehte Welt.

«Stehst du etwa nicht auf ältere Frauen?» Luisas Hand regt sich in meiner. Das einzig Sichere, auf das ich mich immer verlassen kann. Sie. Ich gebe den Druck zurück.

In diesem Moment höre ich es. Ein Hubschrauber! Luisa und ich laufen gleichzeitig los und drücken uns nebeneinander an den Stamm einer Fichte. Das Geräusch wird lauter. Doch das beschneite Nadeldach versteckt uns, und der Hubschrauber gleitet über uns hinweg. Ist es ein normaler Hubschrauber zur Verkehrsbeobachtung, oder suchen die Shinanim noch immer nach uns? Luisa sieht mich an. In ihren Augen liegt noch ein letzter Rest Werwolfsilber. Doch mein Blick bleibt an ihrem Mund hängen, wie immer. Ihr Mund ist wunderschön und sanft und weich, und ich weiß nur zu genau, wie sich ihre Lippen auf meinen anfühlen. Sie lächelt. Kann sie etwa doch meine Gedanken lesen? Ihre Wange ist genauso kalt wie meine Hand, als ich ihr Gesicht berühre. Schnell ein Kuss, bei dem mir der Geruch nach Rinde und Baumharz und Luisa in die Nase steigt, dann setzen wir unseren Weg fort.

Heute, wo wir keinen anstrengenden Kampf hinter uns haben, scheint der Weg viel kürzer. Da sind die Trauerbäume schon. Zuerst knien Luisa und ich uns vor Sjölls Windlicht. Es ist erloschen, der Boden des Glases mit verlaufenem Kerzenwachs gefüllt, darin klein und kringelig die schwarzen Reste des ertrunkenen Dochtes. Die Flamme sollte brennen, bis Sjöll gerächt ist.

Luisa hält das Glas hoch. «Es sieht fast so aus, als wäre sie bei Nicks Tod von selbst ausgegangen.»

Norrocks verdammtes Rachelicht. «Nick ist zwar tot, aber Norrock wird trotzdem nicht aufhören. Er wird auch noch die anderen aus Nicks Bande jagen. Oder glaubst du wirklich, für ihn ist es vorbei?»

Luisa seufzt. «Da hast du wohl recht.»

«Lass uns einen Baum für Haddrice suchen.»

Luisa beginnt von Baum zu Baum zu gehen. Streicht hier und da über die Rinde. Ich wüsste gerne, was Haddrice ihr bedeutet hat. Haddrice hat sie vor Nick gerettet. Als sie tödlich verletzt war, hat Haddrice sie in eine Werwölfin verwandelt und ihr damit das Leben gerettet. Ich kam nicht so gut klar mit Haddrice. Sie war so anders als Sjöll, die die ganze Scheiße nur noch vergessen wollte. Haddrice hat sich so an ihren Hass geklammert, dass er zum Schluss alles war, woraus sie bestand. Doch ist das noch wichtig? Luisa wurde mit ihr zusammen von den Shinanim gefangen, die beiden sind zusammen geflohen. Luisa wird den Baum finden, den Haddrice gewollt hätte.

«Meinst du, der hier ist richtig?», fragt sie endlich, nachdem sie mit prüfendem Blick über eine Unzahl von Stämmen gestrichen hat. Als ob sie erwartet hat, dass das Holz ihr antwortet.

«Thursen?»

Ich nicke langsam, doch statt zu sprechen lege ich den Finger auf die Lippen. Sie versteht. Hinter uns knistert etwas, zu laut für ein Tier. Wer ist da? Jemand mit Schuhen, ein Mensch, zertritt Zweige und Laub, brüchig von der Kälte. Wäre ich noch Werwolf, ich hätte es viel früher bemerkt. Ich hätte es gerochen. Ich drehe mich um, und tatsächlich, unter dem Baum für Karr, halb verdeckt vom Stamm, da steht jemand. Ein Mann, den ich kenne. Und so ziemlich der Letzte, den ich jetzt sehen will.

«Hallo!», grüßt Elias und kommt aus seiner Deckung heraus auf uns zu. Nur er? Ich streife das Unterholz mit meinem Blick, lausche, doch weitere Schritte höre ich nicht.

Mit der bandagierten Hand schiebe ich Luisa hinter mich. Mit der anderen ziehe ich zeitgleich mein Messer aus der Tasche und lasse es aufschnappen. Dann stürze ich mich auf Elias, ehe er etwas ahnt, und greife nach seiner Schulter. Scheiße, mein kaputter Arm brennt wie Feuer. Ich pralle im Schwung mit der Schulter gegen ihn, doch ehe ich das Messer hochreißen und ihm an den Hals drücken kann, hat er wie ein Raubvogel zugepackt und umklammert mein Handgelenk. Nein, ich bin nicht langsam. Wäre er ein Mensch, hätte ich es locker geschafft. Doch Elias ist kein Mensch. Ich fühle es schmerzhaft. Wenn er noch ein bisschen fester zudrückt, bricht mein Handgelenk. Egal. Ich beiße die Zähne zusammen, um nicht aufzustöhnen, und halte stand.

«Lass das Messer fallen, Thursen!», sagt er. Nicht wütend, nicht mal besonders außer Atem. Freundlich, aber bestimmt sagt er es, so, wie man mit Hunden spricht. Fast möchte ich lachen. «Klar, damit du gleich deine Leute herrufst.» Ich lasse die Waffe fallen, verdränge den Schmerz, reiße mit aller Macht meinen Ellenbogen hoch und ramme ihn ihm in die Brust. Meine Hand ist frei. In meiner Drehung trete ich mit dem Fuß nach ihm. «Hau ab, Elias, du Mistkerl!», schreit Luisa. Kommt mit einem Ast, lang wie mein Bein, auf uns zu. Recht so. Ich hasse Elias! Noch ein Tritt. Dafür brauche ich keine Arme.

Geschickt weicht er aus. Ich schnappe mir mein Messer. Trete noch einmal nach ihm.

«Immer noch Mensch, Werwolf?» Seine Stimme ist auf einmal scharf wie eine Rasierklinge, und zwischen seinen Handflächen leuchtet es, als wäre da eine Taschenlampe. «Na los, warum verwandelst du dich nicht? Zeig deine Zähne, oder bin ich es nicht wert, dass du mich in deiner Wolfsgestalt angreifst?»

«Werwolf?» Diesmal lache ich wirklich. «Meine Güte, Elias! Schau mich doch an!»

Ich breite die Arme aus, einladend, damit er endlich hinsieht. Er wird nicht weiterkämpfen, wenn ich es nicht tue. Auch wenn ich ihn hasse, er ist einer von den Guten, oder nicht? Die Guten halten sich an die Regeln, nicht weiterzukämpfen, wenn der Gegner aufhört. Und wirklich, verwirrt bleibt er stehen.

«Lass ihn, Luisa!», sage ich ihr, damit sie nicht gleich auf ihn losgeht. Jetzt soll er mich erst mal ansehen. Das blasse Licht des Tages fällt durch die Zweige auf mich. Er mustert mich, nein, wir starren uns an. Wir stehen im Schatten, doch es ist nicht so dunkel, dass ihm entgehen könnte, dass mich keine Schatten mehr umgeben.

«Himmel, Thursen! Wie machst du das? Du bist ein Werwolf! Ich habe gesehen, wie du dich verwandelt hast! Damals, bei unserem ersten Treffen, als ich mit Gregorius unterwegs war und ihr einen von uns getötet habt.»

«Was heißt hier eigentlich ihr? Willst du höflich sein? Du weißt genau, dass ich es war, der den Novizen getötet hat.»

«Wann hast du aufgehört, Werwolf zu sein?», fragt er.

«Letztes Jahr schon. Als ich in eurer Wohnung Luisa besuchen wollte, war ich schon längst nur noch ein Mensch. War amüsant zu sehen, wie ihr alle zusammen die gefährliche Bestie gejagt habt.»

«Das wäre mir doch aufgefallen!»

«Wir sind uns im halbdunklen Zimmer begegnet, die Schatten, die du gesehen hast, waren einfach das Hereinbrechen der Nacht. Tja, Elias, ihr habt euch wegen eines ganz normalen Menschen fast in die Hosen gemacht.» Damals, als ich nur wissen wollte, wo Luisa steckt, und mich auf einmal mitten zwischen Shinanim wiederfand. Sie haben gedacht, der Leitwolf hätte ihre verborgene Zentrale entdeckt und würde einen Überfall planen. Der kleine Bluff hat mich gerettet und mir Zeit zur Flucht gegeben.

Sein Blick wandert zu Luisa. «Du bist auch kein Werwolf mehr?» Er geht zu ihr und streckt die Hand nach ihrem Haar aus. Zieht sie zurück, als er ihren eisigen Blick bemerkt. Wenigstens hat sie ihm nicht eins mit dem Knüppel übergebraten. «Dann funktioniert es also doch? Man kann die Dunkelheit aus der Seele der Werwölfe vertreiben? Wie? Einfach mit dem bloßen Willen?»

«Eure Foltermethoden mit Kreuzen und Silberblech führen jedenfalls nicht zum Ziel, glaub mir, Elias», sagt Luisa.

«Du hast von diesen Dingen nicht die geringste Ahnung, und es ist auch besser, das bleibt so», sage ich. «Wir teilen unsere Geheimnisse nicht mit Feinden. Wieso bist du hier?»

«Ich muss mit euch reden. Ich wollte keinen Kampf.» Er hebt die leeren Hände. Seine leeren Hände, auf denen er Flammen erscheinen lassen kann. Sehr beruhigend!

Offenbar deutet Elias meinen Blick falsch. «Was willst du?», fragt er. «Durchsucht mich, dann seht ihr, dass ich keine Waffe trage.»

«Na gut. Jacke aus», fordere ich, nehme sie ihm ab und reiche sie Luisa. Taste, während er die Arme ausstreckt, den Pullover ab, den er darunter trägt. Es gefällt mir, dass er jetzt friert.

Luisa durchsucht seine Jackentaschen. «Sag mal, sind Pullover mit aufgenähten Lederflicken nicht ein bisschen sehr spießig, Elias?»

Er starrt sie an. «Menschen sterben, und du redest mit mir über Mode?»

Sie holt sein Handy raus, versichert sich, dass es ausgeschaltet ist, und steckt es wieder weg. «Ich kann auch darüber sprechen, dass du auf dem Teufelsberg Nick die Flucht ermöglicht hast. Dem Nick, der mich ein paar Minuten später fast umgebracht hat!»

«Du lebst noch.»

«Ja, ich lebe.» Luisa dreht die Jacke um, schüttelt und sieht zu, wie der Inhalt der Taschen, Portemonnaie, Schlüssel, Papiertaschentücher, zu Boden purzelt. «Aber nur, weil ich in letzter Sekunde Werwolf geworden bin und Werwölfe schneller heilen als Menschen!»

«Ich bin noch nicht fertig», halte ich Elias zurück, der nach seinen Sachen greifen will, und taste seine Hosenbeine extra langsam ab. Natürlich ist da nichts.

Elias stöhnt genervt. «Gut, Luisa, dann reden wir eben über den Pullover. Der ist aus irischer Schafwolle, und mein Vater hat ihn mir aus England mitgebracht. Auch wenn er dir nicht gefällt, es ist der einzige warme Pullover, den ich zur Zeit besitze. Wahrscheinlich weißt du es noch nicht, aber das Himmelsnest ist abgebrannt.»

Seine geheime Behausung ist abgebrannt, und ich wusste, wo sie liegt. Das will er doch eigentlich sagen, oder? «Und jetzt denkt ihr, dass wir Werwölfe das waren? Bist du deshalb hier?» Ich sehe mir die Lederbesätze an seinen Ellenbogen genauer an. Sind nicht nur hässlich, sondern auch noch an einer Stelle schlampig und mit einem Faden in der falschen Farbe vernäht.

«Ich habe meine eigene Theorie. Kann ich meine Jacke wiederhaben?»

«Warte mal.» Ehe er wegzucken kann, packe ich den Flicken und reiße ihn ab.

«Was soll das?», ruft Elias. Doch er ist sofort still, als ein kleines schwarzes Plastikteil lautlos in den Schnee fällt.

Und jetzt? Immer noch so friedlich? Vorsichtshalber hole ich mein Messer aus der Tasche.

Luisa hebt das kleine Teil auf. «Was ist das?», fragt sie und hält es Elias mit spitzen Fingern vors Gesicht.

Ich kann es mir denken. «Na los, Elias, erklär ihr, warum du verwanzt zu uns kommst. Du willst nur reden, ja? Dann sag doch mal, wer die ganze Zeit mitgehört hat.»

«Das ist keine Wanze, das ist ein GPS-Sender!», sagt Elias, der Luisa das Bauteil aus der Hand genommen und von allen Seiten betrachtet hat.

«Klar, viel besser!» Ich würde gerne Elias mit meinem Messer zeigen, was ich davon halte. Ob ihm so eine Narbe im Gesicht stehen würde, wie Adrian sie mir verpasst hat?

«Hört zu. Das ist der Pullover, den Chiara mir schon vor dem Brand mitgebracht hat, dorthin, wo ich jetzt wohne. Wahrscheinlich war der Sender die ganze Zeit drin. Oh, verdammt, wie konnte ich so blöd sein!», stöhnt Elias. «Aber jetzt ist Schluss damit!» Er legt den Sender auf einen großen Stein, sucht einen zweiten und kniet sich hin, als wollte er das Teil wie auf einem Amboss zerschlagen.

«Stopp!», sage ich und stoße ihn mit dem Fuß an. «Sehr eindrucksvoll, nur ein bisschen offensichtlich. Ich wette, deine Engelsfreunde verfolgen die ganze Zeit zu Hause am Computer, wo du dich rumtreibst. Wenn das Signal jetzt aufhört, sagst du ihnen damit genau, wo sie suchen müssen. Clever!»

«Ich habe nichts von dem Sender gewusst, Thursen!»

«Klar, ich merke ja auch nie, ob jemand an meinen Sachen herumnäht.»

«Ich habe es nicht gemerkt. Vielleicht war ich eben blöd.»

Manchmal sieht er doch ganz wie ein Mensch aus, besonders jetzt, wo er sich seine schicke Frisur zerrauft. Ich schlucke den kindischen Kommentar runter, der mir auf der Zunge liegt. Er ist nicht blöd, das weiß ich. Wir waren lange genug Gegner. Hätte er von dem Sender gewusst, hätte er nicht zugelassen, dass ich ihm so einfach die Flicken abreiße. «Wieso bist du hier?»

«Kann ich euch trauen?»

«Können wir dir trauen?»

Luisa gibt Elias seine Jacke zurück. «Wie hast du uns überhaupt gefunden?», fragt sie.

«Ihr schnitzt die Namen eurer Toten in Bäume. Haddrice ist tot. Da liegt es doch auf der Hand, dass irgendwann jemand von euch Werwölfen kommt, um einen neuen Trauerbaum zu schnitzen.» Elias hebt seine Sachen auf, wischt den Schmutz ab und verstaut sie wieder in den Jackentaschen.

«Hast du ihm von den Trauerbäumen erzählt, Luisa?» Die Trauerbäume waren ganz allein unsere Sache. Ich habe den ersten Baum geschnitzt für sie und nur für sie. Mir kommt schon wieder die Galle hoch, wenn ich mir Elias und Luisa vorstelle, wie sie bei einer Tasse Tee zusammensitzen und über Dinge plaudern, die nur Luisa und mich etwas angehen. Verfluchte Eifersucht. Ich ramme mein Messer in die Rinde des Baumes, den Luisa ausgesucht hat, und ziehe es mit einem Ruck hinunter. Das wird das H für Haddrice. Ich will Elias' Erklärungen nicht hören. Ich will die Namen in die Bäume schnitzen und dann weg hier, bevor die Shinanim auftauchen. Die Shinanim, die jetzt eine Landkarte vor sich haben, auf der vermutlich ein Punkt blinkt, der genau unseren Standort anzeigt.

Luisa grollt. «Ja, das habe ich ihm erzählt, aber da wusste ich noch nicht, was das für einer ist!»

Was das für einer ist! Ich hole tief Luft. Luisa hat sich für mich entschieden, nicht für ihn, mahne ich mich. Ich arbeite schneller.

«Das mit Nick tut mir wirklich leid, Luisa.» Er sieht sie bittend an. «Ich hätte ihn niemals so rückhaltlos unterstützen dürfen. Ich wünschte, ich hätte genauer hingesehen, was er wirklich tut, und mehr an seine Opfer gedacht.»

«Die Einsicht kommt ja ziemlich spät», sage ich. Als Luisa nicht antwortet, mache ich weiter und ziehe das Messer durch die Rinde. Zwei schräge Schnitte für das A. «Das Mädchen, für das dieser Baum ist, war auch eins von Nicks Opfern. Wie willst du dich bei ihr entschuldigen? Und bei ...» Ich zeige mit dem Messer in der Hand auf den Baum mit dem Lichterglas davor. «... Sjöll?»

«Haddrice hat meinen Bruder getötet. Sie hat ihre Rache bekommen.»

«Und du hast Haddrice getötet. Ich habe dich mit dem Gewehr gesehen.» Mein Messer steckt fest. Der Bogen vom D geht nicht so einfach, wenn man wütend ist. Verdammt.

Ich grabe mich durch die Rinde. Endlich habe ich alle Buchstaben.

«Auch wenn ihr es mir nicht glauben werdet, ich habe nicht geschossen», sagt Elias. Doch da irrt er sich. Ich glaube ihm. Es bleibt auch so noch genug übrig, um ihn zu hassen.

«Bist du fertig?», fragt mich Luisa.

«Noch ein Baum für Lurnak ...» Ich drehe mich zu Elias. «... den ihr mit euren Hubschraubern zu Tode gejagt habt.»

Elias schiebt seine Hände in die Jackentaschen. «Kein Trauerbaum für Edgar?»

«Schnitz du doch. Soll ich dir mein Messer leihen?», frage ich. Wende mich zu ihm um, wiege das Messer in der Hand und stelle mir vor, wie ich es nach ihm werfe. «Wohin hättest du es denn gerne?»

Elias weicht nicht zurück, hebt nicht einmal abwehrend die Hände. Stumm steht er da und wartet, was ich tue. Selbstsicherer Mistkerl. Und die Shinanim wissen genau, wo er jetzt ist.

Luisa lenkt ihn ab von unserem Blickduell. «Was ist euch Shinanim nur eingefallen, Edgar zu uns zu schicken?», faucht sie ihn an. «So einen hilflosen Kerl ins feindliche Lager. Gerade du weißt doch, wie gefährlich Werwölfe sein können! Seid ihr von allen guten Geistern verlassen?»

Elias seufzt. «Es war sein Wunsch. Edgar wollte unbedingt gehen und die wichtige Aufgabe für den Orden übernehmen. Er hat geglaubt, weil ihr ihn kennt, würdet ihr ihm nichts tun.»

«Es stimmt, ich bin ihm begegnet, als ich noch Werwolf war und er noch keiner von euch. Wir haben ein vermisstes Mädchen gesucht, und er hat uns geholfen, ohne zu fragen. Damals dachte ich wirklich, er sei einer von den Guten.»

«Er war einer von den Guten. Er wusste nicht, dass er euch in eine Falle locken sollte, genauso wenig, wie ich wusste, dass mein Bruder Nick der Köder in dieser Falle sein würde. Wir haben dem Rat vertraut. Es tut mir leid. Und noch mehr tut es mir leid, dass Edgar deswegen sterben musste.»

«Edgar lebt noch, Elias!», sagt Luisa.

Elias schließt die Augen und seufzt. «Gott sei Dank!»

Ich liebe Luisa, aber muss sie unserem Feind auf die Nase binden, dass wir unsere Drohung nicht wahr gemacht haben? «Er lebt *noch*», sage ich. «Vielleicht lässt Norrock ihn morgen töten.»

Besser, er denkt dran. Wir Werwölfe sind schließlich die mit dem Blut an den Händen. Und ich bin es, der seinen Freund erstochen hat. «Tut mir leid wegen Adrian», sage ich. «Im Kampf kann man sich seine Gegner nicht aussuchen. Luisa hat mir hinterher gesagt, dass ihr Freunde wart.» Ich biete ihm zum zweiten Mal mein Messer an, und diesmal meine ich es so. «Willst du, dass Adrian einen Trauerbaum bekommt?»

«Nein, behalt dein Messer. Ich brauche keinen Baum für Adrian und schon gar keinen, der mit seiner Mordwaffe geschnitzt wurde. Ich weiß, wie er war und wo er jetzt ist. Das ist genug.»

Sein Blick geht nach oben. Klar, die Shinanim glauben, dass ihr Tor zur Welt der Toten irgendwo im Himmel liegt. Und natürlich ist es in ihrer Totenwelt viel toller als in unserer. Ihre Totenwelt ist ja auch das Paradies. Soll ich ihm sagen, dass beides eins ist?

«Aber wir brauchen einen Baum für Lurnak.» Luisa geht vorweg und lässt wieder ihre Finger über die Stämme tasten.

«Der Baum hier?», frage ich Luisa. Sie nickt, und ich grabe noch einmal mein Messer in die Rinde.

«Und das sind eure Toten hier, all die Namen in den Bäumen?», will Elias wissen. «Wer ist Karr, ist er auch im Kampf umgekommen?»

«Der Baum steht für den Werwolf Karr. Er lebt jetzt unter seinem Menschennamen. Moritz Hassmann.»

Elias scheint einen Moment zu überlegen. «Zugunfall?», fragt er dann.

«Ja», sagt Luisa und sieht Elias verwirrt an. «Woher weißt du das?»

«Vittorio hat mir ein Video von Moritz im Krankenhaus gezeigt. Moritz erinnert sich an nichts. Ich dachte erst, dass euer Rudel, aus Rache für Moritz' Rückverwandlung, versucht hat, ihn umzubringen. Aber das stimmt nicht, oder?»

Was denkt er von uns? «Klar stimmt das, Elias!» Ich bin mit Lurnaks Namen fertig und reinige mein Messer mit einer Handvoll Wintergras. «Luisa und mich versuchen die Wölfe nach unserer Rückverwandlung auch täglich abzumurksen.»

Elias atmet noch einmal durch. Dann sagt er. «Ihr müsst fliehen.»

Elias ist ehrgeizig, hat mir Luisa erzählt. Mit seiner Karriere wäre es mit Sicherheit vorbei, täte er etwas, das nicht mit dem Rat der Shinanim abgesprochen ist. «Wer schickt dich?»

«Ich entscheide selbst, was ich tue.»

«Tatsächlich?» Der Liebling der Shinanim, der Musterknabe. Ich ziehe die Augenbrauen hoch. «Seit wann denn das?»

«Willst du mich jetzt anhören?»

Wartet er tatsächlich auf eine Antwort? «Rede schon.»

«Ich habe heute mit Vittorio gesprochen. Er ist der –»

«Der Oberste der Oberen des höchsten Rates eures verdammten Engelshaufens, ich weiß.»

«Genau der.» Elias huscht tatsächlich ein winziges Lächeln über das Gesicht. Dann guckt er wieder ernst. «Vittorio fürchtet, dass ihr neue Werwölfe schafft. Dass ihr mehr und mehr Menschen aus dem Leben reißt. Er sagt, ihr wütet unter den Menschen wie ein Krebsgeschwür, das die gesunden Zellen im Körper ansteckt und entarten lässt, wenn man es nicht entfernt.»

«Danke. Wir mögen euch Shinanim auch nicht.»

«Vittorio sagt, das Böse, das euch beherrscht, kommt aus einem geheimen Tor, einem Höllentor. Er sucht danach.»

«Was genau weiß er davon?»

«Ich habe keine Ahnung.»

«Wer weiß sonst noch über das Tor Bescheid?»

«Woher soll ich das wissen, Thursen? Vittorio ist in der Sache wirklich ziemlich eigen. Er hat anscheinend eine Spur, aber er will nicht darüber sprechen, bevor er sich sicher ist. Kannst du mir sagen, was Vittorio mit dem Tor vorhat?»

«Er? Es ist unser Tor. Er kann es nicht öffnen oder schließen, er kann es ja nicht einmal sehen, wenn wir das nicht wollen!»

«Vittorio will die Werwölfe vernichten. Wenn alle Werwölfe tot sind, dann gibt es keine Torwächter mehr, und dann bleibt das Tor für immer geschlossen, oder? Ich denke, das ist es, was er will.»

«Verdammt noch mal!», fluche ich. «Hättet ihr uns nicht einfach in Ruhe lassen können? Es hat immer Werwölfe und Shinanim gegeben.»

Da, wieder ein Hubschrauber! Diesmal vermutlich einer, der Elias' GPS-Signal empfangen hat.

«Thursen! Das ist eine Falle», stammelt Luisa. «Ist das die Rache dafür, Elias, dass ich dich an Norrock verraten wollte?»

Der Hubschrauber wird lauter, als er näher kommt. Er fliegt so tief, dass er uns mit Sicherheit erkennt. Elias zieht seine Jacke aus und fasst sie an den Ecken. «Der sucht nach euch. Lauft endlich! Nimm dein Rudel, Thursen, und lauf so weit, wie du kannst!»

Ich antworte nicht, nehme Luisa an die Hand und renne. Wir tauchen in die nächsten Büsche, durchqueren das Dickicht und huschen unter den Schutz eines ausladenden Nadelbaums. Riechen, an die Rinde gepresst, das Harz, bis der Hubschrauber leiser wird. Dann gehen wir weiter, steigen durch eine Vertiefung im Boden. Nach ein paar Metern, als der Boden eben ist, beginnen wir automatisch zu laufen. Elias hat recht. Wir können nicht kämpfen, wir sind viel zu wenige. Wir müssen Berlin verlassen. Wenn Vittorio uns nicht nur fangen, sondern rücksichtslos vernichten will, dann reicht es nicht, wenn wir hierbleiben, mögliche Fallen rechtzeitig erkennen und ihn austricksen. Dann müssen wir fliehen, so weit wir können. Richtung Osten können wir durch den Wald laufen, Grunewald, Müggelsee, immer weiter Richtung Lausitz, die Oder überqueren, bis hinein nach Polen. Doch wer sagt uns, dass das weit genug ist?

Nicht einmal das Rudel weiß davon, nur wir Leitwölfe, aber es gibt etwas, mit dem Vittorio uns wirklich ohne jeden Kampf vernichten könnte. Dann wäre jede Flucht, wie weit auch immer, für die Werwölfe sinnlos. Beten wir, dass Vittorio nie davon erfährt.

48. Elias

SIE sind weg. Luisa und Thursen sind zwischen den Stämmen verschwunden, und wahrscheinlich werde ich sie nie wiedersehen. Und wenn, dann nur tot. Ich hoffe, meine Warnung hilft ihnen, Vittorios geheimer Plan versagt, und ihnen gelingt die Flucht. Bin ich deshalb ein Verräter? Der Wald, der die beiden aufgesogen hat, wehrt sich knackend gegen meine Schritte. Langsam gehe ich von Trauerbaum zu Trauerbaum. Mir war nicht bewusst, dass so viele von ihnen sterben mussten. Karr, Sjöll, Krestor, Lurnak, Haddrice, Janok lese ich. Edgar lebt noch. Noch.

Schließlich ist da der Baum für Fabian, Luisas kleinen Bruder. Sie hat mir davon erzählt, ich sehe sie noch an meinem Fenster stehen, den grünen Glasklumpen in der Hand, der mich an meinen Bruder erinnern sollte. Sie ließ das Licht hindurchscheinen, wieder einmal, und erzählte mir, dass es im Wald einen Baum gibt, in den ihr Freund den Namen ihres Bruders geschnitzt hat. Sie erzählte mir von den Blumen, die sie dort immer wieder abgelegt hat. Trauerblumen. Schattenblüten. Jetzt liegen hier nur ein paar eingefrorene Stängel. In Zukunft, schwöre ich mir, werde ich dort Blumen hinlegen an ihrer Stelle. Denn sie kann ja nicht mehr hierherkommen.

Ich hebe den Stock auf, mit dem Luisa mich bedroht hat. Einen Moment lang wünschte ich, Thursen wäre noch Werwolf gewesen und nicht nur ein verletzter Mensch. Dann hätte ich mit ihm kämpfen und all meine Wut herauslassen können, die in mir brennt. Warum muss er da sein? Warum konnte ich Luisa nicht vor ihm kennenlernen? Der Stock steht plötzlich in Flammen, wie ein feuriges Schwert. Ich bin so überrascht, dass ich ihn fallen lasse. Ich hatte gar nicht gemerkt, dass meine Hände vor Wut glühen.

Ich dachte, ich sei ein guter Shinan, mein Engelsblut würde mich automatisch dazu machen, doch ich kann kaum meine Wut im Zaum halten. Ich will im Moment nicht aufbauen, beschützen, nur sinnlos zerstören. Dabei ist es nicht einmal die Eifersucht, die mich so aufbringt. Erstaunlicherweise kann ich damit einigermaßen leben. Ich habe das sanfte Leuchten in Thursens Augen gesehen, wenn er Luisa ansieht, bemerkt, wie er unbewusst nach ihrer Hand greift, wie um sicher zu sein, dass es sie noch gibt. Er tut ihr gut.

Es ist schlimmer. Ich bin wütend auf die Shinanim. Ich trage einen Peilsender. Auf Jordans Bildschirm wanderte jeder Schritt von mir als heller Punkt über eine Karte Berlins. Sie wussten, wo ich war, jede Minute, in der ich diesen Pullover trug. Ich habe mein Handy ausgeschaltet, als ich meinen Bruder besuchte, um sie nicht zu ihm zu führen. Doch meinen Pullover, den hatte ich an. Natürlich.

Zurück am Waldrand, winke ich einem Taxi. Ich muss so schnell wie möglich zurück, wenn ich länger wegbleibe, macht das den Rat erst recht misstrauisch.

Ich lasse den Fahrer ein paar hundert Meter vom Haus der Shinanim entfernt am Straßenrand anhalten. Weil unsere sogenannte Feste geheim bleiben soll, hätte sich für ein unangemeldetes Taxi die Schranke sowieso nicht geöffnet. Ich bezahle, lasse einen mit Schal und Mütze vermummten Radfahrer vorbeizischen und steige aus. Der Winter haucht mir seine Kälte ins Gesicht. Wo Luisa jetzt wohl ist? Wie schnell sind die Wölfe? Wenn die Shinanim sie einholen, wird sie dann an der Seite der Werwölfe kämpfen, auch ohne deren Kraft zu besitzen? Es wird sie töten. Meine Leute werden sie töten. Sie kann nicht das Glück und die Unverschämtheit von Thursen besitzen, der sich tatsächlich als Mensch in einen Kampf der Werwölfe gegen die Shinanim gestürzt hat und trotzdem noch lebt. Er ist nicht der arrogante Idiot, für den ich ihn gehalten habe, zu überheblich, um sich zu verwandeln. Er ist in Wahrheit der Verrückte, der nicht wahrhaben will, dass der Kampf der Werwölfe nicht mehr seiner ist. Und was das Seltsamste ist: Ich hätte an seiner Stelle ganz genauso gehandelt. Nach ein paar Minuten betrete ich das Shinanim-Gelände. Mein Blick geht am Hauptgebäude hinauf. Da irgendwo sitzen sie und wissen ganz genau, dass ich komme.

Ich werde von Felicity freundlich begrüßt, die wie zufällig in der Eingangshalle steht. Was sollte sie hier zu tun haben – die vergoldeten Engelstatuen in der Vitrine abstauben?

«Hallo, Elias! Vittorio sucht nach dir.» Sie lächelt mich an. «Du solltest zu ihm gehen!»

«Sofort. Ich muss mich nur erst umziehen», sage ich. Ich möchte nicht erklären müssen, wieso der Flicken von meinem Pullover heruntergerissen ist und ich den GPS-Sender stattdessen in der Tasche trage.

«Elias! Endlich!», begrüßt mich Vittorio, als ich wenig später seinen Raum betrete.

Ich habe das Hemd an, das ich eigentlich bei dem Vortrag tragen wollte. «Es gibt Neuigkeiten?»

«Ja. Zunächst einmal haben wir jetzt endlich leistungsfähigere Wärmesuchgeräte, die auf einen Abstand von 300 Metern einen Menschen oder einen Wolf sicher erkennen können. Leider fallen sie unter das Kriegswaffenkontrollgesetz, daher war die Beschaffung etwas schwieriger. Doch die, die wir bisher hatten, taugen vielleicht, um Waldbrände zu erkennen, aber nicht für unsere Zwecke. Wir hätten die Werwölfe längst finden müssen.»

«Wir rüsten also auf?»

Er nickt. «Das hier wollte ich dir eigentlich zeigen. Es wird dir gefallen. Sieh, wie es funktioniert.» Er nimmt eine klotzige Bildschirmbrille, tippt einen Sensor daran an und lässt sie mich aufsetzen.

«Und?», höre ich Vittorios Stimme.

Die Brille blendet alles rundherum aus, das Zimmer verschwindet. Was ich dann sehe, lässt mich automatisch haltsuchend nach vorne greifen. Ich schwebe über dem Grunewald. Ich sehe keinen Film, ich bin da, bin ein Vogel, der über dem Grunewald kreist. Unter mir gleiten die Bäume hinweg. Ich ziehe Kreise, gehe tiefer und verfolge einen Waldweg. Ein Auto mit Krähen auf dem Dach, abgestellt auf einem Parkplatz. Ein kleiner Teich, schilfbewachsen, Enten, die auf dem Eis watscheln. Das ist es. Wäre ich ein Engel mit Flügeln, ich sähe die Welt so. «Was ist das?», frage ich und genieße noch ein paar Augenblicke das Gefühl, tatsächlich zu fliegen. Wie wunderbar wäre es erst, wenn ich selbst steuern könnte, was ich sehe. «Woher stammen die Bilder?»

«Die Bilder, die du siehst, senden uns die Kameras einer Minidrohne, eines kleinen unbemannten Quadrocopters, der in diesem Moment durch den Grunewald fliegt.»

Zwei Kameras, daher also der Eindruck, ich würde räumlich sehen. Widerwillig nehme ich die Brille ab. «Was ist ein Quadrocopter?»

«Eine Art Minihubschrauber mit vier Rotoren.» Vittorio dreht seinen Laptop zu mir und schaltet von dem Luftbild auf so etwas wie eine metallene Flugspinne. «Dieser hier heißt übrigens AirRobot. Die Polizei und die Bundeswehr haben ähnliche Geräte im Einsatz.»

«Beeindruckend.»

«Ja, nicht? Was du eben gesehen hast, war ein kurzer Test, um zu sehen, wie der AirRobot mit den Minustemperaturen klarkommt.»

«Damit jagen wir die Werwölfe?»

Vittorio nickt zufrieden. «Damit bringen wir die Werwölfe endlich zur Strecke.»

49. Luisa

THURSEN und ich haben gerade unseren Unterschlupf verlassen, da kommen die Wölfe in unser Behelfslager gejagt. Viel zu leise und viel zu schnell sind sie, man hört kaum das Rascheln unter ihren Pfoten. Ich werde mich nie daran gewöhnen, wie so viele große Tiere fast unhörbar dahinhuschen können. Und an noch etwas kann ich mich nicht gewöhnen. Ich rieche sie. Ich rieche nicht nur, wenn jemand direkt vor mir steht, ich rieche fast so weit, wie mein Auge reicht. Und jetzt rieche ich Aufruhr, Angst.

«Werden sie verfolgt?», frage ich Thursen.

Doch ehe er antworten kann, sind sie schon bei uns. Sind das schon alle? Wo ist der Rest? Sind sie in einen Hinterhalt geraten?

«Ich muss mit Norrock sprechen!», sagt Thursen laut. Geht zu dem schwarzen, zottigen Wolf, packt ihn am Fell und schüttelt ihn. «Ich muss mit dir reden, hörst du? Jetzt!»

Der Wolf knurrt böse. Dann streckt er sich und verwandelt sich langsam, mühsam, als wenn er sich aus einem hautengen Anzug herausschälen müsste. Sein Gesicht schwankt einen kurzen Moment zwischen Wolfsgesicht und Menschengesicht hin und her. Erst als das Flirren seines Körpers nicht aufhört, merke ich, dass er zittert.

«Und?», fragt Thursen.

«Hat geklappt.» Norrock hustet, als müsste er seine eingeklemmte Stimme befreien und spricht doch genauso heiser weiter. «Wie geplant, Edgar ist tot.»

«Was? Edgar sitzt da drin!» Ich nicke zu unserem Unterschlupf hinüber, aus dem gerade Rieke herauskommt. «Wir haben eben noch miteinander geredet!» Ich bin so erschrocken, dass ich mich selbst überzeugen will.

Norrock hält mich am Arm fest und schüttelt den Kopf. «Edgar ist den bösen Wölfen in die Hände gefallen, und irgendwann wird man eine mittlerweile total aufgequollene Leiche finden, die Edgars Jacke trägt, mit Edgars persönlichen Sachen drin. Was, meinst du, denken die Shinanim dann wohl?»

«Scheiße! Norrock, du kannst doch nicht einfach seinen Tod vorspielen! Edgar hat Eltern und zwei Schwestern! Hast du mal an die gedacht?»

«Denkst du, es wäre besser, sie wüssten, dass er sich in einen Wolf verwandelt hat und auf der Flucht ist?»

In diesem Moment kommt Edgar aus dem Unterschlupf. «Wo ist Zrrie?», fragt er.

«Zrrie hat wen gefunden. Polmeriak und Glowen tragen ihn her. Du musst dich darum kümmern, Thursen.»

«Das kann Luisa machen. Ich muss mit dir reden. Wir haben Elias getroffen. Er hat an den Trauerbäumen auf uns gewartet.»

«O Mann!» Norrock klopft Thursen auf die Schulter, dass ich schon beim Zusehen zusammenzucke. «Weißt du, langsam gehen mir die Ideen aus, die Leichen verschwinden zu lassen.» Norrock versucht lässig zu tun, doch ich sehe, dass er immer noch an Thursens Schulter hängt.

«Er ist nicht tot. Norrock, verdammt! Es ist wichtig!»

«Na los», sage ich. «Geht und plant unsere Flucht.» Thursen zieht warnend die Augenbrauen hoch, und ich korrigiere mich rasch. «Oder was auch immer. Ich bleibe hier und helfe Zrrie, wenn sie kommt.»

Norrock lässt Thursens Schulter los, nickt mir zu und

schafft es gerade noch, in seine Wolfsgestalt überzuwechseln, ehe er auf die Knie gesunken wäre.

«Danke», sagt Thursen und drückt mich an sich.

Ich lege meine Hand an seine kalte Wange. «Geh.»

Thursen trabt los, immer noch nicht ganz fit, es tut mir fast weh zu sehen, wie er immer noch seinen verletzten Arm hält. Wir Menschen heilen so langsam. Norrock begleitet ihn als schwarzer Wolf.

Edgar sieht ihnen nach. «Sag mal, Luisa, was läuft hier eigentlich?»

«Zunächst mal: Du bist tot. Dafür haben die Werwölfe gesorgt.»

«Ja, ich weiß. Für die Shinanim bin ich tot. Ich war so stolz darauf, zu ihnen zu gehören. Weißt du, dass ich immer so sein wollte wie Elias? So mutig und klug und hat so früh schon Verantwortung übernommen. Ich dachte, wenn ich meine Angst überwinde und zu euch ins Lager gehe, dann beweise ich allen, dass ich nicht nur ein kleiner dummer Novize bin. Und jetzt? Die Schatten werde ich nie wieder los. Statt meinen Mut zu bewundern, würden meine Ordensleute sich vor mir ekeln. Ja, du hast recht. Für sie bin ich tot.»

«Meine Güte, Edgar, das meine ich nicht. Die Werwölfe haben Lurnak deine Jacke angezogen, damit es aussieht, als wäre er du.»

«Sie wollten meinen Tod vortäuschen? Der war doch viel älter als ich, das sieht man doch sofort!»

«Nach ein paar Wochen im Wasser vermutlich nicht mehr!»

«Igitt!» Die Tatsache, dass bald alle Welt glauben wird, er sei tot, scheint ihn nicht weiter zu stören. Stattdessen sieht er sich suchend um. «Wo ist eigentlich Zrrie? Wieso ist sie noch nicht zurück?»

«Sie kommt doch gerade!» Ich rümpfe leicht die Nase, als ich Zrries Geruch aus der Waldluft atme.

«Wo? Riechst du das etwa?»

Muss ich darauf antworten? Wenn ich mir sein entsetztes Gesicht vorstelle, lieber nicht. «Siehst du, da kommen sie! Zrrie hat unterwegs jemanden gefunden, sagt Norrock.»

Zrrie ist schwarze Wölfin und trabt voraus, schnuppert und sichert den Weg ab. Dahinter folgen Glowen und Polmeriak, beide Mensch. Sie schleppen jemand Fremdes zwischen sich ins Lager. Ein junger Mann mit strohblondem, struppigem Haar, der seine Arme rechts und links über ihre Schultern gelegt hat und mühsam einen Fuß vor den anderen setzt. Auf den ersten Blick sieht es aus, als kämen sie von einer Party und würden einen betrunkenen Freund nach Hause bringen.

«Wer ist das?», fragt Edgar und läuft auf den Neuankömmling zu, der sofort in sich zusammensackt, als die Geschwister ihn loslassen. Edgar kniet schon neben ihm und stützt ihn.

«Zrrie hat uns zu ihm geführt», sagt Glowen. «Er saß in einem Auto mit laufendem Motor.»

«Wollte er wegfahren?»

Zrrie ist auf einmal wieder das Mädchen. «Sei nicht so naiv, Edgar. Er hatte eine leere Tablettenschachtel neben sich auf dem Beifahrersitz.»

«Gruselig war das», murmelt Polmeriak. «Das ganze Auto war von Krähen bedeckt. Wir mussten sie erst mal aufscheuchen, um in das Innere zu gucken.»

Krähen. Wieder die Krähen. Das Tor ist nicht mehr geschlossen, und die entkommenen Geister, die Träume und Gedanken an die Toten, fordern ihren Tribut. Was mag der Junge geträumt haben, das ihn getrieben hat, sein Leben zu beenden?

Doch er ist nicht tot. Irudit bringt ihm Wasser, das er folgsam trinkt.

«Wieso wolltest du sterben?», fragt Edgar. Einer der wenigen hier im Lager, die diese Frage nicht selbst beantworten könnten.

«Ich wollte nicht sterben», murmelt der Junge. «Ich wollte nur nicht mehr leben.» Er seufzt. «Warum habt ihr mich nicht in Ruhe gelassen? Dann wäre es endlich vorbei. Mein Gott, ich kann diese Bilder in meinem Kopf nicht mehr ertragen.»

«Das musst du nicht», sagt Zrrie.

«Und wie soll das gehen?», fragt er. Seine Stimme ist kaum hörbar.

Sie klopft ihm auf die Schulter. «Du wirst dich wundern.»

Edgar springt auf. «Du willst ihn verwandeln? Das kannst du nicht machen! Zrrie, das geht nicht!»

Zrrie schubst Edgar mit beiden Händen rückwärts, weg von dem Neuen. «Ich glaube nicht, dass du das beurteilen kannst, Edgar. Das genau machen wir hier nämlich ziemlich oft, weißt du? Meinst du, ich würde noch leben, wenn Norrock mich nicht verwandelt hätte?»

«Norrock hat dich verwandelt? Deshalb? Norrock?»

«Und Norrock würde auch nicht mehr leben, wenn Thursen ihn nicht rechtzeitig gefunden hätte.»

Edgar fährt sich mit den Händen über das Gesicht. «Aber ihr seid Monster. Eigentlich seid ihr doch dämonische Monster.»

«Du weißt, was wir wirklich sind. Du bist ja schon ein bisschen bei uns, oder?»

Der Junge hat Mauriks' helfende Hand abgeschüttelt. Sitzt da, an einem Baumstamm gelehnt, und guckt ins Leere. «Er wird erfrieren, wenn er sich nicht bewegt», sagt Edgar.

«Ich glaube, das ist ihm egal.»

Krähen kommen, doch sie werden wieder aufgescheucht, als Norrock und Thursen das Lager betreten. Ich glaube, der Neue bekommt nicht einmal mit, dass Norrock als Wolf ins Lager kommt und erst, als er die Mitte erreicht hat, zum Mensch wird, um mit uns zu sprechen.

«Hört mal», sagt er und wirft einen Blick zu Thursen, der neben ihm steht. «Thursen hat mit Elias geredet. Elias hat uns geraten zu fliehen, so weit und so schnell wir können.»

«Und?», fragt Mauriks.

«Und? Jetzt setzt ihr euch alle in Bewegung, klar? Und zwar schnell!»

50. Elias

WIR weiten die Suche nach den Werwölfen aus. Shinanim arbeiten mit der Polizei zusammen, die Fahndungsplakate mit Thursens Phantombild in der Stadt aufhängen. Außerdem findet man sie überall im Internet. Ich habe so ein Plakat gesehen. Dort wird Lars Lund wegen Landesverrats gesucht. Thursen, der Terrorist, in den Augen der Shinanim passt das. Was man ihm vorwirft, ist ja für die Shinanim letztendlich egal, er soll nur gefunden werden, ob er verurteilt wird, ist uninteressant. Wer aus meiner WG wohl die Angaben für das Phantombild geliefert hat? In Wirklichkeit sieht er nicht halb so finster und bedrohlich aus. Wenigstens suchen sie Luisa offiziell nur als Zeugin. Das Foto wurde in der Feste gemacht, als sie noch Werwölfin war.

Eine Gruppe Shinanim-Spezialisten, die normalerweise

Katastrophenopfer suchen, wurde extra eingeflogen. Sie beginnen, die Wälder in der Umgebung Berlins in Planquadrate einzuteilen. Dann wird für jedes dieser Quadrate eine Sucheinheit mit Nachtsichtgeräten zusammengestellt, die von Hundeführern mit Spürhunden begleitet werden. Sobald es Nacht ist, sobald alle Spaziergänger schlafen, werden die Shinanim eine Treibjagd auf die Werwölfe veranstalten.

Ja, tatsächlich, eine Treibjagd. Wir werden die Werwölfe jagen wie Wild und auf sie schießen. Nicht, um zu töten, natürlich. Es wurden Betäubungsgewehre besorgt mit entsprechender Munition. Deshalb stehe ich jetzt auf einem geheimen Schießstand und schieße mit einem Luftgewehr ulkige bunte Darts auf Scheiben. Im Ernstfall soll so ein Gewehr mit einer Flugspritze voll Narkotikum geladen werden, und ich werde auf Luisas Freunde schießen.

Wann sie wohl vorsorglich erklären, dass ein gefährliches Tier aus einem Zirkus ausgebrochen ist, Fotos von toten Schafen zeigen und erklären, warum wir durch den Wald pirschen müssen? Oder hoffen sie darauf, dass sich wegen der mörderischen Kälte sowieso niemand nachts in den Wald verirrt? Haben sie gar selbst die mörderische Kälte heraufbeschworen mit irgendwelchen technischen Mitteln? Mittlerweile halte ich alles für möglich.

Mein Handy meldet sich in meiner Hosentasche. Jordan ist dran. Er versucht, mich langsam vorzubereiten, doch das, was er dann sagt, ist trotzdem ein Schock für mich. «Die Polizei hat wahrscheinlich gerade Edgars Leiche aus dem Wasser der Havel gefischt.»

O mein Gott. Edgar ist tot. Dann fällt mir Jordans Formulierung auf. «Wahrscheinlich? Dann könnte es auch jemand anders sein?»

«Elias, der Junge ist in der Havel von einem Eisbrecher

überfahren worden und in die Schiffsschraube geraten. Ich sagte, es ist wahrscheinlich Edgar, weil noch nicht alle Leichenteile geborgen werden konnten. Sein Körper wurde regelrecht zerstückelt. Man hat aber Edgars Jacke mit seinem Schülerausweis und weiteren Dingen, die ihm gehörten, in der Tasche gefunden. Da gibt es wohl keinen Zweifel, Elias.»

Ich versuche, ruhig zu bleiben und logisch zu denken. «Der Tote ist zerstückelt, und die Jacke ist heil?»

«Soll ich dir jetzt sagen, dass der linke Arm samt Ärmel abgetrennt ist und ähnliche Einzelheiten? Dass man Edgars Haarfarbe erst einmal anhand der Anhaftungen an der Schiffsschraube bestimmt hat? Aber ja, sein Ausweis ist nicht sehr groß, wasserfest und daher heil und lesbar geblieben.»

«Dann ist Edgar wirklich tot.»

«Ja, es tut mir leid, Elias.»

Meine Hände zittern, als ich das Gespräch beende. So sehr, dass ich sie verbergen muss. Edgar ist tot. Luisa und Thursen haben mir gesagt, er würde noch leben. Wollten sie sich nur mein Vertrauen erschleichen, und er war zu diesem Zeitpunkt schon längst tot? Oder ist es später passiert? Vittorio sagt, er steht auf meiner Seite und lässt meinen Bruder sterben. Luisa, der ich trotz allem vertraut habe, lässt zu, dass man Edgar tötet! Thursen hat Adrian auf dem Gewissen. Wem soll ich denn noch glauben?

Und wieder wird es eine Trauerfeier geben.

Ich lade mein Gewehr und schieße einen Dart nach dem anderen ab, bis die CO_2-Patrone leer ist. Ich treffe gerade eben noch die Zielscheibe, aber das ist mir egal. Laden, schießen, laden, schießen, laden, schießen. In diesem Moment kann ich mir vorstellen, ein ganzes Rudel lügnerische Werwölfe einschlafen zu lassen. Am besten für immer.

Doch diese Betäubungsgewehre sind nur Ablenkung, um

uns gut und human dastehen zu lassen. Vittorio, das weiß ich, hat eine andere Waffe. Als er mir davon erzählt hat, zog es mir die Füße unter dem Körper weg. Die Werwölfe haben nicht die Spur einer Chance.

51. Luisa

ELIAS hat uns gesagt, wir sollen fliehen. Ich bin erleichtert, dass das Rudel seinem Rat folgt. Wir müssen uns in Sicherheit bringen, so weit fort von hier wie möglich. Die Shinanim sind verbitterte Feinde. Sie sind zu viele und zu mächtig, und sie werden nicht aufhören, die Werwölfe zu jagen. Sie werden auch nie vergessen, dass Thursen und ich zu den Wölfen gehört haben. Thursen war der Anführer des Wolfsrudels. Er hat einen Shinan getötet. In den Augen Vittorios werden wir für immer Werwölfe sein. Wir laufen.

Weiter, weiter, weiter, ohne Pause. Mein Atem weht mir als weiße Wolke nach.

Unser Aufbruch war nicht einfach. Der neue Junge kam erst auf die Füße, als Norrock sich vor ihm aufgebaut und ihn angebrüllt hat, endlich aufzustehen und loszulaufen. Ich dachte, Norrock hätte Mitleid und wäre etwas verständnisvoller. Vielleicht ist er es sogar, doch er zeigt es nicht. Den Jungen zurückzulassen, damit er seinen Selbstmord doch noch durchzieht, wäre genauso falsch gewesen, wie das Rudel noch länger am gleichen Platz warten zu lassen. Zrrie war es schließlich, die dem Jungen versprochen, nein, geschworen hat, dass er bei nächster Gelegenheit verwandelt wird. Dass er danach seinen Schmerz für immer los wird und die Erinnerung an sein ganzes Leben wegschmilzt wie der Schnee der letzten Wintertage.

Ich trabe, atme im Takt mit meinen Schritten und denke dabei daran, was für ein Leben das wohl sein mag, dessen Spuren ausgelöscht werden. Wer war er, wie hat er gelebt? Ich weiß nicht mal seinen Namen, an den er sich bald auch nicht mehr erinnern wird.

Norrock treibt uns an. Jagt um uns herum in seiner Wolfsgestalt und beißt nach unseren Fersen wie ein Schäferhund, der seine Herde vorwärtsjagt. Thursen blickt nach oben in die Bäume. Ich folge seinem Blick. Dass da Krähen sitzen, wundert mich nicht mehr. Sie sind jetzt überall. Wir steigen über einen vermoderten Baumstamm, über den die Wölfe leichtfüßig hinwegsetzen, rutschen einen Abhang hinunter, laufen weiter. «Schneller», sagt Thursen und übersetzt Norrocks Wolfsworte für uns Menschen. Dabei keucht er selber. Er winkt mit dem Arm, legt an Tempo zu und schiebt sich weiter nach vorn.

Ich laufe neben Rieke, zwischen uns der fremde Junge. Seine Wangen sind brennend rot, vielleicht zum letzten Mal in seinem Leben. Bald wird er zum Werwolf und blass sein wie sie. Wenn die Shinanim uns nicht vorher erwischen. Rieke läuft, so gut sie kann. Die Arme angewinkelt, keucht sie kleine Atemwölkchen hervor im Rhythmus ihrer Schritte. Zuerst blieb sie weit zurück, doch jetzt trägt Mauriks ihren Rucksack für sie. Eine Weile wird er als Mensch traben, dann wieder zum Wolf werden und den Rucksack an den nächsten weitergeben. Rawuhn, der helle Wolf, läuft vorn neben Thursen. Thursen muss ich nicht suchen, ich sehe ihn immer sofort, mein Blick rutscht wie von selbst zu ihm. Thursens Schritte sind ungleichmäßig lang, und ich ahne, dass er Schmerzen hat. Doch er kämpft verbissen und wird nicht langsamer. Ich drehe mich zu Edgar um, der neben Zrrie läuft. Wie lange hält er noch durch? Ob sie ihn weiterzwingen, wenn er zusammenbricht? Er war so schlecht in Sport, damals in der Schule. Doch Edgar läuft einfach, mühelos, den Blick auf die schwarze Wölfin neben sich gerichtet. Und wieder habe ich vergessen, dass er kein Mensch, sondern ein Shinan ist. Wahrscheinlich könnte er, wenn er wollte, schneller sein als wir alle. Also sind wir Menschen, Thursen, Rieke, ich und der Neue es, die die Wölfe aufhalten. Selbst die Krähen über uns halten mühelos mit. Ich versuche, so schnell zu sein, wie ich kann. Versuche, das Seitenstechen auszublenden, noch ruhiger und gleichmäßiger zu atmen. Weiterzulaufen, als wäre mein Körper eine Maschine, die von selbst im Takt meine Füße auf den Boden setzt. Rechts, links, rechts, links, und doch weiß ich, wir sind viel zu langsam. Irgendwann werden sie uns einholen. Wenn sie erst einmal eine Spur haben, wissen, wo wir sind, dann sind sie so viel schneller als wir. Irgendwann werden wir ihre Schritte hinter uns hören. Ich wage es kaum, mich umzudrehen, halte meinen Blick nach vorne gerichtet, auf Thursens Rücken, seine schwingenden Arme, die fliegenden Haare.

Plötzlich kreischen die Krähen über uns auf. Erbost flattern sie durcheinander. Was ist? Als ich mein Keuchen bezwingen kann und mir das Blut nicht mehr in den Ohren rauscht, höre ich es. Keine Schritte. Nicht hinter uns. Über uns surrt es in den Zweigen. Das ist kein Tier, das ist etwas Fremdes, eine Maschine, aber keiner der vertrauten Hubschrauber. Wir alle werden langsamer, fasziniert und erschreckt von dem Ding da über uns. Es ist ein Gestell aus Metallgitter, nicht sehr groß, ein kleiner Körper und vier Spinnenbeine, an deren Enden Rotoren sitzen, mit denen es sich wie mit Saugnäpfen in den blaugrauen Himmel klebt. In weitem Bogen fliegt es auf uns zu, zerquirlt die Winterluft. Es trägt etwas. Unter seinem Bauch hängt etwas Dunkles. Irgendeine Art Kasten.

«Da!», ruft Thursen und reißt seinen Arm nach oben. «Das ist eine Drohne! Diese verfluchten Shinanim!»

«Was jetzt? Verstecken?», ruft Irudit und sieht sich hektisch um.

«Nein! Diesmal nicht! Die haben uns schon gesehen.» Thursen hebt einen Stein und wirft ihn nach oben.

Als der Flugapparat tiefer geht, sehe ich, was er meint. Der Kasten, der unter dem Flugapparat hängt, ist eine Kamera. Ihr Doppelauge dreht sich, sucht uns, weiß nicht, wem von uns es folgen soll.

Thursens Stein flog nicht hoch genug und plumpst ein paar Meter weiter zu Boden. Verdammt!

«Helft Thursen! Holt sie runter!», ruft Norrock, plötzlich Mensch. Er packt Edgar beim Arm, zieht ihn in ein Gebüsch. «Da bleibst du! Vergiss nicht, dass du tot bist! Auf eine Rettungsaktion habe ich nun gar keine Lust!»

Ich schleudere einen schnell zusammengekratzten Schneeball nach dem verfluchten Flugobjekt. Wenn ich die Kamera schon nicht vernichten kann, kann ich ihr vielleicht wenigstens so viel Schnee ins Auge kleben, dass sie blind wird. Ich treffe sogar, doch nur einen der Rotoren, der meinen Schneeball wie ein rotierendes Messer in schmutzig weiße Fetzchen zerlegt. Wieder nichts. Auch Mauriks' Geschoss geht ins Leere. Die Drohne kippt zur Seite, wendet und zieht hoch zwischen die Spitzen der Baumkronen. Hängt dort am Himmel zwischen den flatternden Krähen. Starrt uns an.

«Scheiße, die beobachten uns!», knurrt Norrock. Ich stelle mir vor, wie die Shinanim uns auf dem Bildschirm sehen, wahrscheinlich mit genauen Positionsdaten. Dort sitzen sie jetzt mit vor Freude feuchten Händen und gierig sabbernden Mündern, weil sie uns endlich entdeckt haben. Wir werfen weiter, doch es ist sinnlos, das Ding fliegt zu hoch.

Norrock hebt trotzdem noch einen Stein auf, doch bevor er ihn hochschleudern kann, stockt er. Wir bekommen plötzlich Hilfe. Das kann jetzt nicht sein, oder? Die Krähen, die schwarzen, unheimlichen Krähen greifen an, hacken eine nach der anderen mit ihren Schnäbeln nach dem Flugapparat. Bringen immer wieder den Rotor zum Stocken, bis die Shinanim zum ferngesteuerten Ausweichen gezwungen sind, damit ihr Gerät nicht abstürzt. Die Krähen lassen nicht locker. Sie flattern mit den Flügeln, kreischen mit ihren heiseren Hexenstimmen in die bestimmt eingebauten Lautsprecher und drücken die Flugmaschine noch tiefer, bis sie in unserer Reichweite ist. «Jetzt!», schreit Thursen. Wir werfen mit allem, was wir haben. Der Neue schleudert einen Stock hoch. Irudit trifft mit einem Tannenzapfen aus Versehen eine Krähe, doch Mauriks schafft es, mit einem Stein das Objektiv der Kamera einzuschlagen. Das Fluggerät macht hektische Bewegungen. Wer sitzt da irgendwo in einem Büro am Computer und will uns vernichten? Wer steuert? Das Gerät trudelt. Norrock wirft vorbei, doch Irudit holt die Drohne schließlich herunter mit einem Stock, der die Rotorblätter endgültig blockiert.

«Zerschlagt das Teil!», sagt Norrock. «Alles. Die ganze Scheißelektronik, die Mikrophone, Sender und was da noch dran ist! Lasst ja nichts übrig!»

Als wir fertig sind, tritt Norrock persönlich noch einmal auf den Schrotthaufen und zermalmt die letzten Splitter unter dem Absatz seiner klobigen Stiefel. «So, und jetzt horcht, ob noch mehr davon da sind.»

Einen Moment sind sie still.

«Also, ich höre nichts», sagt Irudit. «Ihr?»

«Auch nichts», bestätigt Mauriks.

Ich höre auch nichts, weiß aber, dass die Ohren der Werwölfe meinen immer noch weit überlegen sind. Also zählt mein Urteil nicht.

«Dann, los!», sagt Norrock. «Weiter.»

Norrock ist wieder schwarzer Wolf und setzt sich diesmal an die Spitze. Die Pause, die keine war, hat mich zwar wieder zu Atem kommen lassen, aber nachdem ich jetzt so kalt geworden bin, ist es trotzdem schwer, wieder loszulaufen. Meine Muskeln sind verspannt, und meine Knie wollen sich nicht biegen. Ich brauche eine Weile, bis ich meinen gleichmäßigen Trabrhythmus wiedergefunden habe. Es beginnt zu schneien. Aus dem tiefhängenden Himmel, der aussieht wie eine aus Blei geschmiedete Kuppel, tanzen Kristalle herab. Ich renne weiter, wische mir die Kälte von der Nase und blinzele die Schneeflocken aus den Augen. Das geht so lange gut, bis Norrock uns einen Weg überqueren lässt, der tief in das Gelände eingekerbt ist. Hinunterklettern, auf der anderen Seite wieder hinauf, dann stolpere ich nur noch.

«Geht's noch?», fragt Thursen an meiner Seite.

Ich schüttle den Kopf. Bin zu atemlos zum Reden. Meine Füße verfangen sich in jeder unter der weißen Schicht verborgenen Vertiefung. Polmeriak ist längst in Menschengestalt und zieht den Neuen stolpernd mit sich. Glowen, auch Mensch, hilft Rieke mit ihren Sachen.

Wie viele von diesen Flugdingern haben die Shinanim noch? Wie lange dauert es, bis sie uns wieder aufgespürt haben?

Ich dachte, wir könnten laufen, einfach weiterlaufen und dann in einer der kommenden Nächte die Oder überqueren und Deutschland verlassen. Doch die Oder ist auf einmal unendlich weit entfernt.

Und gerade, als ich denke, ich kann keinen einzigen Schritt mehr weiter, lässt Norrock uns anhalten. Inzwischen ist der Schneefall so dicht geworden, dass ich außer Stämmen und dem hellen Himmel nichts mehr erkennen kann. Nur das Krächzen der Krähen dringt wieder und wieder durch den Vorhang aus Flocken. Wenn wir Glück haben, sind auch die fliegenden Kameras der Shinanim bei dem Wetter nutzlos.

Wo sind wir? Ich sehe mich um, blinzele die Schneekristalle von meinen Augenwimpern und erkenne auf einmal das steinerne Bogentor mit den geschlossenen Torflügeln. Auf dem kleinen Dach darüber liegt schon ein Wulst aus Schnee. Genauso wie auf der Mauer aus Quadersteinen, die sich nach rechts und links an das Tor anschließt. Wir sind nicht zufällig hier, Norrock hat uns bewusst hergeführt. Wir sind am Friedhof. An dem Friedhof der Namenlosen, dem alten Selbstmörderfriedhof mitten im Grunewald, auf dem wir die tote Sjöll begraben haben.

«Hier sind wir?», frage ich. Wir haben doch keine Zeit! Wir müssen nach Osten, weg aus Berlin, weg aus Deutschland! Weg von den Shinanim. «Nachdem wir den ganzen Tag gerannt sind, sind wir noch nicht weiter? Das kann doch nicht euer Ernst sein!»

Thursen legt den Arm um mich. «Luisa, die Shinanim suchen nach uns mit allem, was sie haben. Du hast die Drohne gesehen und die Hubschrauber gehört. Wenn wir geradeaus nach Osten gelaufen wären, hätten sie das gemerkt und uns irgendwann abgefangen. Wir mussten in Bewegung bleiben, immer wieder die Richtung ändern, damit wir hierherkommen konnten, bevor sie hier sind.»

Thursen will mich beruhigen. Doch ich will mich nicht

beruhigen. Ich will nicht hören, dass alles umsonst war. «Was wollt ihr denn hier?», frage ich.

«Das Silber hat dich in der Wolfsform festgehalten», sagt Norrock. «Jetzt befreien wir Sjöll.»

Sjöll wollte immer nur Wolf sein, ganz Wolf sein, das hat sie mir damals erzählt. Als Wölfin ist sie gestorben, und als Wölfin wurde sie hier heimlich begraben. «Warum wollt ihr sie jetzt befreien?»

«Weil die Shinanim uns jagen und wir vielleicht alle sterben. Dann soll sie mit uns kommen ins Totenreich und nicht mehr ans Tor gebunden sein», sagt Norrock, verwandelt sich in einen Wolf und springt in einem riesigen Satz über die Friedhofsmauer.

Wir anderen folgen, so gut wie wir können. Auf dem Friedhof stehen schneeverhangene Büsche, Bäume und Grabsteine wie dunkle Schachteln in einem weißen Meer aus Schnee. Der schwarze Wolf Norrock weiß trotzdem, wo entlang er gehen muss. Er erkennt den Busch wieder, unter dem seine tote Freundin liegt.

«Moment mal, wie wollt ihr sie denn befreien?», frage ich. Und dann weiß ich es auch ohne Antwort. Die Wölfe beginnen zu graben. Erst fliegt der Schnee in einer Wolke beiseite, dann kratzen sie mühsam und hartnäckig am gefrorenen Erdreich.

«He, komm her!», befiehlt Norrock Edgar. Und Edgar hält seine Hände über die Erde. Erst hilflos und sinnlos, dann, als er frustriert neben dem Busch kniet und Zrrie den Wolfskopf auf seine Schulter legt, läuft ein Schauer über ihn. Es kommt auf einmal Hitze aus seinen Handflächen, die den restlichen Schnee zu kleinen Pfützen zerlaufen lässt. Und dann taut er Schicht für Schicht eine Fläche auf, groß wie ein Buch. Groß genug, dass die Wölfe, wieder in Menschen verwandelt, hindurchgreifen können bis in die lose Erde. Gemeinsam reißen sie mit ihren Händen Brocken aus der vereisten Bodenschicht heraus. Ich versuche zu helfen, doch Thursen zieht mich einen Schritt zurück. Ich bin ihm dankbar, Gräber öffnen ist nichts für mich. Die anderen graben mit ihren Wolfspfoten weiter, tiefer. Bis sie auf Fell stoßen. Sjölls Fell. Mich schaudert. Sie graben sie ganz aus und legen sie in den Schnee. Sie lag so kühl in der Erde, dass ihr ganzer Körper äußerlich unversehrt erscheint. Als hätte Schneewittchen in einem Glassarg geschlafen. Ihr toter Körper sieht aus, als könnten wir die fatale Kugel des Jägers aus ihrem Körper herausholen wie den verschluckten Apfel aus Schneewittchens Hals und sie wecken. Doch das können wir nicht.

Norrock nimmt seine Menschengestalt an. Er hockt neben Sjöll. Sein Kiefer ist angespannt, und er beißt die Zähne mit aller Macht zusammen, als er langsam die Hand über dem toten Wolf ausstreckt. Sanft, fast zärtlich, entfernt er den silbernen Ohrring aus Sjölls pelzigem Spitzohr.

Ihr Körper verwischt, zerläuft und ist ein Sekundenbruchteil später Mensch. Totenblasser, kalter Mensch. Sie trägt noch immer die schwarze Kleidung, an die ich mich so gut erinnere. Sjöll, die Schattenblüte. Sjöll, die Trauerballerina. Norrock streicht ihr die Haare hinter die Ohren.

«Und jetzt?», frage ich, als wir alle um das tote Mädchen herumstehen, von dem ich nichts weiß, als dass sie Marie hieß. «Begraben wir sie wieder?»

«Nein.» Norrock streicht Sjöll noch einmal übers Gesicht, greift in ihre Tasche und zieht ein gefaltetes Papier hervor. «Jemand wird sie hier finden.» Er richtet sich auf und gibt den Zettel, gefaltet, wie er ist, weiter an Rieke. «Dann können ihre Eltern sie begraben. Ich möchte, dass sie einen Grabstein kriegt mit ihrem richtigen Namen drauf.»

«Und? Laufen wir jetzt endlich weiter?», fragt Polmeriak, als Norrock wieder steht. Sein Blick sucht den Himmel ab nach weiteren Drohnen. Doch da sind nur Krähen. Schnee und überall Krähen. Krähen auf den Bäumen und rings um uns auf dem Boden. Eine der Krähen hopst näher, legt den Kopf schief, guckt. Dann schnappt sie zu und schüttelt mit ihrem Schnabel die Schneeflocken aus Sjölls krausen schwarzen Haaren. Bald wird sie wieder den Namen Marie tragen. Sie sieht noch fast genauso aus wie auf dem Foto, mit dem im Fernsehen nach ihr gesucht wurde. Nicht so seltsam frühvergreist wie Krestor und Lurnak. Dafür war ihr Wolfsleben nicht lang genug.

Thursen scheucht sie mit einem Fußtritt auf. «Wir machen den Kreis», sagt er. «Wir müssen den Neuen verwandeln.» Er sieht den Jungen an. «Du wirst einer von uns, das wolltest du doch, oder?»

Der Neue nickt.

«Du willst den Jungen verwandeln? Jetzt? Das ist doch nicht dein Ernst!», sage ich.

«Genau», schaltet sich Rieke ein und öffnet ihren Rucksack. «Einen Augenblick musst du ihn mir noch lassen!»

«Na los», sagt Norrock, sieht Rieke einen Moment lang forschend an, zieht seine Lederjacke aus, gibt sie ihr. «Erfrier nicht dabei, hörst du?»

Rieke steckt Sjölls Zettel in ein abgegriffenes, altes Buch, das sie aus ihrem Rucksack geholt hat. Dann klemmt sie sich das Buch zwischen die Zähne und zieht Norrocks Jacke über ihre eigene. Sie ist ganz blass vor Kälte.

Ich wende mich an Norrock, der nur im Pullover neben mir steht. «Frierst du denn jetzt nicht?»

Er reibt seine Hände und grinst. «Ich habe doch gleich meinen Pelz.»

«Natürlich.» Er friert tatsächlich nicht. Sein Zittern kommt vom Kampf gegen die Verwandlung. Leise, damit der Neue es nicht hört, setze ich hinzu: «Norrock! Ihr könnt ihn doch jetzt nicht verwandeln! Wie viele Tage soll er denn Wolf sein, ehe die Shinanim uns einholen und er an diesem verfluchten Silberkreuz stirbt?»

Norrock wirft mir einen Seitenblick zu. «Länger, als er als Mensch gelebt hätte.»

Rieke kniet etwas abseits neben dem Neuen, sodass wir nicht verstehen, was sie sagen. Sie hat das Buch aufgeschlagen auf ihren Knien liegen. Fast sieht es so aus, als wollte sie eine Art Zauber über ihn sprechen. Doch dann holt sie nur einen Stift aus der Jackentasche.

«Thursen! Norrock!», ruft Irudit und kommt mit schnellen Schritten auf Norrock zu. «Die Zeremonie! Wir können den Neuen nicht ohne Wolfsnacht in das Rudel aufnehmen! Er muss symbolisch getötet und sein neues Leben mit Erde und Blut auf seine Stirn geschrieben werden, sonst kann er sich nicht endgültig verwandeln, das wisst ihr doch.»

«Ach, hör auf, Irudit. Für solche Spielereien ist jetzt keine Zeit», sagt Thursen.

«Du musst nicht jeden Scheiß glauben. Er wird auch so ein ganzer Werwolf werden.» Norrock schaut hinüber zu Rieke. «Fertig?»

«Gleich!», ruft sie zurück. Sie schreibt mühsam auf die sich vom Schnee wellenden Seiten.

Irudit fasst Norrock wütend an der Schulter und versucht, ihn mit einem Ruck zu sich zu drehen. «Das war alles gar nicht nötig?»

Er winkt müde ab. «Komm mal klar, Irudit. Gerade dir hat die Zeremonie doch am besten gefallen!»

Wir machen den Kreis.

Rieke ist fertig, schlägt das Buch zu, und der Neue und sie kommen zu uns zurück. Der Neue wischt sich mit dem Ärmel über die geröteten Augen. Hat er geweint? Rieke zeigt ihm seinen Platz zwischen Zrrie und Norrock und stellt sich dann zu Edgar etwas abseits. Der Neue kniet sich zögernd hin, und Zrrie stupst ihn aufmunternd an. Norrock nickt ihr zu, sie heult als erste. Wir fallen ein. Nein, ich nicht, ich bleibe stumm. Ich fühle Thursens Hand warm in meiner, habe die andere in Mauriks' borstigen Wolfspelz gegraben und halte den Kreis geschlossen. Hat Norrock recht? Soll der Junge Werwolf werden, auch wenn das Erste, was er tun wird, davonlaufen ist? Und wenn die Shinanim uns einholen, muss er vielleicht um seine Freiheit kämpfen, kämpfen auf Leben und Tod.

Und wenn wir ihn nicht verwandeln? Wir Werwölfe werden gesucht, wir können ihn nicht in ein Krankenhaus bringen, wo sich Menschen darum kümmern, dass er nicht noch mal versucht, seinem Leben ein Ende zu setzen.

Sie beginnen zu heulen. Alle bis auf Thursen und mich sind jetzt Wolf. Mauriks' kratziger Pelz zittert unter meinem Griff, als die erste Kraftwelle heranrollt. Zrrie ist in Fell gehüllt, und der Junge flackert einen Moment vor meinen Augen. Sein Wolfsein ist so kurz. Es reicht gerade für einen einzigen Heulton, der mich schaudern macht. So viel Leid, so viel Schmerz liegen darin. Schmerz, den er vergessen haben wird, schon so bald. Vielleicht ist es doch richtig, was Norrock sagt?

Der Neue ist wieder Mensch. Schnee liegt auf seinen Haaren und auf den Schultern seiner Jacke. Schnee, der eben noch auf seinem Wolfsfell lag.

«Hey, was machst du denn? Bleib Wolf, wir brauchen jeden!» Norrock kommt zurück in seine alte Gestalt, dann Mauriks.

Dann sind auch Polmeriak, Glowen und Irudit Menschen. Sie sind bereit, unserem neuen Rudelmitglied bei der zweiten Verwandlung zu helfen. Wieder heulen sie. Unter meiner Hand wird Mauriks' Jackenstoff zu borstigen Haaren, zum gleichen Zeitpunkt, als auch Irudit und die Wolfsgeschwister ihre Gestalt wechseln. Sie nehmen den Neuen mit in die Wolfsform. Diesmal sitzt er schon eine volle Minute lang als Wolf in unserem Kreis, angespannt, zitternd. Das ist seine zweite Verwandlung. Die dritte macht ihn unumkehrbar zum Werwolf. Hat er schon die drückendsten Sorgen vergessen? Seine Wolfsgestalt vergeht in dem Augenblick, als Thursen die Hände herunternimmt und den Kreis bricht.

«Wer bist du?», fragt er den Neuen. «Wie lautet dein Wolfsname?»

«Woher soll ich den kennen?», fragt der namenlose Werwolf zurück. Hustet, als er vor der Heiserkeit in seiner Stimme erschrickt, die alle Werwölfe nie mehr loswerden.

«Du weißt ihn. Sag einfach, was dir in den Sinn kommt.»

Er spricht langsam, als müsste er sich konzentrieren, damit nicht statt Sprache auf einmal Heulen aus seiner Kehle kommt. «Seddram.»

«Willkommen, Seddram», sagt Polmeriak.

«Gut», sagt Thursen und steht auf. Rückversichert sich mit einem Blick zu Norrock, dass er weiterreden soll. Norrock ist zwar Mensch, kniet aber am Boden, die Hände in den Schnee gegraben, als hätte er Sorge, die Erde würde ihn abwerfen wie ein bockendes Pferd. Ja, es ist besser, Thursen spricht.

«Gleich werdet ihr euch mit Seddram zusammen das dritte Mal verwandeln. Aber erst einmal sollt ihr noch etwas wissen. Kommt her. Du auch!», sagt Thursen zu Edgar, der unschlüssig abseits steht. «Und Rieke, du auch. Keine Angst, wir reden nur.»

Rieke und Edgar stellen sich hinter die Wölfe und hören ihm zu.

«Wir sind gewarnt worden.» Thursen tritt in die Mitte des Kreises, damit ihn jeder sehen kann. «Die Shinanim wollen uns nicht fangen und die Dämonen austreiben, es ist schlimmer. Ihr Oberster, Vittorio, ihr Erzshinan, weiß von dem Tor, das wir beschützen.»

«Wer sagt das?», fragt Irudit. «Wieder euer Elias? Ist Elias nicht der, der Haddrice erschossen hat?»

«Er hat nicht geschossen.»

«Und das glaubt ihr?», fragt Irudit.

«Ja. Luisa kennt ihn aus ihrer Menschenzeit.»

Mauriks lacht. «Da muss sie ihn aber ziemlich gut kennen, wenn er sie freiwillig vor seinen eigenen Leuten warnt und ihr so was sagt!» Thursen kümmert sich nicht um ihn. «Wir glauben ihm, auch wenn er vielleicht nicht über alles informiert ist. Wichtig ist: Wenn Vittorio von dem Tor weiß, dann wird er es suchen.»

«Moment mal!», sagt Edgar. «Es gibt wirklich so ein Tor? Wie in den alten Legenden? Und ihr bewacht es, den direkten Eingang zur Hölle?»

Thursen nickt. «Das Tor führt zur Welt der Toten. Hel, Hades, Niflheim, die Welt der Toten hat viele Namen. Ist es für dich die Hölle? Überleg mal, wo geht deine Seele hin, wenn du stirbst, Edgar?»

«Na ja, in den Himmel, hoffe ich.» Er zieht die Stirn kraus. «Also führt das Tor nicht in die Hölle, sondern ist so eine Art Nebeneingang in den Himmel?»

«Ja, so in etwa.» Thursen wendet sich wieder den anderen zu. «Wir Werwölfe sind dazu geschaffen worden, das Tor, das die Welt der Toten mit der der Lebenden verbindet, geheim zu halten. Vittorio darf das Tor nicht finden. Das bedeutet, wir können nicht fliehen und uns einfach irgendwo verstecken. Wir können nicht wieder die Verborgenen werden, wie wir es lange Zeit waren.»

«Wir werden das Tor mit unserem Leben verteidigen», sagt Mauriks. Thursen nickt, sieht zu Boden und lächelt leise. Vermutlich denkt er, was ich denke. Nämlich, dass Mauriks sich anhört wie ein Superheld aus einem Film.

«Und wie soll das gehen, Thursen?», fragt Edgar, der mit seiner Hand Zrries Rückenfell durchkämmt. «Wollt ihr ewig kämpfen? Alle, die zufällig in die Nähe des Tores kommen, töten? Ihr seid total erschöpft, müde und verletzt, guckt euch doch an. Habt ihr eigentlich eine Ahnung, wie viele Shinanim Vittorio gegen euch in die Schlacht schicken kann?»

«Das hat Elias auch schon gesagt. Aber ewig weglaufen können wir auch nicht. Egal, wie weit wir laufen, es ist nicht weit genug. Darum haben Norrock und ich uns etwas überlegt. Wenn wir Glück haben, hat Vittorio noch nicht mit den anderen Shinanim über das Tor gesprochen.» Thursen sieht Edgar direkt in die Augen. «Dann müssen wir nur einen Einzigen töten, und unser Geheimnis ist wieder sicher.»

Norrock heult und ruft uns zur dritten Verwandlung. Es ist das Heulen des Leitwolfs. Das Heulen, das den Wald, die Bäume, die Sträucher, Tiere und Pflanzen, alles, was lebt, einbezieht. Ich lege meine Hand auf den Boden, muss spüren, ob die Erde nicht wirklich vibriert. Doch es ist nur der Wolf, dessen machtvolle Töne die Winterluft bricht wie Glas und von überallher zurückwirft. Die anderen fallen ein. Und der Junge wird unter meinen Blicken farbloser, als hätten die Töne die Farben aus seinem Gesicht gesogen. Seine Augen werden werwolfsgrau. Seine strohblonden Haare sind auf einmal fahl. Dann kommt das Fell seine Hände heraufgewachsen und verschluckt ihn wie dichter schwarzer

Rauch. Er ist Wolf, und diesmal bleibt er es, auch als der Kreis bricht. Der neue Wolf steht auf, läuft von einem zum andern und beschnuppert ihn aufmerksam. Heult wieder, diesmal anders. Diesmal beginnt das Leid darin Erinnerung zu werden.

Norrock stößt ihn mit der Schnauze an. Weist ihn auf seinen Platz in der Gruppe. Einmal noch flackert er ins Menschsein, dann ist er endgültig einer von ihnen.

Durch mich fließt der Strom der Macht und Energie hindurch, als wäre ich taub geworden. Nur der Gesang der Wölfe lässt mir eine Gänsehaut wachsen. Sogar Edgar wird zum Wolf. Zum zweiten Mal. Und wieder ist er weiß, ganz weiß, so weiß, wie die Schneeflocken, die ihn umtanzen.

52. Thursen

WAS Norrock und ich genau geplant haben, werde ich ihnen später erklären. Erst einmal müssen wir uns erholen und Kraft sammeln.

Wir brauchen Fleisch, also jagen die Wölfe. Bis auf Rawuhn, der Edgar bewacht. Rieke trägt immer noch Norrocks Jacke über ihrer. «Können wir nicht ein Feuer machen?», fragt sie. Zieht Norrocks Jacke enger um sich, als könnte das bisschen abgeschabte Leder sie beschützen. Die Jacke passt überhaupt nicht zu ihr, zu rau und verwegen, genauso wenig wie sie selbst zu den Werwölfen passt. Doch wahrscheinlich ist ihr das egal, und die Jacke hält sie warm.

«Warum nicht?», sage ich. «Machen wir Feuer. Sollen die

verfluchten Shinanim doch erfahren, dass wir hier waren. Sie können ja ihre Drohnen schicken. Wir sind weg, bevor sie hier auftauchen.»

Rieke nickt. «Ich sammle Holz.» Edgar nimmt sie mit, dem Rawuhn wie ein Wachhund folgt. Ich komme mir so nutzlos vor mit meiner verletzten Hand. Ich setze mich auf einen Baumstumpf, und Luisa kommt zu mir. Wenigstens mein linker Arm ist noch brauchbar, sodass ich ihn um sie legen kann, als sie sich an mich lehnt. Es fühlt sich an, als würden wir wie zwei Teile eines Puzzles zusammengefügt. Wenn ich sie nur ewig so halten könnte.

«Was ist morgen?», fragt sie.

«Morgen haben wir alles hinter uns.»

Sie legt ihre Wange an meine und flüstert mir leise ins Ohr. «Sag mir, dass alles gutgehen wird.»

Klar, wenn sie es will, kann ich sie auch anlügen. «Wir haben alles im Griff. Alles wird gutgehen. Morgen kann Vittorio nichts mehr verraten, und niemand von den Shinanim wird die wahre Macht des Tores für uns Werwölfe kennen. Morgen helfen wir gemeinsam mit den anderen Werwölfen Norrock, das Tor zu schließen. Es wird wieder unsichtbar werden. Dann verschwinden wir im Wald. Der Schnee wird tauen. Wenn der Frühling kommt, haben die Shinanim längst unsere Spur verloren. Sie haben uns vergessen und kümmern sich stattdessen um Flutopfer in Asien.»

«Es ist gut, wenn das Tor wieder ganz geschlossen wird», murmelt sie, den Kopf an meiner Brust.

«Immer noch Albträume von deinem Bruder?»

Langsam richtet sie sich auf und lässt ihre Augen blicklos werden. «Komischerweise nicht. Ob die Krähen die Träume wirklich verjagt haben? Ich werde ihn nie vergessen, natürlich nicht. Aber es tut nicht mehr so weh. Ich wollte wirklich durch das Tor zu meinem Bruder gehen, obwohl ich wusste, dass ich vielleicht nicht zurückkomme.»

Ich wäre ihr gefolgt. Wenn ich sie nicht hätte aufhalten können, ich wäre ihr nachgegangen bis ins Licht. «Und jetzt?»

«Jetzt nicht mehr. Wenn das hier vorbei ist und Norrock das Tor geschlossen hat, werde ich, na ja, mein neues Leben leben. Ich wollte die ganze Zeit mein altes Leben reparieren. Die Zeit heilt alle Wunden, heißt es doch, oder? Ich sag dir was: Das klappt nicht. Die Lücke, die mein Bruder hinterlassen hat, ist zu groß. Ich glaube, man muss nach so etwas ganz neu anfangen. Aber, ja, langsam geht es etwas besser. Und was ist mit dir und deiner Mutter?»

Ich ziehe Luisa wieder näher zu mir. «Geht schon. Schließlich habe ich dich in meinem neuen Leben.» Doch wenn wir Pech haben, wird dieses neue Leben nicht mehr lange dauern, und eine Menge von uns wird Sjöll auf dem Weg in die Welt der Toten folgen.

Ich bin doch schon tot, habe ich mal zu Luisa gesagt. Damals war ich sicher, dass ich nicht weiterleben kann, wenn ich kein Wolf mehr bin. Und mit Luisa kann ich es nun doch. Mit Luisa zusammen zu sein, das ist, was Leben jetzt für mich bedeutet. Auf einmal will ich nicht mehr sterben, kein bisschen. Ich will leben, mit ihr. Ich frage mich, ob das Leben mir meinen Wunsch erfüllt oder mir noch einmal ins Gesicht spuckt wie damals beim Tod meiner Mutter.

«Woran denkst du?», fragt Luisa. Ich spüre ihre Hand, die sanft und kühl wie Seide über meine Wange streicht, vorsichtig, um die frische Narbe nicht zu berühren. Ich werde nie mehr aussehen wie früher.

«Den Eid. Wenn der nicht wäre, könnte ich davonlaufen. Ich würde dich ganz weit wegbringen von hier. Nur wir zwei. Wir könnten Berlin verlassen, wir könnten weg aus Deutschland, aus Europa.» Doch, aber das sage ich ihr nicht, wir wären überall Gejagte. Es gibt keinen Ort auf dieser Welt, an den der Arm der Shinanim nicht reicht.

Elias wollte, dass wir fliehen. Doch wir müssen das Tor beschützen, und wenn es das Letzte ist, was wir tun. Könnte sogar gut sein, dass es tatsächlich das Letzte ist. Verfluchter Wolfseid.

Luisa legt ihren Kopf an meine Schulter. Als könnte ausgerechnet ich ihr Schutz geben. Als wäre sie bei mir sicher und geborgen. Doch das ist sie nicht. Auch wenn es mich fast umbringt, ich werde sie wieder in Gefahr bringen. Ständig ist sie in Gefahr wegen mir.

Ich könnte Luisa wegschicken und sie auf diese Weise aus allem heraushalten. Doch mittlerweile kenne ich sie so gut, dass ich weiß, sie will so sehr bei mir sein wie ich bei ihr. Das ist auch keine Lösung.

Doch da ist Elias. Vielleicht kann er sie heraushalten aus dem, was sein wird. Sie liebt ihn auch, das weiß ich. Vielleicht kann sie irgendwann lernen, ihn mehr zu lieben als mich. Dann kann sie ohne mich weiterleben. Dann hat sie ihn. Und lebt.

Luisa greift mir ins Haar und zieht meinen Kopf näher zu sich. «Ich liebe dich, vergiss das nicht!», flüstert sie mir ins Ohr.

«Ich liebe dich», raune ich zurück, bevor wir uns küssen. Ich atme ihren Duft ein und fühle, wie Wärme durch meine Adern rinnt. Luisa hat ihre eigene Magie, die mir mindestens genauso viel Kraft gibt wie der Wolfskreis. Nein, Elias wird sie niemals kriegen.

53. Elias

ICH war noch bei Jordan im Medienraum, der den Kontakt zu den Shinanim außerhalb Berlins hält. Jordan versucht, ihnen zu erklären, was hier passiert. Doch sie haben nie einen Werwolf getroffen. Sie haben nie miterlebt, wie scheinbare Menschen zu etwas anderem, Fremdartigem, vielleicht Tödlichem werden. Wie sollen sie verstehen, was hier vorgeht? Jordan kann nur immer wieder die Bilder von Haddrices Verwandlung senden.

Als ich in Vittorios Raum eintreffe, steht er mit dem Rücken zu mir unter der Lichtkuppel, durch die die klare Wintersonne auf ihn herunterscheint. Ich schließe die Tür hinter mir, bleibe stehen, warte, denn ich möchte mit meinen harten, hallenden Schritten die Stille nicht zerschneiden. Stumm sehe ich ihm dabei zu, wie er atmet, nur atmet, als könnte er das Licht wie ein Kraftfeld in sich aufnehmen.

«Ich vermisse das Fliegen», sagt er leise und mehr zu sich selbst. «Dort oben am Himmel strahlt das Licht so viel heller als hier.» Versonnen betrachtet er eine kleine Flamme Shinan-Feuer, die direkt auf seiner Handfläche züngelt. Dann endlich lässt er die Flamme verlöschen und dreht sich zu mir. «Wir sind keine Menschen, Elias. Vergiss das nie.»

«Das weiß ich.»

«Wir setzen Menschenwaffen ein, doch so werden wir unser Ziel nicht erreichen. Wenn man zu lange unter den Menschen lebt, beginnt man, wie sie zu denken. Man übersieht leicht Möglichkeiten, die sie nicht haben.»

«Wie das Shinan-Feuer?»

«Nein, das ist nur eine Art, wie wir das Himmelslicht nutzen. Was kann Himmelsfeuer, was Flammenwerfer, Schwert und Schusswaffen nicht fertigbringen? Ich denke an etwas viel Mächtigeres. Ich habe mit Jerusalem, dem Vatikan und Mekka gesprochen», eröffnet mir Vittorio. «Elias, ich habe die Bundeslade angefordert.»

«Die Bundeslade?» Seit Jeremias sie aus dem Tempel trug, ist sie verborgen. Niemand weiß, wo sie ist, oder doch?

«Du kennst doch die Legenden von dem vergoldeten Akazienschrein, engelsgekrönt, der die Gesetzestafeln mit den zehn Geboten barg?»

Natürlich kenne ich sie. Alle unsere drei Religionen erzählen Moses' Geschichte. Und die Geschichte der Himmelslade, die Moses zu bauen aufgetragen wurde, um die Steintafeln mit Gottes Gesetzen zu schützen. Doch das ist Tausende von Jahren her. Mir wird klar, von welcher Macht Vittorio da spricht. «Kein Mensch kann die Bundeslade berühren, ohne zu sterben, denn sie ist voll von Himmelslicht.» Dem Licht, das gerade als Flamme auf Vittorios Hand geflackert hat.

Vittorio nickt. «Dafür stehen die zwei goldenen Engel, die vierflügeligen Cherubim mit ihren ausgebreiteten Flügeln auf dem Deckel.»

Natürlich. «Licht zerstört Schatten. Werwölfe sind von Schatten umgeben, die Schatten sind ein Teil von ihnen. Wenn wir die Werwölfe aufspüren, vernichten wir sie mühelos und ohne jeden Kampf mit reinem, gesammeltem Himmelslicht. Und das Höllentor, das sie bewachen, brauchen wir nicht einmal zu finden. Wenn wir nur eine Ahnung haben, wo es sein könnte, müssen wir es nicht schließen, wir zerstören es einfach. Mit mehr geballtem himmlischem Licht, als es sonst auf der Welt gibt.»

Vittorio lächelt zufrieden. «Ich sehe, du hast die gleichen Gedanken wie ich.»

«Ich wusste nicht, dass das Heiligtum nach all der Zeit tatsächlich noch existiert.»

«Die Bundeslade existiert, wir Shinanim wussten immer, wo sie ist. Vatikan, Mekka und Jerusalem sind informiert, dass wir mit Hilfe des Heiligtums die letzten Dämonen endgültig aus der Welt schaffen werden.»

Vor den Betäubungsgewehren und den Quadrocoptern hätten die Werwölfe davonlaufen können. Vielleicht hätten wir sie auch gefangen. Doch gegen die Bundeslade haben sie nicht die geringste Chance. Sie wird sie alle töten, ohne Ausnahme. Ohne Chance einer Rückverwandlung. «Wie wird die Bundeslade transportiert, wenn sie kein Mensch berühren kann?»

«Wir Shinanim können sie berühren.»

Wie viel Zeit bleibt Thursens Werwölfen noch für ihre Flucht? Wo mag das Rudel jetzt sein? «Wann wird die Lade hier eintreffen?»

«Sehr bald.»

«Ich erfahre also wieder einmal nichts.»

«Du erfährst viel mehr als die anderen Ratsmitglieder. Ich habe dich als einen der ganz wenigen eingeweiht, weil ich deine Zweifel spüre. Zweifle nicht. Wir Shinanim werden die Dunkelheit besiegen. Du gehörst bereits in diesem Moment zu den Mächtigsten dieses Erdballs.»

Ich habe zu oft den «Herrn der Ringe» gelesen, als dass das Wort Macht mich nicht misstrauisch machen würde. Macht ist in der Geschichte unserer Welt zu oft missbraucht worden, und die Mächtigen sind nicht immer die Guten. «Shinanim haben also Macht. Aber nicht nur über unsere Feinde. Ihr habt auch Macht über mich, nicht wahr? Erklärt mir eins,

Vittorio: Wenn ich dazugehöre, wenn ich so ein wertvoller Shinan bin und wir auf derselben Seite stehen, warum habt Ihr dann jeden meiner Schritte überwachen lassen?»

«Wir wussten nicht, wie du zu den Werwölfen stehst.» Vittorio trinkt einen Schluck Wasser. «Stell dir vor, wie es für uns aussah, als du anfingst, die Bestien mit Namen anzusprechen und von ihren Kreuzen loszubinden!»

«Ihr wusstet also nicht, wo ich stehe. Und jetzt, wo ich nicht einmal hundert Stunden lang meine Zeit mit Euch verbracht habe, jetzt seid Ihr Euch sicher? Wäre es nicht sinnvoller gewesen, einfach mit mir zu sprechen?» Ich halte meine Stimme im Zaum, doch ich fühle, wie die schimmernde, lodernde Glut in mir um einen Weg nach draußen fleht.

Vittorio lächelt, als hätte er mit dem Himmelswasser Weisheit getrunken. «Ich wollte nicht mit dir reden. Ich befürchtete, dass du versuchen würdest, mit den Werwölfen Kontakt aufzunehmen.»

«Und? Habt Ihr meine Wege kontrolliert?»

«Das war nicht nötig. Du hast die Werwölfe nicht getroffen. Woher ich das weiß? Das ist ganz einfach: Wenn du sie getroffen hättest, hätten sie dich niemals wieder gehen lassen.»

«Vielleicht ja doch?»

«Ach, Elias!» Vittorio lacht. «Du bist der Bruder desjenigen, den sie mehr als alle anderen Menschen gehasst haben. Du hast versucht, Thursen, dem Leitwolf, sein Mädchen zu stehlen. Du hättest dich ihnen anschließen oder sterben müssen. In beiden Fällen wärest du jetzt nicht hier. Sie wollen deine totale Unterwerfung oder deine Auslöschung.»

Ich spiele sein Spiel mit und sage ihm, was er hören will. Es ist sogar die Wahrheit. «Ich bin ein Shinan, und das kann ich nicht aufgeben. Ich hätte mich ihnen niemals unterworfen und wäre niemals einer von ihnen geworden.»

«Ich weiß. Elias, du verstehst sicher, dass deine Überwachung notwendig war. Ich musste sichergehen, ganz sicher, doch jetzt vertraue ich dir. Denk dran, niemand darf von dem Heiligtum erfahren. Es ist nicht klug, den Dämonen, die die Werwölfe verwandeln, so öffentlich den Krieg zu erklären.»

54. Thursen

FEUCHTES Holz qualmt viel stärker als trockenes, wenn es brennt. Der weiße Rauch beißt in den Augen. Doch man kann schon froh sein, wenn es überhaupt klappt, das schneefeuchte Zeug direkt aus dem Wald zum Brennen zu kriegen. Rieke und Edgar bringen das Kunststück irgendwie fertig. Es knistert und knackt, und der Rauch wird langsam weniger, je länger die Knüppel im Feuer trocknen. Endlich können wir uns etwas aufwärmen. Luisa hätte schon längst ein Feuer gebraucht.

Ob die Wölfe den beißenden Qualm auch gerochen haben? Jedenfalls kommen sie, gerade als wir herausgefunden haben, auf welcher Seite des Feuers man am wenigsten Rauch abkriegt, von der Jagd zurück. Sie bringen frische Beute, die die meisten von ihnen gleich roh zerreißen. Rawuhn bekommt auch etwas ab. Wer kann, wechselt in die Tiergestalt und frisst als Wolf. Wir Menschen, die uns nicht verwandeln können, schneiden das Fleisch in kleine Brocken, damit es schneller geht, und rösten es über den Flammen.

«Lecker, und was unternehmen wir jetzt gegen die Shinanim?», fragt Mauriks kauend.

Und schon wieder bin ich es, der den Werwölfen sagen muss, wie es weitergeht. Ich stehe auf, damit sie mich sehen. «Wir versuchen, Vittorio zu töten, bevor er den anderen Shinanim vom Tor erzählt. Es muss schnell gehen. Wir gehen rein ins Haus der Shinanim, töten ihn und machen, dass wir verschwinden.»

«Jetzt?», fragt Irudit. «Thursen, weißt du, wie lange wir schon durch den Wald rennen? Müssen wir nicht auch mal schlafen? Das wird gefährlich.»

«Wir haben keine Zeit zum Schlafen. Norrock wird direkt zum Tor gehen und es öffnen. Das gibt uns mehr Kraft als jeder Schlaf. Wenn wir unsere Aufgabe erledigt haben, treffen wir alle am Tor wieder zusammen, und Norrock schließt es.»

«Und was, wenn wir Vittorio nicht erwischen oder er schon geredet hat?», will Glowen wissen.

«Dann schließt Norrock das Tor und versteckt es. Doch die Shinanim werden es suchen, es wird zum Kampf kommen. Wir brauchen eine zweite Linie. Wer begleitet Norrock, um das Tor zu verteidigen, falls wir scheitern sollten?»

Zrrie kämpft sich in ihre Menschengestalt und hebt die Hand. Nur Zrrie. Die Verwandlung fällt ihr immer schwerer, man merkt, wie viel Kraft es sie kostet, Mensch zu sein. Ich erinnere mich noch so genau an den Tag, als Norrock die kleine Zrrie mit ihrem selbstgeknüpften Henkerstrick vom Baum gepflückt hat. Erst hat sie gekratzt und gespuckt und wollte nicht leben. Doch Norrock hat sich um sie gekümmert, sie während ihrer Weinkrämpfe gehalten und sie schweigen lassen, wenn sie vor Kummer wortlos war. Schließlich hat er ihr den Weg in die Verwandlung gezeigt. Natürlich will sie bei Norrock bleiben.

Trotzdem, sie ist klein und flink. Sie kann durch das Gebäude der Shinanim huschen. «Wir brauchen dich bei uns, Zrrie», sage ich.

Wer kann sonst mit Norrock gehen? Einen nach dem anderen sehe ich sie an. «Mauriks?», frage ich.

Er schüttelt den Kopf. «Einer muss den Engelsdingern doch den Hintern versohlen, wenn sie Vittorio verteidigen!»

«Glowen? Polmeriak?»

Die Geschwister flüstern miteinander. Dann sagt Glowen: «Wir teilen uns auf.»

Und Polmeriak setzt hinzu: «Die ganze Idee von der zweiten Linie taugt nichts, wenn keiner mit Norrock geht, der auch anständig kämpfen kann. Ich bleibe bei Norrock. Ihr könnt meine Schwester haben. Die reißt den Engeln die Flügel aus.»

Sinnlos zu sagen, dass die Engel keine Flügel haben, ich weiß, was er meint.

«Ich gehe auch mit Norrock», sagt Rieke. «Ich behindere euch anderen nur.»

Ich nicke. Rieke sollte überhaupt nicht dabei sein. «Die anderen kommen mit mir. Der Kreis hat uns Kraft gegeben. Das Fleisch nährt uns. Esst, so viel ihr könnt. Wenn wir uns gestärkt haben, brechen wir auf.»

Ich setze mich wieder, und Luisa gibt mir meinen Bratspieß zurück, den sie für mich über das Feuer gehalten hat.

Der Himmel ist wolkenlos wie frisch gewischt. Durch die Äste der kahlen Bäume hindurch schimmert der Mond wie eine fast runde Scheibe. Sein mattes Licht spiegelt sich im zertretenen Schnee.

«Hoffentlich ist Thursen erfolgreich. Ich kann nicht kämpfen», höre ich Rieke neben mir zu Norrock sagen, der jetzt wieder Mensch ist. Sie zieht die Lederjacke aus und gibt sie ihm zurück. Das Feuer wärmt sie.

«Macht nichts. Können ja nicht alle Kämpfer sein», sagt er und lacht. Gerade noch hat er die tote Sjöll im Arm gehalten, jetzt lacht er. So ist das bei Werwölfen. Alle Emotionen verflachen. Natürlich weiß er, dass Sjöll tot ist, doch es ist nicht mehr so wichtig. Haddrice hat genau aufgeschrieben, was Nick mit ihr gemacht hat, und es sich jeden Tag wieder durchgelesen, um ihre Wut nicht zu verlieren. Ob Norrock noch weiß, wie sich Sehnsucht anfühlt? Kann er das noch fühlen, was ich für Luisa fühle?

Norrock zieht seine Jacke wieder über und klopft Rieke auf die Schulter. «Du wirst dich schön abseits halten und im Gebüsch verstecken. Nicht zu nah ans Tor, klar? Es ist nicht dein Kampf. Du warst klug genug, dich nicht zu verwandeln. Dumm gelaufen für uns andere.»

«Ihr habt mir einen Platz zum Leben gegeben, an dem ich atmen konnte, an dem ich keine Angst vor Nicks Bande haben musste. Ich denke, es geht mich schon was an.»

«Rieke, lass es.» Norrocks Stimme ist jetzt ernst. «Du hältst dich raus. Keiner von uns hat Zeit, auf dich aufzupassen, wenn es losgeht.»

Ich beneide ihn. Ich wünschte, ich könnte Luisa ebenso leicht aus der Schusslinie bringen. Doch wir könnten sie noch nicht einmal zurücklassen, wenn wir wollten. Wir brauchen Luisa. Sie kennt als Einzige das Gebäude der Shinanim von innen. Ohne sie geht unser Plan nicht auf.

«Und was ist denn jetzt mit Edgar?», fragt Mauriks. «Was machen wir mit dem? Zu den Shinanim wollt ihr ihn ja wohl kaum mitschleppen, oder?»

«Zum Tor kann er auch nicht», sagt Polmeriak.

«Bitte», sagt Edgar. «Ich mag euch ja echt. Aber lasst mich nicht gegen meine eigenen Leute kämpfen, wo auch immer.»

«Musst du auch nicht.» Norrock steht auf, geht zu Edgar, beugt sich über ihn und hält dessen Handgelenke fest.

Edgar versucht, sich aus Norrocks Griff zu lösen. «Was soll das denn jetzt?»

«Halt einfach die Klappe.» Norrock schnürt ihm mit einem der Seile, die früher in unserem Lager eine Plane gehalten haben, die Hände zusammen. Zu Mauriks sagt er: «Ich nehme ihn mit. Hübsch angeleint. Er wird seinen Leuten schon nicht helfen. Wenn wir tatsächlich das Tor verteidigen müssen, kann ich ihn ja so lange bei Rieke lassen oder an einen Baum binden.»

Mein Gott, Norrock! Er muss doch höllische Schmerzen im ganzen Körper haben vom Kampf gegen die Verwandlung. Und er macht trotzdem Witzchen?

«Und wenn ihr überwältigt werdet?», fragt Irudit. «Dann kann er denen alles über uns erzählen!»

Norrock knüpft den Knoten fester. «Wenn die Shinanim uns überwältigen, dann ist niemand mehr da von uns, über den er was erzählen kann.»

«Warum fesselst du ihn dann überhaupt?», fragt Polmeriak.

Ich schüttle den Kopf. «Damit er nicht versucht zu fliehen und seine Leute zu warnen, ehe alles vorbei ist!» Sind die anderen wirklich so naiv? «Er ist immer noch einer von ihnen. Ich wette, dass auch die Shinanim ihre Leute Eide schwören lassen.»

«Ich bin nur ein Novize!», seufzt Edgar. «Meint ihr, eine Gruppe, die so mächtig ist wie die Shinanim, lässt einen wie mich irgendwelche Eide schwören?»

«Ende der Diskussion», knurrt Norrock und zieht den letzten Knoten ohne nachzudenken nach Wolfsart mit den Zähnen fest. «Hier!» Er reicht Polmeriak den Strick. «Kannst ihn an der Leine führen!»

Zrrie, die Wölfin, läuft zu Edgar und drückt ihren Kopf an seine Schulter. Er hockt sich vor sie, schließt die Augen und legt seine Wange an ihr Fell. Ich sehe seinen Lippen an, dass er ihren Namen murmelt. Immer wieder. Zrrie. Sie jault leise. Zittert, dann schafft sie es, noch einmal für einen winzigen Moment Mensch zu werden. Es macht mir Angst, wie schnell es bei ihr gegangen ist. Gerade war sie noch Zrrie, das Mädchen, bald wird sie ganz zum Wolf werden. Vielleicht hat sie sich gerade schon zum letzten Mal verwandelt. Anders als Norrock hat sie keine Wut, keinen Hass, der sie ans Menschenleben bindet.

Edgar sieht sie an, überrascht, sieht ihr in die Augen, sie bringt es gerade noch fertig, einen Kuss auf seine Wange zu drücken, ehe das Wolfsfell sie wieder einhüllt und die Verwandlung beginnt. Edgar seufzt auf. Er versucht, sie mit den gefesselten Händen zu umarmen, doch es gelingt ihm nicht. Dann ist sie wieder Wolf.

Als ich meine Fingernägel in den Handballen spüre, merke ich, wie meine Hände ganz von selbst zu Fäusten geworden sind. Ich weiß noch, wie verzweifelt ich gegen die Verwandlung gekämpft habe, um Luisa in den Armen zu halten, so lange wie es ging. Kann Zrrie sich wirklich in den paar Tagen in den Shinan-Novizen verliebt haben? Sie sind ein seltsames Paar. Ich weiß nicht, ob ich sie beglückwünschen soll, dass sie einander in all der Wirrnis gefunden haben, oder ob sie mir leidtun. Zrrie wird mit uns kommen. Vielleicht sehen sie sich nie wieder. Einen Moment lang hocken der Engelssohn und die schwarze Wölfin noch beieinander, während wir anderen uns einer nach dem anderen von Rieke, Norrock und Polmeriak verabschieden.

Als Zrrie sich uns anschließt, blickt Edgar einen Moment ins Leere. Hätten nicht die Werwölfe die besten Ohren von allen, würde ich annehmen, dass er etwas hört, das wir nicht hören. Dann spricht er, laut und deutlich. «Wartet! Kann ich noch mal pinkeln gehen, bevor es losgeht?»

Das ist so absurd, dass wir alle in Gelächter ausbrechen.

«Ey, piss dir doch in die Hose!», stößt Mauriks hervor.

«Bitte», sagt Edgar. «Es ist dringend!»

So genau will ich das wirklich nicht wissen. «Na gut», sage ich.

Er hält mir die gefesselten Hände hin. Recht hat er; wenn ich keine Lust habe, ihm die Hose aufzumachen, dann sollte ich wohl seine Fesseln lösen. «Hättest du das nicht eher sagen können?», frage ich und knibble mit meiner gesunden Hand an Norrocks Knoten herum.

«Habt ihr mich gefragt, ob ich gefesselt werden will?»

«Geh nicht so weit!», sage ich ihm. «Rawuhn wird mitgehen und aufpassen, dass du nicht abhaust.»

«Danke», seufzt Edgar, streckt seine Hände und massiert seine Handgelenke. Waren die Fesseln tatsächlich so fest?

Dann dreht er sich um und rennt. Er flieht tatsächlich! Sofort setzen wir ihm nach, nicht nur ich, auch die Wölfe. Norrocks schwarzes Fell wischt an mir vorbei. Trotzdem wird Edgars Abstand immer größer. Er mag ein kleiner Novize sein, das Eilen beherrscht er wie ein richtiger Shinan. Es sieht aus, als würde er ganz normal laufen, doch er ist so schnell, dass man den Eindruck hat, der Boden würde sich unter ihm rückwärts bewegen. Mühelos, und trotzdem unwirklich schnell. Dann ist er zwischen den Bäumen verschwunden. Obwohl ich keine Chance habe, renne ich. Denn ich habe ihn losgebunden. Ich bin dafür verantwortlich, dass wir ihn wieder einfangen, bevor er uns verrät. Verdammt, ich bin auf Edgar hereingefallen! Er darf uns einfach nicht verraten.

55. Luisa

WIR rennen, versuchen Edgar zu folgen, der in atemberaubender Geschwindigkeit im Zickzack zwischen den Stämmen verschwindet. Das ist Edgar, da vorne! Seine Silhouette verschwimmt zwischen den Bäumen. Ich kann es nicht glauben. Edgar ist nett! Die ganze Zeit, als es um sein Leben ging, hat er stillgehalten und jetzt, wo es um Vittorio geht, den er nicht mal richtig kennt, trickst er uns aus?

Wir müssen ihn stoppen! Die Werwölfe werden trotzdem versuchen, Vittorio auszuschalten. Thursen, mein Thursen wird sterben.

Die Wölfe jagen Edgar. Sie folgen ihrer Nase, haben sie im schnellen Lauf am Boden wie Bluthunde. Edgar ist nicht mehr zu sehen, ist mit der Dämmerung verschmolzen, doch seine Spur finden sie. Sie kennen seinen Geruch zu gut. Sie werden ihn aufhalten, bevor er die Shinanim erreicht, sage ich mir, während mein Herz hämmert und mir das Blut in den Ohren rauscht. Er wird ihnen nicht entkommen. Ich renne. Weiter.

Er wird ihnen nicht entkommen, und was dann? Sie wissen jetzt, dass er unser Feind ist. Werwölfe geben ihren Feinden keine zweite Chance. Sie werden ihn sofort töten, wenn sie ihn erwischen. Es muss doch einen anderen Weg geben!

Ich hetze eine kleine Kuppe hinauf, keuche atemlos und höre von der anderen Seite schon die Stimmen. Schreie. Jaulen. Dann Stille. Sie haben ihn. War es das schon? Ist er tot?

Seitenstechen, das mich fast umbringt, doch ich renne weiter bergauf. Dann, kurz vor der Hügelkuppe kann ich sie endlich sehen. Dicht gedrängt wie schwarze Schattenrisse stehen die Wölfe. Ich versuche, Blut zu riechen, aber die kalte Winterluft riecht nur blank und blau nach Eisnadeln. Ich habe keine Wolfsnase mehr. Da sind lauter Wölfe, Pelz an Pelz, und dazwischen steht als einziger Mensch Thursen. Kein Edgar. Er müsste sie doch ebenfalls überragen, wenn er noch stehen könnte, oder nicht? Dann haben sie ihn schon am Boden? Er ist tatsächlich tot? Wer war es? Ich stolpere, so schnell ich kann, den Hügel hinab.

Da ist ein Wimmern, ganz leise. So leise, dass es kaum das Keuchen meines Atems übertönt. Aus dem Pulk der Wölfe ragt etwas wie ein Bein und wird wieder verdeckt. Lebt er doch noch?

Thursen dreht sich um, sieht mich und kommt mir mit schnellen Schritten entgegen.

«Was ist passiert?», keuche ich. «Ist Edgar tot?»

«Da», Thursen schaut mich traurig an. «Guck selbst.»

Und dann machen die Wölfe Platz, und ich sehe Edgar endlich. Er ist tatsächlich am Boden. Er kniet, und da liegt eine junge Frau, ihren Kopf hält er in seinem Schoß. Ich höre sie leise wimmern, das war das Geräusch, das ich gehört habe, es kam von ihr, nicht von Edgar. Die anderen Wölfe, die es noch können, werden zu Menschen. Ein Arm streckt Edgar eine Wasserflasche hin. Edgar nimmt sie, blickt kaum auf. «Habt ihr Salz?»

«Was willst du denn damit?»

«Hier.» Mauriks fummelt ein Päckchen aus seiner Hosentasche und gibt es ihm.

«Du hast das Salz aus dem Lager mitgenommen? Warum hast du uns nichts davon gegeben, als wir das Fleisch gebraten haben?», fragt ihn Irudit.

Mauriks zuckt mit den Schultern. «Ihr habt nicht gefragt.»

«Salzwasser ist ein Brechmittel», sagt Edgar, kippt das Tütchen ins Wasser und flößt es der Frau Schluck für Schluck ein. «Die hier hat sie alle geschluckt.» Er hält einen leeren Tablettenstreifen hoch. «Der war in ihrer Jackentasche.»

«Wieso bist du bloß abgehauen?», fragt Polmeriak, das Wolfsgrollen noch in seiner Stimme. «Wenn ich dich eher erwischt hätte, wärest du tot!»

«Tu nicht so, als wenn du mich immer noch gleich fressen willst», sagt Edgar. «Ich musste doch zu ihr, oder?»

«Wie konntest du wissen, dass sie da ist?», fragt Irudit.

«Ich weiß nicht. Ich dachte, ich müsste hier dringend hin, irgendwie. Sorry, dass ich euch reingelegt habe. Ihr hättet mir sonst nie die Fesseln abgenommen, oder? Und ich musste ihr doch helfen.»

Weiter kommt er nicht, da übergibt sich die junge Frau. Er hilft ihr, sich halb aufzurichten und zu drehen, sodass sie sich auf den Waldboden erbricht und nicht auf ihre Jacke oder seine Hosenbeine. Sie würgt, hustet und spuckt ihren Mageninhalt in den Schnee. Endlich scheint sie fertig zu sein und kippt mit leisem Stöhnen zurück.

Edgar sieht uns an. «Ich habe ehrlich keine Ahnung, woher ich wusste, dass jemand Hilfe braucht. Das ist wirklich keine geheime Shinanim-Sache, die ich euch nicht sagen will.»

«Du hast dich schon zweimal in einen Wolf verwandelt. Du kannst jetzt auch die Seelen spüren, die sich auf den Weg zur Welt der Toten machen», sagt Thursen. «Das hat mit den Shinanim nichts zu tun, das ist Werwolfswissen. Ich hätte allerdings nicht gedacht, dass das auch bei einem von euch funktioniert.»

Ich habe ein Papiertaschentuch und gebe es Edgar, der dem fremden Mädchen damit den Mund abwischt.

«Ich soll Seelen spüren?», fragt Edgar. «Weil ich zum Werwolf werde? Könnt ihr das alle auch?»

«Manchmal», sagt Thursen. «Was meinst du, wie Zrrie sonst Seddram finden konnte?»

Edgar betrachtet die junge Frau in seinen Armen. «Sie wollte wohl auch nicht mehr leben. Macht ihr sie jetzt auch zu einem Wolf?»

«Wenn sie das will», sagt Irudit. Sie beugt sich über die immer noch halb bewusstlose Frau und rümpft die Nase, weil sie dem sauer stinkenden Erbrochenen so nahe kommt. Irudit rüttelt sie an der Schulter, damit sie antwortet. «Warum wolltest du dich umbringen?»

«Sterbe ich jetzt?», murmelt die Fremde.

«Nein», beruhigt Edgar sie. «Erst mal nicht.»

«Wo ist er?» Sie sieht sich suchend um. «Hat er mich gefunden?»

«Wer?», fragt Irudit.

«Mein Freund. Er wusste doch, wo ich hinwollte! Das ist unser Platz. Hier haben wir uns im letzten Sommer das erste Mal geküsst. Er hat mich gefunden, nicht wahr?»

Edgar seufzt. «Nein, tut mir leid, du warst ganz allein.»

«Nein!» Tränen strömen ihr über die Wangen. «Ich will das nicht mehr. Ich kann einfach nicht mehr, aber das interessiert ja keinen! Meine Eltern lassen sich scheiden, und mein Freund ist auch nie da, hängt immer nur mit seinen Kumpels ab. Ich habe gedacht, wenn ich genug von dem Zeug hier schlucke, dann kapiert er endlich, wie dreckig es mir geht!»

«Dir geht es wirklich schlecht, nicht?»

Sie nickt. «Ich dachte, er sucht mich. Aber er ist nicht gekommen, verstehst du? Er ist einfach nicht gekommen.» Nach einer kleinen Pause, in der sie sich die Tränen mit zitternden

Händen von den Wangen reibt, flüstert sie: «Mir ist so furchtbar kalt!»

Sie ist kaum zu verstehen. Das mit der Kälte muss sie nicht sagen. Ihre Zähne krachen in schnellem Flamenco-Rhythmus aufeinander.

Edgar zieht seine Jacke aus und legt sie ihr um. «Wir sind da. Erzähl weiter.»

«Ich sterbe doch, nicht? Ich wollte doch gar nicht sterben! Ich war nur auf einmal so schrecklich unglücklich. Und dann hockten da die ganzen Krähen, mit ihren schwarzen Flügeln, die haben mich auch so traurig angeguckt.» Sie schluckt. «Er ist wirklich nicht gekommen?»

«Nein», sagt Thursen. «Aber hab keine Angst, wir kümmern uns ab jetzt um dich.»

«Wieso schon wieder eine, Thursen?», frage ich. «Erst Seddram und jetzt das Mädchen?»

«Es ist das Tor, Luisa. Es ist nicht richtig geschlossen, und seitdem drängen die ganzen bitteren Erinnerungen an die Toten in unsere Welt.»

«Und dann will Norrock das Tor ganz öffnen? Damit die Werwölfe Kraft bekommen, einen Shinan zu ermorden? Das ist doch nicht euer Ernst! Wie viele Menschen sollen sich denn danach das Leben nehmen?»

«Tut mir leid, wir sind nun mal nicht die Guten in diesem Spiel, Luisa! Das habe ich dir immer gesagt. Er da ...» Er nickt zu Edgar hinüber. «... ist einer von den Guten. Nur leider versuchen die Guten gerade, uns alle umzubringen. Erlaube also bitte, dass wir uns wehren!»

«Entschuldigt, wenn ich euer Techtelmechtel unterbreche», mischt sich Mauriks ein. «Verwandeln wir sie endlich? Wir können eine zusätzliche Kämpferin gerade jetzt gut brauchen.»

«Soll ich Edgar schon mal wieder fesseln?», fragt Polmeriak. «Du kannst das ja nicht mit deinem Arm, Thursen.»

«Nein!», sagt Thursen, hebt die gesunde Hand, um ihn zum Schweigen zu bringen, und sieht Edgar nachdenklich an. «Man hat dich also keine Eide schwören lassen?»

Edgar sieht zu ihm auf. «Nein.»

«Gut.» Thursen nickt. «Dann wirst du jetzt einen schwören. Du schwörst, dass du dieses Mädchen ins Krankenhaus bringst, so schnell wie möglich. Außerdem wirst du dafür sorgen, dass deine Leute frühestens in zwei Stunden rauskriegen, dass du noch lebst.»

Edgar schüttelt den Kopf. «Wie stellst du dir das vor, Thursen? Ich muss doch im Krankenhaus meinen Namen sagen. Und die in meinem Orden –»

Thursen unterbricht ihn erneut. «Danach kannst du erzählen, was du willst.» Als Thursen merkt, wie Edgar zögert, grollt er. «Schwöre, oder wir fesseln dich an den nächsten Baum, und sie stirbt hier draußen mit dir. Sie hat zwar gekotzt, aber sie hat garantiert noch genug Tabletten in sich, das kann ganz schnell gehen.»

Edgar guckt kampflustig. «Woher willst du das denn wissen?»

Thursen zuckt die Achsel. «Ich habe meine Mutter ein paarmal so gefunden. Bevor sie sich endgültig ins Jenseits befördert hat.»

Ich kenne ihn gut genug, um zu wissen, dass er längst nicht so ruhig und unbeteiligt ist, wie er tut. Das zu erzählen, kostet ihn Überwindung, die er hinter der gleichgültigen Fassade verbirgt. Wieder einmal bewundere ich seinen selbstlosen Mut.

Der trotzige Ausdruck auf Edgars Gesicht verwischt im nächsten Atemzug. Er steht auf und hebt das Mädchen auf seine Arme. «Ich schwöre es dir, Thursen», sagt er. Und daran, wie Irudit und Mauriks blinzeln und sich wegdrehen, merke ich, dass in seinem Blick diesmal das Feuer der Shinanim flackert.

Er ist ein Shinan. Er sagt, er sei nur Edgar. Doch jetzt, wo er mit dem Mädchen auf dem Arm den Werwölfen ohne jede Angst gegenübersteht, entschlossen zu helfen, sehe ich seine Engelsmacht zum ersten Mal ganz deutlich. Das Mädchen scheint für ihn nicht mehr zu wiegen als eine zusammengerollte Decke. Er hätte fliehen und die Werwölfe abhängen können, mühelos. Wie konnte ich ihn so unterschätzen?

Zrrie geht es wohl genauso. Sie wird Mensch und schlingt ihm die Arme um den Hals. Wortlos und eine Sekunde lang nur.

«Viel Glück!», sage ich.

«Ich ...» Er zögert. «Nein. Bei dem, was ihr vorhabt, kann ich dir wohl kaum auch viel Glück wünschen, oder?»

Polmeriak und Glowen umarmen sich ebenfalls.

«Wir sehen uns am Tor!», sagt Glowen.

«Versprich mir, dass du da sein wirst!», erwidert Polmeriak.

«Klar, was denkst du denn, Bruder?»

Ich suche Thursens Blick. Führe uns gut, denke ich. Lass sie das Versprechen halten.

Dann trennen sich unsere Wege. Edgar trägt mit langsamen, vorsichtigen Schritten die junge Frau weg, die zitternd und mit geschlossenen Augen ihre Stirn an seine Schulter lehnt. Und wir, wir teilen uns auf und laufen los.

Glowen und Rawuhn springen voraus. Wir folgen den Wölfen. Thursen joggt neben mir, seine Schritte im gleichen Rhythmus wie meine. Ich höre seinen Atem. Unsere Schritte sind weich und leise, doch die Wolfspfoten vor und hinter uns sind fast unhörbar. Krähen, die allgegenwärtigen Krähen begleiten uns wie stumme Schattenflecken im Mondlicht, ausgerissen aus schwarzem Papier.

Als wir uns umdrehen, sehen wir, wie Norrock, Polmeriak und Rieke in die andere Richtung laufen. Wenn man es nicht besser weiß, könnte man denken, da joggt eine junge Frau mit ihren zwei schwarzen Hunden. Treu laufen sie bei Fuß, einer rechts, einer links. Bis sie verschwunden sind und nur noch die Fußabdrücke im Schnee zurückbleiben.

Wir laufen weiter, wieder nach Westen. Der Plan ist Irrsinn. Irrsinn, wie alles in den letzten Tagen. Doch alles andere wäre noch tödlicher. Eisluft fließt mit jedem Atemzug in meine Lungen und einen Schritt später wieder heraus. Trotzdem beginne ich unter meiner Kleidung zu schwitzen.

Mauriks läuft voraus und wechselt Irudit an der Spitze ab. Sie lässt sich zurückfallen, trabt neben Glowen und Roff und hat einen Blick auf Seddram, der die Wolfsgestalt hundertmal besser hält, als ich vermutet hätte. Will er sich nie mehr zurückverwandeln? Weiß er, dass dies möglicherweise das Ende ist? Vielleicht ist es ihm egal, schließlich wollte er sterben. Vielleicht aber hat auch der Wolf schon alle Erinnerung daran in ihm ausgelöscht.

Die Werwölfe sind entschlossen, wenn schon, dann auf ihre Weise zu sterben. Sie werden nicht warten, bis Vittorios Leute sie aufgespürt haben und ihrem Leben ein Ende setzen. Norrocks und Thursens Plan ist ganz einfach. Wenn die Shinanim uns jagen, werden sie uns früher oder später finden und töten. Also hören wir auf, Gejagte zu sein und werden zu Jägern. So haben wir wenigstens eine kleine Aussicht auf Erfolg. So winzig sie auch sein mag.

Thursen neben mir stolpert, fängt sich und ist einen Schritt später wieder im Gleichklang mit mir. Wir tauschen einen kurzen Blick. Wir sind nicht mutig. Wir tun nur, was zu tun ist, und denken nicht über die Folgen nach. Vielleicht sind wir auch wirklich verrückt.

Wir müssen kaum den Wald verlassen. Das ist gut, denn die Stadt ist mir fremd geworden. Ich kann nicht unter Menschen sein, nicht an Ampeln stehen bleiben und nicht Radfahrern ausweichen. Nicht jetzt. Der Wald begleitet uns fast bis zum Ziel. Zwei kleine stille Straßen nur müssen wir überqueren, dann sind wir da. Wir zwängen uns durch den Zaun, leise und unsichtbar. Thursen zerbeißt einen Schmerzenslaut, als er versucht, sich mit seinem rechten Arm abzustützen. Er ist verletzt, immer noch verletzt. Wie soll er da kämpfen?

Das Haus der Shinanim schickt den Glanz seiner erleuchteten Fenster zu uns herüber. Das Gerüst, an dem Haddrice und ich heruntergeklettert sind, steht tatsächlich immer noch da. Geduckt huschen wir mit den Wölfen hinüber an die Hauswand und hoffen, dass uns keine Kameras gesehen haben. Denn so ein teuer erbautes Haus hat sicher auch außen Überwachungskameras, oder? Thursen gibt uns mit einer Handbewegung das Zeichen, unter dem Gerüst zu warten. Direkt vor uns führt eine Leiter auf die nächste Ebene. Einige der Wölfe werden zu Menschen, damit wir uns absprechen können. «Wie kommen wir hinein?», flüstere ich.

«Ganz einfach», sagt Mauriks, nimmt ein paar Schritte Anlauf, packt eine der Stangen des Gerüstes und schwingt sich, Füße voraus, durch das Fenster. Es kracht, klirrt, Scherben regnen. Ohne Zögern folgen die Wölfe und springen durch die Öffnung in der Fensterscheibe ins Haus.

Thursen hält mich zurück. «Du solltest», beginnt er, verstummt und drückt mich mit dem gesunden Arm an sich. Keine Zeit mehr zum Streiten. Er weiß so gut wie ich, dass ich nie im Leben draußenbleibe, wenn er da hineingeht. «Bleib einfach bei mir, ja?», sagt er.

«Immer», verspreche ich. Keine Zeit für Küsse. Thursen umwickelt sich die Hand mit einem Putzlappen, greift durch das scherbengezackte Loch und öffnet den Fensterflügel. Rasch über das Fensterbrett, dann sind auch wir drin.

56. Elias

VERSTÄNDNISLOS drehe ich mich zu Esther um. «Es gibt Bedenken? Ich dachte, die Bundeslade wäre längst auf dem Weg hierher!»

«Das haben wir auch gedacht! Lass mich die Botschaft lesen!» Vittorios Assistentin tritt zu mir an den Computer, der Bildschirm ist bereits wieder schwarz. Sie blickt in das Sensorfeld für die Retinakontrolle und nachdem der Computer ihren Augenhintergrund identifiziert hat, kann sie die Zeilen ebenfalls lesen. Es ist ein umständlich formuliertes Schreiben und im Namen von Rom, Mekka und Jerusalem unterzeichnet. Kein Mensch dürfe das Heiligtum berühren. Die Bundeslade werde daher das geheime Versteck, in dem sie bereits viele Jahrhunderte sicher verwahrt wird, nicht verlassen. Und außerdem, das folgt in einem Nachsatz, sei sie zum Schutz der Gesetzestafeln da und nicht zum Angriff auf Dämonen.

«Du weißt vermutlich, wozu er das Heiligtum wollte, Elias?»

«Ja», antworte ich vorsichtig, denn ich weiß nicht, wie weit sie Vittorio eingeweiht hat.

«Vittorio wollte die Finsternis dieser Welt mit dem unerschöpflichen Licht des Heiligtums vertreiben! Wie können sie ihm in dem Kampf, den er zu führen hat, die einzig taugliche Waffe verwehren?» Esther drückt die Löschtaste und schaltet den Computer aus. Sie legt mir die Hand auf die Schulter. «Wir müssen es ihm sofort sagen! Niemand aus dem Haus darf davon erfahren!»

Genau das wiederholt Vittorio ein paar Minuten später, als er, seinen Wintermantel über dem Arm, auf einen Stuhl sinkt. «Niemand darf davon erfahren!»

«Wir können es uns nicht leisten, unsere Leute zu entmutigen!», stimmt Esther ihm zu. «Ich kenne einflussreiche Persönlichkeiten in Israel, die ich entsprechend beeinflussen kann. Ich werde mich darum kümmern, dass die Ablehnung aufgehoben wird.»

«Und mir schuldet jemand im Vatikan noch einen Gefallen», sagt Jordan. «Vielleicht ist es Zeit, den einzufordern.»

«Gut. Esther, du und Elias, ihr setzt euch mit Israel in Verbindung. Jordan, du sprichst mit deinem Kontakt im Vatikan. Felicity und ich werden überlegen, was wir derweil als Waffe gegen die Wölfe einsetzen können.»

«Sollten wir nicht lieber erst einmal abwarten, bis alles geklärt ist?», frage ich. Dann könnten die Werwölfe vielleicht wirklich entkommen.

Felicity schüttelt den Kopf. «Wir haben keine Zeit. Wir werden das Heiligtum erhalten. Wir haben schon ganz andere Dinge möglich gemacht, Elias.»

Esther steht bereits in der offenen Tür und wartet, dass ich sie begleite. Ich trete ganz dicht an Vittorio heran und spreche so leise, dass nur er mich hören kann. «Vielleicht wollen unsere Gegner gar nicht kämpfen?»

«Hör auf, dir etwas vorzumachen, Elias», antwortet Vittorio ebenso leise.

«Wir werden sehen, wer recht hat.» Ich nicke Vittorio zu und verlasse hinter Esther sein Büro.

Wir haben gerade den Kommunikationsraum erreicht, da erwacht unser Alarmsystem mit lautem Heulton zum Leben.

57. Luisa

JEMAND hat den Alarm ausgelöst! Kaum sind wir durchs Fenster hindurch im ersten Zimmer, erfüllt ein an- und abschwellender Heulton das riesige Gebäude. Jetzt haben wir keine Chance mehr, unseren Plan heimlich auszuführen und unbemerkt zu verschwinden. Das unerträgliche Getöse flutet die Räume wie Meereswellen, die wieder und wieder an den Strand branden.

«Was jetzt?», flüstere ich und sehe mich hektisch nach einem Fluchtweg um. Die Wölfe sind schon weiter.

Thursen legt mir seine Hand auf den Rücken. «Jetzt müssen wir uns beeilen», raunt er. Gemeinsam laufen wir durch das Zimmer, hinaus auf den Gang. Immer noch Alarm. Alles ist in grelles Licht getaucht.

«Dachtest du wirklich, die Shinanim machen es uns so einfach?», fragt Thursen.

Da vorne sind unsere Wölfe! Mauriks lässt gerade einen Shinan zu Boden fallen. Ohnmächtig bleibt er liegen. «Wo lang jetzt?», fragt Mauriks. Sieht mich an. Meint er, ich kenne hier jeden Gang? Ich bin in einer Kiste hineingetragen worden und über das Dach geflüchtet!

«Wohin wir müssen? Fragen wir mal.» Thursen grinst, wie ich es sonst nur von Norrock kenne. Hinter dem Empfangstresen steht ganz allein ein junger Mann, der uns mit schreckgeweiteten Augen ansieht. Bestimmt ist er ein Shinan, doch in seiner Angst wirkt er kein bisschen übermenschlich. Verfluchter Alarm, der in unseren Ohren gellt. War er es, der ihn ausgelöst hat? Mauriks greift den Shinan am Kragen und zieht ihn mit einer einzigen Bewegung über die Theke. Hat Norrock inzwischen das Tor geöffnet und schickt den Werwölfen Kraft? Wie kann Mauriks sonst so etwas fertigbringen?

«Wo ist Vittorio?», fragt Thursen.

«Er ist zurzeit nicht in seinem Raum, er ist –», beginnt der Unglückliche.

«Wo?», knurrt Mauriks, laut genug, um den Alarm zu übertönen. Er lässt sein Schattenfell und seine Wolfszähne aufblitzen und dreht seine Hand am Kragen um, sodass dem Shinan die Luft abgeschnürt wird. Der rudert mit den Armen. Versucht er etwa, Mauriks mit seinen Feuerhänden zu verbrennen? Irudit, ganz Wölfin, springt mit einem Satz auf die Theke und knurrt dem Opfer mitten ins Gesicht.

Das reicht offenbar. «Treppe. Ganz nach oben», stottert der Shinan. «Links.»

Thursen lächelt ein zufriedenes Wolfslächeln. «Welche Tür?»

«Da ist ein Bild … die dritte Tür … rechte Seite.»

«Danke vielmals!» Mauriks schlägt auch diesen Shinan k. o., ein leichter Klopfer mit der Faust, mit nicht mehr Kraft, wie es scheint, als andere Leute aufwenden, um ihr Frühstücksei zu öffnen. Als Mauriks ihn loslässt, sackt der Shinan zu Boden und bleibt dort liegen. Die ersten Wölfe sind schon die Stufen hinauf. Immer noch heult der Alarm.

Und dann ist es auf einmal wieder still. Doch der Alarm hat nur seine Gestalt geändert. Statt Lärm empfangen uns Warnleuchten. Orangegelbe Blinklichter verwandeln die Flure in gespenstische Höllenszenarien. Ein Gitter wächst vor uns aus der Wand, will die Treppe absperren. Mauriks und Glowen werfen sich dagegen und halten die Gittertür offen, bis wir hindurch sind. Zur nächsten Treppe. Aufwärts. Irudit ist an der Spitze, jagt die Stufen hinauf. Hinter uns verschließt sich der Rückweg mit metallischem Klicken. Ich keuche, doch ich halte Schritt. Schnell, schnell, bevor die Shinanim kapieren, was los ist, oder wir kommen hier nie wieder lebend heraus.

Da eilen uns auch schon die ersten Shinanim entgegen. Werden nicht aufgehalten, nicht bekämpft, sondern einfach weggestoßen. Die Werwölfe vor uns werfen die Shinanim zur Seite, als wögen sie nichts. Wir stoppen nicht.

Aus den Seitengängen dringen Schreie, Gebrüll. Und da ist der Geruch von Blut hinter uns. Shinanim-Blut. Als Mauriks, Glowen und Irudit unsere Angreifer aus dem Weg räumten, sind sie gegen die steinernen Wände geprallt. Rawuhn, Jerro und Fath haben mit den Zähnen zugefasst und sie auf den Boden geschleudert. Aus den Seitengängen kommen immer mehr, greifen nach uns. Wir bleiben nicht stehen, wir laufen weiter. Schnell jetzt!

Vier Shinanim kommen uns entgegen, die anders sind, nicht hektisch und kopflos. Sie kommen uns entgegen, ganz nah nebeneinander, Ellenbogen an Ellenbogen. Die Flammenhände erhoben, greifen sie uns an wie Gottheiten aus heidnischer Zeit. Feuerschleppen hinter sich her ziehend und viel zu schnell für Menschen eilen sie uns entgegen. Das ist kein Kampf, so muss der Weltuntergang aussehen. Die Apokalypse, wenn die Engel die Welt vernichten. Hinter uns das Blut und die Schreie, und vor uns eine Schar wütender Engel, aus deren Händen Flammen lodern.

Erschreckt bleiben wir stehen, drängen uns zusammen. Irudits Augen sind genauso angstgeweitet wie meine.

Auf einmal ist Thursen an der Spitze. «Weiter!», brüllt er. «Ihr habt die Kraft, die durch das Tor zu euch dringt! Macht uns den Weg frei!»

Alle, die eben noch Menschengestalt hatten, tragen jetzt Fell. Wilde, wütende Wölfe werfen sich den Engelskriegern entgegen. Bisse, Knurren. Einer der Shinanim reißt im Fallen einen Leuchter von der Wand. Ich versuche, auszuweichen, drücke mich mit dem Rücken an die Mauer. Nein, ich kann nicht kämpfen, aber Thursen kann es. Seine Tritte schicken einen der Shinanim zu Boden. Ich brauche irgendetwas als Waffe! Als ich mich hastig bücke, um den abgebrochenen Wandleuchter aufzuheben, ist es auf einmal vorbei. Schnell wie sie gekommen sind, verschwinden die Angreifer wieder. Die Luft im Gang riecht nach verbranntem Fleisch. Verletzte Wölfe jaulen. Ich suche Thursens Blick und finde fast so etwas wie ein Lächeln. Grimmig. Die Shinanim sind weg, doch sie werden wiederkommen. Wir haben vielleicht noch ein paar Minuten.

Die von uns, die können, laufen weiter. Um eine Biegung und den nächsten Gang entlang.

Da steht jemand, eine einzelne Shinan, vor einer Tür. Ist das Vittorios Zimmer, das sie bewacht? Da ist ein Geräusch, wie Regentropfen auf einem Glasdach klingt es. Eine Art leises Trommeln. Was ist das? Ich zögere, doch Thursen zieht mich mit sich. «Schnell», sagt er. «Sie kommen. Hörst du die Schritte nicht?»

Schritte? Das Regentropfentrommeln sind Schritte? So viele?

Die anderen scheinen es ebenfalls zu hören, denn sie werden schneller. Die Wächterin vor der Tür starrt uns an, höchstens halbherzig kampfbereit. Das goldgerahmte Bild des Engels mit dem Drachen, nehme ich kaum wahr, denn Irudit rennt an Thursen vorbei auf die Shinan zu, drückt ohne zu stoppen deren Kopf mit der ausgestreckten Hand so heftig nach hinten, dass der Kopf neben dem Bilderrahmen gegen die Wand knallt. Die Shinan verdreht die Augen und sackt ohnmächtig im Gang zusammen.

Mauriks versucht, die Tür zu öffnen. Verriegelt, natürlich. Kein Schloss. Neben der schweren Holztür ist ein Sensorfeld. Sollen wir die Hand der ohnmächtigen Shinan …?

Doch Glowen und Mauriks nicken sich zu, nehmen zwei Schritte Anlauf und werfen sich gleichzeitig mit den Schultern gegen das Türblatt. Da bricht die Tür krachend auf. Holzsplitter ragen aus dem Rahmen, wo die Verriegelung saß.

Drei Shinanim sind in dem Zimmer. Sind da noch mehr? Kann sich irgendwo jemand verstecken? Mein Blick schweift durch den Raum: ein Schreibtisch, Stühle, Computer, noch mehr Bilder, ein weißer Wandbehang mit gesticktem Symbol, ein Fenster. Nichts, wohinter die Shinanim Waffen oder Wächter verbergen könnten.

Mauriks packt den Mann am Computer, Glowen die dunkelhaarige Frau, die vor dem Wandbehang steht. Ich renne zur Tür, schlage sie zu und lehne mich von innen dagegen. Wir sind sicher. Zumindest für eine winzige Weile. Mein Blick sucht Thursens. Doch der steht vor dem dritten Mann und zielt ihm mit einer Pistole mitten ins Gesicht. Woher hat er eine Pistole?

«Ich bin Thursen», sagt er. «Ihr habt sicher von mir gehört.»

Der Mann wendet den Blick nicht von der Pistolenmündung und nickt. «Gut. Wo ist Vittorio?» Thursens Stimme ist ganz leise und so kalt, dass ich eine Gänsehaut bekomme. Schießt er jetzt?

Der Mann wendet den Blick von der Pistole zu Thursen. «Vittorio ist nicht hier.»

«Wo ist er dann?», brüllt Thursen. Verliert für einen winzigen Moment die Nerven. Ich weiß, Thursen wird dieses verdammte Gebäude Raum für Raum durchsuchen, bis wir Vittorio gefunden haben. Oder bis die Shinanim uns töten.

Zu spät. Die Shinanim haben uns schon. Die Tür hinter mir fliegt auf, ich werde zu Boden geschleudert. Zwei von ihnen stehen im Raum. Irudit stürzt sich auf die Frau im Kostüm und packt sie. Ich rapple mich hoch und starre den großen blonden Mann an, starre genau in Elias' eisblaue Augen. Eben noch die Hand zum Angriff erhoben, nimmt ihn mein Blick genauso gefangen wie mich seiner. Einen Augenblick scheint es, als wenn die Zeit um uns einfriert. Schmerz, Enttäuschung liegen in seinem Blick, und noch etwas. Doch bevor ich herausfinden kann, was es ist, zerspringt unsere Zeitblase.

Thursen dreht sich in einer schnellen Bewegung und legt die Waffe an Elias' Schläfe. «Sag ihnen, es endet hier. Gib uns Vittorio, oder du stirbst!», raunt Thursen, mein Thursen, Elias zu.

«Euch Vittorio ausliefern? Niemals, ihr Höllenbrut! Eher sterben wir!», ruft die Frau und kämpft sich mit einem Ruck aus Irudits Umklammerung frei. Irudit hat sie noch an ihrer Kleidung gepackt, da legt die Shinan in einer blitzschnellen fließenden Bewegung die Hände zusammen und lässt eine Flamme entstehen. Unterarmlang ist der Feuerstreif, der wie ein glühendes Schwert durch die Luft zischt, herab auf Irudit.

In dem Moment, in dem Irudit fällt und die Shinan sich Mauriks zuwenden will, um auch ihn mit ihrem Feuerschwert zu treffen, kracht es entsetzlich. Ein kleiner roter Fleck wächst auf ihrer Brust. Thursen hat der Shinan durch die Brust geschossen. Sie fällt neben der toten Irudit zu Boden. Der Grillgeruch von Irudits verbrannter Haut gemischt mit dem scharfen Geruch nach Silvesterböller lässt mich würgen.

«Irudit», krächzt Mauriks. Der Shinan, den Mauriks umklammert hält, nutzt den Moment und befreit sich mit einem Ruck aus Mauriks' Griff. Mit flackernden Händen macht er einen Schritt auf Thursen zu.

«Das war ernst gemeint», sagt Thursen, die Waffe schon wieder an Elias' Schläfe. Ganz ruhig sagt er es. Todernst. Ich habe bisher noch nie jemanden töten sehen. Und jetzt hat nicht nur die Shinan-Frau, jetzt hat auch Thursen vor meinen Augen ein Leben beendet. Das Schlimmste ist: Ich kann ihn verstehen. Es geht um das Leben der Werwölfe. Wir sitzen in der Falle. Wir sterben oder die Shinanim. In was für eine Welt sind wir nur geraten?

«Genug», befiehlt Elias. «Bitte, Jordan, es wurde schon genug getötet.»

«Der Nächste wärst du gewesen», sagt Thursen zu Elias.

Elias dreht den Kopf, obwohl die Waffe auf seine Stirn zeigt. Sieht Thursen an. «Wieso bist du nur hergekommen, Thursen?»

«Wo ist Vittorio?», fragt Thursen. «Bring mich zu ihm. Zwing mich nicht zu schießen, Elias.»

Elias schweigt, als würde er abwägen, wie viel sein Leben wert ist. Dann sagt er: «Nimm deine Wölfe und verschwinde von hier, Thursen, schnell!»

«Wenn du ihn erschießt, wie viel Schuss hast du dann noch, Thursen?», fragt Mauriks.

Thursen antwortet nicht. Er sieht Elias in die Augen und scheint dort eine Botschaft zu finden, die ich nicht verstehe. Dann, als habe er das Rätsel gelöst, nickt Thursen. «Wir gehen, aber wir nehmen dich mit, Elias. Ab jetzt bist du unsere Lebensversicherung.» Er spricht lauter, damit der Mann, den Elias Jordan genannt hat, und die Frau, die Glowen festhält, ihn auch hört. «Wenn deine Leute uns verfolgen oder angreifen, töten wir dich, ohne zu zögern.»

Thursen lässt Elias vor sich in den Gang hinaustreten. Wir folgen ihnen, vorbei an Irudit und der toten Shinan. Jordan und die Frau lassen wir bei den Toten zurück.

Die Shinanim in den Gängen erstarren, als sie Thursen sehen, der Elias die Pistole an den Kopf hält. Niemand muss ihnen erklären, was das bedeutet. Keiner von ihnen wagt, irgendeine Bewegung zu machen, die wir als Angriff deuten könnten. Ohne ein Wort von uns lassen sie den Wolf frei, den sie mit Silberlanzen in eine Ecke gedrängt hatten. Ich atme auf. Rawuhn lebt.

Seddram lehnt mit verzerrtem Gesicht an der Wand und hält sich die verbrannte Schulter. Als wir bei ihm sind, schließt er sich uns an. Auch ihn hält niemand auf. Unbehelligt von den Shinanim steigen wir eine Treppe hinab, weiter, den Flur entlang. Offenbar hat sich herumgesprochen, dass wir eine Geisel haben. Vielleicht auch, dass Thursen es ernst meint und bereits eine Shinan erschossen hat. Zwischen den Wänden hängt eine fast unwirkliche Stille. Kein Laut.

Doch. Doch ein Geräusch. Jemand wimmert, ganz leise. Da liegt eine der Shinanim auf dem Boden. Niemand ist bei ihr, der ihr helfen würde.

«Chiara?», fragt Elias, das Entsetzen in seiner Stimme.

Ist das da mit dem blutverschmierten Gesicht wirklich Chiara? Chiara, die auch in der Wohngemeinschaft lebte?

Auf einmal schießt von hinten ein Wolf heran. Schlägt gierig seine Zähne in Chiaras Unterschenkel, dass das Blut auf den Marmorboden tropft. Die Shinan stöhnt auf, jammert, windet sich, aber ist zu schwach, um sich zu wehren.

«Seddram!», knurrt Thursen und versetzt dem Wolf einen Tritt. Der wird Mensch, richtet sich auf. «Entschuldigung, das war wohl der Geruch», murmelt er und wischt sich mit dem Handrücken Chiaras Blut aus den Mundwinkeln.

«Ihr fresst Menschen? Was seid ihr nur für Bestien!», stößt Elias hervor.

«Weiter!», befiehlt Thursen und zwingt Elias an Chiara vorbei. «Und Mauriks, sieh zu, dass Seddram sich benimmt, oder wir lassen ihn zurück.»

Hinter der nächsten Ecke finden wir Zrrie, schrecklich verdreht und verbrannt liegt sie da. Ist sie tot, die kleine Wölfin? Ich renne zu ihr und knie mich neben sie. Sie ist nicht tot, sie atmet. «Zrrie?», rufe ich, Verzweiflung in der Stimme, nicht auch noch Zrrie! Ich will sie anfassen, wach rütteln, doch ich weiß nicht, wo ich sie anfassen kann, ohne ihren Schmerz zu vergrößern. Hilfesuchend sehe ich mich um. Thursen, die Waffe im Anschlag, lässt die Werwölfe weitergehen, Elias einen Schritt vor ihm.

«Zrrie lebt noch!», rufe ich. «Helft mir doch endlich!»

Elias bleibt stehen, und diesmal lässt Thursen es zu. Ein Blick von Thursen schickt Mauriks an meine Seite. Gemeinsam richten wir Zrrie auf. Sie schreit, als wir sie bewegen, ein qualvoller Laut zwischen Wolfsjaulen und Menschenschrei. Zittern läuft über ihr Fell, aber wenigstens lebt sie. Ihr Arm, nein, jetzt ist es ihr Vorderbein, kommt zum Vorschein, als wir sie vorsichtig drehen. Es ist durchbohrt, vermutlich von einer der Lanzen, und blutet stärker, jetzt, wo sie nicht mehr darauf liegt.

«Ich brauche etwas zum Abbinden!», rufe ich Thursen zu. Er wirkt grau unter der Verantwortung. Als keiner der Werwölfe reagiert, zieht Elias wortlos ein goldenes Band aus der Hosentasche und wirft es mir vor die Füße. Ich schlinge es um Zrries Vorderbein. Roff kommt aus einem der Seitengänge angehumpelt, das Fell blutverklebt, den Schwanz gesenkt. Er verlässt seine Wolfsgestalt, als er uns sieht. «Silberlanze», knurrt er heiser und zeigt auf ein braunrot verkrustetes Loch in seiner Seite. Mauriks läuft ihm entgegen und stützt ihn. Ich verknote das Goldband, der Blutfluss stoppt tatsächlich. Aus einem Seitengang kommen fünf Shinanim auf uns zu und verharren reglos, als sie Elias in unserer Gewalt sehen. Sie bringen altmodische doppelläufige Gewehre in Anschlag. «Das hier sind Silberkugeln!», ruft einer der Shinanim. «Genug für jeden von euch. Lass Elias frei!»

«Glaubt mir, ich schieße vor euch!», sagt Thursen und wirft den Schützen über Elias' Schulter hinweg einen Blick zu. Ich erinnere mich wieder daran, wie viel Angst er jemandem machen kann, wenn er es darauf anlegt. Einfach nur durch seinen intensiven Blick und die heisere, drohende Stimme.

«Nicht schießen!», sagt Elias.

«Wir können uns nicht von diesen Kreaturen erpressen lassen!» Spannung knistert, als würde die Luft gleich zerbersten. Es reicht ein Shinan, der sich nicht an die Anweisungen hält, und keiner kommt hier lebend raus. Jedenfalls keiner von uns.

Langsam senken sie die Gewehre.

«Das reicht, lasst uns abhauen!», sagt Mauriks und hebt Zrrie auf seine Arme. Beginnt zu laufen. Ihr Gesicht mit vor Schmerz zusammengekniffenen Augen liegt an seiner Schulter.

Doch nach ein paar Metern stoppt uns die Gittertür, die

den Weg die Treppe hinunter versperrt. Nein, diese Gitter kann niemand aufbrechen.

«Los, öffne die Tür», sagt Thursen zu Elias.

«Dazu braucht man spezielle Sicherungskarten, die nur Ratsmitglieder haben», ruft einer der bewaffneten Shinanim. Sie kommen langsam hinter uns her.

«Mach!», flüstert Thursen Elias zu.

«Elias kann das nicht allein! Die Sicherheitsverriegelung ist nur mit zweiter Gegenkarte zu öffnen. Hier endet eure Mordtour!», kommt es von hinten. «Lasst Elias gehen und gebt euch in unsere Hände. Wir können euch helfen, die Dämonen zu besiegen!»

Statt einer Antwort schießt Thursen mehrmals über seine Schulter hinweg, ohne zu zielen, in die Richtung der anderen Shinanim. Es knallt furchtbar, der Schall wird zwischen den Marmorwänden hin und her geworfen, und eins der Engelgemälde fällt zerlöchert von der Wand.

«Dann besorgt eine Gegenkarte!», brüllt Thursen, dessen Nervosität langsam Wut wird. «Ihr habt genau eine Minute, dann kriegt Elias die erste Kugel in den Fuß! Und mit jeder Minute, die es dann noch dauert, ziele ich ein Stück höher.»

«Bleib ruhig, Thursen. Wir eingeweihte Mitglieder des höchsten Rates haben spezielle Karten, die so ein Tor allein öffnen», sagt Elias. Wie kann seine Stimme in all dem Schrecklichen so sanft klingen? So friedlich? Elias greift in seine Tasche, ganz langsam. Wahrscheinlich ahnt er, dass Thursen mittlerweile so weit ist, tatsächlich bei einer falschen Bewegung abzudrücken. Dann schiebt Elias eine Plastikkarte durch den Schlitz bei der Tür.

Tatsächlich fährt das Gitter sanft surrend in die Wand zurück, und wir können weitergehen. Nur noch die Treppe hinunter und durch die Halle.

Kurz vor dem Eingang stoßen wir auf Jerro und Fath, die nebeneinander auf dem breiten Läufer liegen. Ich erkenne sie nicht in ihrer menschlichen Gestalt, doch sie müssen es sein. Sie sind keine Shinanim, und sie sind tot. Verbrannt und mehrfach durchbohrt von Silberlanzen liegen sie auf dem Teppich, der mit Blut vollgesogen ist. Zwei Shinanim mit zerbissenen Kehlen leisten ihnen Gesellschaft.

«Nicht stehen bleiben», drängt Thursen, als Elias beim Anblick der toten Shinanim leise ihre Namen murmelt.

Glowen und Seddram stoßen die breite Eingangstür auf, Elias geht weiter voraus, wir folgen Thursen, dann haben wir es endlich hinaus aus dem Gebäude geschafft. Zrrie erwacht in der Kälte draußen und beginnt sich in Mauriks' Armen zu regen. Als er sie absetzt, steht sie zitternd und benommen auf ihren eigenen Pfoten. Sie scheint erst jetzt zu bemerken, dass wir Elias, einen Shinan, bei uns haben. Mit gesenktem Kopf und gesträubtem Fell knurrt sie drohend. Sie kann laufen, wenn auch das Bein, das ich mit dem Goldband abgebunden habe, ihr Gewicht noch nicht zu tragen scheint.

«So, ihr seid draußen.» Elias hebt vorsichtig seine Hand und zeigt auf die Pistole. «Kannst du die vielleicht jetzt endlich runternehmen?»

Thursen senkt die Waffe nicht. «Nein, Elias. Wenn wir bei Vittorio sind.»

«Ich habe euch da lebend rausgebracht! Obwohl ihr Esther erschossen habt. Reicht das nicht?» Abscheu lässt ihn die Augen ganz schmal zusammenkneifen.

«Sieh dir die Wölfe an, Elias, sieh sie dir ganz genau an. Wenn du uns nicht hilfst, bist du schuld am Tod der letzten Werwölfe. Und an deinem natürlich auch.»

«Ach hör auf, Thursen. Tu doch nicht so, als hätte ich eine Wahl! Du bist der mit der Pistole.» Er geht über den verschneiten Hof, doch nicht zur Eingangspforte, sondern zu einer breiten Tür in einem der grauen Nebengebäude. «Ich schließe jetzt auf, Thursen», sagt er und fischt mit der einen Hand einen Schlüssel aus seiner Tasche, während er die andere erhoben hält wie in einem Westernfilm. «Nicht dass du aus Versehen schießt.»

«Was soll das?», fragt Thursen.

«Ich soll euch zu Vittorio bringen. Euch alle», sagt Elias. «Ich vermute, du kannst dir denken, wo er mittlerweile ist. Es sind ein paar Kilometer. Ich bin Shinan und kann eilen. Die Werwölfe können laufen. Aber was ist mit dir? Du und Luisa, ihr könnt euch nicht verwandeln. Glaubst du wirklich, ihr könnt Schritt halten mit uns, Thursen? Der Ort, zu dem wir jetzt gehen, ist nicht leicht zu erreichen, das weißt du besser als ich.» Elias hebt den rechten Flügel des sperrigen Tors etwas an und zieht ihn auf. Das Holz scharrt über den betonierten Vorplatz und schiebt den Schnee beiseite.

Dann geht Elias, von Thursen misstrauisch beobachtet, in die alte Garage hinein und holt ein Motorrad heraus. Eine schwarze hochbeinige Geländemaschine mit gefurchten Reifen. Elias hält das kleine Schlüsselbund hoch. «Der Zündschlüssel und noch ein Schlüssel für das Tor im Zaun, das in den Wald führt. Hier», sagt er und wirft Thursen das Schlüsselbund zu. Ist das ein Trick, damit Thursen die Pistole senkt? Weiß Elias, dass Thursen nur eine Hand benutzen kann? Wenn ja, fällt Thursen nicht darauf herein. Er hält die Pistole mit seiner gesunden Hand im Anschlag und lässt das Schlüsselbund vor sich in den Schnee fallen. Dann zeigt er Elias den rechten, verletzten Arm. «Gute Idee, aber ich kann so nicht fahren.»

«Ich aber», sagt Glowen, hebt den Schlüssel auf und schüttelt den Schnee ab.

«Du?», wundert sich Elias. «Hast du einen Führerschein?»

Sie lässt die Schlüssel leise klingeln. «Keine Ahnung. Ich bin ein Werwolf! Meinst du, ich kann mich an meine Fahrprüfung erinnern, wenn ich nicht mal mehr meinen Namen weiß? Es wird schon klappen.» Sie geht zu dem Motorrad, schwingt das Bein über den Sitz und schiebt den Schlüssel ins Zündschloss. «Einen von euch kann ich hintendrauf nehmen. Thursen?»

Thursen nickt und geht langsam, ohne Elias aus den Augen zu lassen, zu Glowen.

Ich laufe zu Thursen, achte darauf, ihm nicht in die Schussbahn zu kommen. Umarme ihn. Er versucht, mich mit der verletzten Hand an sich zu ziehen, und beißt vor Schmerz die Zähne zusammen. «Lauf in den Wald und versteck dich, Luisa», sagt er. «Da bist du sicher. Die Shinanim werden uns folgen.»

«Ihr lasst mich doch nicht hier?» Und ich weiß nicht, was aus ihm wird? «Ich bleibe nicht zurück! Tu mir das nicht an, Thursen!»

Elias schließt die Augen, als spräche er ein stummes Gebet. «Ich kann dich fahren, Luisa», sagt er dann.

«Manchmal hasse ich dich noch mehr als sonst, Elias», murmelt Thursen und folgt Elias mit der Waffe, als der ein weiteres Motorrad in schrillem Gelb aus der Garage rollt.

«Gut», sagt Thursen. «Ihr Wölfe lauft. Was ist mit Zrrie?»

«Hat drei gesunde Beine, das muss reichen», sagt Mauriks und grinst. Da drin im Haus liegt seine Freundin und ist tot! Werwölfe können Trauer so leicht verdrängen, dass es mir manchmal Angst macht.

«Luisa?», holt Thursen mich aus meinen Gedanken.

«Ja?»

«Komm, du musst die hier nehmen», sagt er mit einem kurzen Blick auf die Pistole. «Wenn du schon mitkommst, kannst du auch aufpassen, dass Elias uns nicht austrickst.»

«Ich? Das ist jetzt nicht dein Ernst.» Ich soll die Waffe nehmen, mit der Thursen die Shinan-Frau erschossen hat? «Ich kann das nicht.»

«Klar kannst du. Das ist eine Halbautomatik. Du machst den Finger krumm, und es knallt. Wenn du danebentriffst, versuchst du es noch mal. Nachladen geht von selbst. Ganz einfach.»

Hat er mich nicht richtig verstanden? «Ich kann nicht auf Elias schießen, Thursen.»

«Jemand muss es tun.»

«Dann fahr du bei Elias mit und mach das.»

Thursen schüttelt den Kopf. «Mein rechter Arm ist total kaputt, und den linken brauche ich, um mich festzuhalten. Entweder ich halte die Pistole und Elias kickt mich bei nächster Gelegenheit von der Maschine, oder ich halte mich fest und kann nicht schießen.»

Er hat recht, es gibt keinen anderen Weg. Ich strecke die Hand aus. «Gib her.»

«Die ist geladen und entsichert. Wenn er dich austrickst, drückst du ab. Nicht erst nachdenken, klar?»

Glowen startet den Motor und schaltet das Licht an. Ich nehme Thursen die Waffe ab und richte sie auf Elias, der schon auf der gelben Maschine sitzt. Während ich zu ihm hinübergehe, hoffe ich inständig, dass ich weder stolpere noch im Schnee ausrutsche. Nicht aus Versehen abdrücken! Sein Leben zu beenden ist ganz leicht, eine kleine Bewegung mit einem Finger.

Elias scheint weniger Angst vor der Waffe zu haben als ich. «So hatte ich mir unser Wiedersehen wirklich nicht vorgestellt, Luisa», sagt er, als ich mein Bein über die Sitzbank schiebe und hinter ihn rutsche. Ich erschrecke mich etwas, als das Motorrad unter meinem Gewicht nach unten wippt. Ich habe alles im Griff. Ich schlinge meinen linken Arm um Elias und lege ihm meine rechte Hand mit der Waffe darin auf die Schulter. Der kurze Lauf, auf ihn gerichtet, berührt fast seinen Kopf.

Glowen fährt los. Im Licht ihrer Scheinwerfer springen die Wölfe um sie herum. Am Seitentor hält Glowen an und beugt sich vor, um es aufzuschließen. Über Elias' Schulter hinweg sehe ich sie schlingernd hinausfahren. Ihr Licht malt eine nervöse Linie in den Wald.

Elias zögert. «Ich bin ein Idiot, nicht? Ich habe euch gewarnt, und zum Dank hat Thursen Esther erschossen!»

Ich bin die mit der Waffe. «Fahr!», sage ich zu Elias.

Elias startet den Motor, schaltet das Licht an, klappt die Stütze ein, doch er hat die Füße immer noch auf dem Boden. «Wie konntet ihr Edgar töten? Luisa, das war dein Klassenkamerad!»

«Elias!», sage ich. Drücke ihm den Lauf gegen den Kopf. Die anderen sind uns schon weit voraus. Fährt er endlich, oder will er ausprobieren, ob ich wirklich bereit bin, auf ihn zu schießen?

«Vielleicht erklärst du es mir später», sagt er, dreht den Motor hoch, hebt die Füße vom Boden und fährt endlich zum Tor raus. Dann folgt er den Pfotenabdrücken und Glowens Reifenspur in den Wald. Er fährt schnell, und schon nach den ersten Bodenwellen klammere ich mich mit beiden Händen an ihm fest. Die Wölfe kommen wieder in Sicht. Meine Pistole zielt in den Himmel. Ich hoffe, Elias merkt es nicht.

«Wo ist Vittorio?», rufe ich ihm ins Ohr.

«Beim Tor.»

«Woher will er wissen, wo es ist? Es ist unsichtbar.»

«Nur wenn es geschlossen ist. Vittorio wusste die ganze Zeit, wo ihr euch aufhaltet, er musste nur Norrock folgen. Er hat ihn direkt dorthin geführt.»

Norrock hält das Tor geöffnet, damit es den Werwölfen Kraft gibt. Zrrie heilt es, sie rennt schon wieder, wenn auch humpelnd, im Rudel mit. Doch Vittorio wird das Tor ohne jede Mühe finden. Vielleicht ist er schon längst dort. Ich sehe über Elias' Schulter nach vorn und bekomme den eisigen Fahrtwind voll ins Gesicht. Er treibt mir Tränen in die Augen. «Fahr schneller, Elias!»

«Ich fahre schnell! Es fährt sich nicht so gut mit einer Mörderin im Rücken, die eine Pistole auf einen gerichtet hat.»

«Ich bin keine Mörderin!»

«Aha. Und was ist mit Edgar? Du bist mitschuldig.»

«Woher weißt du so sicher, dass er tot ist?»

«Ein Eisbrecher hat seine Leiche überfahren, als sie in der Havel trieb. Habt ihr ihn ins Wasser geworfen und gehofft, ihn findet keiner, bis es wieder taut?»

«Das war nicht Edgar.»

«Nein? Er hatte seine Jacke an.»

Das Motorrad neigt sich nach links, als Elias einem herumliegenden Baumstamm ausweicht. Ich verstärke meinen Griff um seine Taille, um nicht zu rutschen. «Edgar geht es gut. Er ist im Krankenhaus.»

«Das nennst du gutgehen?»

«Elias! Er ist nicht krank. Er hat ein Mädchen dorthin gebracht, dem es schlechtging! Ich dachte immer, ihr Shinanim macht das so? Aber vermutlich lasst ihr Verletzte einfach liegen und verrecken?»

«Hübsche Geschichte, Luisa. Meinst du wirklich, ich glaube, dass ihr Edgar einfach so gehen lasst?»

58. Elias

THURSEN hat mich zum Glück verstanden. Ich weiß, dass Vittorio zum Tor wollte, doch ich habe keine Ahnung, wo dieses Tor liegt. Thursen weiß es natürlich, also muss ich ihm und seinem Rudel folgen. Immer tiefer führt er uns in den Wald hinein. Ich habe die Satellitenkarten des Grunewalds fast auswendig gelernt, doch das hier habe ich nie darauf gesehen. Der Wald vor uns ist von weißen Schlieren durchzogen, die im Licht der Scheinwerfer aufleuchten, als wäre die Luft dort zu Eis gefroren. Je weiter man sieht, desto dichter wird es, bis der Nebel wie eine weiße Wand den Blick vollends aufsaugt. Automatisch werde ich langsamer.

«Fahr weiter!», verlangt Luisa.

Das ist kein normaler Nebel. Der Boden ist genau wie die Luft viel zu trocken für Nebel. Hier im Wald ist bestimmt noch nie auf natürliche Weise Nebel entstanden. Ich muss nicht das weit entfernte Wolfsgeheul hören, um zu wissen, woher er stammt. Also sind diese Legenden auch wahr. Werwölfe können die Nebel aus der Tiefe zu sich rufen.

Luisa zwingt mich, Thursen und den Wölfen in den Nebel hinein zu folgen. Der Nebel raubt mir meine Kraft, und jeder Meter, den wir weiterfahren, dem Wolfsgeheul entgegen, zehrt an mir. Es ist, als würden diese trüben Schwaden das gespeicherte Himmelslicht aus mir saugen und mich müde und mutlos machen.

Endlich lässt Thursen anhalten. Zwischen den Bäumen kommt ein Mädchen auf uns zu. Sieht sie nur in diesem Nebel so aus, oder ist sie tatsächlich ein Mensch?

«Rieke!», ruft Thursen und steigt vom Motorrad.

«O mein Gott, ihr seid es wirklich!», ruft sie und läuft auf ihn zu. Umarmt alle der Reihe nach, auch die Wölfe, die Mensch werden. Und plötzlich steht auf einmal noch ein Junge bei der Gruppe, als wäre er wie der Nebel aus dem Boden gewachsen.

«Edgar, wieso bist du wieder hier?» Luisa springt von meinem Motorrad, und erst, als sie ihm entgegenlaufen will, fällt ihr ein, dass sie ja mich bedrohen muss. Unschlüssig bleibt sie stehen.

«Lauft zu Norrock!», ruft Thursen seinen Wölfen zu.

Der Junge ist tatsächlich Edgar. Unverletzt. Doch statt Luisa zu begrüßen, hockt er sich zu der kleinen Wölfin, die ihm entgegenhumpelt. Es ist der Wolf, dem Luisa mit meinem Goldband den blutenden Vorderlauf abgebunden hat. Er legt seine Arme um ihren Hals und scheint wirklich Tränen in ihr Fell zu weinen. Sie schmiegt sich in seine Arme. Werwolf und Shinan, Licht und Dunkel. Ich erinnere mich an Luisas Kuss. Warum verletzen sich die beiden nicht gegenseitig?

«Pass auf, das ist eine Werwölfin, Edgar!», sage ich.

«Elias?», fragt er verwundert. Versucht zu mir aufzusehen und blinzelt stattdessen mit nassen Augen ins Scheinwerferlicht des Motorrads. «Meinst du, das weiß ich nicht?»

Und trotzdem bleibt sie in ihrer Wolfsform. «Wenn ihr so gut befreundet seid, warum verwandelt sie sich nicht in einen Menschen?»

Edgar hat seinen Kopf schon wieder an ihr Fell geschmiegt. «Sie kann es nicht mehr.»

Die kleine Wölfin leckt ihm über das Gesicht, zärtlich wie ein Kuss, dann läuft sie ihrem Rudel hinterher auf das Heulen zu.

Thursen nimmt Luisa endlich die Pistole ab.

Die Werwölfe sind schon vorausgelaufen, tiefer in den Nebel hinein. Dort irgendwo muss auch Vittorio sein. Ich lasse das Motorrad zu Boden gleiten und eile.

«Elias», ruft Thursen mich zurück. Jetzt ist er es ja wieder, der die unselige Pistole hat. Reicht ihm das Mondlicht, um auf mich zu zielen?

«Herr im Himmel, Thursen», rufe ich. «Ich habe euch da heil rausgebracht. Jetzt pack die Pistole weg und gib mir wenigstens eine Minute Gelegenheit, das alles ohne noch mehr Blutvergießen zu beenden.»

Thursen betrachtet die Waffe in seiner Hand, als wüsste er kaum, wie sie dahingekommen ist. «Norrock hat das Tor geöffnet. Du bist keiner von uns, das Tor würde dich töten.»

«Ist das Mädchen deshalb noch hier?»

«Sie und Edgar und Luisa. Wo willst du hin, Elias?»

Ich seufze. «Mit Vittorio reden.»

«Es wird zum Kampf kommen, du wirst es nicht verhindern können. Wenn ich dich jetzt gehen lasse, stehen wir uns dann gleich als Feinde gegenüber?»

«Wenn du mich jetzt gehen lässt, hast du eine Chance, dass euer Tor den heutigen Tag überlebt.»

«Du weißt, was passiert, wenn es zerstört wird?»

Ich nicke. «Sieh zu, dass ihr das Tor schließt, damit er es nicht findet.»

Ich habe recherchiert, das große Geheimnis war leicht zu lüften, wenn man ahnt, wo man nachlesen muss. Wenn das Tor zerstört wird, sterben die Werwölfe. Dafür wollte Vittorio die Kraft der Bundeslade nutzen. So viel himmlische Energie hätte die Kraft der Tiefe neutralisiert und vernichtet. Und jetzt? Was tut Vittorio ohne Bundeslade? Was tut Vittorio, wenn ein Rudel Werwölfe kommt, um ihn zu töten?

Thursens Ratschlag folgend umrunde ich den Nebel an

seinem Rand statt durch das Zentrum zu eilen. Ich bin langsam, viel langsamer als sonst. Das geöffnete Tor zerrt an meiner Kraft. Können sie es nicht endlich schließen? Wie lange braucht Thursen denn noch?

Dann finde ich sie. Auf einer Lichtung, kaum größer als ein Tennisplatz, steht hell erleuchtet ein kleiner Helikopter im lichten Weiß der Shinanim. Die drei Gestalten davor tragen Winterkleidung, Stiefel, Jacken, Mützen und dicke Handschuhe, aber es gibt kein Zweifel, dass sie es sind. «Vittorio, Felicity, Nathanael, seid gegrüßt.» Nein, seid verdammt, wie kommt ihr auf die absurde Idee, hierherzukommen?

«Elias, habt ihr die Bundeslade? Meinst du, sie kann vor Sonnenaufgang hier sein?», fragt Vittorio und reibt seine kalten Hände aneinander.

«Das Heiligtum wurde uns verweigert. Das wisst Ihr doch.» Ich sehe sie einen nach dem anderen an. Was erwarten sie? Selbst wenn Esther Erfolg gehabt hätte, wie hätte das Heiligtum in so kurzer Zeit hierhertransportiert werden können?

«Wir haben endlich das schwarze Tor gefunden», sagt Felicity. «Wir wissen, wo es ist! Jetzt müssen wir es schnell versiegeln, ehe wir es wieder verlieren.»

«Und wie? Nur dem Leitwolf gehorcht das Tor.»

«Dafür benötigen wir ja die Kraft der Bundeslade.»

«Die wird aber in ihrem Versteck bleiben. Sie kommt nicht. Gar nicht.»

Vittorio lächelt sein gütiges Lächeln. «Das war ein Missverständnis. Esther kümmert sich darum.»

«Esther ist tot.»

«Wie kann das sein?», fragt Felicity, ihre Stimme klingt viel zu hoch.

«Die Werwölfe haben in Eurer Abwesenheit unsere Feste überfallen. Es kam zum Kampf.»

«Gut, dann wurde das Problem der Werwölfe eben auf andere Art gelöst.»

«Ihr versteht nicht. Wir haben nicht gesiegt.»

«Elias hat recht. Es muss noch lebende Werwölfe geben. Dazu spüren wir das Tor zu deutlich. Es muss noch immer offen sein», sagt Nathanael.

«Die Werwölfe hatten sich aufgeteilt. Der Leitwolf ist zurückgeblieben, um das Tor zu bewachen. Er ist da drin im Nebel.»

«Ich hole Verstärkung», meint Felicity und sucht nach ihrem Handy.

«Nein, hört mir zu. Wenn wir in den Nebel gehen, solange das Tor geöffnet ist, empfangen wir zu viel der dunklen Energie. Das überleben wir nicht.»

«Das ist mir egal», sagt Vittorio. Und eilt los. Wie kann er so schnell eilen in Gegenwart des Tores?

Felicity und Nathanael wollen ihm folgen. «Nein!», rufe ich, renne ihnen nach und halte sie zurück. Felicity ringt mit mir. Ich schaffe es, Nathanael hinzuhalten, doch Felicity macht sich los, läuft Vittorio nach. Sie sind vom Nebel verschluckt, da meldet sich eine Stimme aus Felicitys Handy, das auf den Boden geschleudert wurde.

«Ja?»

«Help! Wir brauchen Hilfe!», ruft Nathanael, noch ehe ich ihn davon abhalten kann.

59. Luisa

ELIAS hat das bockende Motorrad querfeldein den Wölfen hinterhergezwungen. Angestrahlt durch den Motorradscheinwerfer hängt der Nebel wie ein weißes Gespinst zwischen den Stämmen der Bäume. Die Mitte ist undurchdringlich wie Marmorwolken, an den Rändern franst er aus ins Nichts. Aus dem Nebel dringt Heulen. Glowen hört ihren Bruder und läuft zu ihm. Die anderen folgen. Zrrie rappelt sich auf, humpelt davon und wird im Dunst unsichtbar.

Auf einmal wird es dunkel, Elias läuft los, viel zu schnell, um ihn aufzuhalten. «Zu Vittorio», ruft er uns zu. Und jetzt? Thursen schießt nicht.

Und ich kann nichts tun! Der Nebel ist wie ein Vorhang, hinter dem der Tod mit meinen Freunden tanzt, unsichtbar für mich. Hätte ich Pfoten, könnte ich ihnen nach, doch meine Hände öffnen und schließen sich, kneten nur Luft, und es ändert nichts. Ich kann nichts tun.

Thursen umarmt mich und hat immer noch die unselige Pistole. «Warte hier bei Rieke und Edgar. Komm nicht nach!», flüstert er. «Was auch geschieht!»

Ich nicke. Wenn er mich hält, kann ich atmen. Ich kann tatsächlich nicht zum Tor, nicht mehr. Ich bin wieder Mensch. Anders als Thursen, der – das begreife ich endlich – immer ein Teil Wolf bleiben wird. Er ist der Leitwolf, das ist sein Rudel. Er lässt mich los und läuft. «Ich liebe dich!», rufe ich ihm nach. Einen Herzschlag später hat auch ihn der Nebel verschluckt.

Rieke steht an den Stamm einer Eiche gelehnt, ihre alten

Bücher an die Brust gepresst. Edgar starrt in den Nebel, als könnte er mit seinen Feueraugen hindurchsehen.

Doch es ändert nichts. Wir können nicht hin!

Da drin höre ich sie wieder, die Stimmen der Werwölfe. Fühle die Erde unter mir zittern. Fühle die Erde brausen und beben, als hätte sie einen eigenen Herzschlag. Als hätten die Wölfe mit ihrem Heulen eine Wunde geöffnet, die bis hinab ins Herz der Erde reicht. Pulsierend sickert die dunkle Macht heraus, gibt den Werwölfen Kraft und schwächt ihre Feinde. Rieke hält Edgar und mich an den Händen. Ich greife mit der freien Hand nach Edgars und drücke sie so heftig, dass es schmerzt.

«Shinanim!», brüllt jemand.

Der Angriff, vor dem sie das Tor beschützen sollten? Was ist mit Elias? Ist er mit dabei? Wütendes Wolfsknurren. Eine Frau schreit, hoch und schrill.

Dann wird es still. Erlauben sie jetzt dem Tor, sich wieder zu schließen? Der Nebel wird dünner, verfliegt, als würde etwas ihn aufsaugen, verdunsten lassen. Gleich wird er nur noch ein Schleier sein.

Auf einmal erglüht der milchige Dunst, das Herz des Nebels leuchtet auf, als würde irgendwo da drin ein Licht aufflammen.

«Tor zu, Norrock!», höre ich Thursen rufen. «Schnell! Lass ihn nicht rein!»

Das Licht erlischt. Bleigraues Nichts. Was ist da los?

«Zu spät! Gib die Pistole her!», antwortet Norrock. «Ich gehe rein und hole ihn da raus!»

«Nein!», ruft Thursen.

«Nein! Du gehst nicht durch das Tor – Alexander Bergmann!», brüllt Rieke auf einmal neben mir.

Rieke? «Was hast du gemacht?»

«Hätte ich zulassen sollen, dass er zu den Toten geht?»

«Das war Norrocks Name? Du weißt davon? Dass der Namen den Werwolf in einen Menschen zurückverwandelt?» Hat sie nicht immer nur ihre Romane gelesen und wollte von den Werwölfen nichts wissen?

«Das hat Haddrice mir gegeben.» Sie blättert in ihrem alten Buch, sucht eine bestimmte Stelle. «Hier stehen sie. Alle Namen, alle Schicksale.»

Und Norrocks Namen hat sie sich gemerkt.

Norrock ist zurückverwandelt. Der Leitwolf ist ein Mensch. Zischend verfliegt der Nebel, als würde alles auf einmal heiß. Tausende Krähen fliegen auf und tanzen in den Nebeln wie aufgewirbelte Ascheflocken über einem Feuer. Alles vibriert und schwankt. Die Sicht wird klarer, der Blick reicht weiter. Weiter bis zu einem düsteren Fleck im Mondlicht, der langsam Form annimmt.

Das Tor!

Thursen rennt auf mich zu, an mir vorbei, packt mich und dreht mich zu sich. Drückt mein Gesicht gegen seine Schulter. «Sieh nicht hin! Kein Mensch darf das Tor sehen. Du weißt, dass die sterben müssen, die das Tor sehen.» Und dann brüllt er: «Edgar, pass auf, dass Rieke sich umdreht!»

Ich blicke zu Thursen auf und sehe, dass sogar er die Augen geschlossen hat.

«Was ist passiert?», frage ich flüsternd an seiner Schulter.

«Vittorio und eine Shinan kamen auf uns zu. Die Frau konnten wir stoppen. Vittorio wollte gar nicht kämpfen. Er hat geglüht wie eine Fackel, der ganze Nebel hat geleuchtet. Und dann ist er durch das Tor in die Totenwelt gelaufen. Er ist der Erzshinan. Seine Kraft zerstört das Tor von innen.»

Nicht nur der Nebel löst sich auf. Das Tor stürzt zusammen

und zerfällt! Wir hören es, spüren es. Die Wunde der Erde schließt sich mit Macht. So muss sich ein Erdbeben anfühlen. So muss es sich anfühlen, wenn man mit geschlossenen Augen neben einem Haus steht, das nach geglückter Sprengung in sich zusammenstürzt.

Norrock schreit. Menschenschreie, weil er keinen Wolfsschrei mehr ausstoßen kann. Seine Rückverwandlung direkt neben dem Tor muss entsetzlich sein, so plötzlich und radikal ist er von der Lebenskraft abgeschnitten. Vorsichtig blinzele ich. Die Wölfe starren mit gesträubtem Fell und gebleckten Zähnen auf den Untergang des letzten Tores zur Schattenwelt.

Gleich wird die letzte Verbindung zum Totenreich abbrechen. Die, die den Wölfen ihre Kraft gibt. «Schnell, lies die Namen», rufe ich Rieke zu.

Rieke, den Rücken zum Tor und dem flackernden Licht, hat die Seite aufgeschlagen. «Christina Krellkamp», ruft sie. «Justus Krellkamp.»

Glowen und Polmeriak.

Gerettet.

«Du auch!» Rieke gibt mir den Zettel, den sie lose im Buch liegen hat, damit wir schneller sind. Es ist Sjölls Zettel, ich erkenne die Handschrift. Das Licht des sterbenden Tores erhellt die Seiten. *Lars Lund*, Thursens Name, steht dort. Und Karrs Name, *Moritz Hassmann*. Laut lese ich die restlichen Namen vor. Vermutlich sind darunter auch die von Krestor und Lurnak, von Jerro und Fath. Ich weiß nicht, welcher Name zu wem gehört. Rawuhn. Bringe ich Rawuhn zurück? Einer der Namen muss seiner sein!

Das Tor vibriert. Hitze strömt raus. Hitze wie von zig Lagerfeuern. Mein Rücken brennt. Ich denke an den Eid und drehe mich nicht um.

Rawuhn taucht an meiner Seite auf und ist Mensch. Endlich.

Noch einmal Helligkeit, heller als alles vorher. Dann stürzt das Tor ein. Trümmer, Staubwolken, Höllenfeuer.

Dunkelheit.

Stille.

«Ich glaube, du kannst jetzt hinsehen», sagt Thursen.

Ganz langsam drehe ich mich um.

Über uns fliegen die Krähen davon, wie ein Schwarm Schwalben auf dem Weg nach Süden.

«Sie haben die Träume von den Toten gejagt, die aus dem Tor zu uns gekommen sind», sagt Thursen und sieht den Vögeln nach.

«Und jetzt?»

Er streicht mir eine Strähne Haar zurück. «Keine neuen Träume mehr, und die alten Träume werden verblassen.»

Dann traue ich mich da hinzusehen, wo ich da Tor vermutet habe. Und finde die Stelle nicht mehr.

Vorbei, als hätte es nie existiert. Da ist nichts. Nur Wald. Der Schnee ist ein wenig geschmolzen. Nicht einmal eine verkohlte Stelle zeigt, wo das Tor gestanden hat. Und in der Nähe die zerbissene Leiche der toten Shinan.

Alle sind wieder Mensch. Norrock kotzt und windet sich. Mauriks schreit und packt sich selbst in die Haare. Reißt Büschel aus und starrt sie an wie fremde Wesen. Glowen blickt stumm auf ein Stück Waldboden. Ich folge ihrem Blick.

Zrrie ist immer noch Wolf! Liegt da, japst, als könnte sie unsere Luft nicht atmen, und ist Wolf! Wie kann das sein? Wir haben doch alle Namen gelesen!

Edgar rennt zu ihr. Fällt auf die Knie und reißt sie an sich. Zrries Kopf fällt nach hinten, das Maul hilflos geöffnet. Was sollen wir tun? Was können wir tun? Es ist das Tor zur Totenwelt, das sie leben lässt. Jetzt, wo das Tor zerstört ist, zerrinnt ihre Lebenskraft.

«Wieso sagt ihr denn nicht endlich ihren Namen?», schreit Edgar.

«Wir haben alle Namen gelesen. Ihrer muss gefehlt haben», sagt Rieke.

«Verdammt!», flucht Thursen. «Sie kam zu uns, nachdem Sjöll ihre Liste mit ins Grab genommen hat, und war schon Wölfin, als Haddrice mit der zweiten Liste im Buch anfing.»

Edgar hält Zrries Kopf. Hilflos. «Weißt du denn ihren Namen nicht, Luisa?»

«Gabriella. Sie hat mir Gabriella gesagt.» Nichts passiert. Natürlich nicht. «Ich wusste gleich, dass das nicht ihr Name ist, aber den richtigen wollte sie uns nicht verraten.»

«Tut doch was, seht ihr nicht, dass sie stirbt?»

Ja, sie stirbt. Sie blutet nicht mehr, hat keine neue Verletzung. Trotzdem ist es, als würde das Leben mit jedem Herzschlag aus ihr heraustropfen. Mir laufen die Tränen über das Gesicht. Thursen hält mich, und ich presse mich an ihn. Auf einmal bin ich wieder sechzehn Jahre alt. Es ist wie damals, als mein Bruder starb und ich nichts tun konnte. Ich klammere mich an Thursen, doch er macht sich los. «Ich hole Hilfe!», sagt er und verschwindet im Dunkel. Warum läuft er weg? Wer sollte uns schon helfen können? Es ist doch sowieso gleich vorbei! Kann er nicht dableiben und dem Tod ein letztes Mal ins Auge sehen?

Allein stehe ich da. So kalt.

Ein Hubschrauber knattert über uns hinweg und wischt einen Lichtstrahl über die Erde. Shinanim. Fremde Stimmen rufen viel zu weit entfernt. Sie wissen es nicht, doch gleich sind sie einmal mehr Mörder. Noch ein paar Atemzüge.

Zrrie stirbt.

Edgar hält sie, die kleine schwarze Wölfin, die schlaff in seinen Armen hängt. Ich wünschte, sie würde noch einmal Mensch, einmal könnte er sie noch als Mensch halten, ihr in die Augen sehen. Manchmal, heißt es, heilt Liebe alles. Doch hier nicht.

Zrrie zittert, atmet seufzend aus und stirbt in Edgars Armen. Erst im Tod bekommt sie wieder ihre menschliche Gestalt. Fremd ist mir Zrrie, so erwachsen, wie wir sie jetzt kennen, doch mit der Haarfarbe von damals.

Zrrie ist tot!

Kehle zu, Augenbrennen, als mein Blick verschwimmt. Sie ist tot.

Tot, verdammt!

Ich gehe zu Edgar, knie mich neben ihn und lege ihm den Arm um die Schultern. Versuche, ihn zu trösten. Halte ihn im Arm, und er hält Zrrie. Seine Tränen fließen, fallen auf ihr Gesicht und rinnen ihre Wangen herunter. Als würde sie auch weinen, dass sie ihn verlassen musste. Leise redet er auf sie ein. Sinnlos. Doch ich weiß, warum er es tut. Ich weiß, was er jetzt fühlt.

Thursen kommt zurück, ich erkenne seine Schritte, ohne mich umzusehen.

«Luisa?» Elias' Stimme? Jetzt drehe ich mich doch um. Thursen hat Elias geholt, was soll das?

«Schnell, macht Platz. Wir versuchen zu helfen.» Sie drängen Edgar und mich zur Seite. Knien beide vor der toten Zrrie, Thursen auf der einen, Elias auf der anderen Seite.

«Die Shinanim suchen uns. Sie sind auf dem Weg hierher, und wir brauchen Zeit, bis sie uns finden. Ruf den Nebel, Edgar!», sagt Thursen.

«Ich? Ich soll den Nebel rufen?»

«Du bist der Einzige, der sich noch in einen Wolf verwandeln kann. Außer dir ist keiner mehr da. Du bist nun der Leitwolf», sagt Thursen und tastet Zrries Brustkorb ab. «Zusammen?», fragt Thursen Elias. Der nickt. Die beiden zusammen? Das ist die Hilfe, die Thursen geholt hat, viel zu spät für die schon tote Zrrie? Was hat Thursen sich gedacht? Was soll Elias denn helfen? Er war im Krankenhaus der Unterhalter, der Zauberkünstler, doch kein Arzt!

Elias beugt sich über Zrries Gesicht, hält ihren totenblassen Mund zu, den Nacken der Toten überstreckt, und spendet Atem. Holt Luft, bläst. Thursen drückt mit durchgestreckten Armen Zrries Brustkorb ein. Herzmassage. Eins. Zwei. Drei. Rhythmisch. Schnell.

Ich halte Edgar. Ihm laufen die Tränen herunter. Kein heroisches Herunterschlucken, kein Grund, so zu tun, als berührte es ihn nicht. Da liegt das Mädchen, das er liebt, und ist tot.

«Mach endlich!» Norrock löst Edgar aus meinen Armen.

«Ich bin doch kein Wolf! Und schon gar kein Leitwolf!»

«Doch, das bist du. Ich zeig dir, wie es geht. Aber du kannst als Einziger die Nebel rufen», sagt Norrock. Gemeinsam gehen sie ein Stück und setzen sich auf den Boden. Norrock redet leise weiter auf Edgar ein. Edgar wird Wolf, ein schneeweißer Wolf. Seine dritte Verwandlung. Ist er jetzt einer von uns? Nein, es gibt kein «uns» mehr. Er ist der letzte Werwolf. Er heult. Erst zaghaft, dann lauter. Nicht so tief und rau wie Norrock, es ist mehr ein Gesang, der die Luft zum Klingen bringt.

Thursen und Elias kämpfen um Zrrie. Was soll überhaupt die Reanimation? Abgetrennt von der Kraft aus der Totenwelt ist sie als Werwölfin verloren. Selbst wenn sie sie zurückholen, wird sie nur im nächsten Moment wieder sterben.

Edgar singt seinen Wolfsgesang. Ich höre kaum hin. Wie soll er mit diesem Singen den Nebel rufen?

Und er tut es auch nicht. Kein Nebel steigt auf aus dem Boden. Wir stehen mitten im Licht. Edgar, der strahlende weiße Wolf, hat Licht vom Himmel zu uns herabgerufen. Besser noch als der Nebel ist diese Lichtkuppel, die uns alle erhellt und beschützt.

Sie geben immer noch nicht auf. Thursen, der ihr Herz anstößt, und Elias, der in tiefen Zügen all seinen Atem in Zrrie zu flößen versucht.

Und dann geschieht das Wunder.

Elias richtet sich auf, und Thursens Arme erschlaffen. Zrrie atmet, schnappt nach Luft, wimmert, zittert. Ihre Wangen sehen nicht mehr aus wie Schnee.

Sie war tot, Zrrie. Doch nun lebt sie wieder.

Elias sieht zu Tode erschöpft aus. Zrrie lebt. Doch wie lange?

Edgar stürzt zu ihr. Sieht auf zu Elias, flüstert: «Danke.» Elias lächelt, auch wenn er aussieht, als würde er gleich umkippen. Thursen stützt ihn unauffällig, bis er wieder selbst stehen kann. Die Lichtkuppel bekommt Risse und zerfällt. Mondlicht hüllt uns ein. Und Zrrie stirbt nicht.

Ich gehe zu Elias. «Was war das?»

«Sie lebt», murmelt Elias.

«Schon, aber – das geht nicht. Sie lebt, und das Tor, durch das sie ihre Kraft bekam, ist verbrannt.»

«Ja», sagt er und lächelt.

Ich weiß noch, wie Energie und Kraft von ihm zu mir geflossen sind. «Du hast ihr von deinem Leben gegeben?»

Er lächelt, nickt und legt mir einen Finger auf die Lippen. Nie hat er mehr wie ein Engel ausgesehen. Genau wie der Engel in der Weihnachtsgeschichte, wenn er zu den Hirten sagt: «Fürchtet euch nicht! Siehe, ich verkündige euch große Freude.» Er ist ein wahres Engelskind. Auch wenn seine ganze Engelskraft nun in Zrrie ist.

Zrrie. Sie lebt jetzt von der Kraft des Himmels, nicht der der Erde.

Ich falle ihm um den Hals; und weine schon wieder. Aus Dankbarkeit. Darum hat Thursen Elias geholt. Er ahnte, was Elias und nur Elias vermag.

Elias hält mich fest. Und hält sich an mir fest, so erschöpft ist er.

Da warnt Thursen: «Shinanim!»

Elias hebt müde den Kopf und lauscht. «Verstärkung. Die wissen noch nicht, dass alles vorbei ist.»

«Bring Zrrie weg, Edgar!», sagt Thursen.

Edgar hilft Zrrie, sich aufzurichten, und Hand in Hand verschwinden sie im Gehölz. Werden die Shinanim nach Edgar suchen? «Was werden sie denken, wo das Licht herkam?»

«Vielleicht glauben sie, dass ich das war? Es würde, nun ja, meinen Zustand erklären», sagt Elias.

Dann kommen die Shinanim zwischen den Baumstämmen hervor auf uns zu. Viele. Fast so viele wie damals in der Waldbühne. Norrock stützt sich schwankend auf Rieke und Thursen. Eingefallene Wangen hat er, mehr noch als vorher schon. Er sieht entsetzlich alt und müde aus. «Was wollt ihr von meinem Rudel?», fragt Norrock. Hustet und räuspert sich, um halbwegs klare Töne hervorzubringen.

«Wir wussten, dass ihr euch hier irgendwo verbergt. Wo ist Vittorio?»

Norrock zieht einen Mundwinkel hoch zu einem mühsamen, schiefen Grinsen. «Tot.»

«Also habt ihr ihn getötet?»

«Er ist gestorben, als er das Tor zur Unterwelt zerstört hat, Nathanael. Felicity ist im Kampf gefallen.» Elias schiebt sich an Norrock vorbei. «Seht sie euch an, sie sind wieder Menschen. Es ist vorbei.»

«Was tust du hier? Auf welcher Seite stehst du, Elias?», fragt der, der Nathanael heißt.

«Auf der richtigen. Und jetzt nehmt Felicitys Leichnam, geht und lasst diese Menschen in Ruhe.»

60. Thursen

ICH lege meine Arme um Luisa und ziehe sie an mich. Sie küsst mich auf diese spezielle Weise, wie nur sie es kann. Sanft und doch so, dass ich es im ganzen Körper spüre. «Es ist vorbei», sage ich. «Wir sollten nach Hause gehen.»

«Wir müssen jetzt zurück, oder?», fragt sie.

Es gibt keine Werwölfe mehr und kein Tor, das wir bewachen müssen. Ich bin von meinem Eid entbunden. Und es gibt keine Fluchtmöglichkeit mehr. Kein geheimes Wolfsrudel im Wald, bei dem man sich verstecken kann, wenn man das Leben nicht mehr aushält. Ihr geht es offenbar ebenso. «Du zitterst», flüstere ich. «So schlimm?»

Sie nickt, schmiegt sich noch tiefer in meine Arme. «Ich kann nicht zurück in die Stadt. Nicht so. Ich fühle mich, als sollte ich nackt in der Schule vor der Klasse stehen. Albern, nicht?»

«Nein. Nicht albern.» Manchmal geht es mir genauso.

«Ich sehe aus wie, na ja, obdachlos eben. Wie jemand, von

dem man so viel Abstand hält wie möglich. Wie stellst du dir das vor, Thursen?»

«Meine Güte, Luisa. Du tust so, als hättest du nie ein anderes Leben gehabt als das hier im Wald.»

«Was meinst du?»

«Du bist doch nicht obdachlos. Vielleicht warst du als Werwolf für kurze Zeit an den Wald gebunden, aber nicht jetzt, nicht als Mensch. Du wohnst hier in Berlin. Du hast ein Zuhause: Dusch, zieh frische Sachen an und komm in dein Leben zurück.»

«So?» Sie zupft an ihren Haaren.

Ja, gut, sie sind ungewaschen. So lange ging es nur ums Überleben, was interessierte da die Frisur? «Es ist Nacht, und du trägst doch bei der Kälte eh deine Mütze.» Ich küsse sie auf die Nase.

«Wenn du mich noch küsst, kann das mit dem Stinken wohl doch nicht so schlimm sein.» Sie lächelt.

«Keine Angst. Ich komme ja mit dir.»

Sie reibt ihre Wange an meiner Schulter wie ein Kätzchen. «Lass uns wenigstens bis morgen früh warten.»

Ich schüttele den Kopf. «Jetzt gleich. Nicht noch eine Nacht in der irrsinnigen Kälte. Und die anderen hier, die keine warme Wohnung haben, können unsere Decken und Schlafsäcken dringend brauchen.»

Ich danke Elias. Er hat nicht nur Zrrie, sondern uns allen das Leben gerettet. Ob er weiß, dass die Pistole gesichert war, als ich sie Luisa gegeben habe? Dann verabschieden wir uns von den anderen und gehen, schnell, ehe auch mich der Mut verlässt. So bald schon sind wir am Rand des Waldes und zurück in der Stadt. Der Weg müsste eigentlich Tage dauern. Mir ist, als kämen wir von einem anderen Planeten. Einem Planeten, auf dem die Zeit anders läuft, Sonnenaufgang und

Sonnenuntergang unwichtig sind und nur das Hier und Jetzt zählt. Leben und Überleben. Kampf und Verstecken und immer Kälte. Wer plant da die Zukunft?

Und jetzt sind wir auf einmal zurück. Da sind Ampeln, die unseren Weg regeln. Immer wieder das Brummen der Autos, das die Ohren verstopft, statt Stille und Waldgeräuschen. Ein Mann in einem hellen Mantel kommt uns entgegen und spricht genervt mit Unsichtbaren. Nur am Kabel, das über seine Wange läuft, sieht man, dass er keine Selbstgespräche führt.

Wie spät mag es sein? So lange war die Uhrzeit egal. Es zählte nur, ob Luisas Wunden heilen. Und ob wir Vittorio erwischen, ehe er das Tor zerstören kann. Ich ziehe die Mütze, die meine struppigen Haare verbirgt, tief über meine Ohren. Müssten Luisa und ich eigentlich in ein paar Stunden in der Schule sein?

Da ist der Bahnhof. Nachts fahren die Züge seltener, doch irgendwann kommt einer. Wir setzen uns gemeinsam auf eine der bunten abwaschbaren Bänke, ich lege den Arm um sie, und Luisa lehnt sich an mich. Mit den Fingern fährt sie über meine mittlerweile stoppeligen Wangen. Und über die Narbe, die Erinnerung an den sinnlosen Kampf mit Adrian, die ich jetzt behalte, solange ich lebe. Verdammtes Messer. Ich ziehe Luisa näher an mich. Im Licht der Wagenbeleuchtung wirkt sie so blass und müde.

Als wir nach ein paar Minuten umsteigen, sitzt ein verwahrloster alter Mann auf der Bank auf dem Bahnsteig. Er ruft und schimpft und murmelt und trinkt zwischendurch Schlucke aus einer halbleeren Wodkaflasche. Niemand vertreibt ihn, denn die Kälte draußen ist ein mörderisches Ungeheuer. Auf der Rücklehne der Bank hockt eine Krähe und blickt mit wissenden schwarzglänzenden Augen auf ihn herab. Ist schon jemand gestorben, den er kannte, in diesem grausamen Winter? Es ist eine Berliner Krähe, grau mit schwarzen Flügeln. Eine Trauertraumjägerin. Sie werden immer da sein, auch wenn es das Tor nicht mehr gibt.

Es ist warm in der Bahn. Langsam beginnt die Anspannung von mir abzufallen. Ich bin so lange nicht mehr im Warmen gewesen. Dösig bin ich, lege meinen Kopf nach hinten an die Abtrennung, und Luisa muss mich fast wecken, als wir endlich aussteigen müssen.

61. Luisa

IN der Tasche taste ich nach meinen Hausschlüsseln. Sie sind tatsächlich da, klein und kantig zwischen meinen Fingern. Es kommt mir fast seltsam vor. Ich öffne die Haustür, und dann, nachdem wir die Treppen hinaufgestiegen sind, schließe ich die Wohnung auf und schalte das Licht ein. Es riecht fremd, kein bisschen mehr wie mein Zuhause, sondern als hätte ich seit Monaten schon nicht mehr hier gelebt. Vielleicht kommt das von den toten Pflanzen in den ausgetrockneten Töpfen am Fenster. Eher nicht von dem, was bestimmt im Kühlschrank verdirbt, denn dazu schließt er zu dicht. Vielleicht aber kommt das Fremde in der Wohnungsluft auch einfach nur aus den Wänden gekrochen, jeden Tag ein bisschen, und ich war nicht da, um es mit meinem Lebensgeruch zu überdecken. Bin nicht da gewesen, um frische Luft von der Straße hereinzulassen.

«Was ist?», will Thursen wissen, als ich herumgehe, von Zimmer zu Zimmer, und die Fenster öffne.

«Es riecht so anders, gar nicht, als würden meine Mutter und ich hier leben. Das habe ich an unseren Urlauben früher immer so gehasst. Meine Eltern haben für uns eine fremde Ferienwohnung irgendwo am Meer gemietet, die kein bisschen gemütlich roch. Ich habe mich erst nach Tagen, wenn sie endlich unseren Geruch angenommen hatte, so gefühlt, als hätte ich das Recht, mich hinzusetzen, die Kissen auf dem Sofa zu verschieben.»

«Wahrscheinlich riecht es hier gar nicht so anders als an dem Tag, an dem du weggegangen bist. Du hast noch etwas vom übersteigerten Werwolfsgeruchssinn. Da nimmst du noch die Teppichfasern und die Putzmittel und selbst den Kleister unter der Tapete wahr.» Er streicht mir über die Wange. «Geh duschen, Luisa. Du bist immer noch ganz kalt. Wasch dir den eisigen Wald herunter.»

Ich tue, was Thursen mir geraten hat. Lange stehe ich unter dem heißen Wasser, seife mich ein und wasche meine Haare. Als ich aus dem Bad komme, ein Handtuch um mich gewickelt, meine nassen Haare mit einem anderen rubbelnd, hält Thursen mir einen dampfenden Becher entgegen. Thursen hat die Fenster geschlossen und Kaffee gekocht. Während Thursen unter der Dusche verschwindet, suche ich mir Anziehsachen. Neu, sauber. Ich rieche an ihnen. Thursen hat recht. Ich war Werwolf. Meine Sinne sind geschärft. In Zukunft werde ich sofort erkennen, welche Waschpulvermarke jemand benutzt. Obwohl ich mich fühle, als hätte ich in Waschmittel gebadet, ist es gut, wieder sauber zu riechen.

Ich schaudere. Es ist kalt in der Wohnung, und nicht nur vom Lüften. Jetzt, wo mir warm ist, merke ich es erst richtig. Irgendwer hat offenbar die Heizung heruntergedreht, nachdem ich aus der Wohnung geflohen bin. Ich gehe von Zimmer zu Zimmer und stelle die Thermostaten an den Heizkörpern unter den Fenstern auf Zimmertemperatur. Und dann koche ich, richtiges Essen. Nudeln mit viel Gemüse, wenn es auch nur aus dem Tiefkühlfach kommt. Endlich wieder Gemüse, nicht nur kaltes, fast gefrorenes Brot und ein bisschen Käse und manchmal halb verbranntes Fleisch. Mein Magen rumort bei dem Duft.

Als Thursen aus der Dusche kommt, stecken wir seine und meine schmutzigen Sachen in die Waschmaschine. Anschließend sitzen wir aneinandergedrängt auf der Couch im Wohnzimmer und essen. Wir haben eine Decke um uns gewickelt, denn es ist immer noch kalt. Die Heizkörper sind so heiß, dass man sie kaum berühren kann, doch die ausgekühlten Wände schlucken gierig jede Wärme. Es ist, als hätte die Kälte aus dem Wald uns bis in die Wohnung verfolgt. Mit kleinen Häppchen füttern wir uns gegenseitig. Die Decke verrutscht. Wir lachen, als ich eine Nudel auf Thursens nacktes Bein fallen lasse. Er rückt ganz nah an mich heran. Thursens Haut wärmt meine Schulter, meinen Arm, meine Beine. Er nascht den letzten Rest von meinem Teller.

«Kannst du meine Klamotten auf der Heizung trocknen?», fragt er. Sieht an sich herunter. «So kann ich morgen ja nicht hinaus.»

Ich lächle. Er sieht wunderschön aus. Ich liebe seinen muskulösen Tänzerkörper, anmutig wie eine Raubkatze, trotz der kaum verheilten Wunden vom Angriff der Shinanim, die sich über seine Brust und Oberarme ziehen. Und auch auf den Armen sind noch die fast verblassten uralten Narben. Fast ein wenig schwindelig ist mir, als ich in die Küche gehe. Seine Jeans bekommen die Heizung im Schlafzimmer, das Shirt kann ich gleich zusammen mit den Socken in der Küche trocknen.

Thursen ist nicht mehr im Wohnzimmer, als ich zurückkomme. Ich finde ihn in meinem Zimmer, wo er dabei ist, ein Meer von Kerzen zu entzünden. Es funkelt und strahlt auf meiner Schreibtischplatte, auf dem Regal, auf dem Nachttisch. Ein paar der Kerzen stehen sogar auf dem Boden und zeigen mir den Weg zu ihm. «Damit dir nicht mehr kalt ist», sagt er. So viele Kerzen, Teelichte in Blechschälchen, er muss sie in der Küche gefunden haben, wo meine Mutter eine ganze Tüte voll als Vorrat für das Stövchen aufhebt, das wir nie benutzen. Und jetzt stehen sie da, die Kerzen, mein ganzes Zimmer ist erfüllt von ihrem Schein. Thursen schlingt die Arme um mich und zieht mich zum Bett. Die Decke, seine Wärme und die der Kerzen vertreiben endlich auch die letzten fröstelnden Gedanken an die Kälte dort draußen im Wald. Wir lassen uns treiben. Vielleicht zum letzten Mal, bevor der Alltag wieder beginnt. Doch das ist klar: Uns werden wir behalten, was auch geschehen wird. Wir gehen die Wege gemeinsam.

«Was wird sein, meinst du?», frage ich Thursen.

Wir sind voller Fragen. Was wird morgen sein? Was kommt danach? Wie wird das Leben ohne meinen Bruder? Wie kommen wir ohne Werwölfe im Wald aus? Was werden wir meiner Mutter sagen, seinem Vater, seiner Schwester? Werden sie uns die Sorgen, die sich sicher gemacht haben, jemals verzeihen?

Ich ziehe Thursen auf mein Bett. Freue mich am vertrauten Geruch seiner Haut. «Was wäre», frage ich Thursen, «wenn wir einfach hierbleiben würden? Wir hätten nichts mehr zu tun damit.»

Thursen zieht mir mit einer kurzen Bewegung meinen Pulli über den Kopf und lässt ihn fallen. «Nein. Wir wollten alle Herausforderungen annehmen.»

«Ich habe so ein ungutes Gefühl.»

«Denk nicht dran. Nicht heute Nacht.» Er zieht mir die Klamotten aus und streicht über die leichte Gänsehaut auf meinen Brüsten. «Du glaubst nicht, wie sehr mir das gefehlt hat. Ein warmer Platz. Endlich die ganzen dicken Klamotten ausziehen.» Er küsst mich auf das Schlüsselbein und beginnt eine Spur von kribbelnden warmen Küssen. «Ich habe schon ganz vergessen, wie du schmeckst.»

«Ich auch», sage ich, greife in seine Haare und ziehe sein Gesicht zu mir. Küsse ihn und fühle, wie seine ganze Wärme mich einhüllt. Er ist besser als ein Lagerfeuer. Nie könnte ein Lagerfeuer mein Herz so zum Hämmern bringen. Ich wünschte, ich hätte hundert Hände, um ihn überall zu berühren. So lange. So viele Tage, an den wir uns nur an den Fingerspitzen fassen konnten, weil uns der Frost sonst getötet hätte. Und jetzt bricht alle aufgestaute Glut hervor, und ich frage mich, ob wir beide zusammen, ganz zusammen, nicht den Schnee da draußen einfach zum Schmelzen gebracht hätten. Thursen mit seinem Atem, der stoßweise an meinem Ohr vorbeiflieht. Mit dem Schweiß, der sich mit meinem vermischt. Und wenn nicht, ich hätte die Kälte nicht gefühlt, kein bisschen.

Kein bisschen …

Das letzte Kapitel

«LUISA?» Elias klopft an meine Zimmertür. Schon? Ich blinzele. Es ist noch fast Nacht, was will er? Da fällt es mir wieder ein. So viele Tage sind wir schon wieder in der Stadt. So viele Tage haben wir versucht, den Alltag zurückzuerobern. Zeit, zurückzukehren, es zu Ende zu bringen und Abschied zu nehmen. Heute wollen wir den Sonnenaufgang im Wald erleben. Heute treffen wir uns mit den anderen. Ob der Tag wieder so hell wird und klar? Schon gestern war einer dieser Tage, an denen sich die Erde nach langem Winterschlaf knisternd reckt und streckt, um vorsichtig tastend das neue Leben in sich zu erkunden. Die Frühlingssonne hat endlich den letzten Frost vertrieben. Thursen neben mir im Bett regt sich. Ich schenke ihm einen Kuss, lasse ihn noch ein wenig liegen und dusche zuerst.

In der Küche ist Elias. Natürlich war er vor uns wach. Er hält mir einen Becher hin. «Willst du Kaffee?»

«Danke.» Ich schnuppere daran. Milch und Zucker, wie ich es mag. «Vielleicht werde ich ja davon wach.»

«Oh, ich sehe, wir brauchen da noch einen Kaffee.» Elias seufzt, als Thursen mit von der Dusche feuchten Haaren auftaucht.

«Danke, dass du uns geweckt hast», sagt Thursen. Er weiß genau, dass Elias immer noch ein kleines Problem damit hat, wenn er bei mir übernachtet, und Thursen liebt es, darauf anzuspielen. Ich stelle meinen Kaffee ab, schiebe die Tasche mit den Blumen zur Seite, öffne das Fenster und lasse die Nachtluft herein. Die ersten Vögel singen leise und vereinzelt den

Morgen herbei. Der Wald lockt, heute besonders. Ob sie schon da draußen sind? Warten sie dort auf uns zwischen den Bäumen?

Die anderen aus der WG, Saskia und Frederik, schlafen natürlich noch. Die sind normale Studenten, die geht es ja auch nichts an. Thursen und Elias holen Messer und Teller aus dem Schrank, während ich im Kühlschrank nach Essbarem suche.

«Fahren wir eigentlich gleich zusammen?», fragt Thursen und stapelt Teller auf den Tisch.

«Du fragst doch nur, weil ich der Einzige bin, der ein Auto hat.» Elias fährt jetzt statt seinem tollen schwarzen BMW, den er vom Rat der Shinanim bekam, einen Golf, den ihm sein Vater gekauft hat.

Thursen schmiert sich ein Brot. Es sieht fast bedrohlich aus, was er da mit dem Messer macht. «Ich frage, weil wir das gleiche Ziel haben.»

Elias hebt abwehrend die Hand. «Ganz ruhig, Werwolf. Ich würde euch ja gerne mitnehmen, aber ich muss vorher was erledigen. Wir treffen uns da.»

Als ich das Fenster schließe, fällt mir die Postkarte von meinem Vater in die Hand. Ich hefte sie an meine Pinnwand, unter das kleine Foto von Fabi. Mein Vater hat die Karte an meine alte Adresse geschickt. Vielleicht sollte ich einfach vergessen, ihm zu sagen, dass ich jetzt in einer WG lebe? Die Karte ist eine fröhliche Postkarte mit nichtssagendem Inhalt, österreichischer Briefmarke hinten und Sonnenschein und Bergen und Skiliften vor blauem Himmel auf der Vorderseite. Mein Vater und seine neue heile Familie, von der alten zerbrochenen kaum zu unterscheiden. Es ist ein gutes Gefühl, die Pinnwandnadel langsam durch die Karte zu bohren.

Heute soll es zum ersten Mal Frühlingswetter geben, auch

wenn man noch nichts davon ahnt. Die Finsternis hängt zwischen den Häusern, als Thursen und ich uns auf den Weg machen. Stille bedeckt die Straßen unter den kahlen Bäumen wie Papier, das nach schaukelndem Flug zu Boden gesunken ist. Wir sind ganz allein. Das einzige Geräusch verursachen unsere Schritte auf den Gehwegplatten, während wir zur S-Bahn laufen.

«Ich fasse es immer noch nicht, dass du schon wieder mit Elias in einer WG wohnst», sagt Thursen, leise, als wollte der die Menschen in den Häusern nicht wecken.

«Du weißt, dass er eine neue Wohnung brauchte, nachdem seine alte abgebrannt ist. Und so muss ich jetzt nicht aus Berlin weg, bevor ich meinen Schulabschluss habe.» Ich hätte, so wie meine Mutter, raus aus Berlin zu Anja ziehen können. Dann wäre ich dort wieder Kind in einer Familie, mit Lotti und Lilly. Aber es fühlte sich irgendwie nicht mehr richtig an. Ich bin kein Kind mehr.

«Es ist ja schön, dass du noch hier bist. Ich denke nur die ganze Zeit: Musste es denn ausgerechnet Elias sein? Hättest du nicht einen anderen Mitbewohner finden können?»

«Bist du eifersüchtig? Musst du nicht. Ich glaube nämlich, dass er da so ein Mädchen an der Uni kennengelernt hat.» Er tut sehr geheimnisvoll und hat mir noch nicht mal ihren Namen verraten. Vielleicht hat sie ihn auch abblitzen lassen? Das wäre ein Grund, warum er nichts von ihr erzählt.

Thursen trägt die Tasche mit den Blumen über der Schulter, in die ich vorhin schnell noch die Kerzen und die Gläser gesteckt habe. Wir gehen schweigend.

Die Zeit ist gekommen für einen Abschied. Und es ist die Zeit für einen Neubeginn.

Wir fahren in den Wald, steigen aus und setzen unseren Weg zu Fuß fort. Wir folgen dem Wanderweg, dann einem

Wildpfad und dann nur noch unseren Erinnerungen. Thursen hält mich an der Hand. Den ganzen Weg durch den Wald lässt er meine Hand nicht los. Ich frage mich einen Herzschlag lang, ob das für immer ein Bild meines Lebens sein wird: Meine Hand in seiner, immer, egal, wohin wir gehen werden, egal, was auch geschieht.

Dann erreichen wir die Senke, die einst das alte Wolfslager war. Und dort warten die Ersten schon auf uns. Das Licht einer Taschenlampe wischt über eine rot-blau karierte Picknickdecke. Norrock, seine breiten Schultern in derselben alten Lederjacke wie immer, sitzt dort, die Ellenbogen auf den Knien und sieht uns entgegen. Lässig hält er die Taschenlampe, in deren Licht Rieke Tupperdosen aus einer Tasche packt. Wir begrüßen uns stumm mit Kopfnicken, als wäre es zu früh für Worte. Wir waren Werwölfe, brauchten so lange für Sprache keine Worte.

Thursen und ich setzen uns zu ihnen. Norrock mustert Thursens Gesicht. «Alles in Ordnung?», heißt das. Thursens Mundwinkel zeigt die Andeutung eines Lächelns. Nur Rieke ist wie immer nichts als ein Mensch. «Wie schön, dass wir uns alle noch mal sehen! Der Alltag fühlt sich immer noch so fremd an, nach alldem hier im Wald.» Strahlend öffnet sie eine der Dosen und hält sie mir hin. «Wir haben gestern extra noch Cookies gebacken! Willst du?»

Handtellergroße goldene Cookies mit Schokoladenstückchen sind es.

«Wir?» Ich ziehe die Augenbrauen zusammen und sehe Riekes Begleiter an. «Du backst Kekse, Norrock?»

«Muss ich doch», antwortet Norrock und winkt mit der Taschenlampe. «Sie nimmt immer viel zu wenig Zucker.»

Ich stelle mir vor, wie sie gemeinsam in der Schüssel rühren, den Teig probieren. Die verletzte Buchhändlerin und der im letzten Moment zurückverwandelte Werwolfmann. «Ich kann mich immer noch nicht daran gewöhnen, dass ihr jetzt zusammenwohnt.»

«Hat sich so ergeben.» Norrock zuckt mit den Schultern. «Irgendwo muss man doch wohnen. Und es ist leichter, was zu finden, wenn man nicht allein ist.»

Und es ist leichter, in ein Leben als Mensch zurückzufinden, wenn man Rieke an der Seite hat, die sich noch daran erinnert, wie ein Menschenleben funktioniert. Rieke, der er so wichtig war, dass sie ihn ausgetrickst hat, um ihn nicht an die Welt der Toten zu verlieren. «Seid ihr jetzt eigentlich zusammen?»

«Spinnst du?», fragt Rieke und drückt die Frischhaltedose zu. «Nach dem, was wir erlebt haben? Wie sollten wir denn da eine vernünftige Beziehung führen?»

Wie von selbst geht mein Blick hinüber zu Thursen, der vor unserer Tasche kniet. Die halblangen Haare fallen ihm in die Stirn, sodass ich seine Augen nicht sehen kann. Vielleicht hat Rieke recht. Vielleicht ist es unmöglich, eine unbeschwerte Liebe zu leben, nach all dem, was uns passiert ist. Aber Thursen und ich sind verrückt genug, es trotzdem zu versuchen. Wir müssen es einfach. Es gibt keinen anderen denkbaren Weg, nicht für uns.

Thursen packt aus, was wir mitgebracht haben, zunächst die Gläser und Kerzen. Ich werde niemals müde, seine Hände zu betrachten, die so sanft und doch so voller Kraft sind.

Dann machen Rieke und Norrock, Thursen und ich uns auf, die Windlichter an den Trauerbäumen zu verteilen. Diesmal sind es keine Rachemale, sondern Erinnerungsfunken, von Blumen begleitet. Es sind so viele Bäume, so viele Namen, die wir schnitzen mussten, als endlich alles vorbei war. Auch Haddrice, Krestor und Lurnak, Janok und Jerro und Fath haben jetzt ihren Baum hier im Wald. Das sind die Werwölfe, die ihr zweites Leben als Menschen nicht mehr antreten konnten.

Ich bringe Licht und Blumen zum Baum meines Bruders. Norrock sitzt lange am Baum von Sjöll. Rieke und Thursen sind schon weiter. Und nach und nach beginnt der erwachende Wald zu leuchten, und Blumen blühen auf dem schlafenden Boden. Im Licht der Kerze, die sie hält, kann ich Tränen auf Riekes Wangen glitzern sehen. Auch Norrock, der Zyniker, wischt mit dem Ärmel über seine Augen. Vielleicht ist es gut, wenn er aufhört, seinen Schmerz mit einem stählernen Hammer in sein Innerstes zurückzuprügeln. Oder hat er schon öfter um Sjöll geweint, und es weiß nur niemand?

Wir sind noch nicht alle. Elias wollte ja noch zu uns stoßen. Aber vielleicht ist es gut, dass er später kommt, diese Trauer ist nicht seine. Er muss seinen eigenen Abschied feiern, bei dem ihm keiner helfen kann. So lange war er stolz, ein Shinan zu sein, und jetzt ist er es nicht mehr. Jetzt gehört er zu uns, zu denen, die etwas verloren haben, das niemand sonst ermessen kann.

Als alle Kerzen brennen, kommt er endlich. Und, ich glaube es nicht, er ist nicht allein! Warum bringt er jemanden mit, jetzt, hierher? Ich muss zweimal hinsehen, um das blonde Mädchen an seiner Seite zu erkennen.

«Hallo!», begrüßen uns die beiden, Elias' Lächeln mit immer noch einer Spur der Arroganz, die ihn als Leiter der Schutzengeltruppe umgab. Ihr Lächeln ist zaghafter, als wäre sie nicht sicher, ob wir sie wieder wegschicken wollen.

«Woher kennst du meine Schwester, Elias?», fragt Thursen mit einem Grollen in der Stimme, das immer noch den Werwolf erahnen lässt, der er einmal war.

Elias zuckt die Schultern. «Ich habe Agnetha zufällig an

der Uni getroffen. Als sie mir ihren Namen sagte, wusste ich natürlich sofort, wer sie ist. Meinst du nicht, du hättest ihr schon längst alles erzählen sollen, Thursen?»

Thursen. Thursen, nicht Lars. Agnetha zuckt nicht mal. Elias hat ihr also auch das erzählt.

«Offenbar weiß sie ja schon so einiges», sagt Thursen.

Elias lächelt. «Sie hat es gehört, sie hat es nicht gesehen.»

«Dann sieh dir den Rest auch noch an, Agnetha», sagt Thursen. «Und lass uns nachher darüber reden, warum du es unbedingt von dem da erfahren musstest.»

Wir setzen uns wieder auf die Decke. Wir schweigen, warten. Und dann, als der Tag silbrig anbricht, treten zwei Gestalten zu uns auf die Lichtung. Sanft, majestätisch wie traumgeboren stehen die Wölfe im ersten Licht der Morgensonne. Da ist ein Ziehen in meiner Brust, so schön sind sie. Thursen hat seinen Arm um mich gelegt. Aus dem Augenwinkel sehe ich, wie Rieke nach Norrocks Hand tastet, ohne den Blick von den Wölfen zu wenden. Sie halten sich, und ihre Hand verschwindet fast komplett in seiner.

«So etwas war mein Bruder, sagst du?», haucht Agnetha.

«Nein, er war nicht genau so», antwortet Elias' warme Stimme. «Aber er ist schuld, dass es die, die du da siehst, gibt.»

«Ich?», fragt Thursen.

«Lass mich erzählen», beginnt Elias und wendet sich zu Agnetha. «Ja, dein Bruder war ein Wolf. Nicht so einer, ein dunkler, wilder Werwolf war er, und er hielt sich mit seinem Rudel im Wald verborgen.»

Agnetha blickt traurig zu Thursen. «Warum bist du bloß nicht nach Hause gekommen?»

«Du weißt, warum», sagt Thursen. «Wegen Mamas Tod.»

«Er konnte nicht mehr unter Menschen leben. Bei den Werwölfen hätte er fast wie ein Tier sein können. Er hätte das Tor zum Totenreich bewachen, hätte jagen können und sein Leben vergessen. Aber das hat er nicht getan. Er hat sich erinnert, warum er Werwolf wurde. Werwölfe können andere verwandeln, andere zu dem machen, was sie selber sind. Dein Bruder hat nicht nur einen Menschen in einen Werwolf verwandelt. Statt neuer Jäger für sein Rudel hat er Menschen gefunden, die wie er mit ihrem Leben abgeschlossen hatten und keine Zukunft mehr sahen. Menschen, die sterben wollten. Da war Rawuhn, der vor Liebeskummer keinen Ausweg mehr sah, Karr, der von seinen Mitschülern in die Verzweiflung getrieben wurde, Luisa und Norrock.»

«Also, ich wollte kein bisschen sterben!», sagt Norrock.

«Du warst so voll von Alkohol und Drogen, du hättest keinen Sommer mehr überlebt», sagt Thursen. «Ich wette, davon weißt du nichts mehr.»

Norrock grinst sein typisches Grinsen. «Da ist was dran.»

Die beiden Wölfe vor uns kommen ganz nah. Agnetha weicht zurück, sieht sie an wie gebannt. Die Tiere legen sich zu uns auf die Decke und wandeln sich vor unseren Augen fließend in Menschen. Edgar und Pia, die Zrrie war.

«Guten Morgen!», sagen sie. Und es ist ein guter Morgen. Ein frischer, strahlender Morgen. Ich frage mich einen Moment lang, ob sie es sind, die diesen Tag vergolden. Ich lächle ihnen beiden zu und lehne mich zurück an Thursen. Spüre seine Brust sich heben und senken, wenn er atmet. Er legt seine Arme um mich.

«Norrock hat fortgesetzt, was Thursen begonnen hatte», fährt Elias fort. «Er fand Zrrie, die du hier vor dir siehst. Sie verdankt ihm ihr Leben. Stimmt doch, oder?»

Zrrie nickt. Auch ihr Gesicht ist von einem sanft schimmernden Lächeln verzaubert. Ist es die Liebe zu Edgar oder etwas anderes, Höheres, das sie auf einmal so schön macht?

«Wie habt ihr, du und Norrock, denn von den Verzweifelten gewusst?»

Thursen spielt mit einer Strähne von meinem Haar. «Als Werwolf kann man spüren, wenn sich eine Seele auf den Weg in die andere Welt macht, selbst wenn sie noch im lebendigen Körper steckt. Und mit etwas Glück kann man sie finden und versuchen, sie aufzuhalten.»

«Es gibt also wirklich Werwölfe», sagt Agnetha und schaut versunken auf Pia und Edgar. «Wandler. Gleichzeitig Mensch und Tier.»

Ich folge ihrem Blick. Eben noch waren die beiden wunderschöne Wölfe. Jetzt sitzen dort zwei Menschen und sehen sich liebevoll an. Doch statt Schatten im Fell, Schatten in den Haaren, tragen sie, auch jetzt als Menschen, das goldene Leuchten der Shinanim in ihren Augen. Sie sind nicht nur Mensch und Tier, sie sind mehr.

«Vergiss nicht Luisa!», sagt Edgar, der den Blick kaum von seiner Gefährtin lösen kann. «Sie ist es, die uns alle gefunden hat. Sie hat mich gefunden und Elias. Sie hat den Faden geknüpft zwischen uns und den Werwölfen. Ohne sie wären wir vielleicht heute noch Todfeinde, die sich gegenseitig vernichten wollen.»

Thursen hustet. «Die Werwölfe wurden vernichtet.»

«Ja. Die wenigen aus dem Rudel, die überlebt haben, sind jetzt wieder Menschen.» Elias nickt. «Das Tor ist zerstört, die Zeit der Wächter ist vorbei.» Er wendet sich wieder Agnetha zu. Er sieht sie an, als würde er sie gerne berühren, und ich frage mich, warum er trotzdem Abstand hält. Ist es noch wegen mir? Oder weil sie Thursens Schwester ist? Hat er sie tatsächlich nur deshalb mitgebracht, weil er fand, es wäre Zeit, dass sie die Wahrheit erfährt?

Elias weist auf Edgar und Pia. «Diese Werwölfe, die du

hier vor dir siehst, Agnetha, sind etwas ganz Neues. Sie setzen Thursens Aufgabe fort, suchen die Seelen der Verlorenen und versuchen zu helfen. Sie sind keine Verborgenen mehr und keine Wächter. Sie sind die Erwählten.»

Sie sind etwas Wunderbares, die Ersten ihrer Art. Ich wünschte so sehr, dass es schon mehr von ihnen gäbe, die den Verzweifelten Halt geben. Wir alle hätten solche Seelensucher gebraucht. Jetzt gibt es sie. Die Erwählten. Ich schlucke und rücke näher an Thursen, dem es genauso geht.

Im Wald leuchten die Kerzen an den Trauerbäumen, und das Licht der Morgensonne tanzt über die Blumen, die wir dort niedergelegt haben. In ein paar Stunden kehren wir in unser Leben zurück, und Edgar und Zrrie werden wieder ihre Wolfsgestalt überwerfen. Sie erhalten ihre Kraft vom Licht der Sonne, sie müssen nicht vergessen, und nichts wird ihr Leben verkürzen. Vielleicht leben sie sogar länger, wie das so oft ist bei den Shinanim. Zrrie und Edgar verbindet ein stummer Blick wie eine silberne Brücke. Sie haben eine große Aufgabe, doch wer könnte sie bewältigen, wenn nicht sie?

«Möchte vielleicht jetzt jemand einen Cookie?», fragt Rieke.

MIX
Papier aus verantwortungsvollen Quellen
FSC® C083411

Das für dieses Buch verwendete FSC®-zertifizierte Papier
Lux Cream liefert Stora Enso, Finnland.